U0609485

扇上桃花

《散文海外版》编辑部／编

《散文 海外版》

2021年 ·精品集·

天津出版传媒集团

百花文艺出版社

图书在版编目（ＣＩＰ）数据

扇上桃花：《散文海外版》2021年精品集 /《散文海外版》编辑部编. -- 天津：百花文艺出版社，2022.1
ISBN 978-7-5306-8232-6

Ⅰ.①扇… Ⅱ.①散… Ⅲ.①散文集–中国–当代 Ⅳ.①I267

中国版本图书馆 CIP 数据核字(2021)第 278410 号

扇上桃花 ：《散文海外版》2021 年精品集

ShanShang TaoHua Sanwen Haiwaiban 2021 Nian Jingpinji

《散文海外版》编辑部编

编辑统筹：王　燕　　　　装帧设计：郭亚红
责任编辑：王　燕　徐　姗
出版发行：百花文艺出版社
地址：天津市和平区西康路 35 号　　邮编：300051
电话传真：+86-22-23332651（发行部）
　　　　　+86-22-23332656（总编室）
　　　　　+86-22-23332478（邮购部）
网址：http://www.baihuawenyi.com
印刷：天津新华印务有限公司
开本：787 毫米×1092 毫米　　1/16
字数：300 千字
印张：25
版次：2022 年 1 月第 1 版
印次：2022 年 1 月第 1 次印刷
定价：58.00 元
如有印装质量问题，请与天津新华印务有限公司联系调换
地址：天津东丽开发区五经路 23 号
电话：(022)58160306　邮编：300300

版权所有　　侵权必究

目 录

杂言三则

◎ 李敬泽

一盏历史之茶

热带很热，太阳垂直地吊在顶上，人的脑袋就不免昏昏沉沉的，想睡觉。高更的画儿里，塔希提岛的人、植物和石头不是正睡着，就是刚醒来或将睡去。高更厌弃现代文明，不远万里去寻一个尽情睡觉之地。反过来说，所谓"文明"，就是尽可能少的睡眠和尽可能清醒的头脑。

所以，一位新加坡政治家认为，空调的发明具有伟大历史意义，它使新加坡或者塔希提与巴黎或纽约有同样凉爽的室内环境，热带地区的人民由此可以振作精神，把更多睡眠时间用于工作、思想和创造。

——这很好。但我要谈的是茶，饮茶是中国人的伟大发明，据说公元五〇〇年左右饮茶的习俗开始广为传播，那是南北朝时代；到了唐代，陆羽著《茶经》，对饮茶进行了最初的文化阐释：味至寒，为饮最宜。精行俭德之人，若热渴、凝闷、脑疼、目涩、四肢烦、百节不舒，聊四五啜。

看看这些症状吧：又热又渴，心里发闷脑袋疼，浑身倦怠睁不开眼，总之是无精打采昏昏欲睡，这时就应该喝茶。

没有发明饮茶之前，比较上进的中国人是很痛苦的，"头悬梁、锥刺股"，我们的老祖宗与人要睡觉这一自然节律进行了艰苦卓绝的斗争。后来有了茶，每天喝上几壶，大家都成了"精行俭德之人"，人人朝气蓬勃，想睡也睡不着，于是能以更多的时间、更高的效率去做更多的事，比如批公文或者织布，比如画画儿或者写诗。

南北朝至隋唐是中国文明史上的关键时期,宗教、绘画、书法、诗歌,各种精微的精神形式如鲜花盛放,中国人的眼睛好像一下子亮了,心像丝绸一样敏感,文明由简朴、粗豪变得华丽、繁复。原因何在呢?当然是饮茶。茶除了让人少睡觉还让人心明眼亮,茶是提神的,所"提"之"神"是"精神"。

同样,咖啡在十七世纪初传入欧洲,所谓"启蒙""理性""现代",所谓"帝国主义"和"殖民主义",大概都是受了咖啡因的刺激。茶不仅提升了我们的精神,我认为它还极大地改善了全民族的肠胃功能,因为茶可解酒,有助消化之功效,而这一点对古代的北方游牧民族尤其紧要。那些马上的好汉,天天喝酒吃肉,千万年来备受消化不良之苦;终于,南方的农夫们发现了这种神奇的树叶,它消食化瘀,令人上下通畅,于是草原上马更快,刀更亮,成吉思汗的大军喝着开胃的奶茶席卷南宋,鲸吞大半个世界。

但农夫们有更精明的算计,他们用另一种方式征服世界。在历史的疾风猛雨之下,茶一直稳定地、源源不断地将白银吸向中国。自唐代起,茶叶就是我们文明的基本物质因素,它和陶瓷、丝绸一样,在漫长的时间里垄断世界市场。北方的游牧民族要喝茶,后来英国人也离不开茶,那么好吧,拿银子来!那时咱们多牛啊,仅凭着茶叶就能维持绝对、长久的贸易顺差。

这种傲慢到了鸦片战争依然拖着长长的影子,那时有聪明人目光如炬,一眼看出英国人的色厉内荏:只要咱不卖茶叶,那些鬼子还不得大便干燥,活活憋死?

这倒不失为"釜底抽薪"之计,但问题是老先生们不知道,英国人那时已经在印度大规模种茶,而最初的种苗恰恰是由英国使臣马戛尔尼从中国带往印度的。

此事发生在一七九四年,马戛尔尼在咱们"圣明"的乾隆皇帝那儿碰了一鼻子灰,离京南下澳门。途经江浙一带时,"弄"了几株优质茶苗——这事就发生在天朝陪同官员的眼皮底下,他们乐于对没见过世面的洋人表现居高临下的慷慨大方。

但就在那一刻,茶的历史光辉悄然消散。茶不再是文明的荣耀,不再是神奇的财富,它只是茶,一种日常饮料。

——此时,手边是一盏陈茶,作为抵抗睡眠、反对没精神儿的武器,我觉得它不如咖啡;如果我吃撑了,更有效的办法是服用胃动力药;作为一个无所用心的饮者,我可以喝中国的龙井、乌龙、普洱,利普顿红茶我也喝得,当然,天要热了,室内须有空调。

我喜欢的岛屿

威尔基·柯林斯是我最早知道的英国人。二十世纪七十年代初,我读了他的《月亮宝石》,印度王冠上的宝石带着诅咒流落英国,谁拥有了宝石,谁将遭遇灾祸。故事的具体情节我记不清了,但我记得那三个缠头的印度人,他们好像吹着笛子,好像还玩着蛇,他们是宝石的守护者,是命运的使者,他们追随宝石,直到天边。

现在我会告诉你,这个故事是殖民心理的例证:他们对"东方"的占有欲,对"东方"的恐惧,以及潜意识中的罪孽感。但二十几年前,在"月亮宝石"中我只看到了"英国",那遥远、神秘的岛屿。

后来,一个人长大了,上中学、上大学、工作,经历二十世纪八十年代、九十年代。像同时代的中国读书人一样,我也在欧亚大陆上从东到西地漫游:阿赫玛托娃和帕斯捷尔纳克苍茫的莫斯科,托尔斯泰和陀思妥耶夫斯基宏伟的圣彼得堡;布拉格弯曲纵横的街巷,卡夫卡和昆德拉像鼹鼠一样溜过去;还有柏林、维也纳,那是尼采、海德格尔、维特根斯坦和弗洛伊德的城市;当然条条大路通巴黎,穿着睡衣的卢梭、矮小的萨特、秃头的福科、筋疲力尽的罗伯·格里耶和玛格丽特·杜拉斯……一大群法国人等待着我们。

通往西方的路有两条:一条陆上,一条海上。由于某种神秘的原因,当代中国读书人的求知之旅通常都是搭乘北京至莫斯科的国际列车。但还有另一种可能，就是从海上西去，搭一艘十九世纪的船，最终在海平面上看见岛屿浮起，海浪拍打荒凉的礁石。

——那是不列颠群岛。从地图上看，它像欧亚大陆挂在胸脯上的一枚坠饰，几百年来，它一直犹豫不定：是归入大陆的怀抱，还是转过身去，独自漂向茫茫的海洋？它骄傲、世故、顽强，它眺望大陆上的风起云涌、楼起楼塌，骨子里是不动心的，就像一张绅士的脸，心藏在灰色的眼睛后面。

我喜欢英国，喜欢福尔摩斯，他的瘦脸，他的黑披风，他冰冷、坚韧的理性；还有狄更斯，我认为他比巴尔扎克至少高明 1.5 倍，他笔下雾气沉沉的伦敦是人类想象的奇观；还有罗素，又老又无耻的罗素，他镇定自若地解说这个世界；还有披头士，穿学生制服的天使般的摇滚，我觉得他们和王尔德一样疯狂却又优雅。我甚至喜欢黑方、红方，它比较重，还有 Burberry 的雨衣和格子围巾，那是自然、考究的趣味，相比之下，巴黎的时装像马戏团的行头。当然，我还喜欢费雯·丽、戴安娜……

对我来说，这个岛屿是一种银灰色的精神现象，低调、华贵、坚硬牢靠。英国人培育和发展了经验主义的思想传统，他们相信，理性解决不了的事发疯更解决不了，这种传统下的哲学家通常"不好看"，他们保守、冷静、负责任，不直奔"终极"，不把哲学、历史想象成诗，你不能设想在英国会有海德格尔或卢梭，就像不能设想英国人会把一切砸烂从头再来。

英国的文学也有同样的气质。我读过格雷厄姆·格林的所有中译本，我奇怪为什么中国作家很少提到他，我认为他是现代最伟大的小说家之一，他的尺度感、他对人性的精细观察、他内在的深厚和艺术姿态的平衡都是中国小说家所缺乏的。

但格林下盘太稳，太讲内功，他在中国遭到冷遇也许是因为他不像英吉利海峡对面的同行们那样凌空蹈虚、花拳绣腿，他大概从来就没想过怎么破坏小说，他只愿把小说写好。

很多人不喜欢英国文化，但我喜欢。如果让我讲道理，我希望我是罗素,假设我写小说,我希望我是格林。我愿意想象:很早以前我已经坐上船,向着那个岛屿出发,威尔基·柯林斯,这个十九世纪的三流小说家、这个阴郁的老家伙就是我的船长。

反游记

我一向认为写游记在这个时代是一件无聊而可疑的事。在这个时代,无数人飞来飞去,旅游已成大规模工业,驾着汽车的先生小姐们探遍穷乡僻壤,摄像机和数码相机把世界的每一个羞处打开。"游记"的生活前提和文化前提几乎不复成立。

所有的"游记"都在说一件事:"我"在"现场"。游记作者秉持恺撒式的气概:我来、我看、我写。

而我想加上一条:我疑。我怀疑我的眼睛和头脑,我认为我们大惊小怪地宣称看到并写出的,通常都是我们头脑里已有的,所谓"现场"、所谓"风景",不过是境由心生,是一场众所周知的戏。

尽力穿越幻觉,对"我"、对"现场"保持警觉,在"我"和"现场"之间留下"客气"的余地,这即是我所谓的"反游记"——如果一定要写的话。

人生如逆旅,此身原是客,既是客,就该客气、有礼,游记是不客气的文体,正如照相机是不客气的机器,它们都不信这山河这人世自有不可犯的隐私,它们自负地把逢场作戏当成了隐私——套用一句流行的格言,旅游就是观看"光明磊落的隐私",而写游记和拍照片则是想着对方,自己乱动。所以,我不写游记,我写"反游记"。但是,我仍然喜"游",独在异乡为异客,那是生命的本质所在。所以,我现在的理想是:写一本畅销书,赚一笔大钱,买一只质地上好的皮箱,装上书和衣服,然后,到很多地方去,住在饭店里,在陌生人中,做陌生的客人,一直如此,到死。当然,据我所知,这件事难度甚大,只有纳博科夫做到了。

犯驿记

◎ 李修文

春天来了，小雨和浓雾却一连持续了多日，今天又是如此：小雨从天亮之前就开始下了，直到黄昏时都没停。一度，雾气已经开始了消散，我几乎以为，我们的剧组可以开始拍摄了，但好景不长，更多的云团朝着我们所在的山顶上疾驰和涌动过来，像厄运一般吞噬了群山、村庄和刚刚开出来的花朵。而今天，已经是我在这个专门拍摄古代驿站的纪录片剧组里厮混的最后一天了，账已经结清，转天一早，我便要离开这诸葛亮曾经运筹帷幄的地方了——此地便是筹笔驿的遗址所在。诸葛亮伐魏之时，曾于此扎营筹划军事，"筹笔驿"由此得名。据传，《后出师表》便是在这里写成，然而，一如明人周珽所说："筹划虽工，汉祚难移，盖才高而命不在也。"那诸葛武侯，虽六出祁山，终落得个功败垂成，直到唐宣宗大中九年，李商隐结束梓州任期返回长安，途经这筹笔驿，还忍不住道一声那诸葛武侯的可叹与可怜：

> 猿鸟犹疑畏简书，风云常为护储胥。
> 徒令上将挥神笔，终见降王走传车。
> 管乐有才原不忝，关张无命欲何如？
> 他年锦里经祠庙，梁父吟成恨有余。

这首诗，凌空突兀而起，再以分寸判断作析，最后再留下不尽余意，写的却是败相,但那败相,又不是家长里短里的树倒猢狲散,有恨有悔,更有横下一条心的凛凛然之气:这满目江山,已经多少回改换了门庭和姓氏,地上的猿,天上的鸟,却仍然畏惧着诸葛亮当年在简书上立下的军令;还有山间风云,涌覆长存,还在护卫着他遗留之军垒的藩篱栅栏;谁又能想到,时犹未久,后主刘禅便也要经过这筹笔驿,东迁洛阳去举手投降?可恨那关张早死,残剩之人纵有管乐之才又徒唤奈何?

> 抛掷南阳为主忧,北征东讨尽良筹。
>
> 时来天地皆同力,运去英雄不自由。
>
> 千里山河轻孺子,两朝冠剑恨谯周。
>
> 唯余岩下多情水,犹解年年傍驿流。

——这世上,有人命犯桃花,有人命犯公卿。那罗隐,十考不第,又生于唐亡之际,为了饭碗,为了保命,一年年下来,他便没法不凄惶奔走,没法不去命犯辽阔江山里的无数驿站。除了筹笔驿,纪南驿中,面对楚国当年的都城所在,他尚有思古之余力:"不知无忌奸邪骨,又作何山野葛苗。"到了莲塘驿,满眼里皆是战乱,他进也进不得,退又退不去,终日里嫌弃着世道和世道里的自己,却又忽然发现:"隔林啼鸟似相应,当路好花疑有情。"而在商於驿中,访旧半为鬼,举目无亲故,人之一世,至此终于真相大白,他也总算在眼泪中接受了世道和自己:"棠遗善政阴犹在,薤送哀声事已空。惆怅知音竟难得,两行清泪白杨风。"说起来,过去十余年,我也和那罗隐一样,命犯了一座座犄角旮旯里的小旅馆,除去小旅馆,火车站和片场,乃至寺庙和渔船,在这些地方,要么咬紧牙关,要么掩耳盗铃,我都曾栖身和厮混过,它们正是我的纪南驿、莲塘驿和商於驿,不管我逃得多快,这些地方总有办法将我抓捕回去再行圈禁。几番想要挣脱而徒劳无功之后,我也认了命,并且渐渐心安理得了起来,唯有一事,可堪羞惭:那罗隐凡过驿必有诗,而我呢?在以上种种所在里,我看见过火堆燃起,又看着它们渐渐熄灭,我年复一年地写写画画,最终,灰心作祟,我还是将它们全都付之一炬,再忍看着自己一日比一日变得更加形迹可疑。

离开筹笔驿之后,紧接着,我便命犯了粤赣两省之间的大庾岭。这大庾岭,在唐宋两朝都是分外恐怖的所在,有谣谚云:"春循梅新,与死为邻;高窦雷化,说着也怕。"那"春循梅新"和"高窦雷化",实际上说的是岭外的八座州县,史中籍中,无一处不是夺人性命的瘴疠横行之所,如此,于那些遭贬之人而言,这大庾岭,便被视作了阳间尘世的鬼门关:一过此岭,如同置身化外,性命与前程双双皆休矣!所以,苏轼先过此岭贬谪海南,数年后获赦,再越它而北返中原时,曾诗赠岭上老人说:"鹤骨霜髯心已灰,青松合抱手亲栽。问翁大庾岭头住,曾见南迁几人回?"然而,身在大庾岭上,尤其身在旧日驿站的遗址之前,首先被人忆及的诗,总归还是唐人宋之问的《题大庾岭北驿》:

> 阳月南飞雁,传闻至此回。
> 我行殊未已,何日复归来。
> 江静潮初落,林昏瘴不开。
> 明朝望乡处,应见陇头梅。

——这首诗,清人姚鼐说其"沉亮凄婉",可谓如实;难得的是,既不怨天,也未尤人,自怜自伤里始终贯穿着某种清醒,当然,这清醒并不是但行好事之后的心无挂碍,而是有罪之身别无他法之后的自制与自知:自知罪有余辜,自知有去无回,既然如此,莫不如,就此低下头去,寄哀声于坦白从宽,说不定,诗传出去,引动了朝中公卿的恻隐之心,我还有活着再一回翻越大庾岭重返长安的可能。也因此,就像是被开刀问斩之前必须留下遗言,再不说话,再不话赶着话,一切就都来不及了,于是,仅过这一岭,那宋之问便作诗四首，其中一首里更是写道："但令有归日，不敢恨长沙。"

　　然而，与诗中哀切截然相反的是，宋之问其人，一生劣迹，数不胜数。且不说他杀甥夺诗，单说在朝堂之上，今日攀附东家，明日跪拜西家，稍稍得意便形骸两忘。最终，至唐中宗神龙元年（705），太子李显复位，宋之问所攀附的张易之、张昌宗兄弟伏诛，他被发配到了大庾岭外的泷州参军。没过多久，他又偷偷潜回了长安，藏匿于友人家中，未几，为了依附武三思，再向朝廷告发了窝藏他的友人。于是，朝廷不再追究他的偷潜之罪，反倒任命他做了鸿胪主簿，但是，当中宗驾崩，宋之问便也走到了他的尽头。睿宗即位后不久，宋之问就再一次被流放到了钦州，继而，朝廷传下旨意，将其"赐死于徙所"。翻看宋之问的诗，轻易便可以发现，字句之中，驿站尤其多，在临江驿，他留有"可怜江浦望，不见洛阳人"之句；在满塘驿，他写下过"驿骑明朝发何处？猿声今夜断君肠"；到了端州驿，他又大放哀声："处处山川同瘴疠，自怜能得几人归。"然而，照我看，这一切却全都是自找和活该的，说白了，所有必经的驿站，无非都是逃不掉的报应，心术纷乱，行迹便也纷乱，你非要再多一次投怀送抱？对不起，那不过是又多了一座荒山野岭上的驿站正在等着你去走近它再踏入它。只是，可叹的是，宋之问其人，至死也未有一丝半点真正的悔意，仍以那些写在驿站中的诗句为例：凄婉也凄婉，悲凉也悲凉，究其实质，却都是投石问路，都是一件件精心准备好的土特产和敲门砖。

　　所以，还是去亲近那些正道上的驿站和驿站之诗吧。当然了，活在这世上，所谓正道与邪路，往往刹那流转，常常真假难辨，庸碌如我等，哪有那么容易就能胜券在握，再指着黑说这是黑，指着白说这是白？但是，人在驿站之中，前不着村后不着店，抬头岭上云雾，低头窗下草木，所有的话，你都是自己说给自己听，该露的破绽，该见的分晓，总归都要大白于自己、驿站乃至天下。譬如唐朝刘长卿于驿中和遭到流放的老友分别，虽说凄怆满目，人臣之心却仍似山中高树一般孤直："迁播共知臣道枉，猜谗却为主恩深。辕门画角三军思，驿路青山万里心。"永城驿中，晚生于刘长卿，与贾岛齐名的姚合，尽管流离当头，却在反求诸己中厘清了来路也找准了去路："秋赋春还计尽违，自知身是拙求知。惟思旷海无休日，却喜孤舟似去时。"更有那北宋名臣寇准，曾从任所出发，经襄州赴京登上相位，数年之后遭贬，他又再一回路过了襄州，置身在襄州的驿亭之中，他曾留诗如下：

> 沙堤筑处迎丞相，驿吏催时送逐臣。
>
> 到了输他林下客，无荣无辱自由身。

　　寇准此诗，世人作解之时，多说其颇含讽世与自讽之意，然而定睛再三之后，我却别有所解：只要取消分别心，再读那前两句便会发现，看起来的心存芥蒂，实际上，也许只是身心脱落之后的开门见山，对，门就是门，山就是山，见到沙堤，便说沙堤，见到驿吏，便说驿吏，它们只是相逢与共存，既然如此，何苦还要起那对比与映照之心？更年轻一些的时候，寇准曾任巴东县令，在长江北岸的巴东驿中，他也曾题诗一首："楚驿独闲望，山村秋暮天。数峰横夕照，一笛起江船。遣恨须言命，冥心渐学禅。迟迟未回首，深谷暗寒烟。"到底是年轻，此时的寇准，顾影自怜有之，强自镇定有之，自己给自己找台阶也有之，而到了再过襄州之时，雷霆风烟，俱已入骨，那些以往里饱经的顺遂与未遂，全都化作了驿亭之外的野花林泉，何止等闲视之，他已经到了足可向它们认输的年纪和地步：认输，眼前风物才各归其主，而我竟然也在此中增添了崭新的愿望，那便是，像林下之客一般，换得一具无荣无辱的自由之身。这认输，近似于佛家所说之"现成"，若要"现成"，必先入世，入世是为了入己，入己则是为了无己，无己若至，"现成"之境，则必瓜熟蒂落。

　　只可惜，在那些千山万水之间的驿站里，又有几人能够修得如寇准般的不坏之身？廊前檐下，打雪里来的、等着雨停的，或是东张西望，或是掩耳盗铃,说来说去,有谁不是受苦之人?《梦溪笔谈》里曾经记录过一个苦命的妇人,嫁与鹿姓人家之后,因丈夫被月俸所诱而急于赴任,孩子生下刚刚三天,她便被夫家催促着上路了,行至信州杉溪驿,终于命丧于此,临死之前,她曾在驿站的墙壁上题诗,并在诗畔以数百言直陈了自己的"恨父母远,无地赴诉"之境,"既死,藁葬于驿后山下。行人过此,多为之愤激,为诗以吊之者百余篇,人集之,谓之《鹿奴诗》。"一个苦命妇人的哀告,何以引得如此多的和鸣?无非是因为,那妇人写了她的命,但那又何尝不是你的命?她命犯了长路孤驿,你又何尝不是如她一般"无地赴诉"?有许多年,我都想读这一本《鹿奴诗》,最后也未能如愿:事实上,这本书早就散佚在了岁月烟尘之中,每每念之,我竟怅然若失。

好在是,驿站代代无穷已,更多的苦命人还会继续命犯驿站,写下更多的诗。仅在北宋灭国之后,数年中,从北国前往南地的各处驿站里,便有太多惊魂未定的无名无姓之人留下过逃命与受苦之诗。南阳驿中,尚且有妇人吃零食一般从口袋里掏出了当初的好时光:"流落南来自可嗟,避人不敢御铅华。却怜当日莺莺事,独立春风露鬓斜。"而在下寒驿中,无枝可依的男子却再一次确认了自己的身无长物:"北堂无老信来稀,十载秋风雁自飞。今日满头生白发,千山乡路为谁归?"另有一首无名氏的《题驿壁》,这些年里,因其时常被我想起,时间长了,每当我寻下一处落脚之地,它便出现在了对面的墙壁上,不过这样也好:抬眼即能看见自己的护身符,总归是好的——

　　　　记得离家日,尊亲嘱咐言。

　　　　逢桥须下马,过渡莫争船。

　　　　雨宿宜防夜,鸡鸣更相天。

　　　　若能依此语,行路免迍邅。

这首大白话一样的诗，最早见于宋朝安定郡王赵令畤所著之《侯鲭录》，赵令畤说此诗实为"征途之药石也"。要我说，我也会说这一句：实为"征途之药石也"。诗中的"迤逦"二字，说的是难行、迟疑和困顿之意，所谓"仓皇归去，步步迤逦"，所谓"嗟运命之迤逦，叹乡关之眇邈"。然而，但凡要出门去那世上厮混，这二字，谁又能逃得过？以我自己为例，年少初读此诗时，似乎从未将它放在眼里，但它迟早都要与我赤裸地相见：几年前，在陕西境内的汉江边，一个冬天的早上，天还没亮，我从旅馆里奔出，脚踩着遍地的白霜跑向江边的渡船，都快跑到了，却眼看着渡船刚刚离岸，心里终究不甘，也是怕江对岸的生计活路被我再一回错失，我便赶紧退后两步，再冲刺着往渡船上跳跃了过去，结果竟事与愿违，我的身体硬生生坠入江中，再结结实实砸在了水流之下的乱石堆上。尽管河水并未将我卷走，但是，其后三天，我却只能发着高烧蜷缩在小旅馆里，满身的疼痛又令我寸步难行。不用说，那江对岸的生计活路，最终还是被我错失了。还有一回，在云南深山里的一座没有候车室的小火车站里，雨下得虽然大，却没有人去站台上的一小截凉棚底下躲雨，因为那一小截凉棚显然是年久失修，摇摇欲坠。而我要坐的火车又来晚了，等到后半夜，我实在困乏已极，终于不管不顾，跑到那凉棚底下唯一的一把长条椅上睡着了。天快亮时，我还在沉睡之中，却突然听见有人在对我大声呼喊，一开始我还以为那是梦，惺忪着醒过来这才发现，微光中铁轨的对面，的确有一个身穿少数民族服装的男人在对我呼喊，我听不懂他在呼喊什么，但他却不依不饶地继续大声喊叫，我只好起了身，打算穿过铁轨去找他，不料，正在此时，背后的凉棚在顷刻间便呼啦啦倒塌下来。一下子我清醒了过来，看看倒塌的凉棚，再看看对面的男人，最终，我三步两步狂奔过去，抱紧了他。

自此之后，除了在一座座犄角旮旯里的小旅馆中，哪怕身在火车站和片场，乃至寺庙和渔船里，只要踏入了这些今时今日里供我容身的驿站，"逢桥须下马，过渡莫争船"，还有"雨宿宜防夜，鸡鸣更相天"，这些句子都会被我时常念及，倒也不是什么心有余悸，而是常常觉得，当尊亲们远在千里万里之外，照着那几句话去做，不仅是本分，更是纪律。唯有纪律加身，过桥时必先下马，鸡鸣后看天动身，虽说往前走还是逃不开没完没了的迤逦，可是，当一天将尽，你仍然可以勉强告慰自己，这一己之身，还将继续度过接下来的一天。到了这时，你再去看那一整首大白话一样的诗，它多像是一封信啊：既像是来信，管你其后是报喜还是报忧，尊亲们都不在乎，他们只要你记得他们曾经叮嘱过的话，反正，打你出门，他们便已爱莫能助；这首诗，其实也是一封回信，你看那些叮嘱，无不惊惧和小心翼翼，既未期待收成，也未渴望胜利，所以，再说一遍，只要你"逢桥须下马，过渡莫争船"，只要你"雨宿宜防夜，鸡鸣更相天"，你便是好好听了话，你便是好好回了信。

　　实在也是没办法，但凡我等还要继续朝前走，那迤逦便注定了举目皆是，还好，长路穷尽之处，总归会有一座两座的驿站在等待着我们，这驿站里哪怕只有闲锅冷灶，也绝不是让我们倒头便拜的诸佛之前，但是，因为我们受了苦，我们便不会被它们亏待，单单那些驿壁上的故人与陌生人之诗，就足以令我们像靠近了炉火一般，在瞬时里变得热烈起来。先说陌生人之诗，宋时汴河驿中，士子卢秉不平则鸣，题诗于壁上："青衫白发病参军，旋籴黄粱置酒樽。但得有钱留客醉，也胜骑马傍人门。"哪知道，此诗其后被路过汴河驿的王安石读到，"见而爱之，遂获进用"，直至最后，卢秉竟官至龙图阁直学士。于此佳话，时人多有不解，不过，如果要后世之我来解，个中之因其实一目了然：王安石一向孤冷，然卢秉诗中也不无孤冷之气，机缘来时，这孤冷与孤冷不仅没有将彼此推开，反倒变成了烧酒，让人热烈，让人惺惺相惜，此中要害，不过是一句"吾道不孤"。再说唐时蓝桥驿，元和十年秋天，白居易遭贬，赴任江州司马，在蓝桥驿中，他却看见了当年春天元稹在驿壁上题下的诗，一见之下，不能自已，那首著名的《蓝桥驿见元九诗》也随之破空而来：

蓝桥春雪君归日，秦岭秋风我去时。

每到驿亭先下马，循墙绕柱觅君诗。

——话说当年春天，元稹度过了五年的贬谪生涯，自唐州奉召还京，途经蓝桥驿时，忍不住狂喜与壮怀之心，作下了《留呈梦得、子厚、致用》，诗中说："泉溜才通疑夜磬，烧烟余暖有春泥。千层玉帐铺松盖，五出银区印虎蹄。暗落金乌山渐黑，深埋粉堠路浑迷。心知魏阙无多地，十二琼楼百里西。"单以此诗的末尾两句而言，元稹的得意之形呼之欲出，但是，事实却并不仅如此：诗题中的梦得与子厚，不是别人，正是刘禹锡和柳宗元。此二人，在各自的任地，度过了远比元稹更为漫长的贬期，其时，终于也和元稹一样，行走在了奉召还京的道路上，只不过稍晚一步才会到得了这蓝桥驿，所以，元稹的诗中当然有无法掩饰的自得之意，但他既在得意于自己，也在得意于友朋，这得意里，甚至深埋着欣慰与恻隐。谁又能想到呢，仅仅八个月之后，秋风起时，元稹一生之过命至交白居易，便也要在蓝桥驿中为他写诗了。更要命的是，白居易作诗之时，那元稹，早在六个月前就已经再一次被贬到了通州，即是说，春天里，他自唐州归来，也不过在京城里度过了区区两个月而已，而后世之人在解那两句"蓝桥春雪君归日，秦岭秋风我去时"之时，动辄便以元稹当日之嚣张与白居易今日之凄凉来作比，实在是大不然，须知此时此境里的白居易，不过是道出了他与元稹的两厢际遇，之后的循墙绕柱，当然是安慰，却也是沉默地服膺：他也好，元稹也好，都必须也只能服膺于这广大莫测的命运。就像我，在读元白二人过蓝桥驿之诗时，也常常忍不住去服膺，不同的是，我所服膺的，除了命运，更有那座蓝桥驿：雪与风、春去与秋来、奉召与遭逐，全都在此被它集合和见证，至此，它何止是一座驿站，它其实是一座牌坊，这牌坊所纪念的，几乎是我们的性命里做不了主的一切。

说起来,我也是命犯过那蓝桥驿的——有一年冬天,恰在大雪纷飞的时候,为了给一个戏曲编剧打下手,我跟随着他来到了今日蓝田县的一个叫作蓝桥的镇子上。根据当地人的介绍,当年的蓝桥驿正是在此处。如此一来,就算终日里都天寒地冻,我却倒也安之若素。每天跟着那戏曲编剧忙完之后,我便一个人在镇子上四处乱逛,甚至还妄想着找到一点当年蓝桥驿的影子去亲近一二。忽有一日,我突然得知,离我旅馆不远处的蓝河之上,尚遗存着古蓝桥的桥墩,一得此讯,我便片刻未停地朝着古桥墩所在之地狂奔了过去。哪知道,没跑出去多远,一辆打滑的农用货车就径直朝我冲撞了过来,左躲右闪了好半天,我虽没有被撞上,却也跌进了路边的沟渠之中。等我从沟渠中爬起来,这才发现,我的头顶处已经被几块石头硌破了,血从头顶涌出,再流了满脸。尽管如此,我却仍然横下了心,非要去看看那古桥墩不可,正所谓:"心知魏阙无多地,十二琼楼百里西。"于是,我手捂着头顶,迎着几乎将人推倒在地的雪,踉跄着,还是朝那古桥墩的所在狂奔了过去。

　　没想到的是,因为雪下得实在太大,等我跑到当地人指点的古桥墩所在,积雪早已遮盖了目力所及的一切。那古桥墩,也许就在我的咫尺之内,但它首先变作了铺天盖地的白茫茫中的一部分。不过不要紧,我头顶上的血已经止住了,飞雪扑面而来,也在不断给我增添着清醒,于是,喘息着,思忖着,我定下了主意,要像白居易一般,去将那古桥墩从积雪里找出来,正所谓:"每到驿亭先下马,循墙绕柱觅君诗。"这样,我便俯低了身去,从脚底下开始,逐一翻检,依次打探,绝不轻易放过任何一片方寸之地。有时候我直起身来,去眺望正在上冻的河水和更远处的风雪,又总是忍不住去疑心,我根本不在今时今日,而是置身在了唐朝的蓝桥驿中,再过一阵子,等雪下得小一点,元稹就会来,白居易也会来。

生命胜利了

◎ 余 华

  感谢诸杜明教授和瞿洪平教授的邀请，很荣幸能够参加第四届海上重症论坛。在我心目中，重症医师就是救生员，去死亡威胁里救出生命。今年一月下旬，新冠肺炎疫情来袭时，你们第一时间挺身而出，不少人去了武汉和湖北各地，不少人战斗在上海公共卫生临床中心，你们与其他科室的同行，与湖北的同行，与全国各地的同行，共同踩住了疫情的刹车。现在第二波疫情在世界上蔓延时，中国的社会生活已经趋于正常。虽然西方社会对于新冠肺炎疫情有不同的声音，甚至有一些奇谈怪论，但是有一点是一致的，就是中国的医护人员理应得到世界的感谢。

  接受你们的邀请之后，我开始去想文学与医学的关系，首先想到是不少作家学过医：外国的有英国诗人济慈，写下了著名《侦探福尔摩斯》的柯南·道尔，大家熟悉的契诃夫，还有苏联的布尔加科夫等等，中国的当数鲁迅。很惭愧，我也学过医，当然无论是文学还是医学我都是不能与鲁迅相比较的，医学上鲁迅是海归，我是赤脚医生，文学上我还是赤脚医生。

  我做过五年的牙医，有位作家朋友因此调侃我：明明是兽医，偏偏说自己是牙医。我记得他是在二〇〇九年法兰克福书展上开玩笑说的，当时参与活动的一位德国作家，年纪比我们大，他说他小时候生活的地方，牙医和兽医是同一个人。我说的不是现在的口腔科医师，我说的是过去时代的牙医。

  中国过去时代的牙医大多是江湖中人，是在油布雨伞下给人拔牙，旁边是修鞋的理发的打铁的。我 1978 年做牙医时已经告别油布雨伞了,是在正规的医院里,当时叫海盐县武原镇卫生院,现在叫海盐县口腔医院,当时来我们医院的大多是农民,农民不叫医院,叫牙齿店。

文学与医学的关系,我想两者有一个共同点,就是疾病与健康,生与死。文学作品描写了无数的疾病与健康,无数的生与死,医学面对的也是这些。当然文学是虚构的,医学是真实的。法国作家、思想家罗兰·巴特在母亲去世后写下这样一句话:我失去的不是一个形象,而是一个活生生的人。我想这就是作家与医师的区别,作家面对的是一个个形象,医师面对的是一个个活生生的人。

我是从牙齿店出来的,我的医学知识停留在牙齿店。去年我父亲三次进入重症病房,第一次在杭州的医院,第二次在海盐的医院,第三次在上海瑞金医院,在瑞金医院的三个多月里,让我对重症医师的工作有了一些了解。

去年我从英国回来,赶回海盐时,我们家里已经在为我父亲准备后事了。我在文学作品里经常读到"奄奄一息",我自己的写作里也多次用过"奄奄一息",我父亲来到瑞金医院重症医学科住院时的状态就是这样,可是瞿洪平教授对我们说:"还有胜算。"

我相信瞿教授说这句话的时候,已经在一堆消极的因素里发现了积极的信号,虽然这个信号很微弱,但是瞿教授和他的团队抓住了,然后通过精准的治疗和护理,让这个微弱的积极信号打败了那一堆嚣张的消极因素。

我理解这就是一个优秀的重症医师的敏锐和积极的态度,重症医师面对的病人虽然病因病情各不相同,却都是危重的病人,不是危重的病人不会来重症医学科。我觉得敏锐是医术,积极是医德,也是人生态度。对于医师,尤其是重症医师,对待病人,积极的人生态度与高超的医术同样重要,因为治病就是积极的行为。

优秀的作家也是这样,他们常常会在消极的题材里写出积极的主题。我前面提到的英国十九世纪的诗人济慈,学过医的济慈,写下过一首题为《蝈蝈与蛐蛐》的诗歌,盛夏时鸟儿因为骄阳而昏晕后不再鸣叫,蝈蝈就在草地树篱上发出它们的乐音;严冬时的夜晚一片死寂,炉边就会响起蛐蛐的歌声。在盛夏中午烈日下和严冬夜晚寒冷里,在这样消极的环境里,济慈仍然让生命的声音积极响起来,他把这生命的声音比喻为诗歌,他因此写道:"大地的诗歌从来不会死亡……大地的诗歌从来没有停息。"

继续说说我父亲,他去年十月底从瑞金医院出院。十多年前因为腰椎间盘突出,走路开始困难了,后来因为脑膜瘤的压迫,走路更加困难。去年五月在杭州做了脑膜瘤手术,八十八岁的年纪,又在病床上躺了近半年时间,后面的三个多月是在瑞金医院的病床上度过的,他从瑞金医院出院后几个月,心肺功能完全康复了,可以用助步器走路,最近他开始尝试用拐杖走路。

然后白内障来了,左眼几乎看不见,右眼的视力 0.3,看不清《新闻联播》了。他是中华人民共和国成立前参加革命的老党员,《新闻联播》是他生活中的重要内容。前些日子有一位外地的眼科专家在我们海盐县医院门诊,他去就诊,那位眼科专家说他年纪太大,不要做手术,保守治疗就行。他很生气,他以前就脾气不好,最近是经常发火。我在电话里对他说,你看不清电视就听听广播吧。他说不行,还是要去做白内障手术。

刚好瞿教授打电话过来,关于这届海上重症论坛的事,我顺便向他介绍了我父亲现在的情况,说到白内障和我父亲因此大发脾气,瞿教授在电话里说,老人脏器功能恢复后,对生活质量的要求自然会提高。

这句话对于你们来说应该很普通,却让我感受到了一个医师对于人的理解。我们觉得我父亲已经很不错了,此前大家已是束手无策,有一位专家医师已经建议放弃治疗,减少痛苦,结果在瑞金医院死里逃生,不仅死里逃生,生活质量也在逐步提高,我父亲应该满足了。

瞿教授理解我父亲的不满足，我想这是对人的理解。我记得去年在瑞金医院的时候，当时我父亲肺部的炎症控制住了，还插着三根管子，气切套管、鼻饲管和导尿管，瞿教授对我们说，下面要做的是逐步拔掉这三根管子，要让老人活得有质量。

人们常说文学是人学，什么是人学？简单说就是对人的理解，在这个意义上，医学也是人学，而且是活生生的人学。

我年轻的时候，大概十七八岁的时候，读了《钢铁是怎样炼成的》，里面有一句话让我至今难忘，就是保尔·柯察金在接近死亡的伤病里挺了过来，奥斯特洛夫斯基写下这样一句话：青春胜利了。当时我很年轻，这句话让我觉得自己充满了力量。

我父亲在瑞金医院重症医学科住院期间，我见到两个病愈出院者，一个是老人，一个是年轻人。后来我和瞿教授说起这些，瞿教授告诉我，最年长的病愈出院者一百零三岁。

现在我重新想到奥斯特洛夫斯基写下的"青春胜利了"这句话的时候，"生命胜利了"跳了出来。

是你们，重症医师们，还有在重症病房里吃苦耐劳兢兢业业的护士们，让一个又一个的生命，让过去现在将来的生命，胜利了。

暂居漫记

◎ 李晓君

    人到中年之后，突然又成为一个租客，这是一件未曾料到的事情。我年轻的时候，为了摆脱父母的荫蔽，非常渴望有个独立的暂住空间。事实上，我也做到了。从师范学校毕业分到乡村教书，我拥有了有生以来第一个独立的居室。来到省城以后，度过了一段东奔西突的租住岁月，开始拥有自主产权的住房。伴随着这段不短的岁月，人也步入中年。这是个危险的年龄阶段，心态脆弱，彷徨而多虑，身体的状况也开始走下坡路。渴望稳定不变构成了这个年龄的人内心最大的愿望。但生活并非经过电脑设定的程序，有着按图索骥的清晰轨迹。

    探究一个租客的心态是件颇费思量的事情。抛开我自身不说，先从贤士花园的其他租客说起。我曾经说过，我们小区最显著的特点就是老人多，他们整体性的面容，构成了贤士花园略显陈旧、悲情而又颓废的气质。他们衣着灰暗，容颜衰老，行动迟缓，面容平静而略显悲伤（他们中达观矍铄者为少数，对于时代和命运，他们有着与年轻人截然不同的看法）。无他，时代的烙印在他们身上过于深刻，他们性格中的共性（集体性）大于他们的个性。但通常，他们是小区的土著，在此颐养天年直至终老。我暂时放下他们不表。因为我想描述的是另一个群体：租客们。能够让我注目的除了这些老人，便是一些年轻的各自美丽的女孩子，她们每天早出晚归，如同穿花蛱蝶，翩翩来去，少不了要让我多看几眼。租住在小区的女孩们，大多是南昌大学一附医院的实习护士。

医院的大楼就在贤士花园对面，之间只横亘着一条街道。大楼高耸冰冷，如同亘古的风景。而实习的女护士们则如同流水落花，一茬又一茬，来去匆匆。探寻这些女孩们的心态，于我是件难上加难的事情。我租住的房子，之前便是几个护士的暂居之所，随着实习的结束，她们便收拾行李匆匆离去，除了遗落在房子中未及被房东清扫出去的不引人注意的小物件：挂在卧室门背后的几个塑料挂钩，抽屉里的粉色发夹，几张语焉不详的纸片，衣柜里遗弃的手套、帽子，便无其他。她们曾经在这个房间里短暂的音容笑貌，说话的语气、身体的温度、流泪时的心情，在镜子前流连顾盼的样子——都随着光线的湮灭，消散在暗夜里，被晨光刺破，如同虚无一般。也许，在灰白色的浴缸里还残留着她们掉落的头发——它们，混杂在弃置不用的浴缸的尘垢中。

有一天早晨，我走进陈旧的电梯里，里面有个年轻的女孩在打电话。我想我能猜出她的身份。我安静地站在她的旁边，只听见她手中的通信设备里传递出的声音，因为我的在场，她开始流畅的表达变成了间隔的"嗯""哦"。她用余光扫视了我几下，我若无其事地看着封闭的前方，我差不多是她的父辈，尽管我不太愿意承认这个现实，我更希望是她的一个朋友，虚拟中的恋人，至少是一位可以与她亲热交谈的兄长。

到现在为止，我未曾发现我与她们其中任何一位有过交谈。实际上，除了小区的门卫（也是因为要去那里取快递），我几乎与整个小区的人没有任何交往，确实没有。我发现我在内心里没有与他们延伸关系的愿望，保持独立的个性，抑或是越来越明显的疏离与冷漠，在我复杂难表的心里都有吧。我每天在小区进去，穿过变得熟悉的楼道、熙攘的菜市场、灰暗的人群，总是偶尔会邂逅般地遭遇到南大一附院的实习护士，其中不乏面容姣好、衣着与众不同的佳丽。此刻，她（她们）已褪去身上的医院气味，而是沐浴打扮了一番，画了眼影，抹了口红，像是去赴情人的约会一般。她（她们）在黄昏的院落里，在佝偻的老人们和深冬构成的背景前显得楚楚动人、暗香浮动、多情而妩媚。

通常，这些女孩们在出了小区大门后会变得活跃而欢快，那副矜持、审慎的表情如同用过的面膜一样被她们撕去，丢到了路边的垃圾桶里。她们恢复了这个年龄的女孩应有的欢快。是不是小区压抑的氛围给了她们某种暗示，使之仍有某种如我年轻时与父母共居的紧张？不得而知。有时，我在等待红灯的路口与她们相遇——年轻的女孩子一下子多了不少，她们分别来自附近的各个出租屋里，当然，各色人等都有，都在赶着去上班。这些女孩有的手里拿着早餐，并不避讳路人就当众大啖起来，丝毫没有一个淑女应有的风度。我很欣慰地看着她们，对此抱有深深的认同感——因为我也是个在路边摊买早点并当街就做狼吞状的人。

这些女孩，我能对她们的了解只限于此。过了马路，她们便与我分道扬镳，我走永外正街去上班，她们则直接从站台后面一附院的侧门进去，消失在大楼的各个科室，来到令她们产生敬意的老师和一个个呻吟的患者身边。对于这个职业，我有些微的了解，因为我的妹妹和堂妹都是护士。若要对她们的职业环境以及工作中的细琐进行描绘，我发现，几乎无法动用一个词。我瞥一眼消失在站台后面的女孩们，就像与我的妹妹告别一样，然后走自己的路。

随着现代性的到来，人的关系圈除了同事、战友、同学、老乡等等之外，在现实中很难再开辟出深刻的交往来。在一个陌生社会，尤其在城市的新兴社区，邻里关系这个词已经发生了很大的变异。过去讲"远亲不如近邻"，现在已经无法适用。邻里之间横亘着比物理的大门更坚固冰冷的心门。要说异数自然也有，我有两个要好的哥们儿，从事视觉艺术行当，他们在旅途的大巴或火车上、上班路上、聚会，甚至看电影时，能迅速与身边的陌生女孩谈上话并互相交换手机号码。必须承认，他们是人群中的少数。

一天，我在电梯里遇到一个黑人。他高大、雄壮的身躯，立马使窄小的空间凝聚起紧张的空气。这个黑人小伙儿穿着灰色的运动衫，头戴棒球帽，戴着耳机（手中拿着苹果6，并拨弄着手指快速地在屏幕上与人互动），在他黝黑、宽阔的脸上，唇红齿白，眼睛黑白分明。女儿说，她也遇到过几次这个黑人——她说，他还友好地与她打招呼。只是女儿形容他高大身躯时的表情显得有些夸张。如果你看美国职业篮球联赛转播的话，一定知道有个外号叫"大鲨鱼"的中锋奥尼尔，这个篮下大杀器与我同龄，身高216厘米，体重147.4公斤，曾经和来自中国的大个子姚明在场上互为敌手。我们小区这个黑人，从外貌和体形上都有些接近于奥尼尔，只是小一号而已。这是我们刚住进贤士花园时的发现，随着时间推移，我们发现小区里的黑人老外不止一个。

此外，几个有着印巴人体貌肤色的女人也时常在小区出入。她们也和南大一附院有关。是前来交流学习的医学生。作为一个电影和美术爱好者，她们曾经出现在我看过的影片和画册中。在印度细密画和宝莱坞花哨、浮华的电影制作工厂，她们的异国风情常常让我留意。她们穿着民族服饰，趿着拖鞋，身上喷洒着某种香水，与小区的老人们、孩子们、女护士们以及各种身份不明的租客们，共同栖居在南昌老城区某片蓝天下。

我们生活在一个飘移的世界。各种先入为主的观念不得不删改甚至抛弃。当我走在永外横街侧畔狭小的里弄里，那里内容丰富：牛羊肉铺、家禽摊子、乡下菜农占道经营的寒碜的摊点、糕点房、五金电器店、水果店、金器加工店、为一附院病人家属提供的饭菜加工小店、网吧，林林总总，仿佛让你置身于一个非城非乡、莫名所以的世界。仿佛这个世界的隐喻——弄堂的一切显得杂乱无章而又生气勃勃。而永外横街里面的贤士花园，同样呈现出某种多样性与复杂性，是一个可供人类学家研究的样本。当年费孝通先生写《江村经济》，通过对中国东部某个村庄的田野调查，解剖麻雀，描述了中国农民的消费、生产、分配和交易体系。今天，我们生活的这个世界，与费孝通先生于二十世纪三十年代末所观察到的一切相比，已经发生了巨大的变化。

比如,租客的兴起就是个很有意思的话题。租客们无处不在:从农村来到城市在建筑工地打工而租住在城乡接合部的青壮年劳力,租住在县城陪读的留守爷爷奶奶们(为此离开了一辈子未曾离开的土地),如我一般的城市新租客,实习的女护士们,交流学习的老外,以及去往国外留学的学子们……而我暂住的小区如同这个世界——如果是个坩埚或者沙漏的话——的底部,在它幽暗、低微的仿佛老照片远景部分的谦卑的角落里,在南大一附医院夜晚猩红的电子招牌的映衬里,显得那么安静持久而又变动不居。

我，世界

◎ 汪惠仁

忍的类型

　　某日收到照片，是久违的少年时的玩伴寄来的。从照片上，我只能从下巴的西南角依稀可辨的疤痕来判断此人就是"他"——我是疤痕产生的目击者。当时他贪婪地把高高树梢上整个鸟窝取下来，他要让所有的鸟蛋完好无损。当我看到那些青色的鸟蛋的时候，也看到他下巴的西南角在滴着血。

　　现在的他，坐在照片里的大堂上，情绪饱满，皮肤呈现着轻度酒精中毒的颜色。背景墙上挂满了他的企业获得的各类认证铜牌。当然，最为醒目的还是那个·高悬在大堂上的巨幅的"忍"字。

　　普通人会把这个字刻在心里，忍气吞声地过一辈子。成功人士通常会把这个字挂出来，只为提醒自己不要乱了"大谋"。

　　文学里也有个"忍"字。这个"忍"不再是聪明机巧，也并不意味着写作者性格的懦弱，这个"忍"字在于揭示人生的困境：忍把浮名，换了浅斟低唱。这是柳三变的意义，他把"忍"字放到了交换价值与自由价值的交界点上，体现着自由价值对人生的诱惑。"忍"是暗藏价值选择的充满动感的中间状态——这里有滞重的生活，还有希望。

燕巢

　　小时候，我经常去大姑家。在大姑家的堂屋里，我总爱给有线广播的地线浇上水,这样,来自大队部的通知和中央人民广播电台联播节目就不再被炒豆子似的杂音掩盖。

然后,我就呆呆地看着有线广播木盒上方的燕巢:无数褐色的泥粒神奇地聚合成这"危险"的巢,每个泥粒的表面都是那么光滑,一些泥粒被压得扁扁的——我把燕巢称为半碗"城墙",上口收得拢些的,我称之为半壶"城墙"。为筑这"城墙",燕子选择每一粒春泥,并且反复咀嚼,我见过燕子的唾液在阳光下闪耀着拉伸着,燕子知道,这一口唾液将要粘牢的是"城墙"的哪个部位。

燕巢是坚固的:巢之每一分毫,皆有燕的生命因子。燕巢之泥,如蚕之丝啊。

写作者,也在筑巢,只不过用文字而已。人的聪明是燕不能体会的,所谓的"时代感"在制造一个又一个的"典型"文字模块——无疑,对于文字筑巢而言,这是高效率的。所有的事物都将注定湮没在时间之场,但我想,一粒粒竭诚而筑的巢,它的消失也是一粒粒的消失;而用模块拼接的巢,它的消失将是一块块的,甚至轰然一片——就像那么多的我们曾经的偶像。

不二法门

中国的数字都极有讲究。

"不二法门",这是最初让我一头雾水的词。这里就有"二"这个数字——这个数字现在的活跃程度可能不用我来描述了,它就像童年时被投来掷去的苍耳,粘在每个人的身上。

让我们回到"不二法门"这个词。这个词,我最初看见它是在乾元禅寺,那时我还在上小学。那时寺庙的香火并不旺,我的心里只觉得那是一个可供玩耍的乐园,尤其在夏天的时候,寺旁高大而浓密的竹与松为我带来了大片大片的荫凉。常住的只有三五僧人,一例的清瘦。寺内的一面墙上写满了佛教语录,其中一则就有"不二法门"这四个字。碗口大的紫色的绣球花开了一树,我向树下的僧人请教这四个字的意思。他怀抱着一只年迈的猫,回答了我,但我听不懂他的口音。后来有人告诉我,他是太湖县人。花瓣在风里簌簌落下,经年雨水侵蚀了寺院的墙,"不二法门"四个字墨迹淋漓——这是我最初的疑惑,也可能是我最后的疑惑。

乾元禅寺多年没有再去看看。那一株花树,那一面墙,那墙上的字,一定不是老样子了。我们从思想史上了解到的"不二法门"早已被新的生活挪作他用。

无常

人常常舍不得说破某些东西。

比方说,人生无常。这是我们心里时时闪着的一句。但作为成年人,我们不忍把这句话过早地传授给下一代人。我们教给下一代人,是这样的观念:人生只是一系列亟待解决的问题。

但是,人生无常。这毕竟是每个人迟早要发出的感慨,这毕竟是人迟早要面对的最根本的挫折。所以,酒、致幻的药物以及宗教向我们走来,我们用它们来安慰这无常的人生。

当然,当你有阅读的兴趣,拯救这无常人生的还有文学。但,文学不是酒,又不是致幻的药物,也并非宗教——尽管文学需要一定程度的非逻辑主义的力量,尽管文学需要仪式感。文学是一只蜜蜂,它要四处奔波,采集它能够采集到的、在它的采集传统里也没有对它自身构成致命的那些花粉。

如果,我们把这无常的人生简明地用一个数轴来表示,我想:类似宗教那样的情感与思想,占据的是原点的位置;真实的人生则在世俗利益的牵引下向正负两侧运行;酒及致幻药物则为我们提供一种漫溢的状态,这一状态让我看见"理念人"与"真实人"的错位关系。

正因如此，我想，好的文学，定是从以上的三者中分别借用了：宗教的定力、世俗的实在，与幻想的勇气。

加法

生活问题的解决之道在于这一问题的消失。

维特根斯坦是在告诉我们什么呢？他习惯沉默，话很少。维特根斯坦的回答并不显得沉甸甸，他的回答是轻盈而透明的：他总会把问题返还给你，因为答案就在你的提问方式里。哲学就在你的语言里。

写作者中，有很多是勤奋而刻苦的人，他们勤奋刻苦地在做"加法"：于采风团"深入生活"，于经典作品借鉴"技艺"，于哲学偷得"深刻"。

这让我们看见了新型文化生产中写作者的"奔逐"心态：套话的叠加总是能换来平均收益——因为集体性的对"不离谱"的迷恋，我们的写作者在套话的加法里渐渐安逸起来，很少有人冒着风险去反观并建立自己的语言。这就是为什么，那么多人在做着加法，我们的内心却在不停地持续地亏空，爱不能有效积累，"我"在丧失。

青年

写作者顾虑总是比一般人要多。他的每一个作品都不能重复，这与手机的设计师区别很大。我们彻夜排队买来的新手机和上一代手机相比并没有太多的不同。而写作真正的难度正在于：既要在一群写作者中体现独属于自己的文体辨认度，又要不同于以往的自己。

种种顾虑之中，写作者越来越看重年轻读者的口味。

我想，这并不庸俗。屠格涅夫写完《父与子》，他就担心因此而永远失去俄罗斯青年的喜爱。

对青年读者的看重到底意味着什么呢？是书商的市场焦虑，还是精神的传承忧虑？

在屠格涅夫的时代,俄罗斯民族的眼睛一直紧盯着法国和德国,唯恐被欧洲抛弃。巴黎底层的多次起义引导着俄罗斯作家的良知发现:屠格涅夫为自己的农奴主家庭出身感到羞愧;德国哲学也是俄罗斯读书人不容错过的学习对象:屠格涅夫从德国归来,与别林斯基谈论黑格尔,屠格涅夫说,别林斯基表现了极大的兴趣,不断地热烈提问。

思潮、风尚是我们熟悉的词。而青年,总是被假定与新思潮、新风尚紧密相关。思潮的真正发生,前提是对话,就像屠格涅夫与西欧的对话;并不存在一种思潮突然发生在午夜时分,于是也并不存在一夜主宰市场扼制传承的新青年。实用主义以青年的名义干过很多浅薄的事。

读者

读者是谁?

读者是那个挑剔的人吗?据说他是经典性文学赛场上最终的裁判。

读者是那个亟待启蒙的人吗?不然,他何以对名言警句如此着迷?

也许,读者,我们对他完全不可把握,他就是毫无头绪的整个世界,他就是洪流,他不回顾也不听预言更不接受暗示。

写作者在生活中很难抓到一个理想的读者;这种读者为写作者提供着修辞学的建议,甚至,关于世界,他也能提供"真理性"的认识。

当我们没有进入写作之时,地球人皆是读者;当我们进入写作之时,无数读者中谁能成为古典时代的知音?

传播学需要这欢呼的人群——这群人用自己的电子终端当作表决器。读者被传播学空前地组织起来,成为随波逐流的消费模范——真正的阅读已经无限度地弱化了,读者变成了"参与商业传播的人"。

大地上的家乡

◎ 刘亮程

　　二十七年前的一个秋天,我辞去沙湾县城郊乡农机管理员的工作,孤身一人到乌鲁木齐打工。在这之前,我是一个闲散的乡村诗人,我用诗歌呈现自己内心的想象和情感。除诗之外,不屑于其他任何文体。我觉得,那一句摞一句,可以垒到天上的诗句,是一种形式也是仪式,它太适合盛放一个乡村青年的孤傲内心。可是,我的诗歌写作到乌鲁木齐打工后便终结了,我放下一个诗人的架子改写散文。

　　现在回想起来,我的第一本散文集《一个人的村庄》的写作契机,或许就是在乌鲁木齐打工期间的某一个黄昏,我奔波在这座陌生城市的街道上,一扭头,看见了落向天边的夕阳。那个硕大的跃过城市落到地平线上的夕阳,它正落向我的家乡。我的家乡沙湾县在乌鲁木齐西边。那缓缓西沉的太阳,像一张走远的脸,蓦然回转,我被它看见,看得泪流满面。

　　那一刻,我知道每个黄昏的太阳,其实都落在我的家乡。我家乡的弯曲道路、土墙房屋,以及鸡鸣狗吠的声音、孩子哭喊的声音、牛哞马嘶的声音,都被落日照亮,一片辉煌。那个被我扔在远处的家乡,让我从小长到青年的遥远村庄,在一个午后的夕照中,被我完全看见。我开始写它。那样的写作如有天启,我几乎不用去想如何写,村庄事物熟透于心,无论我从哪一年哪一件事写起,我都会写尽村庄的一切。

　　那么,这本书究竟写了什么?这样一个扔到大地边沿,几乎没有颜色,甚至没有多少故事的村庄,能写出什么?

我没有去写这个村庄的四季劳作,没有去写乡村的风俗文化,也没有写数百年或者数十年来村庄的遭遇和变迁。当我着手写作时,我觉得这个村庄的农耕生活,它跟中国任何一个村庄有着一样的乡土命运,以及经过村庄的一场一场的运动和变革,都变轻了、变小了,它甚至小到都没有刮过村庄的一场风大。

那么什么是最重要的?

是时间。

时间在一年年地经过村庄,用一场一场风的方式,用人们睡着醒来的方式,用四季花开和虫鸣鸟叫的方式,也用一个孩子孤独寂寞地长大,和一村庄人悄无声息地老去的方式。时间把它的愁苦和微笑留在人脸上,也留在路边一根朽木头上,时间的面目被一个乡村少年所看见,整个村庄大地是时间的容颜,一村庄人的生老病死是时间的模样。我写了时间经过一个村庄和一颗孤独心灵的永恒与消耗。

就这样一篇篇地去写,村庄的时间在写作者笔下慢下来、安静下来,又快速地在某个瞬间里过去了百年千年。这本书我写了十年,也把我从青年写到了中年。

这是我在离开家乡的陌生城市,对家乡的一场回望。或许只有离开家乡,才能看见家乡,懂得家乡,最终认领家乡。《一个人的村庄》,是我在异乡对家乡的深情认领。当我在那个陌生城市的街道上,遥想落日余晖中的家乡时,就像想起了一场梦。我知道,那个尘土草木中的家乡,已远在时间外,又近在心灵中。我能触摸到她了。

五年前一个冬天的夜晚,我的后父不在了。得知消息后,我连夜驱车往沙湾县赶,那夜正刮着北风,漫天大雪,在昏暗的车灯中,从黑暗落向黑暗。那场雪仿佛是落给一个人的,因为有一个人已经离开了这个世界。

赶到沙湾县时,后父的遗体已被家人安置在殡仪馆,他老人家躺在新买来的红色老房(棺材)里,面容祥和,嘴角略带微笑,像是笑着离开的。

后来听母亲说,半下午的时候,我后父把自己的衣物全收拾起来,打了包。

母亲问他,你收拾衣服做什么?后父说,马车都来了,在路上等着呢,他要回家。母亲说,你活糊涂了,现在啥年代了,哪有马车?后父说,他听到马车轱辘的声音了,马车在路上来回地走,那些人在喊他,他要回家。又过了几个小时,后父安静地离开了人世。

我后父年轻时在村里赶过马车,马车轱辘在地上滚动的声音,也许一直留在他的心中。在他生命的最后几个小时,他听到了那辆他曾经赶过、在乡村大道上奔走多年的马车,过来接他了,他被那辆马车接回了家。

后来,我们给后父操办那个还算体面的葬礼时,我想我们所做的这一切,都跟他没有了关系。他已经坐着那辆马车回到家乡。那个家乡,是他从小长到老,葬有他母亲和父亲的太平渠村,也是我在《一个人的村庄》中所写的那个地方。

后父是太平渠村的老户,几代人的祖坟都在那里。

我八岁时先父不在,十二岁时母亲带着我们到了后父家。记忆中我没有去过后父家的祖坟,只是远远地看见过,有几个坟头伫在村北边的碱蒿芦苇中,想起来都觉得荒凉。后父是家里的独子,每年清明,他一个人去上自家的坟。我们去上先父和奶奶的坟。平常我们像是一家人,到这一天突然成了两家人。

我们在这个村庄生活了十年。这也是我从少年长到青年,对我的人生影响最深的十年。我工作之后,把家从太平渠村搬迁到离县城较近的村庄,过几年又搬迁到城郊村,后来终于进了城。

后父跟我们在县城生活了三十年,一开始住平房,后来住楼房。我们居住的环境远比以前的村庄要好许多。他跟我们生活的时候,也时常赶马车回太平渠村,去看他那已经卖给别人的老房子。我后父的马车,直到家搬进县城前才卖掉。他活着时没有抱怨过现在的家,也没说过要离开我们回他的村里去。但是，临死前他说出了要回去的那个家。

后父的话让我顿时心生悲凉。这么多年来我们在县城和他一起生活的那个家，那个有儿有女有妻子的家，就这样不作数了？在他离开人世的时候，这个家可以轻易被他扔掉。他要去回另一个家，那个早已没有了亲人，只留有父母墓地的荒芜家园。

那个家是他一个人的，那条路也只有他自己知道，跟我们都没有关系。

他的死分开了我们，但我又分明感到他的死亡在连接起我们。

前不久我去养老院看望老丈人，他因脑梗生活不能自理而住进了养老院。

我陪老丈人在院子散步时，碰见一个老奶奶，她向我打听去一个团场的路怎么走。那个团场的名字我好像听说过，却又不知道在哪里，便只好对她摇头。后来院里的负责人告诉我，这个老奶奶在养老院住了七八年了，她见人就问去那个团场的路怎么走，院里的人都被她问遍了。那是她的家，自从进了养老院就再没回去过，她每天都想着要回去，可是，没人告诉她那个团场怎么走。那个她只记住名字却忘了道路的团场，被养老院的人隐瞒起来了。养老院成了她最后的家。

后来，我再去养老院时，那个老奶奶已经不在了。

我想在她生命的最后时刻，她会回到那个她天天念叨的地方，那是她的家乡，被她忘却的道路会在那一刻全部地回想起来，没有谁能阻挡她的灵魂回乡。

我是在七年前的冬天，来到木垒英格堡乡菜籽沟村的。当时这个村庄给我的感觉，就像到了时间尽头，那些人把所有房子住旧，房子也把人住老，屋梁的木头跟人老朽在一起。年轻人都走了，大院子里剩下两个老人。老人也在走。然后院子就空了，荒芜了。一个曾经烟火相传的百年庭院，从此变成老鼠、蚂蚁、麻雀和茂密荒草的家园。

可我，却是看上这个村庄的老和旧，才决定在这里安家。我这个年龄，喜欢老东西、旧事物，也能看懂老与旧。因为老旧事物中，有远去家乡的影子。

我们都注定是要失去家乡的人。当以前的村庄不能再回去，家乡只是破碎地残存于大地上那些像家乡的地方。菜籽沟便是这样一个我能在恍惚间认作家乡的村庄，她保留了太多的我小时候的村庄记忆。但是，那些承载早年记忆的事物，却都老旧到了头。

我自己也在这个老旧村庄面前，突然地老了，走不动了。

我在村里收购了一所七十年的老学校，做了一个书院，在这里耕读养老。

在这个有菜地和果园的大院子里读书、写作、劳动时，我又看见自己年轻时的劳碌，看见我在写《一个人的村庄》时所拥有的，可以看见时间的眼光和心境，又看见大地上完整的黑夜和天亮。我在满村庄的旧事物中，闻到我曾经生活的那个村庄的味道，它让我虽然身处异乡，却有了一种回到家乡的感觉。

我在这个村庄，一岁一岁地感受自己的年龄，也在悉心感受着天地间万物的兴盛与衰老。我在自己逐渐变得昏花的眼睛中，看到身边树叶在老，屋檐的雨滴在老，虫子在老，天上的云朵在老，刮过山谷的风声也显出苍老，这是与万物终老一处的大地上的家乡。

今年五月，我到甘肃平凉采风，当地人知道我的祖籍是甘肃，就说你回到老家了。其实我的老家甘肃酒泉金塔县，离平凉千里之遥，我怎敢把平凉当成家乡呢。但后来，我从平凉人说话的口音中，听出我老家酒泉的乡音，那是我去世的父亲曾经说的方言，是我的母亲和叔叔们在说的方言，听着她我仿佛回到那个语言里的家乡。

我平常说着不太标准的普通话，语音中总能听出家乡话的味道，这是脱不干净的乡音胎记。尤其当我写作时，我的语言会不自觉地回到早年生活的村庄里,回到我母亲和家人的日常话语中。

写作是一场语言的回乡。

我写的每一个句子都在回乡之路上,每一部我喜欢的书,都回到语言的家乡。

大概二十年前的冬天,我陪母亲回甘肃老家。这是我母亲逃荒到新疆半个世纪后第一次回老家。我们一路到酒泉,再到金塔县,然后到父亲家所在的山下村,找到叔叔刘四德家。

进屋后,叔叔先带我们到家里的堂屋祭拜祖先。

叔叔家是四合院,进大门一方照壁,照壁后面是正堂,堂屋正中的供桌上,摆着刘氏先祖的灵位,一排一排,几百年前的先祖都在这里。老家的村子乡村文化保存完整,家家的先人都供奉在堂屋里。家里做好吃的,会端过来让祖先享用。有啥喜事灾事,会跟祖宗念叨。家里出了不好的事,主人最怕的是跟祖宗没法交代。这是我们的传统。祖先供在上房,家里人住在两厢,祖先没丢下我们,我们也没丢掉祖先。

我在叔叔的引导下,给祖先灵位上香。

那是我第一次祭拜自己的祖宗,恭恭敬敬上了香,然后磕头,双膝跪地,双手伏地,头碰到地上,听见响声,抬起来时,看见祖宗的名字立在上头,都望着我。头轰的一下,像又碰到地上。

敬过祖先,叔叔带我们到刘氏家族祖坟。叔叔说,原来的祖坟被村里开成了田地,祖坟占的都是好地,每家一片,新出生的人都没有地种,便从先人那里要地。我们家的祖宗便迁到叔叔家的田地里。

叔叔指着最头上的坟说,这是刘家太爷辈以上的祖先,都归到一个坟里。

我们跪下磕头、烧香、祭酒。

叔叔又指着后面的坟说,这是你二爷的墓,二爷膝下无子,从亲戚家过继一个儿子来,顶了脚后跟。我这才知道顶脚后跟是怎么回事。如果一个家族的男人没有儿子，得从亲戚家过继一个儿子来，等这个儿子百年后，要头顶着继父的脚后跟葬在后面，这叫后继有人。

我叔叔又指着旁边的坟说，这是你爷爷的，后面是你父亲的，你爷爷就你父亲一个儿子，逃荒新疆把命丢在那里，但坟还是给他起了。

我看着紧挨着爷爷墓的这一堆空坟，想到我们年年清明，去烧纸祭奠的那个新疆沙湾县柳毛湾乡皇渠六队河湾里的坟，也许只是埋着父亲的一具躯体，他的魂早已回归到这里。

然后，叔叔指着我父亲坟堆后面的空地说，这块地就是留给你的。

听到这句话，我的头发瞬间竖了起来。我原本认为，我的家乡是北疆沙漠边的那个村庄，我在那里出生长大，甘肃金塔县的那个村庄，只是我父亲的家乡，跟我没有多少关系。可是，当叔叔说出给我留的那块墓地时，我知道我和我父亲，都没有逃出甘肃的这个家乡。他为了活命逃饥荒到新疆，把我们生在那里，他也把命丢在了那里。可是，家乡用祖坟族谱、祖宗灵位又把他招了回来，包括他的儿子，都早已被圈定在老家的祖坟里。

老家用这种方式惦记着他的每一个儿子，谁都没有跑掉。

那天我们坐在叔叔家棉花地中间的一小块家坟中，与先人同享着婶子带来的油饼和水果。坟地挨着村庄，坟头与屋檐和炊烟相望。我想能够安葬在这里，即使是死也仿佛是生，那样的死就像一场回家。在自己家的棉花玉米地下面安身，作物生长的声音、村里的鸡鸣狗吠声、人的走路声，时刻传到地下。离别的人世并未走远。先人们会时刻听到地上的声音，听到一代人来了，一代一代的人回到了家，那个家就在伸展着作物根须的温暖厚土中，千秋万代的祖先都在那里，辈分清晰，秩序井然。

后来，我在叔叔家看到我们刘家的家谱。先祖在四百年前，从山西某一棵大槐树下出发，走过漫长的河西走廊，一路朝西北，来到了甘肃酒泉金塔县山下村。家谱用小楷毛笔字写在一块大白布上。叔叔说这是我父亲写的，他是刘家唯一会文墨的人，全家族人供他上学，一度把他看作刘家未来的希望,他却跑到新疆不在了。

以前我只看过装订成书的家谱,那是一页一页同姓人的名字。当我看到写在大白布上的刘姓家谱时,我突然看懂了。在那块白布最上面,是我们家族来到酒泉的第一个先祖的名字,这位先祖名字下面,生命开始分叉,一层一层,就像一棵大树的根系,扩散再扩散,等到快到这块白布的底部的时候,这些姓刘的人的名字,已经密密麻麻爬满整块白布。

我知道,所有写在这张家谱里的人,都已经在地下了,他们组成刘氏家族繁复庞大的根系。而这个庞大根系的上面,是活在世上、人数众多、住满了一个又一个村庄的刘姓后人,他们组成一棵家族大树的粗壮树干和茂盛枝杈。每过一段时间,这棵大树上就会有枝叶枯萎,落叶归根,成为家族根系的一部分。

我想,多年之后,当我的名字出现在家谱上时,我已安稳地回到地下,回到刘姓家族庞大的根系中,过着比生更漫长恒久的土里的日子。那时我眼睛闭住,耳朵朝上,像我无数的先祖一样,去听地上的声音,听那些姓刘的后人,在头顶走来走去。我在他们脚下踏实的厚土中,又在他们跪拜供奉的高堂上。我默不作声,听他们哭诉,听他们欢笑也听他们流泪,听他们高歌也听他们号哭,听他们悲伤也听他们快乐。

这是我们的乡村文化所构建的温暖家园。在这个家园中,每个人都知道要回去的那块厚土,要归入的那方祖灵,要位列的那册宗谱,是此生最后的故乡。在那里,千百年的祖先已经成为土,成为空气,成为天空大地。

每个人的家乡都是个人的厚土。在我之前,无数的先人埋在家乡。在时序替换的死死生生中,我的时间到了,我醒来,接着祖先断了的那一口气往下喘去。这一口气里,有祖先的体温、祖先的魂魄,有祖先代代传续到今天的精神。

每个人的出生都不仅仅是单个生命的出生。我出生的一瞬间,所有死去的先人活过来,所有的死都往下延伸了生。我是这个世代传袭的生命链条的衔接者,因为有我,祖先的生命在这里又往下传了一世,我再往下传,便是代代相传。

这是我们中国人的家乡,在土上有一生,在土下有千万世。厚土之下,先逝的人,一代头顶着上一代的脚后跟,在后继有人地过一种永恒生活。

在那样的家乡土地上,人生是如此厚实,连天接地,连古接今。生命从来不是我个人短短的七八十年或者百年,而是我祖先的千年、我的百年和后世的千年。

家乡让我们把生死连为一体。因为有家乡,死亡变成了回家;因为有家乡,我可以坦然经过此世,去接受跟祖先归为一处的永世。

每个人的家乡都在累累尘埃中,需要我们去找寻、认领。我四处奔波时,家乡也在流浪。年轻时,或许父母就是家乡,当他们归入祖先的厚土,我便成了自己和子孙的家乡。每个人都会接受家乡给他的所有,最终活成他自己的家乡。

每个人都是他自己的家乡。

而在更为广阔的意义上,一粒尘土中有我们的家乡,一片树叶的沙沙响声中有我们的家乡,一只鸟飞翔的翅膀上、一朵飘过的白云之上有我们的家乡,一场一场的风声中有我们的家乡。一代又一代人来了去、去了又来的悠长时间中,我们早已构建起大地上共有的家乡。

多少年前,我用散文塑造了一个人的村庄家园。当我在陌生城市的黄昏,看见那个扔在远处的村庄并开始书写她时,那个草木和尘土中的家乡,那个白天黑夜中的家乡,被我从大地尘埃中拎起来,挂在了云朵上。

那是我用文字供奉在云端的家乡。

汪曾祺与《史记》

◎ 王 干

　　汪曾祺深受明人小品影响,特别喜欢归有光,他自己也直言不讳。他在《小传》里明言:"中国的古代作家里,我喜爱明代的归有光。"在回顾个人成长和创作历程的《自报家门》一文中,他写道:"归有光以轻淡的文笔写平常的人物,亲切而凄婉。这和我的气质很相近,我现在的小说里还时时回响着归有光的余韵。"汪曾祺文章的"明韵"是清澈的、明亮的,也是很有魅力的。但汪曾祺深受中国传统文化的影响,不仅仅有归有光和明代的小品文,还受到司马迁《史记》的影响,这在汪曾祺研究中很少有人提及。其实他在《谈风格》一文中引姚鼐《与陈硕士》的尺牍来评价归有光时,提到了司马迁:"归震川能于不要紧之题,说不要紧之语,却自风流疏淡,此乃是于太史公深有会处,此境又非石士所易到耳。"

　　也就是说,归有光追求的境界与司马迁的"深有会处",一个"深"字,说明归有光未能超越司马迁之境。细读汪曾祺的作品,汪曾祺对《史记》也是心向往之,在谋篇布局、人物塑造方面,以及语言"于不要紧之题,说不要紧之语"上,都能清晰地感受到与太史公"深有会处"。他的小说不仅回响着归有光的余韵,还飘荡着《史记》这部"无韵之《离骚》"的前韵。

　　这源于汪曾祺的童年记忆。汪曾祺出身书香门第,自小接受中国古代文化的熏陶,而《史记》自然不可少。但汪曾祺读《史记》不是普通的阅读,当中是有故事的。他在《一辈古人:张仲陶》一文中写道:"我从张先生读《项羽本纪》,似在我小学毕业那年的暑假,算起来大概是虚岁十二岁即实足年龄十岁半的时候。我是怎么从张先生读这篇文章的呢？大概是我父亲在和朋友'吃早茶'（在茶馆里喝茶，吃干丝、点心）的时候，听见张先生谈到《史记》如何如何好，《项羽本纪》写得怎样怎样生动，忽然灵机一动，就把我领到张先生家去了。我们县里那时睥睨一世的名士，除经书外，读集部书的较多，读子史者少。张先生耽于读史，是少有的。他教我的时候，我的面前放一本《史记》，他面前也有一本，但他并不怎么看，只是微闭着眼睛，朗朗地背诵一段，给我讲一段。很奇怪，除了一篇《项羽本纪》，我以后再也没有跟张先生学过什么。他大概早就不记得曾经有过一个叫汪曾祺的学生了。"汪曾祺读《史记》的时候，是老师张仲陶背诵给他，然后讲述，这种奇异的教学方法让汪曾祺终生难忘。汪曾祺能不能完整地背诵出《项羽本纪》现在不得而知，但《史记》在他启蒙的文学教育里确实有先入为主、终身受益的功效，我们在他以后的小说创作中处处能感受到《史记》的"幽灵"在徘徊。

实材

  《史记》是史书，被鲁迅先生称为"史家之绝唱，无韵之《离骚》"，可谓是巅峰之作。《史记》是一部伟大的史学著作，同时也是伟大的文学巨著，也被称为中国小说创作的源头，更是短篇小说创作的开山之作。《史记》作为一部独特的史学著作，它不是依照编年的方式或事件的结构来编写历史的，而是以人物来写历史，让历史事件在人物的命运中呈现出来，因而这样的历史必然带着更多的文学色彩，因此也有人认为它是中国纪实文学和传记文学的开端。

  汪曾祺认为，小说就是回忆，这就把小说的虚构性削弱了很多。回忆当然不是实录，但回忆带来的元素让小说具有某种个人史的味道。这在某种程度上契合了《史记》的价值观，历史是通过个人的命运来呈现的。汪曾祺的小说就不是从虚构出发，而是将基点放在真实的事件和真实的人物身上，连地点也是真实的存在。现在很多人知道高邮的地名，都是通过汪曾祺的小说了解的。大淖、草巷口、马棚湾、焦家巷、越塘、中市口、承志桥都是在汪曾祺小说里出现的。大淖原来高邮人都写作"大脑"，因为《大淖记事》里汪曾祺对蒙古语"淖尔"的考证，现在高邮的地名也将"大脑"改为"大淖"了。

汪曾祺笔下的人物也往往都有出处。有的是直接使用生活中的人物的名字，《受戒》里的小英子，《徙》里的高北溟、高冰、高雪、汪厚基，都是真实的名字；而有些人物则略做处理，比如《鉴赏家》里的季陶民，在生活中叫王陶民，而《岁寒三友》的三个人物也是真实的，但人物的名字做了改动。一九九五年高邮电视台的记者陈永平去采访汪曾祺时，汪曾祺告诉他们："这三个人跟我父亲是朋友，我父亲跟王瘦吾、陶虎臣特别好。陶虎臣的原名叫陶汝，在草巷口拐弯儿的地方开店卖鞭炮；陶汝的女儿被卖给别人，他自己上吊，这个故事有。本来这三个人的故事并不在一起，我通过他们的遭遇，特别是陶汝女儿的遭遇，把故事捏合在一起……自从《鸡鸭名家》之后，我有意识地从这些人身上发现美，不把市民写成市侩。这些人有他们非常可贵的地方。"《异秉》中的王二也是实有其人，现在高邮北门还有王二熏烧店。

汪曾祺的小说常常有人物原型，很多人物直接来自现实。为避免引起误解，在《云致秋行状》的结尾，在写完"为纪念一位亡友而作"之后，又郑重其事标明"这是小说，不是报告文学，文中所写，并不都是真事"，可见他小说中的人物和生活中的人物的重合度有多高。有些是在人物的原始形态基础上"长"起来的。《八月骄阳》写的是老舍之死，里面的太平湖是真实的，里面出现的老舍形象和真实的老舍是一致的："这工夫，园门口进来一个人。六十七八岁，戴着眼镜，一身干干净净的藏青制服，礼服呢千层底布鞋，挂着一根角把棕竹手杖，一看是个有身份的人。这人见了顾止庵，略略点了点头，往后面走去了。这人眼神有点直勾勾的，脸上气色也不大好。不过这年头,两眼发直的人多得是。这人走到靠近后湖的一张长椅旁边,坐下来,望着湖水。"但里面出现的张百顺、刘宝利、顾止庵是虚构的,通过他们的视角来写老舍自杀前的社会氛围、时代气息。一九八八年九月二十九日,我在《北京文学》于北京总参第一招待所召开的汪曾祺小说研讨会上,听到吴组缃先生对此篇赞不绝口,当时有些不理解,等我在北京生活了二十多年以后,再读这篇小说才慢慢体会到当中的妙处,汪曾祺对北京普通民众的生活是那样的熟悉、那样的亲切。

在《星期天》这篇小说中,汪曾祺写的是他二十世纪四十年代在上海致远中学教学的一段经历,小说采用树状结构,自然展开。前面介绍学校的几个人,最后一场舞会让人物全部出场,于此戛然而止。有意义的是,汪曾祺当年在致远中学的学生张希至读了这篇小说之后回忆说:"一九九五年七月,他送我一本他新出的《异秉》集,嘱我回去后读读《星期天》一篇,说是写我们当时那个学校的。我读了,是写老师们当时的生活的。把学校的环境写得那么详尽,每个人物都写得活灵活现。我感到无比的亲切。"《星期天》不仅"每个人物都写得活灵活现",许多人物姓名也采取谐音的办法,没有大的改动。比如校长赵宗浚,原型叫高宗靖,二〇〇七年四月二十日《解放日报》第十三版的"讣告"清楚交代了他的"后事":"中国共产党党员、上海市长宁区政协原常委、上海市复旦初级中学前身致远中学的创办人、校长高宗靖同志因长期患病医治无效,于二〇〇七年四月十七日二十时五分在上海同仁医院逝世,享年九十二岁。根据高宗靖同志生前遗愿,遗体捐献,丧事从简,不举行追悼会和告别仪式。特此讣告。上海市复旦初级中学。"小说里,两位下围棋的国手曾经怀疑学校里是不是有共产党,虽然最后用上海话"难讲的"收尾,但多年之后张希至的话证明了汪曾祺当时的敏感。

异秉

　　《史记》除了描写帝王将相、英雄义士这样的大人物外,还将笔墨落到一些有异秉的小人物身上。他们常常有过人之处,或有一技之长,或拥有不同常人的"畸形"人格,比如《滑稽列传》记述的都是一些出身卑微而又机敏多辩的底层人物。《太史公自序》曰:"不流世俗,不争势利,上下无所凝滞,人莫之害,以道之用。作《滑稽列传》第六十六。"淳于髡、优孟、优旃一类滑稽人物虽身份低微,但因其"不流世俗,不争势利"的脱俗精神,及其"谈言微中,亦可以解纷"的非凡讽谏才能,司马迁也愿意为他们立传。

　　汪曾祺对于这样出身微贱,但有过人之处或异乎常态的"畸人"充满浓厚的兴趣和赏识。汪曾祺早年写过一篇小说《异秉》,是带有反讽的,三十多年以后,汪曾祺又重新写了《异秉》,说明汪曾祺对"异秉"一直抱有浓烈和深切的关注。重写《异秉》依然保持着当年的反讽基调,但之后汪曾祺笔下的人物常常身怀绝技,都不是寻常之辈。《故里三陈》中的"三陈"都是有异秉的。陈小手是男性接生婆。"陈小手的得名是因为他的手特别小,比女人的手还小,比一般女人的手还更柔软细嫩。他专能治难产,横生、倒生,都能接下来(他当然也要借助于药物和器械)。据说因为他的手小,动作细腻,可以减少产妇很多痛苦。大户人家,非到万不得已,是不会请他的。"陈四是高跷踩得好,他可以从高邮一路踩到三垛(高邮下面的一个镇),还能表演各种绝活。陈泥鳅"水性极好,不愧是条泥鳅。运河有一段叫清水潭。……据说这里的水深,三篙子都打不到底。行船到这里,不能撑篙,只能荡桨。水流也很急,水面上拧着一个一个旋涡。从来没有人敢在这里游水。陈泥鳅有一次和人打赌,一气游了个来回。当中有一截,他半天不露脑袋,岸上的人以为他沉了底,想不到一会儿,他笑嘻嘻地爬上岸来了"。这样三个"奇人"命运各不相同,陈小手在救了团长的太太和婴儿之后,被团长枪杀;而陈四不堪侮辱,退出行业;陈泥鳅属于善有善报,义举被乡人认可。《鉴赏家》里的叶三,卖的水果就是比其他水果贩子的要好,而《熟藕》里卖熟藕的王老就是把藕煮得火候恰到好处,比其他藕店味道要好。

都说汪曾祺描写的是普通人,其实这些普通人也是不"普通"的,他们或性格怪异,或身手了得,都有"异相"或"异技"。这和《史记》善写人物的异相是一脉相承的,比如写项羽"重瞳",刘邦"左股有七十二黑子",都是对某种"异秉"的直观描写。《吕不韦列传》里写到了嫪毐的异秉和赵姬的荒淫无度。年幼的秦始皇继位时,吕不韦和太后私通掌握着秦国大权,后来秦王嬴政成长很快,吕不韦自知继续通奸后患无穷,但又要满足赵姬的淫欲,听说嫪毐有异能后,心生一计,派人将嫪毐收入府中,不时让他表演转轮之术。赵姬听闻其能力后大喜,与吕不韦合谋让嫪毐假受腐刑,剪眉除须后,顺利以宦官身份入宫侍奉太后。"始皇帝益壮,太后淫不止。吕不韦恐觉祸及己,乃私求大阴人嫪毐以为舍人,时纵倡乐,使毐以其阴关桐轮而行,令太后闻之,以啗太后。太后闻,果欲私得之。吕不韦乃进嫪毐,诈令人以腐罪告之。不韦又阴谓太后曰:'可事诈腐,则得给事中。'太后乃阴厚赐主腐者吏,诈论之,拔其须眉为宦者,遂得侍太后。太后私与通,绝爱之。"嫪毐的异秉和吕不韦的奸诈给读者留下深刻的印象,也为后来的小说人物塑造提供了参照。

汪曾祺的《受戒》写到三师父仁渡玩飞铙玩得很好,像杂技一样,属于有异技的,写到那个经常和几个和尚打牌的偷鸡的人则是有"异器",这个"异器"就是铜蜻蜓。"偷鸡的有一件家什——铜蜻蜓。看准了一只老母鸡,把铜蜻蜓一丢,鸡婆子上去就是一口。这一啄,铜蜻蜓的硬簧绷开,鸡嘴撑住了,叫不出来了。正在这鸡十分纳闷的时候,上去一把薅住。"

这也是一种异秉,现在叫"神器"。汪曾祺对种种"神技""神器""神人"都有着浓厚的兴趣。在《鸡毛》中,他写寡妇文嫂靠养鸡维持日常生活,后来三只鸡被人偷吃了,她很伤心,但不知道谁偷的。最后发现是住在文嫂家的大学生金先生(金昌焕)偷的、吃的,因为金先生毕业离开文嫂家,文嫂发现了他床下藏着一堆鸡毛："这金昌焕真是缺德,偷了文嫂的鸡,还借了文嫂的鼎罐来炖了。至于他怎么偷的鸡,怎么宰的,怎样煺的鸡毛,谁都无从想象。"熟悉汪曾祺作品的读者,读到这里,一定会联想起铜蜻蜓。

至于《史记》式的白描,在汪曾祺的小说中随处可见,这已是中国小说经典传统了,不用多说。最后想说的是,汪曾祺秉承《史记》的抒情精神,他自称是"抒情的人道主义者",毫不掩饰对抒情的偏爱,而《史记》的"太史公曰"一反史书之格局,时常有很抒情的段落,与"史"的客观冷静不同。

在《项羽本纪》的最后,太史公曰:"三年,遂将五诸侯灭秦,分裂天下,而封王侯,政由羽出,号为'霸王',位虽不终,近古以来未尝有也。及羽背关怀楚,放逐义帝而自立,怨王侯叛己,难矣。"

而汪曾祺在《徙》的末尾也发出了类似的感慨:"墓草萋萋,落照昏黄,歌声犹在,斯人邈矣。"

同样的壮志未酬,同样的感慨。虽然霸王的伟业和高北溟父女的雄心不可同日而语,一是图谋天下,一是实现人生,常人看来,有大小之分,但对个体来说,那一刻的内心的柔软和苍凉是等质的,帝王与平民的孤独、帝王与平民的苍凉,在文学上有同样的审美效应。很多人喜欢白居易的《长恨歌》,因为那里面唐明皇与杨贵妃的爱情和老百姓的爱情是共振的,"在天愿作比翼鸟,在地愿为连理枝",这就是爱情的普世价值。高北溟父女的人生困厄,或许让汪曾祺想起了少年时代听《史记》的启蒙老师张仲陶背诵《项羽本纪》的情景,书中司马迁对楚霸王悲剧的感慨这时候也就自然流到笔下:"难矣。"

船娘

◎ 苏沧桑

"早春花时,舟从梅树下入,弥漫如雪。"

西溪如一个透明的结界,由水、空气、绿意构成。前往西溪,像前往另一个人间。

我一直在等一场雪。我曾与船娘虹美相约,乘她的摇橹船看雪落,梅开,吃火锅,喝酒。

普鲁斯特说,生命只是一连串孤立的片刻,靠着回忆和幻想,许多意义浮现了,然后消失,消失之后又浮现。此刻,雪停了,炭火的吱吱声、雪压梅枝的吱吱声,高低错落,水上的往事一一浮现。

酒酣的两个同龄女子坠入了时空深处,水天一色,人舟一体,"我"是沧桑,"我"亦是船娘,抑或是千百年来湮没在湖光山色里的她,他,还有它。西溪静默,"我"开口说话。

一、酒窝囡囡

谁也不知道,船是什么时候漂走的。

一万道阳光盛满我左脸颊的酒窝,一万道油菜花的光芒盛满我右脸颊的酒窝,两万道金光结成一个梦魇,将九岁的我罩住,只留下耳蜗里的一些声音。

鱼跃。

枯叶碎裂。

白鹭惊起，芦苇被它蹬弯了腰，低声叫。

渔网撒在水面上。

船过的欸乃声。

捣衣声。

越剧。

老人轻轻咽下最后一口气。

太阳炉火般轰鸣。

每一个梦的拐弯处，都藏着一声声清脆的鸟鸣，娘声嘶力竭的呼喊被挡在梦的外面：

虹——美！虹——美！你在哪里啊？

"松木场入古荡，溪流浅狭，不容巨舟，自古荡以西，并称西溪。"与西湖一山之隔的西溪，是"芦锥几顷界为田，一曲溪流一曲烟"的江南水乡。城中湿地，自古和西湖、西泠并称"三西"。明清时，以十里香溪、百家庵堂、明月蒹葭著称于世，与灵峰、孤山并称杭州三大赏梅胜地，也是无数文人墨客和达官贵人隐居的世外桃源，留下过苏轼、秦观、唐寅、张岱、顾若璞、李渔、厉鹗、洪升、钱谦益、柳如是、康有为、郁达夫等无数名士的足迹和传奇。

深潭口，古往今来赛龙舟的地方，也是我祖祖辈辈的家。早春直至霜降，每天凌晨三四点，娘就把我们三姐妹喊起来，摇着小船从深潭口出发，去武林门或笕桥割草喂鱼喂羊。小船穿破曙色，穿过一座座拱桥，一个个芦苇荡，由古荡至松木场，停泊在京杭大运河北大桥。

娘静静摇着橹。橹在水里搅起一轮轮鱼尾形的波光，倒映在娘的脸上，如掠过一片一片羽毛。摇船的娘，比山山水水还要好看。

九岁的我坐在船头，将右手垂到水面。"溪鸟吾前身，溪花吾故人。"我用指尖轻轻弹拨着一轮轮波光，一一问候我的"前身"和"故人"。

先问候水花生、水葫芦、金铃花、梭鱼草、空心莲子草，还有香入肺腑的白姜花。岸边匍匐着一丛丛湿漉漉的蕨类,卷曲的、毛茸茸的芽上,露珠一明一暗眨着眼。

我也眨眨眼,一睁一闭间,就会看到无数双黑亮的眼睛,"嗖"的一下亮起,又"嗖"的一下全都藏进绿色深处。我跟妹妹说,那是西溪精灵们的眼睛。妹妹不信。

船出了深潭口,我问候了宋高宗赵构。南渡时,他见西溪"其地灵厚,欲都之,后得凤凰山,乃云'西溪且留下'"。这一留,就留了一千年。

船过杨圩时,我问候了宋代曾权倾朝野的杨统制。他"功成名遂身退",说服兄弟一起在西溪各置一圩之产,晴耕雨读,直至九代同堂。

明清易代,导致了众多隐士隐居西溪。船过秋雪庵,我问候了第一个将西溪比作"桃花源"并题写"秋雪庵"的明代隐士吴本泰。明亡后,七十余岁的吴本泰卜居西溪蒹葭深处,"性淡泊,无嗜好,绳床棐几,朝斋暮盐"。秋雪庵附近有一个庄园叫泊庵,是明代三个邹姓兄弟建造的,他们耕读艇钓,最喜欢在梅树下置放蒲团,吟诗作画。

船过以梅花闻名的安乐山,我问候了明末清初"西溪二隐"孙蕉田和包太白。两个才华横溢、喜好吟咏的钱塘(杭州)人,常结伴登山临水,选胜探幽,著有《采薇子》和《蕉田集》。

船过一座古桥,小伙伴们玩倒栽葱跳水的地方,我问候了两位同名同龄的本地人"西溪两晴川"——经学家孙晴川和家有藏书楼的沈晴川。两家一河之隔、一桥相连,志趣相同,家朋常聚,著成《南漳子》,详细记载了西溪的一切,一个写书一个作序,人称"河渚陆地仙"。

清末太平军攻占杭州时,家有万卷藏书的丁氏兄弟携书避居西溪,为抢救《四库全书》呕心沥血。父母过世后,兄弟俩索性舍弃红尘,在西溪停放父母灵柩的家祠盖了一座风木庵,布衣草履,终于此庵。

…………

这些人,这些事,都是精瘦精瘦的单爷爷告诉我的。单爷爷摇着橹,晃着看上去很轻的脑袋,说,虹美啊,这些人,这些花啊草啊鱼啊鸟啊,都是咱们的先人。你在心里时时念着,你的先人就不会死,西溪就不会死。

那时候,我不知道,他说的"你"是泛指。我当真了。

可是,那么多先人,哪一个是我们吴家的祖先呢?反正搞不清,就全都问候一遍吧。反正这里的山、这里的水、这里所有的一切,我都觉得亲。

娘一下一下摇着橹,橹是不是也在问候一个个祖先?娘用橹问候着祖先们,用橹延续着祖祖辈辈的生计,延续着早已注入一代代西溪人基因的深居淡泊、与世无争。

北大桥到了。晨曦中,排成一串的进香老太太们每人背着一个黄香袋,叽叽喳喳穿过油菜花田,前往一个个庙宇——她们的渡心之船。娘带着姐姐妹妹上岸割草,让我看船。

"君家何处住,妾住在横塘。停船暂借问,或恐是同乡。"

一位面目模糊的白衣少年,站在一条小船上迎面而来,船与船擦肩而过时,我脱口而出:

哥哥,把船停一停好吗?你家在何方?我家住在西溪深潭口,听你口音,我们是同乡呢!

一千年前《长干行》里摇船的女孩,一定像我——壮敦敦的小身板,黄喇喇的羊角辫,圆圆的脸,大大的黑眼仁,一笑两个酒窝,那么傻,那么天真。

可是,少年是谁?为什么他的面目如此模糊?虹——美!虹——美!你个囡囡啊,吓杀我哉!

阳光刺痛了我猛然睁开的眼,一张大脸盘正对着我的鼻尖——娘泪水汗水横流、红彤彤、怒气冲冲的大脸盘。

起得太早,太困了,我躺在小船上睡着了,谁知船绳没有系好,小船随着微波沿着古运河,从北大桥一直漂到了武林门码头。娘急死了,一路狂奔一路呼喊,一路打听一路找,终于看到自家的小船,在两块油菜花地间的水面上打转转。

我说，娘不怕，我要是掉水里，闭着眼睛都淹不死，要是迷路了，闭着眼睛都能把船划回家！

二、龙舟伢儿

造物深藏着一个个伏笔。当小船载着我一次次从他家门前的河埠头经过时，我从未想过，那个低头默默刻着龙舟的少年，会是和我风雨同舟一生一世的那个人。

"桥门印水，幻圆影如月，舟行入月中矣。"

船走在开满紫色水浮莲花的水巷里，穿过一座又一座拱桥，仿佛从一个开满鲜花的月亮到另一个开满鲜花的月亮。月亮脚下窝着一座老屋，老屋门前的水波里，一个少年默默刻着龙舟的倒影，总让我想起西溪传说里的那个少年。

西溪是佛教圣地，明清时有曲水庵、秋雪庵、云溪庵等一百四十多座寺庙。传说清光绪年间，东天目山昭明寺的年轻居士惠仁奉方丈之命到西溪代为探望老友，遇见了一位在云溪庵竹林深处吹笛的素衣少女，一见如故。每日午后，两人一个在船上，一个在竹林，隔水相望，聊天，吹笛，听笛，整整四十一天。令惠仁不解的是，素衣少女的笛声依旧，话一天比一天少，话音一天比一天弱。

第四十二天，素衣少女再也没有出现。惠仁苦苦等待，等来了一个噩耗：少女早已身患重疾，家人送她来云溪庵静养，希望有奇迹发生，无奈红颜薄命。临终前，她对家人说，原以为就这样走了，却遇到了惠仁，给了我两个月最美的时光。

为了纪念她，惠仁打造了一口铜钟，送到了云溪庵。如今庵堂不再，据说有人在昭明寺里发现了一口古钟，静静悬挂于寺院正殿，夏日阳光透过枝叶洒在古钟上，散发着金色光芒。

我的惠仁是谁？在哪里？有一天，我会离开西溪远嫁他乡吗？

老屋河埠头前的那个少年，瘦瘦的，不高不矮，白白净净，他总是低着头，默默刻着龙舟上的部件，有时是龙尾，有时是龙头。村里人说，沈家的独生子玉法特别老实，不爱说话，要是他主动理你，太阳就从西边出来了。

他侧身刨着木头，刨花卷起来，替他说话。

他刻过的龙舟、花板，做过的八仙桌、藤椅、木桨、橹替他说话。

摆在西湖二码头展示的龙舟也经过他的手，也替他说话。

龙舟会上，他坐在最漂亮的龙舟上，使出全身力气敲锣打鼓，鼓点锣声替他说话。

都替他说好话。

媒人把十九岁的玉法带到十七岁的我面前，说，这小伙子一点儿都不像咱农村人，特别有涵养，到人家家里做木匠，有烟酒招待，他不吃不拿，不打牌，就只会干活。

他仍然不说话，干净的眉眼、指甲，指肚上厚厚的老茧替他说话，我听进去了。

从此，他天天来，一声不响地坐着，看见有什么活，就上前默默帮着干，不卑不亢，不管做什么事，好像心里早就打定主意。多年后，他说他早就看上了我——斗笠下油菜籽那么黑亮的短发，一笑，映山红那么红的嘴唇，河蚌里壳那么白的牙，漩涡那么圆的酒窝，蜜蜂那么纤巧又壮实的身材，脏得分不清颜色的粗布衣裳，天天摇着船从他家河埠头经过，那么好看，那么勤快，那么……通情达理。

好看吗？单爷爷说过，张岱的《夜航船》里说天上有一颗小星星叫"始影"，女人在夏至夜祭拜它，会变得美丽。与它并排的一颗星叫"琯朗"，男人在冬至夜祭拜它，会变得智慧。我问他是哪颗星，我也要拜拜。他看看天，摇摇头，说他也不知道。过了一会儿他说，勤快的女子就是美的。

勤快倒是真的，村里人家里人都这么说我。有田要种，有猪羊鸡鸭鱼蚕要养，要没完没了地去割草喂它们，最远的，是走路一两个小时到桃源岭，翻过山到灵隐白乐桥的茶地割草，再挑着草翻过山回到家。半夜骑着三轮车，拖着鸡鸭鱼肉去菜场早市卖。

我问他怎么看得出我通情达理呢？他低头说不知道，就是感觉。

那一夜，二十岁的满是老茧的手，握住了十八岁的满是老茧的手，结着一层层硬痂的两只掌心贴在了一起，摩挲着，像小舟贴着西溪水走，无比熨帖。

眼前闪过无数双西溪精灵的眼睛，它们都弯成了月牙形，在笑，在祝福我。

我对它们说，这下好了，我不会离开西溪了。

谁能料到呢，多年以后，我会食言，会背井离乡，深潭口会成为最痛的伤口。

三、雪霁

雪后的西溪，冷，幽，野，是一年里最宁静的时分。

玉法踩着积雪咯吱咯吱走到船坞，将他的船划出来，停到摇橹船码头，又踩着积雪咯吱咯吱走回船坞，将我的船划出来，也停到码头。

有时候他等我，有时候让我在家歇着，他顾着两条船。

天冷没有客人时，船夫船娘们聚在码头上聊国家大事、讲八卦笑话，黄段子也讲，一点都不难为情。大家基本上是原来同村的，关系好，说说笑笑，便不觉得累，没生意时也不会太心焦。

我们常把船划到芦苇荡深处吃午饭，用力把橹插进淤泥，让船停住，把保温桶摆到茶几上，我每天早晨五点多起来做的米饭和一荤一素两个炒菜，再从船篷和船梁的夹缝间取下饭勺。我把豆壳菜梗虾壳等食物残渣直接扔进水里，看鱼儿虾儿跳起来抢，像回到小时候。吃好饭，橹拔上来，能撸下一大把螺蛳，有时船走着走着，鱼自己会跳上船，抓了养在桶里，带回家吃。

回到家一有空,玉法做木工,我打毛线。

楼道下的杂物间里,堆满公婆从西溪带出来的农具,还有玉法做木工的工具,摆得整整齐齐,谁也不许动。家里的八仙桌、角几都是他纯手工做的。前几天他照着从文澜阁拍回来的照片,花了七天时间做了一张特别漂亮的角几,只用榫卯不用钉子,雕着四条小龙和朵朵祥云,说准备给当警察的大儿子结婚用,还要给正在读大学医科的小儿子也做一张。

他不会甜言蜜语,我穿新衣服给他看等于白看,从来不说好不好。冬天生意淡,他就说你不用划船了,去买几件新衣服穿穿吧。我给他买,他不要,说儿子穿剩下来的衣服鞋子够他穿了。

我上班自行车骑不动,他带我。我脚扭了,他每天背我爬六楼。

偶尔吵架了,船从对面过来,我不理他。一到家,他就主动问,今天做饭了没有啊?做的什么好吃的啊?

两人同一个工种,更知冷知热,也更默契。比如节假日太累了,我们一到家就闷头吃饭,倒头就睡,谁也不说话。

夕阳西下时,西溪逆光里的芦苇特别美。当船娘很苦,也很快乐,看看风景,和客人聊聊天,烦恼就忘了。如果身体吃得消,我想一直划下去。以前是为挣钱,现在是挣开心。别人健身要花钱,我又看风景又健身还有钱挣。况且,现在划船的年轻人越来越少了,西湖船娘越来越少,西溪也只有五个船娘了,可能是最后一代船娘了。

曾经有一位湖南客人问我,你知道小说《边城》吗?

我说不知道。

他说,沈从文描写的"优美,健康,自然,而又不悖乎人性的人生形式",就是你这个样子的。看起来你的行当很古老,可你走在大多数人前面了。你真幸福。

我说,我也觉得很幸福。咱俩换换,你愿意吗?

他有点愕然，想了想，说，呵呵呵，呵呵呵。

我说，我也不愿意。

沧桑，你冷吗?来，再喝口酒吧。西溪的冬天特别冷，游人都冻跑了。古人比我们风雅，一下雪就提着竹筐上船，一只放满酒菜、干粮、零食、水果，另一只放上被褥、枕头、靠垫。他们随风漂荡在开满梅花的十里西溪，有时候一天一夜，有时候十几天不归。

他们经过的每一条河道、每一个小岛、每一座亭子，都不一样了。西溪不一样了，世道人心也不一样了。

可我觉得，有的东西，它永远不会变。

像一场梦。

像一席梦话。

二〇二〇年小满，我在西溪的鸟鸣声中醒来。东边初阳已升，西边圆月已淡，日月如苍天两只温柔的眼睛俯瞰着人间。西溪千百个湖塘，如千百只清亮的眼睛齐齐睁开，与苍天两只眼睛温柔对视。想起《三体》大结局，刘慈欣送给两位主人公一个小宇宙，水珠般飘浮在正在坍缩的宇宙中。在那个透明的结界里，他们过着古人般诗意的田园生活，延续着人类最后的文明。

西溪如一个透明的结界。船娘微微弯曲着背，轻轻摇着橹，穿过晨雾和晨雾般浓稠的时光，驶向湖的更阔远处。她的生命形态，古老，柔韧，恣意，隐忍，美如雨中匍匐的蕨类。

成千上万种春天

◎ 范晓波

四季轮回、春去春又还的概念如此深入人心,以至于像我这么热爱春天的人都被它误导了很多年。三十岁后,我才渐渐警觉,这个貌似真理的陈述其实笼统而粗糙,就如同你打电话问小区保安你女儿是否放学回家,他自信地回答:看见有人类回小区。

你以为今年的春天是去年的那个转身又回来了吗?你读了一些唐诗宋词,就以为你看见的春天就是唐朝人宋朝人写过的那样的春天吗?

即便古诗里的春天,其实也是彼此各不相同的。既有"拂堤杨柳醉春烟"的春天,有"夜静春山空"的春天,也有战乱之后"城春草木深……恨别鸟惊心"的春天,还有遇上旱灾,"自冬及春暮,不雨旱爞爞"的春天。

小时候我以为同一个颜色的鸭子五官都是一样的,几十上百只鸭子从水田上岸横穿马路时,除了个头和颜色不一样的那几只,其他的在我看来就像是一只鸭子路过了上百次。但熟练的放鸭人却心中有数。水田里有鸭子落单了,他能从模样和叫声判断出是不是自己家的。

用心体察过四十多个春天之后,我变成了一个资深放鸭人,深知从眼前路过的春天没有两个会重样。不仅不同地理经纬度的春季区别很大,生态环境、气候会改变春天的自然面貌,时代风尚也会影响它的气质。

三十来岁时,我逐渐意识到二十世纪八十年代初的春天有某种特殊性,并多次用文字阐释过。那时农药、化肥在我老家还没过量使用,水田、水沟里不仅青蛙多,鱼虾也多。三月初,每个池塘的浅水区到处是果冻状青蛙卵,黏液灰白色,卵黑色,每一粒比绿豆略小些,每堆蛙卵一般有数百枚卵,葡萄般成堆地聚集。气温不断升高,透明的果冻就融化了,无数小墨点脱颖而出,在水草丛里重新汇聚,摇着小尾巴觅食藻类和蚊子的幼虫。

我读小学时,语文课本里有句话:春雨贵如油。我死活理解不了,因为鄱阳湖边的春雨比空气还便宜,常淅淅沥沥四五天下得人烦躁,像是农闲时的一群妇女边织毛衣边扯闲天,话题无聊而单调,出不了门的男人抽着烟望着瓦檐下的雨幕骂娘,性子急的,就披着蓑衣牵着牛出门。若哪天夜里小雨变暴雨,也会有人高兴,因为沟渠和池塘的水就漫灌到岸上,第二天早起上班上学的人带个竹篓,就能去草地上的水洼里捡鱼,鲇鱼、鲫鱼、草鱼,什么鱼都有可能遇上,它们搁浅在草丛里张着嘴苟延残喘。

二十世纪八十年代初的那些春天,成年人也像少年一样善于幻想,脸上时常浮现热烈而幼稚的笑容,仿佛每一个明天都是一道金光闪闪的大门,大家迫不及待一扇门一扇门地推开。那时读书学习的氛围特别浓,年轻人一门心思想考大学,考不上大学的就读电大和夜校。

虽然我是个厌学的小学生,也常模仿高中生的样子,晚饭后捧着语文课本去油菜花田里背书。农村种油菜不是为了观赏,油菜籽榨出的油色泽黝黑,不如精炼油好看,但很环保,炒菜特别香,尤其适合煎鱼。榨油之后的枯饼也是上好的饲料和肥料,贪吃的油榨坊的工人会把它当零食吃,他们工余打着赤膊坐在油榨坊前的树桩上啃缠杂着稻秆的枯饼,啃一小口喝一大口水,路过的学生见状就走不动路,运气好时可以分到一块,我也运气好过一两次,口感迄今记忆犹新,比月饼硬很多倍,也香很多倍。那时鄱阳湖区每个村都种油菜,二月底三月初,田野里明黄的色彩顺着地势蔓延流淌。我攥着语文书跟着蜜蜂在花海里乱窜,一篇课文也没背下来过,留在记忆深处的是春天万物勃发的激情和一代人对这种激情的响应。

视野和年龄所限,当时我不知道邓丽君的靡靡之音正改变许多人的心电图,摇滚乐和朦胧诗也在城市坚硬的水泥地下破土。这些也是二十世纪八十年代初的春天,我当时没看见它们,但远远地感受得到它们给周遭空气带来的震动和改变。

二十世纪九十年代,经商和打工潮稀释了小城和乡村的人口和激情,安心种田的人越少,越需要借助机械和农药。农药和化肥的残留越来越严重,水田里的鱼蛙生存环境恶化,数量明显比以前少。我大学毕业后在乡村教过两年书,课余爱骑自行车在机耕道上游逛。春天一到,校园外的油菜花、桃花依旧热烈,但读书的风气远不如十年前。很多学生高一就辍学去沿海打工,进服装厂、鞋厂,或者去那边的餐馆当厨师,每个月挣的钱比我们这些当老师的还多。有不少老师也停薪留职跑到福建那边的私立学校打工。

还不时有这样的剧情发生,班上的一对男女学生下学期突然不来了,再来时,是分着喜糖向老师和同学宣布,他们结婚生娃去了。

我在油菜花地里一整天也遇不上几个人。那时我喜欢的状态,是和身边的人群保持距离,一个人站在花海里眺望远处的地平线,以免自己被那种慵懒务实的生活气质湮没。天气晴热时,望地平线望累了,就躺在花海边的草地上午睡,温软的风在耳边絮叨,老半天也撩不起我的情绪。蜜蜂的合奏很有力量感,微型春雷一样在低空滚动,但我们兴趣相似却彼此语言不通,互不打扰相安无事。

有时我在白日梦里看见好看的姑娘俯身过来,且真实地闻到了香甜的鼻息,睁眼撞见的是水牛水汪汪的大眼睛和湿润的鼻翼,散发着草汁香的舌头差点就卷到了我面颊上。我惊跳起来,却看不到放牛人,一条长麻绳悠闲地拖在草丛里。放牛人要么在水塘里摸鱼,要么回家吃饭去了。

那时,以油菜花为主角的乡村旅游还没兴起,所有激动人心的传奇都发生在都市。乡间的春色在寂静里沉沦,郁结成春愁,即便在阳光明媚的日子,春天的天空也像是乡村瓦房的屋檐,低矮,冷清,压抑。

这样的春天让人有失重感,纵使再爱油菜花的人,也会不断从春天或春天的尾声里逃离。第二个春末,我把自行车和所有日用品送了人,背着包踏上了远行的路。

二〇〇〇年,手忙脚乱成为父亲后,我也心血来潮想多挣点钱。二〇〇二年,在广东某大型私企的总部所在地度过了一个和秋冬气温及面貌都差别不大的春天,那里不仅没有蝌蚪,连荒地都看不见。城镇外的地带都建满了铁皮和塑料盖的厂房,天空有时也是蓝的,但弥漫着塑料和金属被高温烘烤过后的臭味。很多小区和私人庭院里植被很好,海枣树和三角梅很多,但没有油菜花,没有映山红。当地人很习惯这样的春天,加班之余,他们在硬得扎屁股的人工草坪铺上防潮垫,一家人坐在上面吃东西晒太阳,热了就钻进小帐篷去遮阳。

我看过那些被厂房覆盖的城镇工业化之前的影像资料,三四十年前,广州以南的春天和江西也是不一样的,春季时间很短,花卉和植被的品种也不同。这是纬度和气候不同导致的。一些从江西去那边工作的人也很习惯,他们想办法留在那里,年薪是在江西时的五倍、十倍以上,经济上的踏实感让他们的人生如沐春风,一点也不怀想油菜花地边的春天。真的,我问过很多人,一点也不想。

那个春天我时常眼含热泪,因为孤独,因为思念,最后选择回归。

我没在赤道附近度过春天,但夏季去过那一带。那边只有椰树没有桃树,更不可能种油菜,我能想象出赤道附近的春季和江南之春的天壤之别,我难免会担心,生活在那里的人,怎么理解得了唐诗宋词里有关春季的细节和情绪。

二〇〇九年,我曾在婺源的江岭半山腰一个小村落背后拍到过开花的梨树,梨树有两株,每株十多米高,梨树边还有一株桃树,高四五米。梨花雪白,开得极其绚烂,像是在演出一场悲情大戏,那时粉红的桃花也开得正好,用镜头把二者纳入同一画框,色彩丰富而和谐,像是红白喜事混在一起举办。

第二年再去,梨树和桃树花期却错开,在同一个地点再也拍不到类似的照片。随后几年,桃树像个老妪,只能稀稀落落地绽出几点小花,枝干色泽越来越黑,焦黄的树脂像脓疮一样缀满树干。

我所在的城市,整个春季不出远城的人也不在少数,他们视野里没有油菜花,但依然有春光。有几年春天,我每天中午去省体育馆的旧田径场跑步,从气温变化、皮肤感受、听觉等角度体察了城区的春天。

我常一边跑步一边观察田径场周边旧宿舍楼上的变化。

在室内窝了一冬的棉被在水泥阳台上变干爽蓬松的过程,像是一个醉酒的人在一阵一阵地呕吐,吐出湿气、寒气和人的汗臭。捶背的手是雨水之后惊蛰之前的阳光,一阵雨之前阳光的热力还只有十二三摄氏度,雨过天晴,气温就飙升到二十五六摄氏度,给人要省略其他节气直奔立夏的错觉。楼顶之上的蓝色也变厚变暖了许多,也是要蓝到夏天去的架势,与秋天的瘦蓝冬天的冷蓝完全不同,白云也变得胖乎乎毛茸茸,边缘有被蓝色同化的晕痕。

跑道边的树林里,除了爱吃香樟籽的乌鸫鸟在香樟下箭一样射来射去,麻雀和八哥也多了起来,在屋檐和草坪上上上下下地飞,不仅数量比冬天时多,活动范围和活动量也远比冬天大,不只是在觅食的样子,像是在从事建筑之类的重体力活和恋爱之类高风险的事。

只跑了一圈就得脱外套了。胳膊和手臂快速摆动也不会被空气刮伤。这时节风的形状也由锐角变成弧形,出汗之后的脊背,不会突然凉得像青石板,汗可以在 T 恤的掩护下逗留很久,然后缓慢地融入阳光。

下蹲系跑松的鞋带时,见一只黑亮的小甲虫顺着跑道边残水泥弧线奔跑,不像是去约会,更像是同伴被猎杀之后慌张地逃命。水泥分隔线只有两三厘米高,于它却是遮挡身子的高墙。甲虫凭借着它和趔趔趄趄的跑姿躲过了一群麻雀的俯冲轰炸,几分钟之后蹿进了草根附近一个黝暗的小洞,估计它和同类都会对气温的戏弄和欺骗痛恨不已吧。

跑完坐在地上休息时,脚边的草地上也有异常的动静,不是香樟籽被跑步鞋踩爆的扑哧声，是青草的嫩芽拱出湿土时的细微的噗噜声。当麻绳色的牛筋草一夜间绿了一小半，我似乎听到了这样的声响。

有时回家洗漱忘了开热水器，水管里流出的水居然也不咬手，浸湿毛巾敷在脸上，温润如猫舌，索性就不开热水器了。路过厨房时发现盐罐和大理石台面上都沁出了细密的水珠，瓷砖上也是如此。

夜间浅睡时，听到大水珠重重地砸玻璃，起初啪啦啪啦，继而啪啪啪啪，最后密集得像子弹齐射，还伴随着轰隆轰隆的炮声。这声响好几个月没听到，熟悉的节奏和音色让脑子里浮现出漆黑的原野，一条小木船无声地滑来，把我接到睡眠的深处。

第二天去体育馆大院，玉兰花瓣落了一地，留在枝上的则开得更欢畅，每一瓣都闪着腻腻的羊脂白。与玉兰的大大咧咧相比，绿化带里迎春花零星的黄及河边，垂柳隐约枝条上隐约的绿简直有点小偷小摸的意思。一些老人家会盯着它们观赏很久。他们可能就是从这些细小的绽放判断节气的。

二〇二〇年春节，原计划去婺源选一个小村过正月，一直住到立春。然后，带一伙人去那边拍一个微电影。事与愿违，突然遇上了最特殊的一个春节和春天。从除夕前直到三月中旬，全国人民都被困在自己的屋子里。很多人对着日历推算野外各种春花的花情，却没人看见它们。

从二月到三月，我们一家三口像冬虫一样蛰伏在二十九层高的半空，每天醒来看全国和本省疫情通报。一开始以为封城是短暂的，十几天就能自由，所以有点自我放纵，每天睡到十一点多起床，早饭和中饭合在一起吃。没有任何运动，晚上不停地看电影，白天无法自控地刷手机，情绪在谣言和真相、悲伤和感动之间波涛起伏。后来发现完全解禁遥遥无期，扣皮带时腰都有点紧了，就办了出入小区的通行证，不时戴着口罩开车出门锻炼。我住的小区在城市边上，靠近赣江，沿着赣江一直往城外开十几分钟，江边就没人了。我摘下口罩，大口呼吸，发现空气居然是甜的。在这城市住了近二十年,第一次觉得它的空气甜美。

这时节,在乡村自我隔离的朋友用手机拍村口的田地,油菜花已经开得很有样子了,但赣江边枯败的苔草间几乎看不见春天的影子,偶尔有几朵紫花地丁,开得无比吝啬,花瓣比米粒大不了多少,却令我十分感动,举着手机左拍右拍,捕捉它在江风中急剧晃动的紫色光晕。但不敢太激动,不敢奔跑和呼喊,因为回小区要量体温,体温异常回不了家。

闭关四十天,人会从不习惯转向习惯,从习惯变得沉郁,尤其是家里人,长期脚不沾泥,我担心她们身体会缺少地气滋养出现问题。我邀她们出门,她们说,戴着口罩连呼吸都不自在,还不如在家待着自在。这心态让我更担心,挑了个晴好的日子,拉着她们上车直奔远郊。车上一直戴着口罩,到了一个村庄外的蔬菜基地,发现远处有两小块鲜黄如蛋糕的油菜地,便雀跃奔去,一激动就喘不上气起来,心脏和肺好久没有这么兴奋过,有点适应不过来。口罩的阻隔也是问题,纱布和防护芯片将可疑飞沫阻挡在外,也将氧气过滤了大半,她们的嘴巴在纱布后困难地翕动,像是鱼被抛到岸上。

这样的春天,是我个人历史里没有先例,也是我熟悉的历史里没有过的,但仅仅在一个月之前,没人想到今年春天会是这样。

我曾经坚定地认为,春天的繁荣程度与社会的现代化程度成反比,离当代越远的年代,春天就越纯正美好。但杭州的老照片里,很多现在植被特别茂密的野地,在许多年代居然是荒芜的,一棵树都看不见,更遑论花草。其他许多地方的老照片里也有许多类似的意外。

这些意外让我深刻地认识到,春天和春天不仅彼此互相不相同,而且它们的演变并没有特别清晰的规律。虽然总体而言,农耕时代的春天应当比工业时代和信息时代更诗意更接近春天的本意,但很多因素都会让某个大趋势出现复杂的走向。

导演费穆于一九四八年拍摄上映的电影《小城之春》我看过无数遍,

二〇二〇年春天再次重看。隐忍含蓄向善的男女爱情是看点，我特别有感觉的，是旧城墙和寂静无人的后花园、街巷组成的极特殊的春日氛围。战乱之后的春天，市民生活和街衢是凋敝的，人心是荒凉的，但被战火熏黑的残墙边的花草却是生机勃发的。虽然所有画面没有色彩，但我能看出城墙缝隙里蓬草的灰绿色，能闻到主妇菜篮里的芥菜和她的旗袍在阳光下混合成的气味，能听见麻雀在空阔的厅堂里清脆地鸣叫，阳光投射在砖石上，地面半阴半阳，麻雀跳跃的身子在光与影里闪烁。

《小城之春》取景地上海松江古城还保留了当年拍电影的河道、老宅、庭院，我多次去上海却没有打探的兴趣，小城里的那个春天早就随着时间飘远了，只有模糊的背影保存在胶片上。

二〇〇二年田壮壮用彩色胶片重拍了《小城之春》，据说很多场景就是在原址拍摄的，这个电影质量不错，也拍出了小城的春愁，但我还是能鲜明地感觉到，彩色胶片还原的春天，分明不是一九四八年那个，光影和气质都那么不一样。演员的融入感也差很多，这可能不仅是演技的问题，道具做得再逼真，春天的气场也很难还原。

仔细研究我们这代人出生之前就问世的历代老照片，就会明白我们为什么写不出某些诗文。没有影像记录的更远的年代的诗文，有些美得惊心动魄，有些读着痛快淋漓。以前总是绝望地感佩前人遣词造句的才华，现在想想，这不仅是才华的问题，他们所经历的春天和我们的完全不是一回事。很可能，只有春天的名称相同，嗅觉、听觉、味觉和更深的心理感觉都完全不一样。

微信朋友圈里有人感叹：今年这个春天就像是假的。然后相约二〇二一年春天去哪里旅行，大家都认定二〇二一年的春天应该不会这么任性。我也觉得明年春天一切都会很好，但无论它表现如何，已是另一种春天了。二〇二〇年春天即便假得像塑料，也还是春天的一种。我们承受了它的伤痛和暗影，没有理由因恐慌放弃它高光的部分。

散文目光

◎ 余秋雨

我这一辈子，与散文的关系非常怪异，几乎说得上是"生死冤家"。我原本的专业，是世界戏剧学，兼及国际人文美学。直到我担任上海戏剧学院院长，以及复旦大学、南京大学的"博士学位答辩委员会主席"，还没有写过一篇散文。

写散文的起点，本书那篇《因爱而勇》里约略提到。那是二十世纪八十年代后期，我越来越感到中国文化蒙受了巨大委屈。居然有那么多自称知识分子的人到处撰文、演讲，滔滔论述"民族的劣根性""丑陋的中国人"。即便在所谓"寻根热"中，不少热点也是以此为主旨。只要是中国人做的，什么都错，而且错得愚蠢、可笑、荒唐。对比的坐标，全在西方。

表面上，他们没有彻底否定中国文化，实际上已经否定。因为我对文化的终极理解是"集体人格"。所谓"民族的劣根性""丑陋的中国人"，就是在终极意义上否定了"集体人格"，因此也否定了中国文化。

我曾经仔细观察过那些诅咒中国人的中国人，想在他们表情间找到一丝把自己也包括进去的愧仄。但是没有，他们的口气始终居高临下，睥睨方圆，好像自己刚刚从天上下凡。

对此我不能不生气。尽管乡间童年告诉了我什么是贫困，"文革"灾难告诉了我什么是痛苦，但我也亲眼看到父母之邦在摆脱贫困和痛苦时的不懈毅力。我长期研究西方的最高哲思和顶级艺术，也熟知他们的远征血火、掳掠罪恶，怎么能容忍一帮既不了解西方也不了解东方的中国文人胡言乱语,天天毒害民众?

就在这时,我读到了英国哲学家罗素对中国的论述。罗素一九二一年到中国来考察,当时的中国备受欺凌,一片破败,让人看不到希望,但是这位哲学家却说:

> 进步和效率使我们富强,却被中国人忽视了。但是,在我们骚扰他们之前,他们还国泰民安。
>
> 白种人有强烈的支配别人的欲望,中国人却有不想统治他国的美德。正是这一美德,使中国在国际上显得虚弱。其实,如果世界上有一个国家自豪得不屑于打仗,这个国家就是中国。如果中国愿意,它能成为世界上最强大的民族。
>
> 不管中国还是世界,文化最重要。只要文化问题能解决,无论中国采取什么样的政治体制和经济体制,我都接受。

说实话,读到"在我们骚扰他们之前,他们还国泰民安"时,我哽咽了。

罗素对中国历史了解不多,却显现出如此公平的见识。这种公平具有巨大的诱惑力,催促我必须为中国文化做一点事。

于是,我辞职二十三次终于成功,单身来到甘肃高原。当时宣布的目标是"穿越百年血泪,寻找千年辉煌",而我内心的目标却更为学术:让中国人找到集体身份。

若有可能,我还想用点点滴滴的理由回答一个问题:为什么罗素说"如果中国愿意,它能成为世界上最强大的民族"?

要说服自己和别人,理由必须是感性的、具体的,因此,我不在图书馆里查阅汉唐,而要独自在沙漠中行走。

我们以往,在受屈、愤怒、反驳、辩论时,用的大多是大话和结论,听起来慷慨激昂、气势不小,实际上却无法平静地向外界说明自己,因此并没有什么力量。

　　更重要的是，我们举起的标帜，大多是历史逻辑、国际政治、经济数字，而不是文化。大家经常把文化放在口上，而不是放在心上，不相信文化真有那么大的力量。但是，罗素说了："不管中国还是世界，文化最重要。"

　　于是，我决定，既然要为中国文化说话，就必须用最纯粹的文化方式，让一切向往文化的陌生人都能倾心。

　　这样，我的主要行为就成了这样两项——

　　第一，实地考察古文化的遗迹和废墟，必须亲自到达；第二，边考察边写散文，而且是美文。因为只有美文才称得上"纯粹"的文化。这就是我开始在荒原小客栈里写作《文化苦旅》的由头。

　　说起来，研究中国古代文化的队伍已经不小，但是，这支队伍基本上由学者组成，他们都以学者的目光，做着学者的事。

　　我也是学者，但我打开了散文的目光。不错，散文不仅仅是文笔，首先应该是目光。

　　这就像我原先从事的戏剧一样，以"戏剧的目光"和"非戏剧的目光"看同样的事，结果大不一样。

　　以散文的目光看中国历史，也就引进了广大读者最饥渴又最动心的眼光。这种目光的特点是：厌倦陈腐，厌倦狭窄，厌倦枯燥，厌倦重复，厌倦概念；着意诗情，着意人伦，着意发现，着意惊奇，着意细节。我就顺着这种目光，取舍沿途所见所闻，结果，选择出来的一切与我原先的学术目光差别极大。但学术目光也有作用，那就是在散文目光中加了一层"重大意义"的网筛。

　　这样一来，我写敦煌，就会凭想象写出自己与斯坦因的车队对峙在沙漠里，然后自己大哭一场的情景。然后，我系统阐释了废墟文化、非攻文化、魏晋文化、乱世文化、两难文化、拜水文化、藏书文化、书院文化、晋商文化、清宫文化、流放文化、科举文化、君子文化、小人文化……

这些文化，在我之前，大多没有人以专题方式完整写过。这就是说，散文目光帮助我开启了这些重大课题在当代立身的起点。由此可知，散文目光，能够超越疲庸的历史流行话语，诗化地思索天下。

挖掘出这些文化还是第一步，更重要的一步是让广大不熟悉历史的朋友乐于接受。于是，散文的语感、节奏、文字起了关键作用。这就使《文化苦旅》等作品拥有了大量急于在文化上认祖归宗的读者，而且，在海内外保持了几十年的热度而不减。

大陆不必说了，深圳书城总经理陈景涛先生曾向我出示过一份全国十年畅销书排行榜，前十名中我一人占了四本——这还不算总数超过正版几十倍的盗版。在中国台湾，"到绿光咖啡屋听巴赫读余秋雨"成为一代时尚，作家们还以这个作为书名出版了专著。为此，我每隔一段时间必须到那里举行一次"环岛演讲"，无法推却。白先勇先生说："余先生的散文，一直是全球各华人社区读书会的第一书目。"但是，正是这一切，给我带来了祸害。

极度畅销，被媒体转换成了极度诽谤。据杨长勋教授统计，我已经有幸成为古往今来受攻击最多的独立文化人。他自己收藏到的诽谤文章，已达一千八百多篇。这就是散文所能造成的祸害，本文开头所说的"生死冤家"，并不夸张。

奇怪的是，所有的诽谤都不涉及文章本身，只是一味造谣。上海警方根据我的报警，曾就一个所谓"前妻"的谣言进行深入调查，得出结论：社会上针对我的多数诽谤都是为了诈取"止谤费"，因此建议以"讹诈"的罪名起诉。我为了避脏，没有起诉，心里却还有点嘀咕：仅仅为了"止谤费"，能搞出这么大的规模、延续那么长的时间吗？应该还有强悍的发动者吧？

后来终于明白了真相。本书《"石一歌"事件》一文已经记述，香港一家报纸加上广州一家报纸，起到了关键作用。

那是在汶川大地震期间，我在第一时间赶赴现场后在海外发表文章，说"全民救灾的事实证明,中华民族是人类极少数最优秀的族群之一"。没想到这句话引得香港《苹果日报》发起对我的系统攻击,攻击文章也承认了过去对我的诽谤都由他们制造。原来,他们最容不得的,是我把中华民族说成是优秀族群,哪怕是"之一"也不允许。

对此,我做了回应:"我愿意在中国寻爱,他们坚持在中国寻恨。"这就是他们对我发起大规模诽谤的根本原因。因此,他们也从反面为我颁发了一个大大的文化奖章。这么一想,散文又让我由"死"返"生"了。

于是,我干脆以阐释中华文化为主业。到联合国世界文明大会上发表演讲《中华文化的非侵略本性》,在纽约联合国总部发表演讲《中华文化长寿的原因》。同时,开始在海内外从头论述君子之道、老子、周易、屈原、司马迁。

生生死死之间,我对自己的散文也就更加珍惜起来。

一直有不少人在编我的文选,连大学者季羡林先生也在生前主导,为我编了一本散文选《南溟秋水》。但是各种文选都没有来得及把我近年来所写的《中国文脉》《门孔》《雨夜短文》作为选择对象,因此就有了一本新的散文选。

可选文章不少,我闭目一想,粗粗分了四辑:第一辑背影、第二辑路途、第三辑逸思、第四辑自己。"背影"是指中国历史上一些让我们仰望的杰出文化人。他们后来多数成了中国人的"人格地标",因此也成了集体人格的一部分。顺着我的目光细细地看过这些背影,谁还能相信所谓"丑陋的中国人"这种诬陷?"路途"是从空间意义上丈量中国文化的厚度。这种丈量,我先用脚,再用笔。有幸,广大读者都跟着我上了路。余光中先生曾打趣:"你的苦旅,转眼就成了人声鼎沸的乐旅。"让那些被长期冷落的文化路途再度热闹起来,这本是我的初衷。但是,再度热闹并不是回到过去。重温过去的路,是为了迈出新的脚步。中国文化,看起来老路纵横,却急需新路。第三辑"逸思"中的很多文章,在其他地方出现时最受青年读者欢迎,被报刊转载的频率也最高。用短短的文字随意书写,这倒是散文的本性。相比之下,第一辑和第二辑的负载都太重了。我自己在休闲时也喜欢读这种轻笔漫谈的文章。因此,这一辑让散文回归,让读者舒心。第四辑"自己",放在压轴的地位。散文写来写去,最终是写自己。个体生命信号的浸润,是散文不同于论文的一个重要特征。我在这一辑里所选的,都是以自己为题材的篇目,但这一辑的开头《我的生命支点》《因悟而淡》两篇,已经说明我心中的"自己"其实没有那么重要。"自己"早在心中放空,只是写作时所需要的一种"可亲托手"。

"无己而又有己",这是人生的一种境界,也是散文的一种格调。

又到伊犁

——王蒙笔下的新疆

◎ 单三娅

又到伊犁了。这是第三次,我与王蒙一起回到他的故地,他的忘不了的巴彦岱。

二〇一三年巴彦岱镇修建了"王蒙书屋",如今已成为旅游景点和教育基地,出版社常有捐赠。今年七月上旬,江苏凤凰出版传媒集团又捐赠了 1300 册各种版本的王蒙著作。捐赠仪式那天,在王蒙书屋小院的凉棚下,我们见到了肉孜·艾买提、哈力·艾买提,还有乌孜别克族的曼苏尔老师、汉族的金国柱和他的妻子张淑英等等。五十六年前的老相识们把王蒙团团围住,握手、拥抱、问候、流泪、大笑。透过人群,王蒙招呼我:"来,给你介绍一下,这是我写过的一批朋友们。"

其实我们是见过的,这次,我又仔细端详了一下。肉孜·艾买提穿白衬衣,戴紫花帽,脸色黝黑并刻着较深的纹路,他规规矩矩戴着防疫口罩,可是为了说话又拉到下巴上。王蒙的《哦,穆罕默德·阿麦德》中有他的影子。小说中的穆罕默德·阿麦德是那么完整的一个人:机灵俊雅,读诗说汉语,爱与女社员调笑,倾囊而出善待他人,在大锅饭年代用小砍土镘,在按劳取酬年代用大砍土镘,他当面顶撞干部为自己辩护,他向往过好一点的生活差点被打成"特务"。总之,他不是老实巴交的人,但他是好人,"绝无狭隘的地方民族主义"。小说结尾王蒙写道,阿麦德的妻子回南疆娘家探亲去了,他伤感地说,如果妻子不回来,他就到伟大祖国去"到处流浪"。我问王蒙,他的命运怎么那么让人遗憾? 王蒙说,人生有这一面啊! 眼前的肉孜·艾买提,如果说年轻时多愁善感,如今也是成熟稳重的老者了。

迎面走过来的大胡子,高大伟岸,他就是当年的民兵队长哈力·艾买提,一看就是个爽朗人。他是王蒙《边城华彩》中民兵连长艾尔肯的原型之一。虽然家境不大宽裕,艾尔肯没有经常回请其他社员,但却永远是聚会上最受欢迎的人,他"又能喝、又能唱、又能说笑话……但又绝不流于庸俗"。"艾尔肯"曾有得意手笔,就是让王蒙协助写批判稿,给村里赢得了三十张看"批判电影"《冰山上的来客》的票,结果社员们浩浩荡荡、快快乐乐,与民兵一起高喊着"批判批判",骑着马去伊宁市绿洲影院看电影,度过了美好的一天。

哎,这次不见了老支书阿西穆·玉素甫,他于二〇一九年离世。上次他和王蒙拉着手很久不放的情形我还记得。别的民族名字我常常说不清,唯有阿西穆·玉素甫这个名字,我记得不含糊,因为王蒙没少提他,说他是"土改"时的积极分子,没多少文化,办事却很有水平,正派廉洁。王蒙知道他有病,生活困难,上次回京以后,逢到过年,就给他寄 5000 元,当地帮我们送钱的同志还给他拉去了煤。老支书肯定知道,他当年领导的汉族小伙子一直惦记着他呢!

还有一些故人,王蒙再也见不到了。他回忆录中写过的在一个屋檐下共同生活了六年的房东穆敏老爹和阿依穆罕妈妈,王蒙一九八一年回伊犁时看望过他们,后来妈妈双目失明后去世了,老爹也不在人间了(《虚掩的土屋小院》)。还有能说大话又能干的依斯麻尔,多年前就英年早逝了(《好汉子依斯麻尔》)。

王蒙笔下的新疆,远不止我们所见所想的欢歌笑语的样子,那是五味杂陈、阴晴圆缺、春夏秋冬的全活。小说《淡灰色的眼珠》中,木匠马尔克一门心思要让得病的美丽妻子恢复健康,不惜倾家荡产,结果连妻子托付的深爱他的姑娘最终也没能得到他的眷顾。在《爱弥拉姑娘的爱情》中,对于不顾家人反对远嫁天山公社的爱弥拉姑娘,虽然世俗都认为她没有善始善终,但是王蒙从她付出的代价中体会到了她曾有的幸福。他写得最动情的还是他的房东二老——穆敏老爹和阿依穆罕妈妈:"我觉得他们给了我太多的东西,使我终生受用不尽。我觉得如果说我二十年来也还有点长进,那就首先应该归功于他们。他们不贪、不惰、不妒、不疲沓也不浮躁、不尖刻也不软弱、不讲韬晦也不莽撞。"(《虚掩的土屋小院》)这是多么高的评价和自省。

在《这边风景》中,王蒙塑造和提到了七八十个人物,其中有宽阔而且智慧的伊力哈穆,有温柔坚强的雪林姑丽姑娘,有被艰难的日子磨炼了的委婉坚忍的乌尔汗。除了维吾尔族,他还写了汉族、哈萨克族、锡伯族、俄罗斯族等各族各色的伊犁儿女。王蒙在新疆,不是干部下沉,不是体验生活,他在伊犁是一名公社社员,各族群众对他不掩饰,喜欢与他喝上一杯,喜欢向这个汉族"老王"倾吐内心,从不讳谈自己生活道路上的挫折。他们有着质朴善良、讲礼貌、重情谊的优点,想办法把日子往好了过,把难事往开了想。可是他们又有着不讲效率、时不时动个小心眼儿的弱点。王蒙能够同情他们的欢乐与忧伤,了解他们的质朴而狡黠,知道他们的快乐与艰难。

在新疆的十六年中,王蒙有八年在伊犁巴彦岱度过,其间担任过副大队长,即新疆维吾尔自治区伊犁哈萨克自治州伊宁县巴彦岱红旗人民公社二大队副大队长。王蒙说,伊犁是好地方中的好地方。怎么个好法,王蒙深有体会。伊犁是肥美的河谷,是戈壁荒滩上的绿洲,王蒙与社员们一起,四时农忙,永远有干不完的活儿。很难想象当时瘦弱的王蒙能当多大的劳力,但他确实受惠于体力劳动锻炼,他的肩臂胸都挺厚实,不单薄,至今八十大几的年龄,不大出现肩疼腰疼这样的问题,直让我这个六七十岁的人惭愧。他回忆过在大湟渠的龙口会战,写到过扬场、割麦、植树、浇水、锄地、挑水、背麦子、割苜蓿、上房梁……这些要劲的活儿他全干过!

在中国版图上,北京之去新疆,一东一西,不知几千里也。而伊犁,更是在新疆的紧西边,与北京的时差是两小时四十分钟。如今从北京到乌鲁木齐，坐飞机也还要三个半小时呢，再到伊犁，则还需坐一个多小时的飞机。王蒙说，他第一次到新疆，先从北京坐火车到西安，沿途穿过保定、石家庄、邯郸、郑州、三门峡，到了西安住上店，游了大雁塔，再出发，经天水、兰州、武威、酒泉、乌鞘岭、嘉峪关、哈密、吐鲁番，最后到达乌鲁木齐。乌鲁木齐再往正西六百公里，才到伊犁，紧挨着边境了。每次我懵懵懂懂坐大半天飞机到了新疆，都不禁要在心里问一句，王蒙当年怎么下得了决心带着全家去新疆？当然我知道，他说过，是为了争取一个更大的写作空间，也为了到一个完全陌生的地方，实践毛主席"经风雨、见世面"的号召。但这毕竟是从地域到心理的一大转折，某种意义上也是人生一大挫折，而且竟然是多少有些主动的选择。还是得说，对于王蒙来说，奋斗高于退缩，追求心大于平常心。

　　由王蒙与伊犁的这层关系出发，我的好奇心使我由点射面地拓展，丰富了对新疆对伊犁的更多认识。

　　到伊犁，不能不想起一个人，那就是林则徐。这位有着清醒的民族忧患意识的清朝禁烟功臣，一生中多次被重用又屡屡遭贬，也曾被遣戍伊犁踏上漫漫征途。伊犁林则徐纪念馆位于伊宁市经济合作区，占地很大，一片开阔。民族英雄林则徐像屹立馆前，他未戴官帽，面部微斜仰视远方，身后墙上镌刻着他的《伊江除夕抒怀四首》。伊犁三年期间，在推广先进农业技术，助力当地生产发展的同时，他敏锐地意识到英俄外部势力对我新疆领土的觊觎是一大隐患。过去我只知左宗棠自筹资金收复新疆，但是在林则徐纪念馆，我又发现了左宗棠收复新疆的原始动力。一八四九年林则徐再受启用，因病告假休养，在从伊犁返回家乡的路途中，曾约久闻其名却从未晤面的左宗棠于湘江小舟上一见。一个是赫赫有名的六十五岁的一品重臣，一个是抱负未曾施展的三十七岁后生。据记载，一八五〇年一月三日的长谈，家事国事天下事，无不壮怀激荡、同声相应，终使林则徐以"西定新疆，舍君莫属"相托。之后不到一年，林则徐病逝，二十八年后的一八七八年,左宗棠打败了英俄支持的入侵者阿古柏,收复新疆。当讲解员讲完这个故事,我在心中直呼,这真是一次天衣无缝的壮志传递!使命对接!而这不负重托之人,当时仅只是一介布衣而已!

新疆从来就不是一片静土。自汉代并入中国版图,至清代左宗棠收复之后设省,至现代人民民主革命时期,这片广袤多元的土地上,不断地演绎着割据、分裂、融合、斗争的故事。新中国成立以来,作为祖国西大门的新疆伊犁地区,风云激荡,在国家认同与中华文化认同的主流之下,一直有着分裂势力的暗流涌动。在《这边风景》中,王蒙就有关于二十世纪六十年代伊塔事件的描写。但是最近几年再回新疆,我们看到的是干净整洁的农村街道,置身的是花团锦簇的村民小院,听到的是各族人民友爱的心声——新疆与祖国一起走向了小康。当年边民外逃的关口霍尔果斯,如今成了国际贸易大动脉的繁忙口岸。

虽已是知交零落,虽然从新疆调回到北京已经历时四十二年,虽然已经进入耄耋之年,王蒙依然不断回来,不断回到他逆境中的福地,不断捡拾着新疆记忆,温习着伊犁和新疆各族人民恩人般的亲切。他见到他们时那种回到过去的兴奋,那种相亲相爱、满眼泪水的动情,还有他讲起维吾尔语的眉飞色舞,陶醉激越,使旁观者也为之感动。他最爱说的是,困难挑战只是一时的骚扰,新疆各族人民的团结,伟大祖国的凝聚统一,永远不可战胜。

王蒙常常对改变了自己一生的抉择而满意。为什么不呢?新疆不是他的苦难远行而是他的一个生命高地。新疆的太阳,给了他足够的钙质和强壮;恩重如山的新疆人民,给了他温暖的生活和情感;新疆同胞的语言和表达,使他增加了对不同语言的感受与修辞能力;甚至新疆人自强不息的嘚瑟劲儿,也给了他生活的激励。十六年的财富足以惠及一生,十六年同甘共苦的人民,成为他永远的念想。

明亮深邃的眼

◎ 刘香河

　　小时候，外婆告诉过我，地上有多少人，天上就有多少颗星。地上的人去世了，就会跑到天上去，他的亲人、友人、后人，就能在地上看到那颗新出现在天上的星。若干年后，外婆在我还外出求学时意外去世，我便不自觉地举头望天，在天空中寻找疼我爱我的外婆。我从未对任何人言及，天空中有我自认的一颗星，她是我亲爱的外婆。

　　随着年龄、阅历的增长，自然知道外婆的"童话"寄托的只是一种美好愿望，但在我的潜意识里，仍然愿意相信外婆的话，于是每当亲近的人辞世，我总会举头开始自己的寻找。说是寻找，其实是认定，是一种自我慰藉。

　　在我的天空中，闪烁着一颗又一颗"文曲星"，被称为"陆苏州"的陆文夫先生，就是其中最闪亮的一颗星。

　　对我这样一个颇喜好动笔的人来说，陆文夫先生是一种崇拜，是一种景仰，是一种遥不可及的期待。当时光的年轮走到公元一九八五年的时候，我，一个二十多岁的农村文学青年，终于在苏州，在陆先生的家门口见到了先生本人。那个遥不可及的愿望一下子变成了现实。与陆文夫先生有了"零"距离交往，这让我感动无比，甚至有点不知所措。

　　短篇小说《瓜棚小记》在苏州刊物《江南雨》上发表，说来并不是一件什么了不得的事情，但因为这篇习作为陆文夫先生所看重，他专门让青年诗人车前子为《瓜棚小记》写点评，因而让我有机会从苏北的乡村到苏州参加为期半月有余的"江南雨笔会"。这样的机遇对于一个热血沸腾的文学青年来说，是何等宝贵。而让我在笔会期间能亲耳聆听陆文夫先生的教诲，更感到此生之幸也。说实在的，斯人已逝，当年他给我们讲了什么，我真的无法——记起，毕竟那是三十五年前的事了。但他那双明亮深邃的眼睛，至今都刻在我的脑海里。

那双眼睛似乎能看透我心底的一切，让我不能隐藏，那双眼睛润泽了我的心田，让我变得纯净。我相信，只要你的双目与那双眼睛对视，便有心灵与心灵的碰撞。至今，我都不能忘记与他目光交汇时的感觉，似乎有一股难于言述的细流在我的心田涌动，进而遍布周身。那是一双睿智的眼睛，那是一双纯洁的眼睛，正是由于这双眼睛，我的心底从此留下了陆文夫先生的身影。

在苏州的十多天里，我那饥渴的心田拼命地吸收着大家提供的养料。记得当时除了陆文夫先生，还有贾植芳、艾煊、叶至诚、高晓声等诸多声名如雷的大家给我们授课。让我倍加感动的是，陆文夫先生还亲笔为我题写了"无师而无不师"的字句。寥寥六字，意味深长。

对于从事文学创作的人来说，写出自己的个性是极其重要的，千万不能被过去传统所束缚，千万不能被大师大家的名著名篇所拘泥，此可谓"无师"也；但学习和传承，又是无处不在、无时不有的，那丰厚文化积淀的营养不言而喻，每一个后来者都应该汲取和继承。不止于此，现在，习总书记强调文艺家要走出象牙之塔，阅尽"社会"这本大书，"文学"之外，"传统"之外，"社会"仍然是养分丰厚的所在，每一个后来者都应该潜心研究，举一反三，触类旁通。此又可谓"无不师"。当今创新之风兴盛，让我不免想起陆老数十年前说过的这六个字，不正蕴含此意吗？难怪车前子看了陆老给我的题词之后，在我的速写簿上为我写下"在瓜棚里吃自己的瓜"。

于是乎，我开始翻阅《小巷人物志》《美食家》《井》《围墙》等一批引领当时文坛风骚的佳作。饶有趣味的是，陆文夫先生的《美食家》甫一面世，作品中描写的一道"把剧情推到顶点"的菜肴三套鸭,很是时兴了一阵子。

三套鸭的做法,陆文夫先生是这样描述的:"所谓三套鸭便是把一只鸽子塞进鸡肚子里,再把鸡塞进鸭肚子里,烧好之后看上去是一只整鸭,一只硕大的整鸭趴在船盆里。船盆的四周放着一圈鹌鹑蛋,好像那蛋就是鸽子生出来的。"陆先生在作品中还交代了美食家们的感叹:叹为观止!

就美食家而言,如果加入"品鉴",抑或"鉴赏"一词,则陆先生完全不在汪曾祺先生之下。陆先生之所以能写出《美食家》这样经典的中篇小说,是有其深厚的生活底蕴以及丰富的美食品鉴阅历的。陆文夫先生曾经在一篇《美食家是如何炼成的》的文章中,较为翔实地介绍过他这方面的经历。

陆先生在文章中说:"我所以能懂得一点吃喝之道,是向我的前辈作家周瘦鹃先生学来的。"众所周知,周瘦鹃先生被认为是"鸳鸯蝴蝶派"的首领,二十世纪的三十年代,他在上海《申报》编"自由谈"等六份出版物,家还在苏州。报刊需要稿件,周先生就在上海或苏州举行宴会,请著名的作家、报人赴宴,在宴会上约稿。周先生自己是作家,也应邀赴别人的约稿宴会。你请他,他请你,使得周先生身经百战,精通了吃的艺术。终于惠及后来能与周先生同席的陆文夫先生。

陆文夫先生进而指明:"《名人词典》上只载明周先生是位作家、盆景艺术家,其实还应该加上一个头衔——美食家。难怪,那时没有美食家之称,只能名之曰会吃。会吃上不了词典,可在饭店和厨师之间周先生却是以吃闻名,因为厨师和饭店的名声是靠名家吃出来的。"

从陆文夫先生的文章中,的确可以看出周瘦鹃之于"吃",在行得很。当年,周先生牵头邀范烟桥、程小青以及陆文夫先生等聚餐,每次周先生都要提前三五天亲自到松鹤楼确定日期,并指定厨师,如果某某厨师不在,宁可另选吉日。

何故?周先生说,不懂吃的人是"吃饭店",懂吃的人是"吃厨师"。陆文夫先生坦言：“这是我向周先生学来的第一要领，以后被多次的实践证明，此乃至理名言。”

不妨听一听陆先生关于美食品鉴之见解。他说："美食的要素是色、香、味、形、声。在嘴巴发挥作用之前，先由眼睛、鼻子和耳朵激发起食欲，引起所谓的馋涎欲滴，为消化食物做好准备。在眼耳鼻舌之中，耳朵的作用较少。"陆先生专门介绍了苏州菜中有声有色的两种菜："响油鳝糊"和"虾仁锅巴"，堪称"天下第一菜"。

响油鳝糊，就是把鳝丝炒好拿上桌来，然后用一勺滚油向上面一浇，发出一阵"刺啦"的响声，同时腾起一股香味，有滋有味，引起食欲。虾仁锅巴也是如此，把炸脆的锅巴放在一个大盆里，拿上桌来，然后将一大碗虾仁、香菇、冬笋片、火腿丝等做成的热汤向大盆里一倒，发出一阵比响油鳝糊更为热闹的声音。据说，乾隆皇帝大为赞赏，赐为"天下第一菜"。

陆先生对吃菜要遵循"尝尝味道"的规律，说得颇有道理。他说："菜可以多，量不能大，每人只能吃一两筷，吃光了以后再上第二道菜。"这不是跟现在从上而下都倡导的"光盘行动"异曲同工吗？

陆文夫先生后来在苏州的影响堪与周先生当年比肩，苏州的一些名流精英，但凡有饭局，皆以能请到陆先生到席为荣耀。只是后来的酒楼不太愿意做周先生、陆先生他们聚餐时的"那时候的菜"。问及厨师，那时候周先生率陆文夫、范烟桥、程小青几位先生"小聚"，得让厨师忙好几天呢！不是说时间就是金钱吗？陆先生进而自我解嘲道："要恢复'那时候的菜'也不是不可能，那就不是每人出四块钱了，至少要四百块钱才能解决问题。周先生再也不能每个月召开两次小组会了，四百块钱要写一个万字左右的短篇，一个月是绝不会写出两篇来的。到时候不仅是范烟桥先生要忘记带钱了，可能是所有的人钱包都忘记在家里。"

要知道，陆先生说这话是二十世纪八十年代，那是个以"万元户"为荣的年代，每人吃一餐要花四百块，完全够得上"高消费"。所以，陆先生给出的结论是"当美食家要比当作家难"！

由《美食家》引发的话题暂且搁下。当年，因为受到陆文夫先生之鼓励，于是乎，从一九八五年开始，我便有一些习作在报刊发表。值得一提的是，一九八七年第五期《中国青年》刊发了我的短篇小说《故里人物三记》，在全国范围内产生一定反响，不少读者来信来访。著名文艺评论家冯立三认为："《故里人物三记》单纯、朴素，以传统的白描、不枝不蔓的叙述和随手点染地方风情取胜。格局虽小，但也可折射中国农村的沧桑之变。"又说，"祥大少（小说人物）的败落很值得我们高兴，他的历史由盛而衰，倒过来正好是农民的历史由衰而盛。""仅凭对一个人'三好'这些区区小事的描写，其长度又不足 2500 字，便活泼泼地勾画出中国农村的历史性进步，这成绩，值得祝贺。"著名作家陈建功在他的《读后信笔》中写道："读了《故里人物三记》，很有点兴奋。新的表现手法固然可喜，传统的'招数'亦不可轻弃也。"

《故里人物三记》获得了《中国青年》举办的全国小说处女作征文二等奖，让我一个二十五六岁的农村小伙子有了一九八八年到北京人民大会堂领奖的经历。现在想来，当时能在短短两三年内发表十多万字作品，和陆文夫先生的鼓励是分不开的。他对《瓜棚小记》肯定鼓励的原话，我没能亲耳听到，但当年我去苏州参加笔会时，车前子直接和我讲过陆老对这篇习作的看重，这让我一个初出茅庐的小伙子内心感动，无法言表。这鼓励让我握着手中的笔直到今天。他写给我六个字，令我至今都好好珍藏、好好体味。

几十年过去，我一直潜心构建着"香河"这一文学地理，《香河纪事》系列短篇小说集，《香河四重奏》中篇小说集，《香河》《浮城》《残月》三部长篇小说构成了"香河三部曲"，还有散文集《楚水风物》《爱上远方》《那时，月夜如昼》，凡此等等，也算是我当年聆听陆文夫先生教诲，不忘初心，走自己的路，所获得的果实吧！

我也没能想到，从我第一次见到陆文夫先生之后，再一次亲耳聆听他的教诲，竟相隔了十多年。一九九八年五月二十三日，这天是泰州市作家协会成立的日子。我在事先没有听到任何消息的情况下，当天被通知到乔园宾馆东平房开会，说是让我参加泰州作协副主席的选举。在泰州市作协第一次代表大会上，我再次看到了那双明亮深邃的眼睛。

陆文夫先生作为中国作协副主席、江苏省作协名誉主席，坐在主席台上。实在说来，再次见到陆先生，我的内心仍然是极其激动的，尽管他对当时的毛头小伙子早就没了印象——当年在苏州"江南雨笔会"上，来自全国各地有十多个人，如今颇有影响的荆歌就在当中——更何况时隔十年之久矣！

后来和他老人家一起拍照，我也没再提起那段往事。因为俗务缠身，加之自身努力不够，拿得出手的作品不多，让我在陆老面前提起当年曾因写出《瓜棚小记》而得到他老人家的鼓励，真是汗颜得很。尽管我的身份已经从一个乡镇的共青团干部变成了泰州市级机关一名文秘人员，此次又意外地担任了泰州市作协副主席兼秘书长，可令我惊奇的是，陆老那双明亮深邃的眼睛依然那么有穿透力，依然叫我不能躲藏，依然纯净容不得半点沙子。

这是一双怎样的眼睛啊！似一口深井，又似一泓清泉，在我的脑海里挥之不去。如今，他老人家虽然已离开尘世，离开他钟爱一生的文学，离开了我们，但他那双眼睛成了我心底一道永恒的印记，每当夜幕降临的时候，这双眼睛便会在我头顶的天空闪烁。

陆文夫先生虽被人称为"陆苏州"，其实他是江苏泰兴人，跟我是大范围里的泰州老乡。因为在一个地区承担着文学艺术组织工作，我曾想谋划一次文学之旅，主题为"追寻陆文夫先生的足迹"，遗憾的是，构想始终在头脑中盘旋，几年过去了，因为这样那样的原因，至今未能施行。

陈情与感动

◎ 罗伟章

我读的第一篇古文，是《陈情表》。

那时候，我还是小学低年级的学生，我二哥念初中，好读书，在乡上买了本《古文观止》。寒假里，大雪盈野，土地被雪盖了，农活也被雪盖了，二哥便拿着书，钻进院坝边新修的空房里，不喊吃饭就不出来，出来时必冻得躬肩缩背，脸色青紫。如此十余天后，书变重了——满本都是红色的批注。腊月三十那天，父亲和兄弟姐妹上邻院看灯去了，我和二哥都不爱热闹，兄弟俩坐在火塘边，他把书取来，挑一篇念给我听。念的是《陈情表》。我听不懂内容，但闻到了旧香。语言的美，是美到嗅觉里的。念了，二哥又背诵，很是自得。当他逐句讲解，自得的心淡了。那是一个没下雪却打着黑霜的冬日。

"生孩六月，慈父见背"，这句话给予我的宽慰，至今想来，还心生战栗。我五岁多，母亲就去世了。家里的天，是母亲顶着的，父亲也要听母亲的，母亲去世，天就塌了。在对未来的惊恐中，我常躲到屋后的林子里，窥视村里小孩跟在各自的母亲身后，从田间地头走过，一声一声地叫"妈"。为啥他们都有妈，唯独我没有？我的妈是一个土堆，冰冷而臃肿，摸上去是粗糙的颗粒。再摸，还是。找不到答案，疑惑就凝结为痛楚。我认为自己是世上最悲苦的人。然而，李密，《陈情表》的作者，半岁就死了父亲，到四岁，母亲改嫁。死别和生离，小小年纪，他就尝透了。那是我第一次受到关于痛苦的教育。

痛苦不是你一个人的。

当痛苦降临,无力除去,便逃脱,不能逃脱,便忍受——岂止忍受,还要担荷。如此,胸襟就撑出别样天地。后读杜诗:"窗含西岭千秋雪,门泊东吴万里船。"那门,那窗,是打开的,打开后就看到万千气象:众生之苦里,蕴含着无限生机。杜诗让我更深地理解了《陈情表》对我的意义。

在我心里,李密始终是个孩子。到他写《陈情表》时,已四十四岁,可依然是个孩子。这感觉真没有错。李密以孝闻名,《陈情表》以孝动人,"孝"字在甲骨文里就有,是汉字的"母"字,"老"之下一"子","子"紧贴"老",代表晚辈对老人的扶持。李密对祖母,侍奉汤药,"未曾废离",是一辈子的孩子。

李密是哪里人,我并不关心。人情相类,普天同理。但如果突然撞到他的家乡去了呢?那便是故人重逢。认识作家,无须相见,读了他的作品,就算认识了。帕慕克在街头碰见一个女人,那女人说,我早就认识你了,我读过你的全部作品。作品是作家的内在星空,读过,就不仅认识,还是熟识。我和李密认识的年头,该和他写《陈情表》时的岁数差不多吧?这是货真价实的老友了。因此,来到川西彭山,得知他是彭山保胜乡人,欢喜心如风拂柳。也不是激动,只是心里一亮。是烛光的那种亮,外面的世界退去,只照见两人和两人的秘密。

彭山县属眉山市,眉山有苏东坡,这奠定了一种美,也奠定了一种温度和好整以暇的气质。东坡的厉害,在于个性强却又通达人情,活得诗性,且能用细节之绚烂抵抗人生之大灾。比较起来,李密就过得太苦了。身苦,心也苦。不过,一国一族,总有些人是要受苦的,他们在贫苦、辛苦和苦厄中,参悟生命,自觉承担,缔造出源头性的文化因子。自汉武帝始,孝由家庭伦理延伸至社会和政治伦理,到李密写《陈情表》时的晋武帝,更是强力推行这种伦理,以孝命名的村社山水,由此遍布国中。当孝成为准则,就成了孝道。孝道是个延展概念,"老吾老以及人之老",从一家,到两家,到三家,到千万家,如此升华为价值观和对共同体的认同。在这方面,李密是做了很大贡献的。

仲秋时节，雨气蒙蒙，而眼前身后，光影婆娑，整个彭山，如起伏的园林，低处大河奔流，高处竹木葱翠。李密故居在保胜乡龙安村，倾斜的坡地上，村道、房子错落有致，干净整洁，左面崖壁，刻满字画，都与李密有关。我并不十分在意这些，只悉心察看当地百姓的脸，都安宁祥和。从他们脸上，我看到两个字：充实。人只有在对他人的同情、理解和关照中，才能内心丰盈，从而迈过自我隔绝和自我枯萎的"现代化陷阱"。由此扩展，家庭伦理便成为家国伦理、万物伦理，人也因此走出小我，成为大写的人。

彭山是个孕育传说的地方，远近闻名的彭祖，活了将近八百岁，真假不重要，重要的是对突破局限的表达。传说还是一种想象力，是深具可能性的预言，比如张献忠沉银地，多年来也是传说，但考古将传说变成了历史——曾经的事实：沉银处就在彭山江口镇河段，而今已发掘出五万多件文物。一个生长传说的地方，定有传奇的精神在，这传奇的精神，既是勇猛精进，也是笃定持守。在我看来，李密是彭山最大的传奇。他用真实书写了传奇。在李密的时代，孝已可归为传统文化，他以对传统的尊重和身体力行，以一篇《陈情表》，既感动了晋武帝，也感动了苏东坡，还感动了后世的我以及亿万国人。从文学角度，陈情与感动，是文学的根，《陈情表》根深而叶茂，因此成为千古名篇。

李密写这篇表文，背景复杂，但我不愿深究。有时候，深刻是无趣的，苏格拉底和孔子都很有趣，但我们往往把他们阐释得无趣。据李密后来的表现，他当时"辞不就职"，确实就因祖母需要他。说得多了，反而遮蔽甚至玷污了他的这片真心。我还注意到，李密是谯周的弟子，谯周乃蜀中大儒，刘禅投降，是谯周的建议和策划，对此，他的另一弟子——《三国志》的作者陈寿，在书中给予了高度评价，说"一邦蒙赖，周之谋也"。我认为陈寿置评是妥帖公允的，统一乃大势所趋，不该再让百姓受涂炭之苦。我相信，李密和陈寿是相同的看法。

哲人册页

◎ 赵　丰

　　在东西方思想者那里，人文精神宛若一座灯塔，为人类照亮了精神的指向。当大多数人在为衣食忙碌着的时候，总有一些人在构想着人类精神的蓝图。漆黑的夜色下，当人们都进入了甜蜜的梦乡，他们仍在绞尽脑汁，为沉睡者设计着清醒后理想的生活。

　　一身布衣的孔子在古旧的时光里缓缓前行，且吟着独创的灵魂曲：仁者爱人。他吃着素食，四处奔走游说。他提醒人们，除了吃穿，你们还要注重道德，要有泛爱之心。西方哲学的奠基者苏格拉底向世人宣告，要治理好城邦政治，就要改善人们的灵魂，培植好公民，以德教人，以德治人。

　　伫立在古希腊的时空里，苏格拉底以这样的句子唤醒人们对于人文精神的追求："在这个世界上，除了阳光、空气、水和笑容，我们还需要什么呢？"

　　苏格拉底长着一副平凡的相貌：扁平的鼻子，肥厚的嘴唇，凸出的眼睛，笨拙而矮小的身体。在两千多年前的雅典大街上，他向人们提出一些怪异的问题，例如，什么是虔诚？什么是民主？什么是美德？什么是勇气？什么是真理？他说："我的母亲是个助产婆，我要追随她的脚步，我是个精神上的助产士，帮助别人产生他们自己的思想。"

　　苏格拉底自己呢？他说："我像一只猎犬一样追寻真理的足迹。"为了追求真理，他不顾自己的利益、职业和家庭，甘愿为真理而殉道。他曾自问："什么是哲学？"他自答："认识你自己！"每一句，都是从骨头里出来的味道,带着坚硬的气息,却有一袭淡淡的香,从生命中细细地渗出,再缓缓地渗进生命,把整场生命演绎成一条清清溪流。

公元前三九九年六月的一个傍晚,雅典监狱中年届七旬的苏格拉底就要被处决了。他衣衫褴褛,散发赤足,与前来探望他的几个朋友谈笑风生,似乎忘记了就要到来的处决。直到狱卒端了一杯毒汁进来,他才收住"话匣子",接过杯子一饮而尽。之后,他躺下来,微笑着对前来告别的朋友说,他曾吃过邻人的一只鸡,还没给钱,请替他偿还。说完,他安详地闭上双眼,睡去了。

这是一幅悲剧的画面,但在我的审美意识中,却具有永恒的意义。在这个深秋的季节,我静下心来,扯长目光,向人类岁月深处的这幅画面凝望。树叶纷至而下,但无法遮蔽我的视野。

苏格拉底的从容赴死,是人文精神的一个杰作。解读他的死亡方式,就是与他心灵的对话。

站在岁月的那头,苏格拉底用依旧热情似火的双眸注视着我,一丝一丝的皱纹,一圈一圈的遗憾,若尘埃般慢慢地将我掩埋其中。在岁月的摧残下,我逐渐苍老着,萎缩着,曾经需要仰望的苏格拉底,在我的遐想里,和我站在一处高地,只要平平地看过去,他眼角的皱纹,花白的胡须,还有驼下的背,便使我无限恍惚。生命是如此迅忽,让我们转眼成霜。有时我想摆脱心的劳累,逃离岁月深处的苏格拉底,可总是躲不掉他的影子。关于他的思索就像一瓶酒,让我醉得一塌糊涂。我会哭泣,但是眼泪已不再清澈。那些混浊的液体,沉重地敲打着日子的表面,使我的心头泛出无法抹去的印痕。

主张思想自由和个性解放,人是世界的中心。这是人文主义者的核心价值观。如果说,苏格拉底以及彼特拉克还没有建立起人文主义的概念,他们只是以个性的实践让人类懂得物质之外,还有一个精神的存在,那么,兴盛于十五至十六世纪法国的人文主义运动,则正式开启了人文主义的大幕。十五世纪下半叶，法国已有不少人开始注意对古典文化的研究，其人文思想不仅覆盖了绘画、建筑等艺术领域，而且渗透到文学、教育等思想领域。

蒙田，俨然是这个舞台的主角。

与苏格拉底相比，蒙田俨然一副帅哥形象。他的面容和姿态，总是凝结着宁静安详。他拿出绅士般的手势，与人们一起诉说着关于风俗、礼仪、母爱、蔬菜、天气之类的话题。他抛弃了人们习以为常的宗教立场，从规范和系统化的权威经典中突围而出，用单线条的咏叹，陈述对于自身个体、人类生活方式等问题的思考，循序渐进地将读者引入一泓恬淡清澈的湖水之中。

蒙田所处的时代，许多风云人物总是手不离刃，而蒙田却以一种特殊的方式，构建着自己非凡的品格。他的随笔集中表现了强烈的个人主义因素，更多是对自己剖析和解读。这些因素促成了"蒙田式"人文主义的形成。法国评论家圣伯夫说道："蒙田最与众不同并使他成为奇才的地方，是他在那样一个时代，始终是节制、谨慎和折中的化身。"利刃刺伤的是人的肉身，而蒙田手中的笔却刺痛了人的思想。他以一种看似平和的方式，以一种暴露隐私般的序言，为这个世界打开了封闭许久的天窗。

三十七岁那年，蒙田辞掉了波尔多最高法院顾问的职位，继承了其父在乡下的领地，一头扎进那座圆塔三楼上的藏书室，把余下的二十一年都消磨在他的马匹、狗和书上面。他在自己城堡拐角处的一个塔楼上安排了"隐居"所，幽深、典雅、安宁、闲暇，他在这个塔楼里"要保留一个完全属于我们自己的自由空间，又如店铺的后间，建立起我们真正的自由，和最最重要的隐逸和清静。"此后，他虽然出任过市长的职位，但很快就放弃了，回归自己的城堡。他搜索着自己的记忆，以对人生的特殊敏锐力，记录了自己在智力和精神上的发展历程，写出了鸿篇巨著《随笔录》，为人类建立起了一座思想的宝库。

随性而写,随性生活,这是蒙田为我们展示出来的人文情怀。

"世界上最伟大的事,"蒙田说道,"是一个人懂得如何做自己的主人。"这句话,曾让我沉思许久。自己为自己做主。这是一个拗口的句式。而他的随笔,其独特魅力正在于此。

他写道,"从我身上可以找到所有矛盾……羞怯,蛮横;贞洁,淫荡;健谈,寡言;坚强,纤弱;聪明,愚鲁;暴戾,和蔼;撒谎,诚实;博学,无知;慷慨,吝啬又奢侈所有这些,我都在自己身上或多或少地看到,就看我偏向哪方……关于我自己,我不能讲任何绝对、简单和坚实的话。这样讲时,我不能不感到混乱和混杂,也不能一言以蔽之。"

蒙田的手里握着一把手术刀,庖丁解牛般,轻松自如地解剖了自我。

蒙田之后,一个人文主义的伟大实践者罗伯特·欧文登台亮相。在他之前,孔子、苏格拉底、蒙田般的哲人们已经构建出人文精神的坐标,而欧文,却是在用自己的实践,为这个坐标添置新土。

以人为主体,尊重人的价值,关心人的利益的思想观念。这是欧文建立"新和谐公社"的人文主旨。一八一七年八月十四日,欧文在伦敦中心区酒家发表了自己的即席演说,其主题词是:让更多的人获得幸福。他从大不列颠与爱尔兰帝国所遭受的苦难、贫困和悲惨状况得出结论:任何国家如果存在着偏见和贫困,而仅有的教育又坏到不堪设想的程度,那就必然会使人民的道德败坏。他呼吁从儿童教育入手,消除愚昧、愤怒、报复和其他一切邪恶情欲的根源,把一个国家的全体人民培养得节制有度、勤勉而有道德。他的演说,涵盖了人文主义学说的思想主旨。

为了实践自己的人文思想,一八二四年,五十三岁的欧文变卖了所有家产,带着四个儿子和一批朋友从欧洲奔赴北美。之所以选择北美,是因为那里没有欧洲国家那样悠久的封建历史,是一片干净的处女地。那天,在蒙蒙的细雨中,一艘船离开英国,乘风破浪横渡大西洋。船上,欧文望着滚滚的波涛思绪万千,身心里奏鸣起激昂的背景音乐。

抵达印第安纳州，欧文用三万英镑购买了一块 1214 公顷的土地，用一砖一瓦兴建起了一个庄园："新和谐公社"。这是他内心构建许久的适宜于人类生存的庄园。它安静祥和的气氛，与俗世里的争斗、喧闹以及与之相关的悲欢情绪形成鲜明的对照。

让我们回顾一下"新和谐公社"具体的情境：村落鳞次栉比，山水蜿蜒曲折，霞光将树叶染成金箔，恬静幽雅，温馨和谐。令欧文欣喜和惊奇的是，一群群的喜鹊不知从何处飞来，遍布于山水林间。喜鹊们用悦耳的叫声让欧文的庄园变得生动起来。这时的欧文恍然大悟，他的生命过程，必然是与一种叫作喜鹊的鸟儿依依相恋。欧文伫立窗前，静看夜色缓缓升起。在这儿，人文的理念彰显殆尽，各种公共设施一应俱全，会议室、阅览室、学校、医院、临时休息室、世界上第一所婴儿学校和夜校……

很少散步的欧文静享着散步的愉悦。他徜徉在"新和谐公社"的每一个角落，融入喜鹊的声声啼叫中。散步的间隙，他认真观察了喜鹊的饮食习惯后，在庄园内最高的屋顶上为喜鹊们搭建了食堂，专门安排了喜鹊的饲养员，每天定时为喜鹊们送上食物。夏天，喜鹊们的食物是：昆虫等动物性食物，像蝗虫、蚱蜢、金龟子、象甲、甲虫、螽斯、地老虎、松毛虫、蝽象、蚂蚁、蝇……而在其他季节，则以植物性食物为主，如乔木和灌木等植物的果实和种子，还有玉米、高粱、黄豆、豌豆、小麦……

与喜鹊和谐共生。在欧文看来，便是人类无比幸福的生活。

这样的场景多么熟悉。从陶渊明的《桃花源记》那里，在德国诗人荷尔德林的诗歌《人，诗意地栖居》那里，我的心灵不止一次地在其中诗意地栖居。

处在整个资本主义重重包围之中的"新和谐公社"并不能与世隔绝，进入这个庄园的人形形色色，抱有各种目的，有着各种想法，甚至无端打闹，恶意诽谤，各种不和谐的声音在欧文的耳畔弥漫。一种如冰的温度，穿过他的衣服和皮肉，抵达他的内心。于是，他只能受伤，理念只有沉重地碰壁。四年以后,"新和谐公社"宣告破产,而欧文也几乎倾家荡产。环顾空落落的庄园,欧文心冷如铁,再也没有了坚守的理由,于是转身离去。在他身后,喜鹊们排列成行,以悲戚的叫声为这个庄园画上了句号。

乌云密布的天空,雨后彩虹的天空,这是一种强烈的比照。在捷克人胡塞尔那里,这就是人文主义者的天空。他生命的每一个细节,都穿插在这样的天空里。他为乌云密布而振臂高呼,为雨后彩虹而黯然凄伤。因为,他从密布的乌云里看到了力量,从雨后的彩虹里看到了假象。

胡塞尔的人文哲学,朝简单说,就是三个字:现象学。他试图借助描述现象学的悬置原则,将一切有关客观与主观事物实在性的问题都存而不论,并把一切存在判断"加上括号"排除于考虑之外。

在大学的校园里仰望星空,这自然是别具一格的现象。胡塞尔依着一棵棵树,脸贴着一面面窗,星空所呈现给他的,不仅仅是星月的存在体,还有无数诡变着的流线。大多数时间里,胡塞尔总是心不在焉,可是当他目睹到大自然的一些现象,便立即振奋起来。一只夜行的鸟儿,扑棱了一下翅膀,他马上就知道了,这是鸟在提示他:人的生命会消亡于时间之河,然而,总有些灵魂还在不断守望。让我们成为无数守望者中的一员,在永恒之地复活信仰,让信仰在幽深的暗处,开出永恒的绚丽之花。

这是胡塞尔哲学之途中的一次巧遇。具体的日子大概是一八八七年的一个深秋。秋风里,艳阳下,一片树叶的一个华丽转身,勾动了胡塞尔的人文思绪。他眯缝着眼睛,摊开双手,喃喃自语着:"一开始,问题就是要把纯粹而缄默的体验带入到其意义的纯粹表达之中。"这句话表述的意思是:不要被表象的复杂所蒙蔽,透过现象看本质。用纯粹的观点来看待问题。

自由探索,这是胡塞尔人文精神的基本特征。

无论身处何处,无论春夏秋冬,作为一个人文主义的实践者,胡塞尔总忘记不了用笔来表达自己的人文思想。春光固然可爱,但对我来说,享受人文的关照比享受春光的滋润更为重要。一抬头,天忽然暗淡下来,明媚的天空顿时被乌云笼罩，这是春天里的自然景象。但我此刻想到的却是，这是胡塞尔守望着的天空，乌云的出现和凝聚是他的灵光闪现。

夏日的急雨，从浓重的天空砸下。我伸长脖颈，想透过雨雾努力看清胡塞尔的面容。他戴着一副黑框眼镜，头颅下垂，威严冷峻的目光刺破了浓重的乌云，直视我的心灵。

窗外，是雾霾般的天气。在我成长的经历中，直到这两年才看到和听见雾霾这样的词语。之前的那些岁月里，它干什么去了？

雾霾让我感受到冬天到来的信息。树叶剥离了树的枝干，从仿佛罗素的天空飘下来，归于大地。罗素的天空，这是我突然之间想到的一句。有些故作高深的味道。

拥抱着罗素的书，我走进枯叶飘零的冬天。风坚硬着，叮叮当当地砸在我的身体和心灵上，而罗素书里的句子却给了我温柔的感觉。他伸展开手臂，为我挡住了坚硬的风。爱因斯坦曾说："阅读罗素的作品，是我一生中最快乐的时光之一，生为二十世纪的人没有看过罗素的作品，就像十九世纪的人没有听过贝多芬的音乐，十八世纪的人没有看过歌德的作品一般。"他还说过：每一位正直而爱智的人，若能抛开烦嚣琐屑的尘世俗物，静心来读一读罗素那流光溢彩余味隽永的作品，你会感到自己正在一步步走向充实。

罗素的身上，具备着典型的文人气质。他的著作不像其他哲学家那样的艰涩，而是显现出人文的关爱，适于普通人的阅读，诸如《西方哲学史》《怀疑论》以及《我的心路历程》等，这些著作即使当作纯粹意义上的文学作品来欣赏也无不可。当然，《为悠闲颂》《有名人物的梦魇》《怀疑的意志》这些著作也都是篇篇金玉，字字珠玑。仰头，我发现罗素瑰丽的人文天空，那一片片被朝霞或者晚霞涂抹的瑰丽云彩，衔接着，变化着，让我的心境享受到无比欣慰。

过去的岁月，我是那样孜孜不倦地热爱着老子。生活中的每个细节，我都企图用老子的观点来解析。我一直错误地认为只有中国人喜欢老子。在罗素仰望过的天空，我终于发现了老子滑翔的影子。罗素说："我对老子的哲学远比对孔子的学说更感兴趣。"他在中国访问讲学时，有人向他介绍《道德经》中几段文字，他极为惊叹，认为两千多年前能有这么深睿的思想，简直不可思议。

过去，我一直以为，哲学家很难享受到婚姻。而罗素，一生有过四次婚姻，让我另开眼界。他是这样表达的："对爱情的渴望，对知识的追求，对人类苦难不可遏制的同情心，这三种纯洁但无比强烈的激情支配着我的一生。这三种激情像飓风一样，在深深的苦海上，肆意地把我吹来吹去，吹到濒临绝望的边缘。"他还说："我寻求爱情，首先因为爱情给我带来狂喜，它如此强烈以致我经常愿意为了几小时的欢愉而牺牲生命中的其他一切。我寻求爱情，其次是因为爱情解除孤寂——那是一颗震颤的心，在世界的边缘，俯瞰那冰冷死寂、深不可测的深渊。我寻求爱情，最后是因为在爱情的结合中，我看到圣徒和诗人们所想象的天堂景象的神秘缩影。这就是我所寻求的，虽然它对人生似乎过于美好，然而最终我还是得到了它。"

应该指责罗素，还是为他歌颂？对于罗素的婚姻，其实不用那么费心。幸福不幸福是他自己的感觉，用不着我们指责或者歌颂。

禁欲，在罗素的意念里，那不是人文主义者应当具备的生活。

寒冬的风，在遥远的空中窜动，并且，向着我看不见的远方驶去。

而罗素，只不过在这个过程中轻轻地发出一声叹息。

彭山访故人记

◎ 李一鸣

九月里,到彭山。

一说要到四川的眉山、彭山,首先就想到那里的三个人:彭祖、李密、苏东坡。

一个地方的文化存在,常常是与生于斯、长于斯、死于斯、葬于斯的一些文化人连在一起的。凡是读过书的中国人,谁没听说过彭、李、苏呢?

彭祖的传说天下皆知。记得小时候,我曾依偎在外祖母怀里,听她讲古:"很早很早以前,四川大山里有个姓彭的老头儿活了八百多岁,不知道人家是吃啥喝啥才活那么长的?"如今,言犹在耳,外祖母却已离世三十多年了,当年的娃娃也已白发满头。

李密的《陈情表》则进入了教科书,被一代一代学子读着、学着、考着,甚至背着。据我夫人和儿子说,他们读中学时,都能背诵《陈情表》全文。就在我行前那天晚上,他们还断断续续背诵了其中的段落,"臣以险衅,夙遭闵凶。生孩六月,慈父见背。行年四岁,舅夺母志……"声情并茂,抑扬顿挫,作者情深意切的表达,经了身边亲人的诵读,尤为撼人心魄。

在中国人的精神文化生活中,苏东坡成就了一个独特的艺术世界。不仅他的才华和故事被广泛传颂,而且在中国文人心中,他已经成了一个文化图腾,被"神"一样地崇拜着、追随着、诠释着。学贯中西的大学者、大作家林语堂在他那部名著《苏东坡传》中,把这位人间不可无一难能有二的天才人物,认定为一个秉性难改的乐天派,悲天悯人的道德家,黎民百姓的好朋友,散文作家,新派的画家,伟大的书法家,酿酒的实验者,工程师,假道学的反对者,瑜伽术的修炼者,佛教徒,士大夫,皇帝的秘书,饮酒成癖者,心肠慈悲的法官,政治上的坚持己见者,月下的漫步者,诗人,生性诙谐爱开玩笑的人。林氏语言洋洋洒洒,放逸风雅,骈散相间,庄谐杂出,绘出这位现代名家眼中的苏东坡形象。而我的故乡山东一位女作家在散文《来生便嫁苏东坡》中,从另一个维度表达了一位当代女性对苏东坡的认知和情感。她笃信人是有来生的,热切祈愿来生心随愿迁,活得山水生色,日月增辉,再嫁一个又敬又爱时刻与他生死相依的男人:"古往今来,三千年的沧海桑田里,真正用文字打动我心弦的唯有宋代的苏东坡一人而已。捧读着苏东坡的诗文集,我总是不由得感慨:这才是一个值得我用一生之光阴倾心相守的男子汉!""我要认真地,虔诚地,刻苦地……修炼今生,也许上帝受了感动,会可怜我的一片苦心,让我转世投胎为一个才貌双全的美人,满足我那千年等一回的愿望——嫁给苏东坡。"大胆率真,又惊世骇俗!所以说,每个人心中都有一个苏东坡,他已经化作一种基因,进入了我们的血液,影响着我们的生活。

而今,我来了,来到他们的故乡,一次期待多年的朝拜。

正是秋天盛大的季节。天升得很高、蓝得出奇,透明的阳光下,远山的天际线闪着光亮,墨绿的银杏叶在山风里翻飞,茂密的方竹林里一条条竹子挺着修长的腰肢优雅款摆,山腰间,白云披着蓬松的斗篷悠闲地散步……沿着长寿梯,跨过九百九十九步台阶,踏过九十九个平台,拐过九道弯,远远便看到了彭祖墓。墓的背后高高矗立的是彭祖山主峰,左右群山簇拥,那墓碑就仿若坐在一把巍巍山体形成的巨大太师椅上。同行者说,如果从山顶俯瞰,则会发现彭祖山与寿泉山相互环抱,构成一幅天然的立体太极图,凸起的山脉与凹陷的山沟组成阴阳两条相互追逐的鱼,而彭祖墓恰恰就落在阳鱼的眼睛上。据说这墓地是彭祖的弟子、风水学始祖青衣乌公所选,果然是传说中的风水宝地。

彭祖果有其人。先秦时期,他在人们心目中还是一位仙人;到了西汉,刘向的《列仙传》也把他列入仙界;而宋《太平广记》录其自述:"吾遗腹而生,三岁而失母,遇犬戎之乱,流离西域,百有余年。加以少枯,丧四十九妻,失五十四子,数遭忧患,和气折伤。荣卫焦枯,恐不度世。所闻浅薄,不足宣传。"在这里,彭祖又从仙界回到了人间。明曹学佺的《蜀中广记》中记载,彭祖"自尧历夏,殷时封于天彭。周衰始浮游四方,晚复入蜀,抵武阳家焉"。武阳即现在的眉山市彭山区。东晋的《华阳国志》和南北朝郦道元的《水经注》、范晔的《后汉书·郡国志》等方志中,也都提到过这座彭祖墓。至于彭祖的年龄,流传最广的是八百岁,而按上古时期每六十天为一年计算,则彭祖活了一百三十多岁。联想到一九四九年前,我国人均预期寿命还不到三十五岁,这彭祖确乎是够长寿的了。

　　彭祖原是善于养生的人,《庄子》《楚辞》《史记》对此多有记载,现代人津津乐道、急于弄通的,是他的养生秘诀,所谓气功术、膳食术和房室术。在离彭祖墓不远的养生殿里,参观的人络绎不绝,许多人面对彭祖养生十三法图解,驻足揣摩,流连忘返。而我却猛地掉转头,快步走了出去。是的,固然人的本性是祈愿长寿,死是人生的终极点,怕死是人的正常心理,注重养生也是人之常情。然而如彭祖,在他的一生中,先后竟有四十九个妻子、五十四个孩子去世。生离,令人黯然神伤;死别,必定是撕心裂肺。一个亲人去世,就使人痛不欲生,何况一百零三人!那就是一百零三次泣血大恸啊。其痛若何?其悲何如?充满痛苦的长寿意义何在?何况,为了个人长寿,那彭祖采取所谓采阴补阳延年益寿之法,大言不惭道:"法之要者,在于多御少女而莫数泻精,使人身轻,百病消除也。"完全为了长寿的性爱,不知多少青春少女做了药引和药渣。此诚可恨哉!

　　距彭祖墓不远处的文化广场上,竖立着彭山籍文化名人展示牌,其中一组介绍的是李密和他的《陈情表》。这李密幼年丧父,母亲改嫁后,与祖母刘氏相依为命,依靠祖母一口饭一口水抚养成人。长大后,他曾经担任过蜀汉后主刘禅的尚书郎。三十九岁那年，司马昭灭了蜀汉，他成了亡国之臣，一心一意在家侍奉祖母，奉献孝心。四十一岁时，晋武帝召他出仕，先以郎中一职许愿，后又以洗马之职征召，他都以祖母年老多病、无人供养而力辞。《陈情表》就是李密为辞不就职写给晋武帝的表章。

可以想见李密书写此信之难。一方面，"祖母无臣，无以终余年"，不顾年迈的祖母出去就仕，情理不容，是谓不孝；另一方面，作为蜀汉旧臣，在李密眼里，汉主刘禅又是一个"可以齐桓"的人物，心中自然葆有念旧的情感，不愿厕身新朝，定是他内心的坚守。然而晋武帝却一个劲儿催逼他就职，"诏书切峻，责臣逋慢。郡县逼迫，催臣上道；州司临门，急于星火。"如何摆脱困境？李密围绕"孝"字力陈心迹，从"臣无祖母，无以至今日；祖母无臣，无以终余年"情感出发，反复强调祖母的病："夙婴疾病，常在床蓐""刘病日笃""日薄西山，气息奄奄，人命危浅，朝不虑夕"，层层递进，极尽渲染，力图以孝感人、以情动人。不仅如此，他不回避自己曾是蜀汉旧臣，坦言"少仕伪朝，历职郎署"，明确自己"不矜名节""岂敢盘桓，有所希冀"，意在从政治上打消晋武帝的误会。继而表白了先尽孝、后尽忠，"先徇私情，后报国恩"的心底。"是臣尽节于陛下之日长，报刘之日短也"，暗示等把祖母养老送终之后，再向当朝尽忠的情志。孝，是人间最大的善、最美的义、最崇高的伦理。一篇《陈情表》，作为文学史上的抒情名篇，感动了无数人。正如宋代赵与时在《宾退录》中的评说："读诸葛亮《出师表》不落泪不忠，读李密《陈情表》不流泪不孝。"而我从中读到的，除了情真意切、感人肺腑的孝之外，更有狼狈，有忧惧，有不满，有希冀，有明示，有藏匿。透过那恳切的言辞，体味的是忐忑不安，委婉畅达的语言内里，是作者的进退失据。一个人为了保命，小心翼翼，委曲求全，把自己低到了尘埃里，诚可怜哉！

苏东坡与彭祖、李密就有着不同的人生轨迹和人生态度。眉山，东坡在这里度过了他的童年、少年时光。二十岁，他和弟弟随父亲赴京赶考，此后，又为父母去世两度丁忧故里，屈指算来在这里度过了二十四年光阴。这位眉山之子一生可谓跌宕起伏，丰富多彩，大概是造物主为了成就这位奇才，故而为他设置了不一样的人生。他兴趣广泛多元，在每一涉猎的领域都达到了顶尖水平，"才华横溢"一词似也难以形容这个天才。他堪为学霸，考进士，以几乎第一的成绩考取，一时誉满京华，名扬天下；二十四岁参加由皇帝亲自出题的制科考试，他被录入最高等第三等，成为宋朝唯一进入此等次的人。然而，最使我感怀的是他的信念、他的爱，他对苦难的态度。

他抱持士的风骨，始终坚守独立的思想，历经千磨万击，仍坚定不移。当其时也，围绕王安石变法，朝廷形成变法派和保守派两大政治阵营。东坡本为求新之人，变法之初，他支持变法，甚至还比较激进，俨然坚定的变法派。但当发现新法之害后，便毅然上书反对。等到保守派上台，他被召还朝，接连提升，但当保守派不加选择全面废除新法时，他又挺身而出，公开反对。面对强权势力和政治高压，他坚持独立不随的人生信条，即便既不容于新党，又不见谅于旧党，也不变主张，不更其道，不虚与委蛇，更不做墙头草。东坡曾言："占之立人事者，不惟有超世之才，亦必有坚忍不拔之志。"我以为此论或可认作苏公自谓也。

东坡的爱情生活并不平坦。他十八岁时，奉父母之命，靠媒妁之言，娶了同是眉山的王弗姑娘，那年新娘子仅有十五岁。两人在京城、在凤翔到处打拼，苦日子、甜日子共同度过，不料十一年后王弗因病而逝，东坡将她埋骨在母亲坟旁。又是十年过去，在山东密州任职的东坡梦见爱妻王弗，便挥笔写下一首《江城子·乙卯正月二十日夜记梦》："十年生死两茫茫。不思量，自难忘。千里孤坟，无处话凄凉。纵使相逢应不识，尘满面，鬓如霜。夜来幽梦忽还乡。小轩窗，正梳妆。相顾无言，惟有泪千行。料得年年断肠处，明月夜，短松冈。"十一年的相伴，十年的相思，成就这首椎心泣血之作。北宋诗人陈师道称之"有声当彻天，有泪当彻泉"，可谓恳切之语、痛彻之评。

其实那时，东坡已娶王弗的堂妹王闰之六年了。不料十九年后，王闰之又一病不起。这个女人陪伴东坡宦海浮沉，穷达多变，知密州、驻徐州、谪黄州、调汝州、居常州、走登州、返杭州、转颍州、任扬州、达定州，一路艰辛，不曾怨尤。二度葬妇的东坡，心情如何，可想而知。王闰之死后百日，东坡请大画家李公麟绘制十幅罗汉像，在和尚诵经超度声里，献给了亡妇的灵魂。十年后，苏辙将暂厝于京西一座寺院的闰之的灵柩与东坡埋到了一起。生则同室，死则同穴，东坡的誓言，满满是决绝的爱、无尽的情。

东坡暮年，谪居惠州，身边侍儿陆续离去，唯有王朝云，这个由侍妾扶正的丫头，从十二岁到三十三岁，不离不弃，始终追随。谁料想造化弄人，这样一位善解人意的伴侣，却突染瘟疫，离开尘世喧嚣，遽尔凄清归去。惠州西湖孤山南、松林中，埋下了这个空谷幽兰、清香幽幽的人。东坡满怀万千情感，亲笔写下《墓志铭》："浮屠是瞻，伽蓝是依。如汝宿心，唯佛是归。"他还在墓上筑六如亭，亭柱之上，楹联两分："不合时宜，唯有朝云能识我；独弹古调，每逢暮雨倍思卿。"墓亭不语，斯情常在。

才子总是和佳人相称，风流常常与才子并称。拥有旷世之才的苏东坡，洒脱不羁的苏东坡，把他的爱倾注到每一位爱的人身上，爱得执着、爱得深沉、爱得热烈。这与希求通过性来养生之徒不亚于天壤之别。

东坡的仕途可谓坎坷，他的政治生涯历经三起三落，苦难似乎与他紧密胶着。第一起，他二十岁意气风发荣登进士，顺利踏上仕途。第一落，他三十二岁回朝，因路见新法之害，毅然上书反对，被迫自求外放，调任杭州通判，继知密州、徐州、湖州。其间以莫须有罪名酿就"乌台诗案"，被打进大牢一百零三天，差点丢了性命。出狱后贬迁黄州，任团练副使，并不得签书公文。第二起，他四十七岁时，新党倒台，司马光为相，他被召还朝，担任礼部郎中，半年内三次升迁，由起居舍人、中书舍人，而翰林学士知礼部贡举，可谓春风得意，可惜好景不长，迎来了仕途的第二落，面对全盘废除新法之举,他不会沉默,在打击面前,五十三岁的他被外放杭州。第三起,两年后,保守派将他召回朝廷,相继担任过吏部尚书、兵部尚书、礼部尚书,可谓位高权重。可他因对变法评价与保守派发生斗争,于是遭际第三落,被逐出京城,以致元祐八年,新党亲政,他又相继遭逢贬迁,贬到惠州,进而贬到荒荒边地的儋州,此时东坡已是六十一岁垂垂老矣!

面对贬迁遭遇,他既没有像李白长流夜郎时"平生不下泪,于此泣无穷"的悲痛,也没有如韩愈贬迁潮州时"知汝远来应有意,好收吾骨瘴江边"的绝望,他似乎散淡得多,潇洒得多。贬至黄州,他感慨于"长江绕郭知鱼美,好竹连山觉笋香";贬至岭南,他慨叹"日啖荔枝三百颗,不辞长作岭南人";即便贬到更边远的儋州,他似乎竟然有点兴奋了:"他年谁作舆地志,海南万里真吾乡。"面对政敌一次次打击,他不回避,不附和,不认输。贬迁,被他当成了归隐;困苦中,他获得了逍遥和快活。这颗伟大的心灵,认清了人生本质,却依然热爱着生活。

如果让我重新选择一种活法,有的我不屑,有的我不愿,有的我不能,如之奈何? 如之奈何?

上河塘下的文脉

◎ 周荣池

　　运河在江淮段另有别称，一部分人称"里运河"或"里河"，又有人称"上河"，后辈才开始认真地唤作运河，之前的名字就慢慢地生疏了，然而每每听人提及上河，依旧有壮阔豪迈的气概。乳名，甚至是诨名，到底如从娘胎里带来的肤色一样，是执拗到顽固的一种存在。

　　上河横贯南北，从始至终经过汪曾祺笔下的高邮小城——这自然也是从古至今的事情。上河两岸是城里乡下生生不息的日子。西堤连接的是"三十六湖秋水阔"的高邮湖以及湖西地区。湖西本来多是渔民，但西南一直到连接仪征的丘陵地带也靠种粮产茶度日；东堤以东便是广袤的里下河平原，人们从事面朝黄土背朝天的耕种劳动，到了兴化接壤的东北乡也才有渔民与渔事。

　　运河堤被称为上河塘。上河塘也是运河堤近处区域的指代，是运河与城市接壤过渡的地方。它临近城市又远离城区，高高地张望着上河以东的城池以及平原。上河是悬河，河床高于城市的平面，最大落差有十多米，所以"上河"一称在地理上是实至名归的。汪曾祺在《我的家乡》中记录了这条古老的河流："我的家乡高邮在京杭大运河的下面。我小时候常常到运河堤上去玩(我的家乡把运河堤叫"上河堆"或"上河塙"。"塙"字一般字典上没有，可能是家乡人造出来的字，音淌。"堆"当是"堤"的声转)。我读的小学的西面是一片菜园，穿过菜园就是河堤。……这段河堤有石阶，因此地名"御码头"，康熙或乾隆曾在此泊舟登岸(据说御码头夏天没有蚊子)。

运河是一条"悬河",河底比东堤下的地面高,据说河堤和墙垛子一般高,站在河堤上,可以俯瞰堤下街道房屋。我们几个同学,可以指认哪一处的屋顶是谁家的。城外的孩子放风筝,风筝在我们脚下飘。城里人家养鸽子,鸽子飞过来,我们看到的是鸽子的背。几只野鸭子贴水飞向东,过了河堤,下面的人看见野鸭子飞得高高的。"

汪曾祺说的"上河堆"或者"上河垎"便是运河沿线堤岸,也就是人们平素说的"上河塘"。

上河,是上游的河,上面的河,上天的河。

上河穿过许多城池,但她又不属于某一座城市。或者说,她自己就是一座独立的城池。积土拥水的上河不属于城市,也没有城市的秉性。她是朴素的、乡土的——尽管她在地域和时光中是那样宏大,也改变不了自身乡土的品性。上河虽然领首河东的里下河平原,下河人又总以为上河高高在上,是身在"高田上"的富贵市民,但对于上河塘来说,她和眼下商贾云集的城市到底有天壤之别。

上河塘水土的质地与性格是独立而完整的。它们通过码头,在往来与虚实之间沟通。码头是河堤连接水路与现实的通道,它们是上河苍老而坚固的牙口,一口咬定了几千年顽固的光阴。我知道,运河一线三千多里有许多或大名鼎鼎,或隐姓埋名的码头,有些还与历朝帝王颇有渊源。但不管有没有皇帝老子的脚步踩踏过,它们都是岁月里坚如磐石的事实。事实上,这些码头并不会因为皇帝的登临而改变作为码头的属性,倒是那些皇帝们,因为似是而非的传说,被上河以及她的儿女们铭记。皇帝们的驻跸是对上河塘的临幸,更是河堤对现实的接纳与承载——如果没有河堤边的码头,皇帝的船只能南下北上,流水般地经过,无法在某块土地上展现他的天威。

上河塘的御码头,当然受过皇帝的恩荣。康熙皇帝六次南巡都曾在高邮停留,并在清水潭、南门大坝、南关外等地住宿。

康熙皇帝六下江南,每次都登临上河塘,乡人贾国维三次在场。贾家是望族,贾国维饱读诗书,他站在上河塘,期盼着龙舟的到来,好将一肚子学识和抱负倾诉给康熙皇帝,得到赏识。当然,他知道更重要的是祝颂,是要给一路舟车劳顿的皇帝说些讨喜的话,只有龙颜大悦,才能让才子肚里的诗气和才气变为现实里的喜气。康熙四十二年二月,康熙帝第四次南巡过高邮,身为举人的贾国维呈献《万寿无疆诗》《黄淮永奠赋》。仅从诗文的题目来看,大概率能得皇帝赏识。果然,引到龙舟上御试,作《河堤新柳》七律、《芳气有无中》五律两首——这才是展示腹中真正才情与诗意的时候。这位在上河塘长大的才子,在举步成诗的"脱口秀"中吟咏道:"官堤杨柳逢时发,半是黄匀半绿遮。弱干未堪春系马,丛条且喜暮藏鸦。鱼罾渡口沾微雨,茅屋溪门衬晚霞。最是鸾旗萦绕处,深林摇曳有人家。"

这是一眼就能看出来的"纯文学"。因为之前有"万寿无疆"之类赞美的铺垫,这时候纯粹抒情的诗情画意就定然讨人欢喜了——从诗歌本身来看,贾国维是有真才实学的。于是康熙帝"褒嘉,旋命随驾入都。特颁白金二十两,为国维养亲之费"。后又将他召入宫中,作内廷馆阁纂修。贾国维"抵京后,入值懋勤殿,早夜恪谨供职。薛遇庆贺宴赐大典,及翠华巡幸所至,召对之下作应制诗。胺藻讪词,顷刻立就,前后赉锡金谭、端砚、大福字、松花石等物"。皇帝褒奖的是他的才华和勤勉,也是表达自身的喜悦与满意,较之于之前同样是高邮人吴三桂的遭遇,贾国维得到最昂贵的赏赐——欣赏和信任,这是这位上河塘才子的机遇和荣幸。

康熙四十四年、四十六年,贾国维又两次扈跸南巡。此时,他成了陪着皇帝南巡的人员,经过上河塘自然更是春风得意。康熙四十四年三月,他随康熙第五次南巡过邮,其母得"有福老人"匾额之赐。翌年赐进士,殿试中探花,任翰林院编修、内廷供奉、上书房行走。康熙四十六年二月,贾国维与弟九仪(进士)随帝第六次南巡过邮,康熙赐其母宫衣一件、金扇一把、泥金《心经》一卷、白银一百两。康熙五十一年,他与状元王式丹等因事被革职。贾国维归休后，与兄弟朝夕相依，孝养老人友爱倍至。贾家以前有别墅、田地，他又开拓田地数亩，日夜教授子孙功课。他更留心淮扬水利，探本求源，察明究竟，百姓称之为"天官"。

贾国维在码头受到皇帝的恩荣，也是在码头结束了显赫的人生。默默无言的码头是他人生篇章中的驿站，有始有终地连接着一生承前启后的命运轨迹。

这码头就是汪曾祺所写的"据说御码头夏天没有蚊子"的地方，一个如今被现实废弃不用的码头，即便是皇帝也不能让它再度光荣。后来新开的运河变道二十七公里，领首里下河平原江淮段的老运河变为明清运河故道，彻底成为被遗忘在荒烟蔓草中的漫长遗存。曾经繁荣的码头终于成为一个冷清的古代遗迹，像是告老还乡的功臣，虽然穿着当年皇帝赐给的黄马褂，但光荣与梦想已经随着时间老去。

当然，令人满意的是，上河塘的日常还活跃在黄金水道上。即便是高速、高铁与上河从一个方向贯穿南北与当下，但运河上生生不息的日子还是像汪曾祺当年看到的一样动人。他曾在《我的家乡》中写道："我们看船。运河里有大船。上水的大船多撑篙。弄船的脱光了上身，使劲把篙子梢头顶上肩窝处，在船侧窄窄的舷板上，从船头一步一步走向船尾。然后拖着篙子走回船头，欻的一声把篙子投进水里，扎到河底，又顶着篙子，一步一步向船尾。如是往复不停。大船上用的船篙甚长而极粗，篙头如饭碗大，有锋利的铁尖。使篙的通常是两个人，船左右舷各一人；有时只一个人，在一边。这条船的水程，实际上是他们用脚一步一步走出来的。这种船多是重载，船帮吃水甚低，几乎要漫到船上来。这些撑篙男人都极精壮，浑身作古铜色。他们是不说话的，大都眉棱很高，眉毛很重。因为长年注视着流动的水，故目光清明坚定。这些大船常有一个舵楼，住着船老板的家眷。船老板娘子大都很年轻，一边扳舵，一边敞开怀奶孩子，态度悠然。舵楼大都伸出一枝竹竿，晾晒着衣裤，风吹着啪啪作响。"

上河塘的孩子，就是"我家就在岸上住"的孩子。他们张望的河流里，也有一个个移动而温暖的家庭，所以说，上河也是一座城池，一座流动而强大的城池。这里的人们有自己的故乡，河流是他们故乡的一部分。他们在流动的时间和空间里形成了一种流动中的稳定，这种稳定就是亘古不变的生活方式以及人们脸上坚毅的面容。船上的人轻易不上岸，岸上的人也难得上船。上河塘咫尺之间的距离就像是不同城市，甚至不同地域之间的阻隔。他们操着不同的方言，在自己的船上照顾着生计，并不理会所经过的那些城市。而河堤上的人们对他们的注视，其实也是出于一种诗性的关注，或者说是没有什么实际意义的"望呆"——这一望很重要，也很深刻。有了这种张望，上河塘就变得诗情和深邃起来。它不再仅仅是一种充满凶险和陌生的水土，也是一座充满温情和幸福的城池，一座流动着时间与空间的城池，是实实在在、触手可感的宏大存在。自从上河塘不断地有了天堑变通途的大桥之后，站在桥上对于过往的观察就更加便利和细致，那些南来北往、春去秋来的细节更加生动与深刻。

　　我很小的时候，在自己的村庄里经常听到关于上河塘的名字和传说。彼时，母亲总是深情地说："上河塘放水了。"每年耕种的季节，上河都要通过干渠给广袤的平原放水。上河是土地和生活的源头、活水。母亲的深情大概是我自己体悟出来的，她是不会煽情的。她是上河人，嫁到下河来也并没有什么优越感，只是经常提起娘家上河的菜园。上河边上的高田也种庄稼，但更多的人家为城里人种菜——这里是城市的"菜篮子"。上河人和下河人不多的联系之一就是在冬天到下河来买芦苇，父亲也曾经撑船将野生的芦苇兜售到上河塘的菜园里去。他带母亲去，因为母亲熟悉那里。听说她小的时候经常到菜园里去，趁着夜色捡菜农丢下来的菜边皮，回来和为数不多的米煮粥喝。实在没有米的日子，外婆就让她一起去讨饭，她誓死也低不下头来，后来便成了嫁到下河的"老姑娘"。因为父母与上河塘下高田上人的接触，我由此知道一些诸如九里、腰圩这样古怪而陌生的地名。父亲也曾带回来一些城里的食物,还有一些似是而非的新见识,以及母亲嘴里一些神秘的传说。他们讲"露筋娘娘"的故事,说得神乎其神。这个地方在上河塘出城几十里之外的乡村邵伯。邵伯是上河塘边的古镇,特别有名气的是那里的眼科医生。人们说故事的时候总是先这样说:"高邮到邵伯,六十六……""六十六"说的是路程,人们常带病人去看眼疾,也都知道那里有个没有见过真容的"露筋娘娘"。我也没有真去现实里寻找,好在书上有更清楚的传说。这个故事是这样的:"有姑嫂二人赶路,天黑了,只得在草丛中过夜。这一带蚊子极多,叮人很疼。小姑子实在受不了。附近有座小庙,小姑子到庙里投宿。嫂子坚决不去,遂被蚊虫咬死,身上的肉都被吃净,露出筋来。时人悯其贞节,为她立了祠。祠曰露筋祠,这地方从此也叫作露筋。"

这个故事比较古老,并且似乎有不少著名的证据。《酉阳杂俎》记载:"相传江淮间有驿,俗呼露筋。尝有人醉止其处,一夕,白鸟蛄嘬,血滴筋露而死。"北宋书法家米芾有珍贵作品《露筋之碑》流传于世;清人王士禛亦写过一首《再过露筋祠》:"翠羽明珰尚俨然,湖云祠树碧于烟。行人系缆月初堕,门外野风开白莲。"

清代徐昂发《畏垒笔记》辨证诸说之伪,认为该祠庙本祀五代人路金,以路金有恩德于此地,后讹为"露筋"而已。徐昂发的研究看来是靠谱的,至少是去除了过于血腥和诡异的传说,但是民间的事情一旦认真起来就失了趣味。毕竟人们只是口口相传,不是在做学问。民间的情绪很多时候并不讲真假,大抵只为了扬善惩恶,做学问讲究的严密与认真是不值一提的事情。

当然,这个故事所表达的价值观是有些过度卫道的,让人感到不适或不安。汪曾祺说到"露筋晓月"的故事心中不悦,他认为"这是无心肝的卫道之士胡编滥造出来的故事",并认为"这是对故乡的侮辱"。他在《露筋晓月》里回忆道,一次,他坐小轮船从高邮到扬州,中途经过露筋。由于轮机发生故障，就在露筋抛锚修理。这时"高邮湖上的蓝天渐渐变成橙黄，又渐渐变成深紫，暮色四合，令人感动"。可偏偏有人在这时大煞风景地谈起露筋的来历，他听了不悦，便"回到舱里，吃了两个夹了五香牛肉的烧饼，喝了一杯茶，把行李里带来的珠罗纱蚊帐挂好，躺了下来睡着了"。不久，见一只麻雀大小的蚊子盘旋于帐外，并将针嘴伸入帐内，正要叮他，却被他手疾眼快攥住了长嘴，用棉线绑住，压于枕下，那蚊子既进不来，又飞不走。于是，他和蚊子之间就有了一段意味深长的对话。

他问蚊子："你是世界上最可恨的东西，为什么要生出来？"蚊子说："我们是上帝创造的。""你们为什么要吸人的血？""这是上帝的意旨。""为什么咬人又疼又痒？""是叫人记住他们生下来就是有罪的！"

他听了很是生气，便伸出双手，想隔帐拍死蚊子，谁想压在枕下拴蚊子的线脱出，蚊子带着一截棉线飞走了。轮机修好后，一声汽笛，把他从梦中唤醒。这时，他靠着船的栏杆，只见"晓月朦胧，露华滋润，荷香细细，流水潺潺"……

汪曾祺写过秦邮八景，"露筋晓月"便是其中之一。但他梦中所记似乎也有些魔幻，他是用自己的善意去改变这个故乡传说给人们带来的不安。"露筋晓月"虽然自古就被认为是一县之胜景，但到底并非实景。"露筋"的故事和"晓月"的夜色都避实就虚，至少是需要一定想象力的。无奈的是，人们的想象似乎并不完全是美的取向，这自然与汪曾祺"人间送小温"的性情不一样，所以改变只能在他以乡情为名义的笔下深情地进行了。

同样是秦邮八景，汪曾祺也写过"鹿女丹泉"，这也是上河塘边的一个古老故事。这个故事中的某种情绪同样引起汪曾祺的不满，所以他便又动起笔来。这个故事也是由来已久，而且是有些渊源的，原来的故事核心还是相对唯美的，这里必须做一个交代："南市桥旁有口井。五代齐朝的时候，有个叫郏道光的，他和他的女儿每天从井中汲水回家烧炼，想得丹成仙，五年以后，丹居然炼成了。郏道光父女吃下了灵丹，两个人都死了。第二天清晨,南市桥旁的井中忽然钻出了一只丹顶鹤,倏然飞向空中。人们惊奇地看到,郏道光与他的女儿骑在鹤背上,他们的身影渐渐地消融在缥缈的云雾之中。人们都说,郏道光父女成仙了。后来人们称南市桥旁的井为玉女井,南市桥因而改为迎仙桥。宋代诗人蒋之奇为此写过一首诗,其中有两句云:郏家女子已仙去,尚有故井存通衢。"

于是,坊间便有个玉女丹井的传说。

但到后世,这个故事口口相传,变成"鹿女丹泉"而定案于地方传说的时候,讲的却是一个和尚让鹿怀孕生子的故事。这让本来传奇的故事有些离奇,讲的是鹿女舔食了大楞和尚的便溺而怀孕,这在形式和内质上都没有任何美感可言。不知道这个同样子虚乌有的传说为什么能被列入一地的胜景。后来,汪曾祺在改写的按语中先说明道:"此故事在高邮流传甚广,故事本极美丽,但理解者不多。传述故事者用语多鄙俗,屠夫下流秽语尤为高邮人之奇耻。因此改写。"汪曾祺写的故事六百多字,如今看来颇有些新奇和前卫的意趣,尤其是更讲人性:"有一少年比丘,名叫归来,住在塔院深处,平常极少见人。归来仪容俊美,面如朗月,眼似莲花,如同阿难。——阿难在佛弟子中俊美第一。归来偶或出寺乞食,游春士女有见之者,无不赞叹,说:"好一个漂亮和尚!""

归来饮食简单,每日两粥一饭,佐以黄虀苦荬而已。

出塔院门,有一花坛,遍植栀子。花坛之外为一小小菜园。菜园外即为荆棘草丛,苍茫无际,并无人烟。花坛菜圃之间有一石栏方井,井栏洁白如玉,水深而极清,归来每天汲水浇花灌园。

当归来浇灌之时,有一母鹿,恒来饮水。久之稔熟,略无猜忌。

一日,归来将母鹿揽取,置之怀中,抱归塔院。鹿毛柔细温暖,归来不觉男根勃起,伸入母鹿腹中。归来未曾经此况味,觉得非常美妙。母鹿亦声唤嘤嘤,若不胜情。事毕之后,彼此相看,不知道他们做了一件什么事。

不久,母鹿胸胀流奶,产下一个女婴。鹿女面目姣美,略似其父,而行步姗姗,犹有鹿态,则似母亲。一家三口,极其亲爱。事情渐为人知,嘈嘈杂杂,纷纷议论。

当浴佛日,僧众会集,有一屠户,当众大声叱骂:"好你个和尚!你玩了母鹿,把母鹿肚子玩大了,还生下一个鹿女!鹿女已经十六岁,你是不是也要玩她?你把鹿女借给弟兄们玩两天行不行?你把鹿女藏到哪里去啦?"

说着以手痛捆其面,直至流血。归来但垂首跌坐,不言不语。正在众人纷闹、营营訇訇,鹿女从塔院走出,身着轻绡之衣,体披璎珞,至众人前,从容言说:"我即鹿女。"鹿女拭去归来脸上血迹,合十长跪。然后姗姗款款,步出塔院之门,走入栀子丛中,纵身跃入井内。众人骇然,百计打捞,不见鹿女尸体,但闻空中仙乐飘飘,花得不散。当夜归来汲水澡身讫,在栀子丛中累足而卧。比及众人发现,已经圆寂。

上河的景致与传说古来多矣,所谓遵循传统的八景或十景只不过是一个便于记忆的噱头,也是古人组团推销地方文化遗产的朴素手段,所以优劣真假囊括其中算是情有可原。清顺治年间,吏部郎中孙宗彝曾著有"秦邮八景"诗八首,盖有"神尧仙山雪浪飞,晓月明灯玉女回。甓珠西湖邗沟柳,文台东门龙裘堆"之说,内含古八景:神山爽气,西湖雪浪,露筋晓月,耿庙神灯,玉女丹泉,甓社珠光,邗沟烟柳,文台古迹。这些大抵都在上河塘,汪曾祺也多有流连与书写。这位后来远居京城的游子明白,确实是大河里的过往和传说养育了岸上的想象与现实。

106

陌生之旅

◎ 朱　强

　　说起来，我对于城市的印象来自公交车。不知从何时起，公交车便开进了我的日常生活中，让我觉得城市就是由一条条弯曲的公交车线路构成的。在公交车上看城市，它就像一幅徐徐展开的画。没有哪种方式比这更富有仪式感：车缓缓而行，玻璃窗外，是轻轻翻过的一栋栋建筑，一个个商铺，一棵棵树木。它们在人的眸子里轻轻地翻，仿佛清泉石上流。

　　停靠在车窗旁的眼睛紧盯着这座城市。端在脖子上的大脑像一台收割机，记录眼前的一切。那段时间，乘坐公交车成了我的癖好。我想再小的城市也会有远方，远方可能就在家隔壁，公交车转一大圈，又回来了，但是眼睛收获的猎物却不可胜数。

　　多年前的一个夏天，一辆 2 路公交车驶入南昌老火车站站台。它在机械地完成了一次吞吐后，迅速离开，带走了一个陌生人。这个人，开始用他自己的眼光打量起这座城市。

　　大雨过后，地面尘土的气息被卷向空中，人们呼吸着这种松软而又热烈的气味。阳光有着油画的色彩，展示着诱人的质感，公交车朝着城市的中心驶去。那时候，城门早已拆掉。车由东向西。老福山不是一座山，是一个圆形的街心花园。八一广场高大的革命纪念塔映入眼帘。展览馆、文联大楼、革命烈士纪念堂、老邮电大楼、江西饭店，垂手站立在长长的街道两旁。

　　乘公交车去和一座城市相见，要比其他任何的交通工具都更具有抒情性。当然我们也可能因此想到白马或者船。李白应该就是骑着白马去的长安。那一日，拜访对象张丞相正在病中。"嗒嗒"的马蹄踏着长安的青石路面，马对着长安的天空发出一声深长的嘶鸣。马倦了，诗人李白在马背上也倦了，络绎不绝的马车擦肩而过，他被呛了一鼻子尘土。马已经与现代城市的整体气氛不相匹配。船就显得更滑稽了。公交车名正言顺地成为这个时代马路上最常见的事物，它从一个路口行驶到另一个路口，将一些人和另一些人进行置换，如此循环，每一辆公交车都可能是一座巨大的城市，世界就浓缩在一辆公交车中。可是人们并不在意，公交车一辆接一辆，就像长安街上，马和马车络绎不绝，居住在长安的人们也没有谁在意。于是公交车就在城市中变得透明。

从南昌的公交车上向外看，一切都是陌生的。游学汴京的张择端，那时也还年轻，相貌也是清瘦的，在马车上，他的目光跟着春天的一缕缕阳光投向汴河边的杨柳，投向船上无数贵妇人的脸庞与胸脯，投向城门楼上的一只乳燕……游人如织，市声都被眼前的繁华滤去了，剩下的是一个存在于光色中的世界。《清明上河图》就从那一刻开始起笔，老树、板桥、茅舍、牛车、河道、桥梁、酒旗、店铺、僧侣、官宦、农人。天高地阔的画面慢慢收拢，最终变成了水泄不通的街市。马车上的景色都是颠簸的。从公交车的车窗向外看，雪白的阳光在地面上有些刺眼。我突然感受到大地是一个很美妙也很伟大的东西，一座座房子立在地上，一株株树立在地上，一个个人立在地上。世界之所以是相通的，就因为地一直是同一块地。我坐在车窗旁看着万物稳稳地立在地上。所有的车都是在地上行驶，这条路和那条路并没有多大区别，它们都属于地的一部分，所有的公交车线路都是一趟车。这仿佛是一个秘密，居然那么容易就被一双外来的眼睛发现了。

但这仅仅是我一瞬间的想法，当我坐上不同线路的公交车，它所通向的地方必定是不同的。每趟车都像是一个志趣相异的人，每一段路都像是一种味道有别的人生。在这个城市中，有些人是你永远也遇不到的，虽然大家使用的是同一个空间，身体一律暴露在阳光下，但你们永远不能相见，交错的空间会让彼此隔离于两个时代。但是对于一个还没来得及被一座城市驯服的人而言，却并不受此限制，他的世界的全部就是他自己。那时候，我还没有固定工作，这里和那里都一样，这种生活状态就像是还并不稳定的地壳。公交车正好让我看到了不同路上的风景。我看到了分布在这座城市中的江河、湖泊，城市周围广袤的原野以及这原野上生长起来的四季，还有各个时代遗留下来的建筑。如此乱窜，我也并不是为了要去哪里，那时候我也没有哪里可去，陌生地，没有亲人和朋友。只是喜欢寻找陌生的感觉，用一场场虚拟的远行来满足一下心中"无穷游"的梦想。对于一个二十多岁的人来说，生命中有太多的正经事要做。这样无聊荒唐的举措无非是白白地浪费光阴，但是我却十分享受光阴被浪费的滋味。那时除了大把的光阴，手上还有什么呢？在我看来，公交车就像是一只风筝，它既可以把我带出去，又可以把我安全地带回来。公交车一直往东，会把我带向大地深处，大地上有华美的词语，有肥沃的文章。心里的天高云淡一旦和自然对应起来，公交车也成了空中的一支羽毛。公交车一直往西，会把人带向幽邃的山林，春山如图画，一声声鸟鸣，摘来王维和孟浩然的诗句。通过公交车，我学会了观看，无论是高深的学问还是长情的生活最初都是从看开始。在公交车上看城市就像看一幅流动的画。你在画外，你是这幅画最初的观众，图像稍纵即逝，下一个路口又捧出新的一幅……

　　二十多岁的我试图把一切都装进眼睛里。我爬到高高的楼上，目光向下，走进废弃的厂房，目光向外，通过老房子的天窗，目光向上。我的目光是春天的河流，是夏天的繁星，是草原上的骏马，无拘无束。我设法从不同的角度打量面前的这座城市。我想到初入长安的李白，他已经经历了人生的四十二个春天。此前的李白，是属于山水的李白，是桃红的李白，是大雪的李白，是床前明月光的李白。而此时的李白将属于这座城市，他是贵妃头顶的白玉，是宫女腰上的白裙，是酒店门前的一面白墙。在投奔张丞相无着落的日子里,李白肯定也曾骑着马在长安的街上闲逛……

南昌的街道看起来都是新的,和它深厚的底蕴一点儿都不相匹配,唯独路名老出了厚厚的包浆。建筑和街道都在一代又一代人的思维中改造成时代需要的样子,马已经匿迹了,马车也已经退场了,古老的建筑都回归成泥土。路名是这个城市唯一的灵魂,民德路、象山路、渊明北路、阳明路。路是没有声音的,它是真正的隐者,大隐隐于市。它可能被修过了一千次,但是它始终都在那里。一辆公交车缓缓地行驶过来,车到站了。公交车说出了路的名字,这是一百年前的路的名字,被一个十分现代的声音说出来,像一个人的乳名在人群中被说出来。公交车把自己坚硬的身体深深地嵌入这座城市,作为一个移动的公共空间,它每天都只是负责把一些人从这里带向那里。老人孩子女人和醉汉,他们在这个公共空间中成为彼此眼中的路人。路人是没有身份的,就像落在地上的树叶和花瓣,并没有谁说出它们各自的名字。公交车也从来不会记住任何一张面孔,它甚至并不清楚要把作为个体的人带向哪里,它只是默默地走着,到一个站台然后就停下来。只有作为个体的人才知道自己要去哪儿。去菜市场,去理发店,去酒店,去和一个陌生人见面……

深夜,我乘夜班车从单位回到住所。夜色中的公交车是饥饿的,车厢里乘客寥落。灯熄灭了,巨大而深沉的困倦把人拉入幽深的海底,鱼和珊瑚已经睡去。年轻时,梦会带着人飞,就像年轻的张择端,汴京是他的天空,《清明上河图》是一只巨鸟,他坐在鸟的翅膀上,从天的这边飞到那边。在夜车上,突然睁开双眼,发现周围是漆黑的。唯有身体那么透亮,发出那么璀璨的光。

那段时间,公交车像一根隐身的绳子,连接起单位与住所。我在两者之间享用昼与夜带来的快乐,享用喧嚣与孤独浸泡的浪漫感觉,享用简单生活中的丰富皱褶。新公园路口和八一桥两个站台,正如世界的两端,两端之间,构成我生活的外部。我不再像往常一样,喜欢瞎转悠,也不再贪恋于观看。我迷恋我自己,我自己就是一座富丽堂皇的宫殿。我对于公交车失去以往的热情,不再奢望通过它去绘制所谓的城市长卷。我有了另一项爱好,读和写——在这个更加开阔的空间中,我一边奔跑一边张望,隐匿的原野似乎就合在一卷书中。在无光的内部,有无数条春天的河流撕开田野,撕开隐藏的秘密。公交车在这座城市的道路上一如往日地行驶,人们在固定的轨道上一如既往地生活,一个无关的乘客并不会给这座城市带来任何影响。公交车经过一家家面包店或者咖啡馆门口,从东湖或者南湖经过,从赣江的任意一座桥上经过,从一个放荡不羁或者温文尔雅的人面前经过。公交车经过时吞吐掉一些人,那些人实现了从此处到彼处的愿望。生活也许就是由这样一个个微不足道的愿望构成,人们每天醒来,想到一天中需要完成的事,然后一件一件地通过努力慢慢实现,这是温暖而有序的人生。公交车在里面扮演起重要的角色。

有好几年,我的生活就建立在公交车的基础上。它和我每天喝的水,吃的米饭,睡的床,穿的衣服,还有说的话一样,是生活的基础。在这个数百万人口的城市之中,有大部分人和我一样,生活中离不开公交车。他们在愿望的实现中离不开公交车。然而,我最终还是离开了。

某年秋天,出版社搬到了江对岸,我也从城市的东边迁徙到西边。赣江穿城而过,我常常习惯性地一个人站在岸边,静静看着白茫茫的江水,遥望对岸的老城。这是永远的赣江,我每回在看着江水时,就觉得这古老的江城,它的童年青年壮年都装在我的眼睛里了,江水的记忆远远超出人类的记忆,它记住了这座城市发生的一切。就像公交车记着所有与它有过接触的乘客,时间隔离的东西太多了,比如我永远也没有办法和李白、张择端坐在一起把酒言欢,永远也不能把脚伸到时间之河的另一段去,这是人在时间中的局限。即使同一时空中陌生的个体,他们之间也是相互遮蔽的,个人的经验与记忆都很有限,但是对一辆公交车而言,它接触的可能是这座城市中的任何一个人。

有一回,公交车把我带到了城郊的青云谱,那儿正在举办一场八大山人的真迹展,那是终点站。最后剩余的七八个人走出车厢,大家互看一眼,都是陌生人,然后就朝着青云谱的大门大步走去。这是一个偏僻而又缺少人气的地方,放在古代就更是偏僻了,水塘和稻田连成一片,天光云影,几株形状各异的树站在田埂上。遗民朱查就在这里经营着他的剩水残山。公交车转眼就消失了,刚才的乘客立马就成了看展的观众,在某一幅画前,大家彼此又遇着了。依然是互看一眼,就分散了。等到看画的眼睛都有些倦了,身子也累了,那些大饱了眼福的观众又站在景区外的站台上翘首以盼着。等公交车再一次出现,车门又一次开了。乘客们走进车厢,陌生人互相看一眼,都埋头玩起了手机。也许,这真是一群志同道合的陌生人,对于八大山人,他们都有着自己要说的话。可是,在由陌生人构成的社会中,人们最终被与生俱来的谨慎克制了。公交车作为公共空间,在人们看来,它天然具备了某种危险性,这是现代人的认识。近世以来,人类对于陌生人的态度已经发生了很大的改变,可以想象在遥远的古代,宽阔的地上突然出现了一个人影,绝望而孤独的内心顿时升起了一种比火焰还要热烈的情绪。这是那个时代的人在陌生人面前做出的反应,人们认为,孤独比陌生更可怕。现代人的生存空间已与过去大相径庭,世界上最不缺的是人,出门是人,进门是人,低头是人,抬头是人,人来人往,浮生若梦。而公交车亦是虚无的,是照在松林的月光,它是无中的有,虚中的实。一辆公交车在马路上行驶,事实上并不是公交车在行驶,是人在行驶,人们乘坐公交车去往别处。公交车所到之地,就是人所到之地,一些人看见另一些人,他们彼此都是陌生人。人们每天都活在这庞大的陌生中,天空是陌生的,大地是陌生的,周围的环境都是陌生的。公交车就是一万次地把人带到陌生中去,在无数的陌生中寻找着另一个自己。

　　单位搬迁到赣江西侧,新的住所与单位咫尺之隔,我觉得这一段路用双腿就已经够了。我喜欢用脚去敲击大地,倾听大地在心里的回声。那声音是几万年前发出的,那么真切。那些密集的,交错的脚步声中必定也有另一个自己。可是,凤箫声动,玉屏光转,在层层叠叠的笑语和暗香中,那个人又在哪儿呢?陌生的浪总是把人拍得远远的,你虽然能够真实地感受到那个熟悉的声音应该就在不远之处,但是你看不见。这是你一直处在寂寞与怅然情绪中的最主要的原因。后来,单位附近新盖起了大片楼房,金属和玻璃的反光无端地射进你的眸子。中饭吃过了,你在楼下漫步,大脑有时候突然一闪,想到长安的众诗人们。他们开怀痛饮,马就拴在旁边的一株株杨树下。我一直怀疑自己活在双重时空中,古代和现代经常会因为大脑发生了切换的故障而让我深陷恍惚,此岸和彼岸一时间变得模糊起来。比如,大雨中缓慢而来的公交车,在形貌上,它多么像王勃来南昌和阎公见面时乘坐的那一条船。

在古中国

◎ 黑　陶

淡墨般的暮色漫起

　　我知道已经湮没的、安徽省最早的桂枝书院,它在绩溪,创建于北宋。眼前的这座书院,未知名字,但同样充满岁月沧桑。灰青色的高大砖墙,斑驳,有雨雪和日夜的深痕。墙侧一棵苍劲玉兰,正在肆意绽放纯白花朵,那么新鲜。我步入的屋内,四周书架上堆满了线装的中国古籍,同样灰青色的封面,如书院外墙。

　　我感觉到压力。我环视着每一册书。每一册书,都是一个灵魂,仍然活着的灵魂。书页间,寂静却在呼吸的无数繁体汉字,散发出巨大能量。月色似的累叠宣纸。久远往昔,刻刀在梨木上细驰,木质的、微小的卷浪持续,神性的汉字于是一个个显现。黑色墨香,红色句逗。

　　无数的线装书籍,无数的汉字,我感觉在它们中存在解决这个世界所有难题的答案。但它们从来沉默,从不主动说话。它们就静静处在这个世界的偏僻角落。淡墨般的暮色漫起,我走出屋子再次相逢的那一树初春玉兰,像一支支,尚未点燃的白色蜡烛。

水厚则徽盛,水浅则徽耗

　　练江清浅。我站立其上的歙县太平桥,是安徽最大的古石拱桥,精确长度为 279.8 米,整整 16 个桥孔。红色砂岩,是它的古代桥身和雄伟分水尖;桥面,已经改为新式钢筋混凝土结构。如果是夜晚,站在桥上,可以望见北岸灯火旺盛或者零落的昔日徽州府城(那个著名的八脚许国石坊,就在其中,我在某个雨夜看过它在积水街面上的孤寂倒影)。而现在是夏日白昼。身下汇丰乐、富资、布射、扬之四水而成的练江,又是著名新安江的主要支流。山中水流,经过深渡、威坪、淳安、建德、桐庐、富阳等地之后,将在杭州湾,注入这个星球表面的浩瀚太平洋。而现时的道路,较之水系,更像是世界这个生命体的繁密血管,四通八达。南宋就有的太平桥(当时为木质),是这个世界的一个重要节点。身侧,古老桥身与新式桥面之上,汽车奔驰。徽杭、芜屯等干线公路仍经此桥。从太平桥出发:向北,可达滚滚长江边的芜湖;向东,能直抵烟媚水软的南宋都城杭州;向西南,则通往火焰中成就瓷器的景德镇。披云山庄,在太平桥以南高处。披云,披着山中的前朝白云。徽菜。笋炖肉和毛豆腐。笋炖肉特别入味。笋,青竹的前身。青竹,属于世外;肥瘦相间的肉,则属世内。两相混炖,某种中国哲学式的中和。嗞嗞煎着的毛豆腐,有特殊香气。毛豆腐,徽州名菜,之前是被动,现在是主动通过人工发酵,让豆腐表面长出白毛,经过煎或炸之后,豆腐的口感、质地顿变,独异的鲜美滋味被完全激发而出(佐以当地的辣椒酱,更是鲜醇爽口)。长庆寺塔,北宋造。练江南岸歙县古城的风水塔。七层实心方形塔,在西斜太阳下巍峨。练江之桥与西干山之塔,正好为一横一竖。李白当年来江边问津、饮酒,还没有此塔。渔梁坝。始筑于唐,明代重修。筑渔梁坝的花岗岩石巨大,有人测算,每块重达 1 吨。坝旁江滩,遍布各色卵石。寻捡,相逢一尊微型石佛。渔梁坝和长庆寺塔,是歙县(徽州府城)之巨大水口。前人有云:“徽郡山奇水泻……渔梁一筑,明堂聚,二十年来出相公。”“府南叠石阻流,曰渔梁,宋、明咸出官钱加筑。相传水厚则徽盛,水浅则徽耗。”如此,粼粼水中,充满了我们不知的秘密。

乡镇边缘的废墟台基

誓节。十字铺。南方乡镇之名。“火青”。火焰与青色植物叶子,两者奇妙结合,便成独特的、墨绿莹润的珠型茶叶。乡下之火保留的植物之香,在蜷紧的叶脉间潜伏。灶火上的沸水会最终解放它们。火焰,植物,沸水。似乎难融的水火,在一片青绿叶子上达成统一。乡镇边缘,石块垒成的废墟台基,石缝间长出苗壮有力的两株油菜。正在结出青籽的油菜。台基一侧残存的半面墙壁上,存"海洋浴场"四个藏蓝字迹。字旁,画有模糊的粉红泳衣女郎,挽着救生圈,走向夸张稚拙的浪花丛中。头顶的五月晴空,高远,万里无云也无语。我坐在废墟台基边的石阶上,聆听无数个南方乡镇在这种浓烈暮春时的无名没落。身旁,那两株青籽的油菜,正把淡淡涩凉的气息,递送给我。

风流浪漫润泽

　　南方的典型物象:风、水、草木。人在草木间走,是谓楚,是谓广大国度。水,是南方之基。水生万物,水上风行。"风流、浪漫、润泽",在南方,显现它们的原初之义。

　　风:八风。东方明庶风,东南清明风,南方景风,西南凉风,西方阊阖风,西北不周风,北方广莫风,东北融风。风动虫生,故虫八日而化。

　　流:水行也,流动也。

　　浪:沧浪水也,南入江。波浪。

　　漫:水涨,淹,无边无际。

　　润:水曰润下,滋润。风以散之,雨以润之。

　　泽:光润也,雨露也。

　　天上地下,那么多的水。南方生命,全由透明的露珠雨珠江珠河珠湖珠海珠凝聚而成。他们奔放,飞跃,轻飘,流动。他们闪闪发亮,永远是动态的生命。他们以意写神,随意流泻,便成独特的书法绘事。他们是朦胧的黄昏、黎明、夜晚。他们的南方,是人间,亦是神界。

苏州横泾东林渡

　　细雨夜晚，房间外面的菜地散发气息。强烈气息。明亮厨房，有更甚的热气和香气。旷野远处的湖水隐约。黎明。收割后的稻田。种油菜的老年妇女，吴地特色，包青布头巾。起飞的白鹭。湿润的收割后的稻田之香。田中木栈桥。太湖。湖水中的丛苇。清澈。稻稞。河流。起伏的湖畔陆地。"乡根"品牌农家乐。旧农房前增建玻璃走廊。"东林桥"。狗。二十世纪水泥桥。村中废房。废墟的青黑色的砖。裸露后墙。岁月烟熏。水泥桥头，一对安坐的老年男女，像土地公和土地母。炊烟一缕，有巨力，可以提升起湖和乡野大地。旺盛的废墙角的青菜。碗中新米粥。横泾香米。青菜、萝卜、包心菜、大蒜。生炉火的老婆婆。

　　手绘下山老虎，人家的墙饰。横泾猪。《上林村志》。又是夜。热茶。黑米黄酒。水洼。村庄中的荒废乡河。沉没河底的那条孤独水泥船，隔水望着我，似在呼喊。过去岁月。另一种死亡。物的死亡。古建筑构件杂乱堆置。牛腿。雀替。花板。横泾老街。塑料盆里的小杂鱼。过去的日杂店。小馄饨。尧峰山。高尚别墅区。风水。又是广大的稻田和稻茬。摄影者的女式帅气。房间内有纹路的木桌洁净。笔记本上写字。在窗下。

分水关

　　黄昏。青色万山沉默起伏。分水古关，作为江西省与福建省的分界，就隐立于中国东南这万山丛中。分水关地区，是整个武夷山地势最高之处，所以，明代江苏太仓人王世懋（王世贞弟）坐轿从此关入闽时，见"山势皆如龙翔凤舞，水从云中下堕百千丈"。武夷之水，在此分流："其水一南流崇安入海，一北流铅山入江。"崇安，即福建省崇安县，现已改名为武夷山市；铅山，即江西省铅山县，鹅湖书院所在地。在二〇一六年四月黄昏的分水关，我寻觅过两个人曾经在此过往的身影。一位是住在关南崇安五夫里的朱熹，他去临安行在，去婺源祖地，分水关为必经之地；一位是住在关北铅山瓢泉的辛弃疾，出闽返赣，过了分水关，家就在眼前了。辛弃疾对年长自己十岁的朱熹十分敬重，两位前辈有着坚实的友谊。一二〇〇年，朱熹因病辞世，辛弃疾不顾朝廷禁令，前往吊唁，并撰文称颂："所不朽者，垂万世名。孰谓公死，凛凛犹生。"苍山如海，身影无觅。但我相信，这群山间磅礴的空气里，一定有他们的信息存在。分水关狭隘，为东侧东路山与西侧望夫山所夹。在关旁山头上，立有"孤魂总祭"古碑一块。附近行善之乡民，将累死、饿死、病死或者是被害死的行旅之人，收敛埋葬，并立碑祭之。晚风瑟瑟，看见这简陋之碑，天地凝郁。岩峦峻绝的分水关，向为闽赣要冲，当年，如王世懋《闽部疏》记："凡福之绸丝，漳之纱绢，泉之蓝，福延之铁，福漳之橘，福兴之荔枝，泉、漳之糖，顺昌之纸，无日不走分水岭，及浦城小关，下吴越如流水。"今天这里仍然是交通要道，高速公路、国道、铁路均穿行于分水关。但我们到的黄昏，237 国道出奇冷清，只是偶尔有车，凶蛮却寂静地，从身边、从"江西""福建"的界碑旁驶过。晚饭的地方是铅山丁智兄请朋友找的，就在群山中分水关铁路隧道旁似乎废弃的隧洞内。极其荒诞，极其如梦境。隧洞外小块的空场上，木杆上孤灯如星。昏暗洞内，我们晚餐。丁智、王俊、傅菲、马叙、耿立，还有丁智的朋友。在野生的、夜的武夷山脉中，世界完全遗忘、远离了我们，或者说我们完全遗忘、远离了世界。完全的超现实主义场景。在夜的隧洞内，我们晚餐。深夜，回铅山的高速公路上，傅菲恸哭，若干年前，他的一位好友带着儿子就在此突遭车祸，双双遇难。马叙在后来的记述中，是这样说的："那一晚，我记住——分水关，时间，物件，达利画境，诗，空隧道，八百里外的大海，以及返回时一车的沉默……"

生活的坚硬部分

◎ 田　鑫

锁子

我的外祖父,是个懂一些风水的老先生,所以,他的孩子们的名字,自然就多了些门道,比如,在测算过我的生辰八字后,他认定我此生不聚财,取名应该带把锁,五行缺金,还得加一个金字,于是,就给我取了金锁这个名字。

可是,这个名字似乎并没有因此让我变得富有,相反还给我带来很多困惑。

这个名字,在上初中的时候曾因为《还珠格格》而红极一时,全校的学生都知道,这所镇上的中学里,有一个男金锁,然后在别的孩子只有个名字的时候,我就成了名人。男孩子把我当女孩子叫,女孩子见面就打听第二天《还珠格格》要演啥,而老师提问想不起别人张口就喊起了我,我为此而感到烦恼,以至于一直想让祖父给我换个名字,可是没等我提出这个要求,他就仙逝了,我只能背着他给的名字,继续在烦恼中生活。

后来,慢慢就理解了外祖父的用心,他那辈人,从苦难中走过来,知道苦不好受,就希望我们做儿孙的能有远大的前程,他们不知道教育能改变命运,只能用这朴素而又唯心主义的方法,祝福我们。而用"锁"这个字做名字的,我们村就有四个男孩子,我除外,分别还有双锁、拴锁、锁牢,双锁是双保险,这孩子是生了两个女儿后生的,爹是个很能折腾的人,我小的时候,他是个文艺青年,背个相机到处照相,我们甘渭河一带的人家里,多多少少有几张他拍的照片,他算是帮我们锁住了过往,留住了记忆。后来,他成了包工头,如果再见面的时候,他一定不认识我,而我也应该快认不出来他了。不过他的儿子,据说也跟我一样,用着大名,在城里谋着一份有别于他爹的职业。不知道起双锁这个名字当时准备锁住啥,更不知道后来锁住没。叫拴锁和锁牢的,被父母牢牢锁在了大地上,拴锁忙时种地,农闲时周边村庄里打点临工,而锁牢,除了种地,啥也不会,一辈子彻底被锁牢在大地上。

乡下人给孩子起带锁的名字,不仅想生个男娃娃,还想把这男娃娃一辈子都留在身边。要留住男娃娃,就得先生个男娃娃,通常一胎是个女娃,就生二胎,二胎是个女娃,就生三胎,三胎还是女娃,人就慌了,想各种办法继续生。如果再生个女娃,便认命了,倘若运气好,生了男娃,就把他当个宝。我们那里的男孩子出生,到了喝满月酒就要给男娃娃挂锁,仪式很隆重,德高望重的人,要在孩子脖子上挂个长命项圈,项圈上一般有一把银锁,以求保命,一般戴到十二岁,还要举行一次仪式,拿掉项圈。

我远房堂弟取锁那年,父亲带着我去看热闹。是个腊月,我们围坐火炉旁,等着仪式开始。每个去参加仪式的人,都要给他包红包,我羡慕堂弟鼻涕快流进嘴里都顾不上擦,一个劲儿地收红包的样子,我真想替他收钱,让他擦一把鼻涕。眼看着鼻涕就要断了,他感觉到了,袖子一蹭,继续收钱。本来堂弟的样子就憨憨的,像极了墙上贴着的童男童女贴画,他收钱的样子,让大家觉得更加可爱,而擦鼻涕的动作,更是惹笑了一屋子人。收不到钱,我就把注意力转到他脖子上,那条项圈,黑乎乎,已经看不清原来的颜色,只是银质的锁子贴身久了,有了光泽。长者把项圈剪掉,拿下银锁,转手就扔掉了那条黑乎乎的东西,动作利索。仪式结束,这意味着堂弟熬过了人生第一个坎,也意味着我们可以吃饭了。

多少年过去了,想起这个堂弟,脑子里先是一条黑乎乎的项圈,再就是一溜鼻涕,最后是墙画上那个白白胖胖的娃娃,他的形象却飘忽不定。

这应该是我多年没见他的缘故。今年过年回家,大年初一出行,家门里的全部族亲们按旧礼要聚在一起的,站在人群里的时候,我刻意找了找堂弟,才发现人群里有很多张陌生面孔,同样也缺了好几张熟悉面孔。陌生面孔大多来自孩子,一个个穿得很洋气,但是脸上脏脏的,很明显是在城里出生后被送回乡下寄养。堂弟的父亲怀里就抱着一个,而堂弟并不在人群里,便打听起他的下落,得到的答复是小两口春节加班,回不来。过年不回家,在以前是不可想象的,在我们这一门族亲里,不管混得咋样,在外面的人过年总要回来的,而堂弟这个生了三个姐姐之后才有的男娃,竟然过年不回来。

我看出堂叔的表情很不自然,他在人群里的时候,最想的应该是自己的儿子,生了四胎才有了这个儿子,生怕他有啥闪失,用一把长命锁锁到十二岁,倾尽全力供他上学,没想到毕业后又几乎掏空自己,在洛阳按揭了一套房。堂弟有了自己的孩子,堂叔夫妻俩就去带孙子,过年的时候一起回来,在老家团聚,今年堂叔两口子和老家这把无形的大锁,也没办法锁住他这个儿子。想起这些的时候,就想着和堂叔多聊聊,可我转身时,他已经抱着孙女离开了人群,我才想起来,准备好的红包,都没来得及掏给她。

没来得及掏的,还有祖母的柜子,那里装着我们的童年。每个有祖母的人,童年里大概都有一个这样的柜子吧,那个柜子挂一把锁,锁上就把我们的馋虫挡在了外面,打开就是另一个世界。我童年里装着这个世界的柜子,是父亲结婚那年祖父去镇上定做的,均匀的纹路和至今没有掉色的柜面,一看就出自老师傅之手。

柜子在那个时候,最大的意义是点缀:黄土泥屋里,有一面洋气的立柜,整个屋子也就洋气了。祖母的柜子里,装着我们过年才穿的衣服和几床绸缎被面,再就是过年时剩下的糖果。这是最吸引我们的东西。那时候,我觉得世界上所有的事,在柜子打开的一瞬间就会迎刃而解。比如母亲离世了，我和妹妹没命地哭，祖母打开柜子，给我们两颗糖，短暂的甜蜜就填补了我们巨大的悲伤；再比如，父亲打牌输了钱，我们的学费没着落，祖母打开柜子，拿出几张崭新的票子，我们就开开心心去了学校。这个功能再到后来就被我发现已经消失殆尽了，每年的节假日，我都会回到老家，面对考试的不如意，工作的不顺心，贷款的压力，我需要一个解脱的途径，我想起了柜子，急忙打开，可是里面并没有答案，没有人民币，也没有工作思路，只有祖母毕生的收藏——一堆衣服。这些衣服，有姑姑们买的，有我们小时候穿过的，现在这些衣服基本上不动，落着陈年的灰尘，一股樟脑的味道。我打开，又关上，反复几次，也找不到一点童年的痕迹。我就意识到，那个一面木柜子就能满足我们的童年，一去不复返了。

想到一去不复返这个词，就想到大门上挂着的锁子。此处，不能免俗地引用下木心的《从前慢》：从前的锁也好看/钥匙精美有样子/你锁了/人家就懂了。乡下的锁好看，连上锁的地方也玲珑有威严。每扇门在打造的时候，把最坚硬的位置留给锁，这样才能匹配好看的锁。

那时候，我老不着家，在巷子里长大，饿了去谁家都可以吃，瞌睡了，谁家的土炕都能做梦，他们家就是我家，我家就是他们家，家里没人的时候，大门都不用锁，装着细软的柜子有锁子把守就行，这里才是一家人的底细，要保护好，敞开的院子和屋子，跟敞开的村庄差不多。

我们这条巷子里，第一个锁了大门的，是恒子哥，他十八岁跟师傅跑车，跑到自己成了师傅以后，带着全家搬迁到了离老家300多公里的红寺堡，门从此就锁上了。临走给亲弟弟叮嘱，逢年过节把锁子打开，除除草，扫扫地，该贴对子贴对子，该上香上香，告诉祖宗，还有人惦记着，让它不至于荒芜。没几年，恒子哥的弟弟也去了县城打工，第二个锁了门。随后的几年，锁门的人越来越多，剩下的人，只有三家不用锁门，一家是我祖母替我们守着，一家是赤脚医生三爷爷替孩子们守着，另一家，是堂叔一家子守着，他们成了巷子里人口最多的一家。

有一年端午节回去，整个巷子里冷清清的，父亲一大早折了杨柳，到每一家门上别几枝，几近生锈的锁子上插着新折的柳条，有一种很魔幻现实的感觉，你盯着它看，似乎它长出了柳枝一样。这些一年打不开几次的锁子，说不定哪一天一狠心，还真长出点啥，要不这么久的孤独，何处发泄？这些年，那些叫金锁、双锁、锁牢的，那些在脖子上挂锁的，一个个出远门给大门上锁的，能回来就回来吧，开开锁，要不然时间长了，最后锁还在，人找不见了，那么多生锈的锁子，等不到开它们的钥匙该咋办。

核桃

一说起核桃，父亲总会提起门前那棵和他年纪一样大的核桃树。

那棵树在我能记事的时候，已经粗得我无法双臂抱紧了，等我长到十岁的时候，它已经比村里所有的房檐都要高。

我经常做着爬上树去看看村庄的设想，可是一次也没有实现过，主要原因是，它过于高大，周身粗且滑溜，根本没办法抱住它，更不要说顺着树干爬上去。

核桃树的叶子宽大，我经常会拿它撕出我想要的样子，一会儿是蝴蝶，一会儿是扇子，有时候会把它们连在一起，做成个裙子。

夏天，我们在核桃树下铺上干净的麦草，躺在上面睡觉，核桃叶子挡住太阳，把不多的风也截留了，那时候我就想着，如果我家的房子变成高大的核桃树该多好，这样，睡醒了，就可以吃核桃。

核桃在莜麦睡醒后，就像花一样开了，分成四瓣的核桃皮花瓣，眼看着就要兜不住熟透的核桃，我们眼巴巴等着它掉下来，一个梦一般砸在地上。

我没办法爬到树上，我的父亲和叔伯也没办法爬到树上，只能等它们掉下来，或者用杆子打下来，我们采取中间办法，用短棍子提前让它们变成美味。村子里夏天是最解馋的，杏子吃了吃梨，梨吃了有核桃，大自然的馈赠让我们贫瘠的童年在味蕾上得到了弥补，以至于多年以后，饮食习惯和童年有了千丝万缕的关联。

核桃成了童年欢乐的意象所在，这棵和我的父亲同龄的大树，它的根能感知我们的脉动，它的枝叶盯着我们一家，我们的快乐，传染给它，它用无数的叶子将其放大。

就因为依附于叶子，这快乐也有凋谢的时候。第一次凋谢，是我们家的骡子伤了祖母。核桃树下就是我们家的牲口槽，骡子拴在树下，纳凉避暑不说，也方便干活儿。坏脾气的骡子自打拴在核桃树下就没消停过，不是啃树皮，就是用蹄子挖地，还时不时攻击靠近的人。只有祖父能降得住，它似乎只怕祖父，一旦发起脾气，还没等祖父的鞭子落下来，它就安静了。祖母是在一个下雨的午后被它所伤的，家里的壮劳力都去山上割麦子，祖母就在家里照看我们这些小崽子，兼顾给牲口添草料。我们在离骡子不远的地方玩儿，总之没有出核桃树的阴影，骡子在核桃树下站着，无所事事。雨落下来的时候，我们听见宽大的叶子拦住雨水的声音就往家里跑，不用祖母喊。骡子拴在原地，雨落下来的时候，就落在它身上，这让它焦躁不安，也让祖母内心不安。她怕骡子受凉，又不敢去解开缰绳，就站在屋檐下盯着骡子。它暴躁到了极点，高傲的骡子，毛发从来没有像今天一样塌在身上，它觉得自己受了奇耻大辱，使劲儿地在挣脱着缰绳的束缚。祖母也挣脱了内心的纠结，三寸金莲踩着泥，去帮骡子解围。

骡子看有人来解缰绳，消停了下来，这狡猾的倔强玩意儿，在缰绳解开的一瞬间，朝祖母的下巴就是一口。疼痛让祖母大惊失色，喷涌的血让我们大惊失色，骡子的叫声，祖母的叫声，我们的叫声，混在一起，合成雨的悲痛交响曲。

挣脱后的骡子，先从交响曲里消失，接着是祖母，她倒在地上，叫声变调成呻吟，只有我们一直在叫，叫祖母，叫老天爷。核桃树站在那里，一言不发，看着我们惊慌失措。

祖母的下巴上，留下一圈痕迹，看不出来是骡子咬的，那咬痕和骡子一起消失了，祖父将鞭子打断以后，牵着惊魂未定的骡子，去了镇上，回来的时候，牵着一头温顺的牛。那头骡子，被视为让我们家倒霉的不祥之物。它虽然消失了，我们家的坏运气却挥之不去。

母亲的丧事是在祖母被咬的那年秋天举行的。当时，核桃树上的叶子正在大面积脱落，母亲落草在地上，它们也落到地上，母亲被装进了棺材，它们也落在合起来的棺材上。大人们正在进行葬礼前的准备，我和妹妹以及叔伯家的孩子们一起，围着核桃树转圈圈。我们把核桃树宽大的叶子围在身上，像原始人围着火一样绕核桃树转，还唱着歌。

我几乎忘了自己是个没有了母亲的孩子，觉得核桃树像个有糖果的大个子，吸引着我，蛊惑着我，让我忘乎所以，以至于被大伯踢了几脚后，才发现我们的游戏多么不合时宜。

多年以后，想起我在母亲入棺前后的游戏，就觉得自己的无知是多么严重。

后来我知道，庄子妻死，惠子吊之，庄子则箕踞鼓盆而歌；再后来我才知道，这一生最痛苦的事，是在核桃树下经历的。虽然它现在被连根拔起，巨大的核桃树却没死，在我的血液里，恣肆生长着，连同母亲去世带给我的伤痛一起。

有好几年，我基本上想不起核桃树，也不怎么有机会吃核桃。妻子怀孕的时候，去干货市场买了核桃，每天陪她吃几颗。剥核桃的时候，童年的记忆也就被剥开了，那些伤痛，已经坚硬得像成熟的核桃。我使劲儿咬它们，牙齿明显感觉到疼痛。我用剥核桃的镊子夹它们，咔嚓那一声传来，核桃裂一次，内心的坚硬记忆就碎一次。

过双马杆

◎ 王单单

　　山间有流岚,淡而轻薄地悬在低空。零星几户人家,偶尔在朦胧中浅露半角屋檐,村庄修到山势起坡的地方,便停留在大片的苜蓿中。羊肠小道从村里蹿出去,起伏在满山的灌木丛里,引领着我们去往山的高处。山顶上有片原始森林,名叫双马杆,我们此行,就是要穿越它。数十人沿着小路,不可并肩,只能络绎而行,往往是先头者已经抵达山腰,后面的人还在山脚下虫子般蠕行。暮色四合,还要赶很远的路,有人在山腰上大喊"跟紧啦",声音在半空中回荡着,间或被风刮去周围的林中。也不知道走了多久,天黑得越来越稠,路也没那么陡峭了,想必是已经到了山脊上,大家的身影隐没在黑暗中,只能看见手电筒的光束在枝叶间晃动。我们要赶到护林站露宿,它在森林的深处。

　　也许森林里根本就没有路,如果真有,也是在带路者的心中。这些常年在山中生活的人,有着野兽般的记忆,摸黑前行也能知道护林站大体的位置。层林密集,枝丫交错,脚下软绵绵的——有的是地衣,有的是长年累月的腐叶,每一脚踩下去,都能感觉到身体在缓慢地陷落。我们时而低头,时而弯腰,似乎这丛林中,有一条荆棘编织的通道,它的尽头是草木遍地的人间。这里的成员是奇花异木,参天古树,沉默是它们的语言,青苔仅只是它们对时间的挑衅。树顶偶尔会滴下一滴水,不偏不倚地掉进谁的后颈窝里,凉意顿时会从脖子里贯穿全身,有人因此尖叫起来,吓得几只鸲鹆拍打着飞出丛林。空气中突然弥漫着警觉的气息,可能在森林深处,或者某棵大树背后,各种动物正在侧着耳朵,捕捉我们的登音。这原本的清幽之地,寂静被打破了,有人边走边唱,歌声就像森林里从未有过的植物,它朝着寂静的裂口生长,就像有的植物喜光,有的植物善于攀附。

即便看不远,也能感受到逼仄的空间敞开了,周围的树木撤退到突如其来的开阔之外,我与先头的几位提前抵达了地势平缓的山坡上。走出森林,关掉手电,世界沉浸在一片死寂中。稍微多站一会儿,你会发现,在原本混浊的夜空下,事物慢慢呈现,夜晚并没有那么漆黑,树影、山脊线、泛着灰白的天空依稀可见。而在我们的右前方,硕大的黑影盘踞在缓坡上,它的内部不时晃荡着一丝金色的火焰,那就是护林站。

哐当,我推开护林站的门。那门似乎很少被推开,或者关上,它在门框里待久了,暗中长大了点,推起来有些生涩。在长久的寂静中,"哐当"之声已如天塌般的巨响,突然将一张蓬头垢面的脸从幽暗中震出来,那是一个中年男子。他从板凳上站起,或许是受了点惊吓,看清楚推门的是个人后,又缓缓坐下,沉默着没有搭理我。他面前的炉心里,燃烧着碗口那么粗的一截木桩。火焰抱着木桩,从炉子里怒气冲冲地往外蹿,不时还发出噼里啪啦的声响,每一次声响,都会有几粒火星子从炉心腾空而起,被火气冲到火光之外,飞着飞着就熄灭了,化作尘埃在黑暗中静静飘落。炉盘上摆着一把锡壶,被烟子熏得黢黑,我掂了一下,有些沉,问道:"酒吗?"这山顶上人影儿都见不着,喝点酒可以消磨时光。他也不叫我喝,半晌后,才说了个"茶"字,那声音就像从喉咙深处刮出来的,低沉而又沙哑。他仍然深陷在暗淡的火光里,有时候风从门缝里吹进来,把火苗压向他那边,他会侧一下身子,伸手去拨弄炉火中的木柴,木柴投进炉火后,又溅起大量的火星子。偌大的森林中,只有他一人,除了去森林里面巡查外,或许更多的时间,他就坐在那角落里,任眼前的柴火永无止境地烧下去。突然他往地上吐了口痰,抬高嗓音,似在自言自语,又似在和我说话:"这山上很久没人来了,哪来啥子酒。"人的语言功能长期不使用,慢慢地是会退化的,见我对这山上的生活很好奇,他也就打开了锈迹斑斑的话匣子,和我有一搭没一搭地聊起来。我递给他一支烟,问道:"平时怎么吃饭啊?"他似乎很久没有抽过纸烟了,叨着从柴火上点燃,头发被火苗烧卷了一撮也不当回事,只顾深深地吸了一口,烟雾憋在嘴里,半晌才吐出,刚从嘴里吐出来,又用鼻子吸了进去:"有人上山来,每次会带几十斤大米。""肉呢?""下面沟头有鱼,林子头也有很多竹鼠,抓来煮了就吃。"我故意逗他:"山上有没有女人上来过?"他嘿嘿地咧着嘴笑,那笑里藏着些许羞涩:"母野猪倒是多。"说完后又忍不住笑起来,带着几声强烈的咳嗽,身体痉挛了好久。待稍微平静后,他主动给我讲起:"女人嘛,前几年我在广东也有相好的。"我佯装羡慕,他还想接着往下说,这时有人"咣当"一声又推门而进,从背上放下来一桶酒。本次活动是县里林业局组织的,请了山下的村民背了三十斤酒,一路上跟着我们走。一看有酒喝了,他便迅速站起来,窸窸窣窣从窗台上摸出一只脏兮兮的土碗,满满地倒上,搁在炉盘边,不一会儿碗口上就飘了一层灰尘,他端起深深喝了一口,用袖子擦了碗沿,龇着牙递给我,我也啜了一口,擦了碗又递给他。也不知往复多少次,夜空中有人喊我,我才去了楼上,把他独自撂在那角落里,继续醉生梦死。直到最后我也不知道这人的名字,第二天也没有再见着他,无缘之人,即便相见,也只能是在黑夜中。但也正是这样的夜晚,让我窥探到一个护林员内心的孤独,那里生长着一片原始森林,阳光,永远也照不进去。

　　那晚夜雾大,屋外潮湿。几十个人挤在护林站的楼上,就地铺着睡袋打起呼噜来。我辗转反侧,总是难以入睡,隔着夜色也能感觉得到这房子的破旧,几间屋子,均没有门窗,但不会担心有野兽闯进来,我曾听老年人说过,有人居住的房子,即便门开着,动物也是不会轻易进去的。早些年读《山海经》,知道每座山都有属于自己的神灵,如果双马杆上也有的话,此时它一定化身为草木,或者叶尖上的清露,正在高处的丛林中观察着我们。在神灵看来,我们所有的努力都是如此徒劳,这些横七竖八地躺着的人类,在森林中,像一丛被时间与宿命的疾风折断的荒草。半夜时分,寒意从身下浮起,我将整个身体缩进睡袋里,那睡袋就像蚕茧,将我全部裹住,我在里面静思,劝自己睡去,等待天亮后被孵出。

翌日醒来,天已大亮,站在护林站的楼上,可以看到郁郁苍苍的森林从眼前绵延到天边,像无数高举的手,将一轮红日抬出山头。"蝉噪林逾静,鸟鸣山更幽",世界耽于道法自然之中,人反而显得多余。昨晚带路的人反复交代了,山中没有手机信号,不能单独出行,若遇到野猪或者老黑皮(熊),不要挑衅,通常情况下它们是不会主动攻击人的,尤其是野猪,性子太烈,一旦被激怒,会对人紧追不舍,即使你爬树了,它也会想办法啃烂或拱翻树根。我们七八个结成一群,去山中游荡,所到之处,多是人迹罕至之地。在众多树木间,我老远就认出了珙桐,那是国家一级保护植物,被誉为"中国的鸽子树",那棵珙桐开着白色的花,瀑布般从树冠上铺下来,实在壮观。还有一丛丛罗汉竹,密集地生长在沟边,鲜嫩的竹笋刚破土不久,指尖轻触,就能掰在手里。我们把衣服脱下来,在腰间扎了个兜,里面装满了鲜笋。仲尼在《论语》中说过,"多识于草木鸟兽之名",或许他早已知晓,与人类相比,它们更懂得诗意地栖居,更接近"诗"的本质吧。可面对这浩浩荡荡的森林,我的认知实在狭隘得令人羞愧,能叫出名字的仅有云杉、红豆杉、梧桐、蕨类、飞蓬、青蒿等,还有若干植物,我叫不出它们的名字。又或者它们根本就没有名字,它们只是默默地生长着,在这人间领受属于自己的那份蓬勃与委顿。

中午的阳光过于强烈,人们三五一群,七零八落地躺在林荫下歇凉。平时忙得晕头转向的人,想要获得片刻的安宁,只能来到这边远的林中,出窍的灵魂才会返回身体,人因此而获得了一种慵懒与松弛,反而呈现出难得一见的自然。远处的山坳里,电锯的声音一直在轰鸣,那是邻县管辖的林区,盗木贼正在贪婪地伐木,一棵棵大树就这样应声倒下,运走,剖开,刨光,被欲望改装成顶梁柱、飞椽、檩木、连檐等,换一种方式,继续承接经年的风雨,承接另一种烟熏火燎的命运。盗木贼几乎到了明目张胆的地步了,原因是这森林太大,护林员又少,即便听到有人在伐木,等你追到那儿,人早已逃离。

太阳又要落山了,宁静的黄昏中,人们披着暮色,纷纷诉说着森林不为人知的秘密,陆续从四野返回护林站。护林站前面宽敞的坝子里,已经架起了篝火堆,不远处的地埂上,土灶烧得正旺,一锅羊肉早已炖熟,风卷着它的香味,到处飘荡——想起来了,早上出门的时候,我看见一只羊被拴在草丛中,还以为是护林员养来做伴的。而事实上,为了解决我们此行的伙食,这羊昨晚才跟随我们翻山越岭,从山脚来到了这儿,它可能都没有想到,它来到了自己的刑场,魂飞魄散在我们的身体里。感谢羊啊,赐予我们能量,让我们继续穿行在林中,穿行在人世,我们每个人终将长成你的模样,也会去到自己的刑场,借你的命,终将归还给你!

晚饭是从黄昏时候开始的,羊肉煮青笋,这应该是世界上最鲜美的汤了。每人盛上一碗,热气氤氲,先别忙着喝,得让它在晚风中凉会儿,端到鼻尖下嗅嗅,陶醉一番后再仰脖子喝下。这羊汤进入身体后,感觉每根血管里,都有奔跑的小火焰,刹那间就能逼走山中渐起的寒意。这时大家才端起酒,站在林间空地上,推杯换盏。篝火也燃起来了,人们围着载歌载舞。这篝火燃烧的形状,像一座火焰做的塔,而这塔中所供奉的烈火,正是所有森林的魂魄。这边彝族小伙才唱完,那边苗族姑娘又起舞,我们几个没有才艺的粗人,在酒劲儿的怂恿下也不甘示弱,扯着破锣嗓子唱起镇雄山歌,“咏歌之不足,不知手之舞之,足之蹈之也”。其间,每见篝火阴下去,我便往柴堆上泼酒,每泼一次,那火焰就会飙到一人多高,火光将黑夜揭开,露出一张张红彤彤的脸。我向来不胜酒力,但喜豪饮,酩酊之际,跟跟跄跄地冲进人群中,东施效颦般乱舞起来。朋友们调侃我跳得像招魂的仪式,像祭祀的现场——好吧,魂归来兮,被砍倒的树,被宰的羊……几个小时的欢歌热舞后,篝火熄灭,森林寂静,许多人被酒精发酵在草地上,黑夜挪了过来,将他们一一盖上。那晚我也不知道是如何睡去的,第二天被鸟鸣惊醒后,发现自己竟然躺在帐篷中,惊悸之余,赶忙拉开帐篷,紧接着便被眼前的景色所感动:大地端来一座山谷,在里面满满地注入洁白而又柔软的雾霭,就像有人端着杯牛奶,为了等你醒来,一直候在帐外。

第三天早上,我们继续穿越在漫无边际的森林中。几个村民已在前面开道了,他们是此行最辛苦的人,每个都负重近百斤,有的背着炊具,有的背着食物,有的背着液化灶,有的背着燃气桶。为了提前到达目的地做饭等我们,他们几乎是在森林中奔跑着,像几个慌不择路的逃亡者。我们沿着他们路过的地方走,杂草倒伏,露水抖落其间,偶尔还能看见某个山坳或者沟边有简陋的窝棚,这说明有人曾经来过,真是不可思议啊,若非走投无路,谁会来到这种人迹罕至的地方呢?他(们)到底是谁?为何来此?林业部门的人给了我答案:这地方交通闭塞,偏僻落后,森林周围都是一些穷苦的人。每年春天,竹笋破土后,他们就会携妻带子,摸进森林里来掰笋子,以便拿到乡镇集市上去卖,这是他们一年中唯一的经济收入。为了掰到更多的笋子,他们要提前几天进入森林,守着竹笋拔节,不然就有可能被别人掰走,或者长成竹子。

草木皆是兵,拦在跟前。有些叶片上,布满锋利的锯齿,稍有不慎,就会在裸露的肌肤上划出一道道的血槽。我们背着行李,左避右绕,在枝叶交织而成的穹顶下穿行。天空在叶片的间隙中,被撕成碎片,正随着透进来的光束在森林的植被上形成斑驳的光影。多人才能合抱的大树上长满厚厚的青苔,常年的尘埃堆积在某个树杈或者皲裂的树皮中,给了风雨中飞翔的种子扎根的机会,树上长树,一种生命寄身于另一种生命中。地上盘根错节,一棵老树倒下了,千千万万的幼树站起来。也有的大树横亘在地上,也不知经历了多少年的风雨侵蚀,仍然还保持着树的模样,腐朽与溃烂隐蔽在时间中,不动声色。但只要谁一脚踩上去,就会在那树干上踏出个大窟窿,成千上万的白蚁还在里面做着千秋大梦,殊不知"屋顶"就这样被掀开了。突然暴露在阳光下的它们乱作一团,惊慌失措,冲冲撞撞,四处逃窜。这些隐秘的生命,活在阳光的背面,靠啃食黑暗过日子,竟然也被养得白白胖胖的。大家走了几个小时后,汗水把衣服湿透了,身上似乎快要长出新的嫩芽来。森林中到处都是生长的欲望,无论任何东西,只要在它特有的温度和湿度中经过,生命的力量就能被催生,自己在自己的身体上破壳而出,并在瞬间就能葳蕤起来。

原本觉得能够通行的地方,大地绵延到自己的边上,突然陷落,亮出数丈高的山崖,等我们通过。人的一生,要经历多少悬崖,才能走到平坦的路上?面对森林给予的考验,没有人退缩,大家互相搀扶着,拉紧悬挂在崖面上千丝万缕般的蔓藤,荡着越过悬崖。下面是山谷,河流安静地流淌着,谷内多是落叶、断枝、长满青苔的石头,有些地方,淤泥掩埋着各种各样的木头,假若给它们足够的时间,也许就能变成阴沉木。穿过山谷,沿着陡峭的山沟,我们在晌午之后登上又一座山顶,那是开阔的地方,也是森林和村庄的分界。往左眺望,可以看见许多枯树——它们太安静了,以至于死在自己的身体里还在浑然不知——矗立在山崖上,形成一片巨大的死亡森林,触目惊心,有的似乎呈现出莫可名状的痛苦,光溜溜的虬枝扭曲在空中,枯死之前,好像经历过长久的折磨。向右眺望,人间烟火飘荡,尘世在那儿等着我们,那是另一片森林,我们一生都在穿越,却从来没有抵达过它的尽头。

野地怪味菜

◎ 石绍河

芫荽

有资料显示,全世界超过七分之一的人不喜欢甚至讨厌芫荽,称其为"香草中的恐怖分子",缘由是它那怪异迷离的香气。

"芫荽"一词,带有古音古韵。我的家乡竹溪,男女老少识字的不识字的都这么叫,有一种轻柔温婉的况味。一听到这个叫法,就有一股幽幽的草香扑鼻而来,仿佛飘荡着湿漉漉清灵灵的水汽薄雾,邈远而缱绻。

二十世纪九十年代初,我和几位同事到长沙附近的一个县出差,路过县城菜市场时,看见菜摊上摆着一把把碧绿水灵的芫荽,格外醒目。我走过去指着芫荽,问多少钱一把? 摊主说香菜五角钱一把。我始知道芫荽还有一个别名叫香菜,也感到芫荽在城市里的价格并不低。有个专管城市蔬菜生产供应的部门叫蔬菜办,他们对蔬菜有大路菜和细菜之分,芫荽归类为细菜,其价格远高于大路菜。

谷雨前的一个周末下午,我步行去离家不远的一所校外培训机构,接学习绘画的小外孙。穿过一条小巷子时,看见边上开有两小厢菜地,全都种着芫荽。一厢地里剩下几棵芫荽,已有一尺多高,茎秆微紫,开枝散叶,顶着无数花蕾,少许几朵已然绽放,准备结籽留种;一厢芫荽新苗拱出,才长出几片嫩嫩的叶子,一周左右就可食用。两厢芫荽挨着,却隔了辈儿。主人有意错开播种时间,是想一茬一茬接上续。我推想他是打心眼儿里喜欢芫荽的。

我对芫荽始恨终爱。好多年前，竹溪人家是不专门留地种芫荽的，只在大蒜香葱地里随意撒些芫荽种子，任其自由生长。芫荽在菜地里，总长不赢它们，不大惹人注意。等到芫荽和大蒜香葱长得平齐或更高，往往已是茎粗叶老，不堪食用了。小时候，我觉得芫荽的气味，就跟乡村里一种状如水龟、暗黑色、个头不大、到处乱飞的蝽科昆虫发出的味道相似。这种昆虫一碰上它，便放出一股奇臭难状的气味，让人很不爽，我们称为打屁虫。其实这虫有个很雅的学名叫九香虫。偶尔，母亲也会扯一小把芫荽洗净切碎凉拌。我上桌看见就会嘟嘟囔囔叫挪开，或者搛点菜就躲开。我一个小学女同学，也对芫荽特殊强烈的气味很排斥，有时闻到这气味就会作呕。有个喜欢恶作剧的男同学，一天课间悄悄跑到校园外的菜地里，扯下几棵芫荽，用双手使劲揉搓出汁液涂满手掌手背，背着手踱到女同学面前，出其不意地将双手伸到她的鼻子下。女同学突然闻到辛香浓郁的气味，顿时条件反射般喊叫，"哇"的一声吐将起来。我闻到随风飘来的余味，也有要吐的感觉。后来，我走出了竹溪这片小天地，在外就餐的机会增多，发现很多菜肴里都用芫荽提味调味，有时简直就是没得选择。适者生存。遇到这种情况，我只得硬着头皮吃，一来二去，慢慢品出了芫荽的真味，从排斥到接受再到喜爱。号称美食家的汪曾祺先生原来也是不吃芫荽的，认为有臭虫味。一次，他到家里开的中药铺去吃面，管事的弄了一碗凉拌芫荽激将，他一咬牙吃了，从此就吃芫荽了。他说："有些东西，本来不吃，吃吃也就习惯了。"我也和他一样。

　　芫荽是一种一年或二年生的草本植物，原产于地中海沿岸及中亚地区，史传是张骞出使西域时引进内地，故名胡荽，我国大部分地区都有种植。丝绸之路也是一条美食之路，沿着这条两千多年来连接东西方的古道，新奇碧鲜的蔬菜、水果东进西出，源源不断地端上了千家万户的餐桌。一本《中国野菜识别和食用图鉴》里，把芫荽列为野菜之一种。现在很少见到野生芫荽，我们不会把它当作野菜了。

芫荽嫩茎和鲜叶含有特殊的挥发油，那特殊的味道就是挥发油发散而来。它鲜嫩青碧的绿叶，因鬼魅妖冶的气味和祛腥除膻的特质，常作菜肴的点缀、增味之用。牛肉火锅、羊肉火锅、鱼头火锅里放一把碧绿的芫荽口舌生津；花生碎拌芫荽、芫荽炒猪肝人见人爱。《本草纲目》云："胡荽辛温香窜，内通心脾，外达四肢。"芫荽具有芳香健胃、祛风解毒的功效，最宜霜降期间养生食用，其黄金搭档食材是牛肉、黄鳝、腐竹和鳖肉。芫荽加牛肉可以健脾胃、除水肿，通大小肠积气。芫荽和腐竹，能够促进胃肠蠕动，加快营养消化吸收。

有一年秋天，我去宁夏吴忠公干，晚上到时感觉天气很冷。朋友说带我们去喝碗羊汤，暖和暖和。香气腾腾的羊汤上面漂着芫荽、青萝卜片、枸杞和洋葱等，爽口开胃。一碗下去，汗腺打开，寒意顿消。《金瓶梅》第九十四回写到鸡尖汤，是用雏鸡脯翅的尖儿碎切，加上椒料、葱花、芫荽、酸笋、油酱之类做成的清汤，香喷喷热腾腾，但春梅不是嫌清淡就说忒咸了。味道可能与心情和环境有关。

在北方的一些地方，有处暑节气"上新麦子坟"的习俗，就是用新麦祭祖。祭祖时，不但要放上十二个大馒头，还要摆上四个好菜，如芫荽小炒、肉炒扁豆、韭菜煎蛋、油炸小黄鱼，以时鲜蔬菜为主。芫荽小炒用来祭祖，可见地位之尊崇。日本人喜欢用芫荽入茶，说是能够帮助排毒。汕尾擂茶原料也有芫荽，这种茶生津止渴，防风祛寒，清热解毒。我在读到《金瓶梅》第七十五回时，看到"申二姐伴着大妗子、大姐、三个姑子、玉箫，都在上房里坐的，正吃芫荽芝麻茶"时，觉得匪夷所思，便在旁边批注了四个字："这茶啥味？"

芫荽性温味辛，入肺、胃经，辟一切不正之气，其药用价值亦很高。芫荽葱白生姜片水煮，加红糖，趁热服可治感冒。芫荽煎汤，一天三洗，能治脸上雀斑。

暮春的一个傍晚，我出去散步，顺着一条还没有完工的道路慢慢走。

忽然看见路边一块地上长着几蓬齐腰深的芫荽，开满了白色带紫的花，如一只只小蝴蝶张开翅膀歇在枝头，暮色中望去散发出一层淡淡的银色光晕。晚风袭来，植株浪漫起伏，弥散着清新淡雅的花香。过几天再去看，还是那模样。芫荽由蔬菜变为园林植物，乡村田园风，人间烟火气，好美好诗意。

香椿

香椿芽是长在树上的蔬菜，在暖暖春风里弥漫着柑橘、樟脑和丁香混合的香气。它的春天味，有人觉得醇香爽口，魂牵梦绕；有人说它古怪难闻，掩鼻嫌弃。

椿树高耸，枝叶疏朗。椿木黄褐色，间镶红色环带，纹理美丽，质地坚硬，光泽温润，耐腐力强，不翘不裂，不易变形，是做家具、室内装饰品的优良木材，素称"中国桃花心木"。家乡竹溪有一习俗，哪户人家生了女儿，做父亲的就会在房前屋后栽上几棵椿树。待女儿成人将要出嫁时，砍倒椿树，解成木料，请来木匠，精心打制一套嫁奁，把女儿风风光光嫁出去。香椿从孱弱小苗长成参天大树，枝梢年年长出叶厚芽嫩，绿叶红边，油亮饱满，似玛瑙如翡翠的香椿头，竹溪人唤作"椿尖"，是春天的美妙馈赠。"椿木实而叶香，可啖。"可谓一举几得。

我的女儿出生那年，我也依俗栽下十多棵椿树。椿树伴着女儿一同长大。待女儿出嫁时已流行购买家具，用不上我栽的椿树做嫁奁了。那十几棵椿树，一棵做了老屋横梁，替换朽坏的梁木，几棵做了他用，剩下的长得健硕蓬勃，环抱有余。一到春天，可采下成篓成篓的香椿芽，是左邻右舍喜爱的美味佳肴。家人有时也会给我捎带一些刚采摘的椿芽品鲜。一嗅到浓香四溢的味道，不仅食欲大增，还会忆起栽树时的情景，勾起一种淡淡的乡愁，感叹韶华飞逝，岁月易老。

香椿在我国栽培已经两千多年，食椿历史悠久。相传在汉代，民间的食椿习惯就已遍布大江南北。唐宋及明清时期,很多地方产出的香椿成了宫中贡品。清代民间称春天采摘、食用椿树的嫩芽为"吃春",有迎接新春之意。"雨前椿芽嫩无比,雨后椿芽生木体。"香椿芽最宜谷雨节前采摘食用。椿芽焯水后做菜,颊齿生香。清代李渔赞道:"菜能芬人齿颊者,香椿头是也。"通常的吃法有凉拌椿芽、香椿炒鸡蛋、香椿拌豆腐等;还有的用来做饺子、蒸包子、拌凉面等。还可以腌制,留作慢慢食用。明代高濂在《遵生八笺》详细记录了香椿芽的吃法:"香椿芽采头芽,汤焯,少加盐,晒干,可留年余。新者可入茶,最宜炒面筋,煨豆腐、素菜,无一不可。"康有为钟情于椿芽的芳香,赋诗道:"山珍梗肥身无花,叶娇枝嫩多杈芽。长春不老汉王愿,食之竟月香齿颊。"

一次,我去乡下查看增减挂钩项目实施情况,午间在农户家就餐。桌上有一碟碎切的椿芽,半干半湿,呈暗绿色。我舀了一勺送入口中,清香蹦脆,咔嚓有声。用之拌饭食用,香留齿间,回味无穷。我盯着椿芽而不旁顾,一碟碎切的椿芽被我吃了一半。我为了掩饰窘态,边吃边赞:好吃! 好吃! 小满那天,我到一个乡镇去参与第三次国土调查,中午在食堂就餐,席间有一盘浸黄透绿的鲜凉拌椿芽,望之垂涎欲滴,食之满嘴含香。主人不无得意之色,说鲜椿芽是这儿的一大特色,一年四季都有得吃。我询问其故,主人告诉我,椿芽当季时采摘,用水焯过,焯过的椿芽由嫩红变为鲜绿。沥干水后用真空袋分装,冷藏保鲜,随取随食,方便得很。不过,毕竟数量有限,一般情况下难得吃到。

竹溪的野地里,还长有一种与椿树形态相像的树,我们叫它臭椿,书名叫樗树。《长物志》里说"香曰椿,臭曰樗"。这两种树,不仅气味有别,而且树干也有很大差异。樗树干表面光滑不裂,椿树干则树皮容易皴裂。据说上帝在给植物命名时,把臭椿叫成天堂之树。这个名字本来是给香椿准备的,以褒扬其清香高洁。可上帝一不小心弄错了。香椿得知这一情况后,越想越气,结果把肚皮都气炸了。但在小孩眼里,这两种树还是往往弄错。

我记得小时候，一天放学后去山上放羊，看见几株椿树长着惹人爱的嫩芽，无人采摘，心中窃喜，忙跑过去攀枝折丫掰扯起来。费了老大工夫，把能采到的嫩芽都采完了，脱下外套兜着，大大一包。我一边背上驮着大包一边哼哼唱唱赶羊下山，想给母亲一个惊喜。当我把一大包椿芽放到母亲面前，母亲轻轻打开，认出是臭椿芽，又笑又气，拿出几芽，伸到我鼻子下说，你好生闻闻，这是香椿芽吗？我嗅嗅，果然有腥味却没有浓香味。我很懊悔，难怪这么好的嫩芽没人采。

竹溪有歌谣云：椿树高来莫上巅，马走险路莫走边。风流玩耍莫大胆，哪个一手遮得天。俗语说"香椿过房，主人恐伤"，都意在提醒人们，椿树高大、枝干斜逸、脆而易折。如果上树采摘椿芽，要防止枝断摔伤。椿芽好吃，但要注意安全。我的小伙伴曾有采椿芽从树上掉下来摔伤的经历。

中医认为，香椿芽味苦、性平、无毒，有开胃爽神，祛风除湿，止血利气，消火解毒，美容养颜的功效，故民间有"常食椿巅，百病不沾，万寿无边"之说。《本草纲目》云："香椿叶苦，温煮水洗疮疥风疽，消风去毒。"不过，中医典籍也指出"椿芽多食动风"。告诉我们食用香椿要适当适量，不可贪吃。

《庄子》云："上古有大椿者，以八千岁为春，八千岁为秋，此大年也。"上古时代的大椿树以人间八千岁为一年，可见寿命长久。后人便常用"千椿""椿寿"等词语，祝愿长辈像椿树一样长生不老。男以强为贵，女以柔为美。香椿枝干硬挺，萱草鲜艳忘忧。这两种植物都承载着美好的象征意义，人们就用"椿"比喻父亲，用"萱"形容母亲。有诗为证："知君此去情偏切，堂上椿萱雪满头。""椿萱堂上难追慕，桂萼阶前竞秀妍。""椿萱并茂"意为父母双全、健康长寿。

"民国最后一位闺秀"张充和女士，随夫定居美国后，在自家院子里栽植了几棵从中国捎带去的椿树苗，她还一直保留着吃香椿的习惯。香椿寄托着张充和挥之不去的思乡之情。

香椿不仅是一道怪味菜，更是一种家国情结和人文情怀。

鱼腥草

鱼腥草，一名蕺草，还叫折耳根。这种穿越古代摇摇曳曳走来的野草，味如其名，是公认的怪味草。

因了这草鱼腥味的异气，人们对其态度易走极端，分化严重。有的尊为"仙草"，爱得深沉。《旧经》云："越王嗜蕺。"故南宋王十朋写有《咏蕺》诗："十九年间胆厌尝，盘馐野味当含香。春风又长新芽甲，好撷青青荐越王。"与王十朋同时代的张侃还咏道："我歌采蕺非虚辞，采蕺歌中有深意。"不无赞美之意。有的闻味色变，避而远之。日本园艺家柳宗民就称"常见野草中茎叶会散发出恶臭的，除了屁粪葛，还有臭味与它相当的蕺草。""蕺草闻起来则是混合了腥臭和青草味的独特气味，大概没人会喜欢这味道。"对其很不待见。

家乡竹溪多沙壤土，最宜鱼腥草生长。路边、溪旁、树荫下、湿地里，到处都可看见它的身影。乡下可食用的野菜太多，水芹菜、鸭脚板、地米菜、野葱等，随手一薅就是一大把，鱼腥草是很少入乡下人法眼的，只是在春天里有人偶尔把嫩茎嫩叶一起切碎，撒上一些辣椒末凉拌着吃。翠绿鲜嫩的鱼腥草却是喂猪的好饲料。那时，我们放学后一大任务就是扯猪草。邀上三五好伴，专寻那肯长鱼腥草的地方去，不一会儿就能扯回高高一背篓。在吊脚楼上剁猪草时，鱼腥草的气味浓烈，刺鼻熏眼，我们往往扭过头乱剁，常有把手指剁伤的情况发生。

鱼腥草地下茎在沙壤土中新芽萌发，盘根错节，繁殖迅速。我家阳台上有一空置花盆，春天，我将从超市里买来的鱼腥草，选一截地下茎埋入土中，没多久长出了嫩红的新叶。我没管没顾，它却一味疯长爆盆了。我把花盆斜置着连土带草抠出来，发现鱼腥草的地下茎已在里面旋盘成饼，纵横丛生。我把地下茎上泥土抖落洗净，切碎凉拌，细嚼慢品，好不惬意。芒种那天，我从单位回家时，忽然远远看见小区花圃里有几朵白色小花探头探脑。我好奇，走过去想看个究竟。走近，才认出是一小片鱼腥草，正兴高采烈地开着花姿动人的纯白花朵。我问保洁员，怎么想起在花圃里栽鱼腥草来。她笑笑解释，哪是专门栽的，是有人不经意把鱼腥草的根扔在花圃里，就长成这样了。我点点头，看着这些漂亮的花朵，觉得这样子很好。西方人认为鱼腥草是极具东方风情的花卉，常常栽在庭院里供人观赏，而且还培育出好几个新品种。

茎白脆嫩，香味浓郁的鱼腥草，而今已是很多人家餐桌上一道常见的开胃小菜。最简单的吃法是把切短的鱼腥草茎凉拌生吃，色白如玉，别样滋味。讲究些的可拌上辣椒粉、生姜、芫荽、葱蒜、香料、食醋等。我们当地还有鱼腥草炒腊肉、鱼腥草煎蛋饼等吃法，虽受欢迎，但不常做。

鱼腥草因为味道怪，有时也不太招人喜欢。那年，我们接待一位从北京来县里挂职扶贫的干部，桌上有一碟凉拌鱼腥草，他看到我们吃得津津有味，便问是什么菜。我们说是当地的特色菜，怂恿他试试。他果然中计，挑起几截就吃。只嚼几下，就捂着嘴往卫生间跑，吐得稀里哗啦。从此对鱼腥草敬而远之。号称什么都能吃的汪曾祺，也难敌鱼腥草的腥味。他这样记述吃鱼腥草的情景："有一个贵州的年轻女演员在我们剧团学戏，她的妈妈远迢迢给她寄来一包东西，是择耳根，或名则尔根，即鱼腥草。她让我尝了几根。这是什么东西？苦倒不要紧，它有一股强烈的生鱼腥味，实在招架不了！"

鱼腥草是中国药典收录的草药，有全能保健师之美称。它有抑菌消炎、排湿解热、免疫清肺等功效。如把鱼腥草叶子揉碎敷在伤口上可治感染化脓，叶子晒干后泡茶喝，能利尿、通便，防感冒，防动脉硬化。据说日本广岛、长崎遭到原子弹袭击后，鱼腥草在核辐射环境里依然长得十分旺盛。传说一位双目失明的贫困老母亲患了重病，咳嗽、高烧。一日她想喝鱼汤。儿子无钱买鱼，只好上山采来鱼腥草熬汤，骗母亲说是鱼汤。母亲信以为真，连喝几碗。喝过鱼汤后，母亲的病竟慢慢好了。柳宗民的母亲喝了一年的鱼腥草煎服的汤药，治好了副鼻窦炎。有一天，我到红二、六军团指挥部去参观，通往指挥部的水泥路边，整齐地码晒着一溜鱼腥草植株，一打听，当地人说是晒干了泡茶喝，治感冒。我的一位同事一年前体检时发现有脂肪肝，有人建议他常吃鱼腥草。他果真每天生吃凉拌鱼腥草，一年后再去体检，脂肪肝没了。他觉得鱼腥草好神奇。

春秋时代的越王勾践卧薪尝胆，是个很励志的故事，几乎妇孺皆知。他采蕺食蕺的事却鲜为人知。相传勾践从吴国回国的第一年，碰上了罕见的荒年，百姓无粮可吃。为了渡过难关，勾践亲自登上绍兴城区东北面一座小山寻找可以食用的野菜，终于在山上发现了蕺菜可果腹。后来，人们便把勾践采蕺的这座山叫作蕺山，也流传开了越王采食蕺草的故事。

一道怪味菜，竟也牵扯出这么多事体，我没有想到。天生我材必有用，每种植物都蕴蓄着生命的坚韧与美好。

清晰的朦胧的

◎ 朱以撒

阿兰·德波顿的文字有的我喜欢，有的就不喜欢了。譬如在一篇文章里他这么写："大广场的北侧长约 101.52 米，它是在一六一九年，由德莫拉建成的。这里的温度是 18.5 摄氏度，风向朝西。大广场中央的菲利普三世骑马的雕像高 5.43 米……"我不清楚他为何要如此运用数字，联系后边的文字，这些数字完全不必出现。数字多了，韵味少了——只能说每个人行文方式不同，如我则谨慎之至，尽可能少用甚至不用。此时是春天，信手写一幅书法，有人对我说落款应是二〇二一年春，而不是辛丑之春。数字让人清晰，"辛丑"则有人未必知，若再过几十年还得通过推算才知道是二〇二一年。

此说当然没错，就是乏风雅。

一个人对学科的倾向在小学时就显出端倪。三年级起，算术开始让我为难了。所谓算术，就是计算之术，总是一题在前，踌躇良久，最后答案还是错的。错的多了，见到题就心生忐忑，徒唤奈何。与此同时，语文却乘风破浪，也没下太大工夫。我觉得禀赋是有偏向的，真没办法说清。算术的升华就是数学了，这个抽象的世界比天大，难以下嘴。高考必定遭遇数学，尽管考前大部分精力都在应对，打开试卷还是眩晕不已——有些题根本不会解，有的只解了几步便戛然而止。文科生由于数学而折戟沉沙的并不少，这是需要另一套本事来应对的。进入大学我知道自己与艰涩的数学说再见了——学科的分类就是如此，越来越细。如果有幸使自己的禀赋契合学科，真是开怀无比。只是有一次，我路过数学系教室，见一位教授正在为学生解题——洁净的黑板上开始出现数字、公式和其他符号，娴熟中透着力道和美观。他写上一段，会回头看看他的弟子们，笑笑，接着再演算。当半个黑板被数字充满时，演算结束。他转过身来，轻松地拍了拍手，那一瞬间，很像庄子笔下那个庖丁了。

这是我第一次察觉数学的美感。

我曾以为我的职业再也不会与数字有联系。学生在教室里临帖摹碑，我来回走动，看看，有时说，"不错"。不错是一种赞赏，只是宽泛得很，但听者开心是肯定的。直到看见笔下不一般者，我才说，"好！"或者，我在台上说神采、气韵、风骨、格调，这些词明眼人一听都知道不可以用数字测量，全是凌空蹈虚，学生也就漫听漫悟。如同谁能看得到风？看不到风没关系，能看到那棵摇摇晃晃树叶如野马分鬃的棕榈，那就是风了。我喜欢朦胧、不确这类美感，雾里看花一般，传达了古人笔意里那些微妙复杂的情思，浪漫神奇。锦瑟无端，良玉生烟，活性四处弥漫，使人歧见纷纭莫衷一是，才见魅力。此时是见不到数字的，如云霞如沧漾，全无定数。学期末，数学找上门来了，总是要给每一篇文章定一个分数，以便管理者比较高下。于是花一些时间，一篇篇看过。再没有比数字这么鲜明的了，数字说明一切，尽管是很丰富的人，很复杂的审美，终了被很简单的数字锁定。有位大胆女生拿着卷子来问，为何和同桌相比少一分，这一分是哪方面的问题？我只能说，当时的感觉就是这个数——每一个数字的落下都是刹那的判断，在这个分数、那个分数的背后是经验、资历，它们丝丝缕缕地交织起来，渐渐厚实，以致最后落下的这个分数成为这一学期某个学生成绩的定数，不可再改。

一个对数字迟缓的人遇上了数字的时段——总是要背上一些数字，以方便俗常的生活。实在背不下来，就把它储存于手机里，需要时取出来用。房子里的锁都成了数字锁，由六位数或八位数组成，主人在选择这些数字时有了权利，我都是和自己曾经的过往联系起来，使它们感性一些，譬如某个事件、某个铭心的日子，以此作为密码。数字介入生活越来越多，有时就淡忘了，游走于记忆之外，这时又得找相关的人帮助重输。数字的过人之处就是无情，指头哆嗦一下，输错一个数字，这道门就是打不开，尽管是自己住了好几年的家。如果有急事，心中就开始烦躁。至于已经离不开的电话，错一个字，则永远找不到那位自己要找的人。显然，头脑的负担多起来了——数字那么多，通常一串下来没有什么含义，让人记住是需要付出的。还好，俗世中人在过日子时不会遭遇艰难的运算，数字通常也不会过大，便一日日过去。

从未看到人们相聚闲谈时会以数学为主题进行讨论，我的理解是这个论题太小众，如果不是专门研究者，估计在座的诸位已经把数学忘得差不多了。解析几何，微分几何，射影几何，分形几何……啊，人生几何如何应对？所谓的闲谈都是以有趣的、可延展的人事作为话题，既是闲谈，鸡一嘴鸭一嘴，没有人计较其中真伪，只是由闲谈生出小开心、小欢喜，让时间过去。主人宴请邀我参加，平时见他不时发表一些书法作品，是写米海岳那一路的，只不过写得雅化了，很有一些文气，我以为是语文老师——我不爱打听他人的职业，只是自己揣度。席中有人谈到麦家的《暗算》，渲染了这个幽深世界里的神秘、诡异和安在天、黄依依这些超人。他听了只是笑笑，站起来给别人搛菜，说这个菜是店里的招牌，不妨多品尝一下。我是离开后才知道他是密码专家——他可以和朋友很尽兴地谈王右军、黄山谷、董香光这些人和其他艺文门类，却从不谈他的密码——既然大家都听不懂，说出来让大家听了辛苦，还是不说。

阿兰·德波顿也有过这般感性的表达："一只黑耳麦翁鸟则高踞在松树枝上，神色忧郁。"这是多么可以回味的文字——狭长的朗戴尔山谷，幽深而碧绿，那是漫延到草丛的溪流在泠泠作响。我此生不会往朗戴尔山谷，眼前却浮动出这样的景致，而这只鸟的忧郁，如此离奇，它的神色让人产生漫无边际的联想。

这类表达出现后,数字就显得无力。抛开数字后的阿兰·德波顿笔调开张起来,森林中的一切都那么有格调,他认为橡树象征尊严,松树象征坚毅,湖泊则象征静谧……这些都是他情思的放纵,忽此忽彼,不可羁绊。如果说他有数字的随笔讲究矩镬,那么这类文字则是跑野马,也正由于此离奇,他的才情奔腾而出。我想到几次的山村采风,进古厝,游古街,有些人掏出本子记录无休——年代几何,规模几何,人口几何,搜罗殆尽;另一些人则手戳在裤袋里,漫行漫览。

我更欣赏后一种人,真要下笔,就是写一种感觉。

流水三章

◎ 林　混

心疯

　　参加工作不久,我就认识了永东。这么多年过去了,我俩仍然胡吹海侃,酒不离口,拳不离手。想想从认识到现在,我总觉得永东的酒量没有我好。每喝一次,到最后,他都是醉意十足,说起话来有些前言不搭后语;再细想下去,永东和我划拳,以致后来出现了摇骰子,他似乎从来就没有赢过我。没有赢过,肯定就会喝高。多年前,或者更早,人们喝酒时兴划拳。划起拳来,扯开嗓门吆五喝六,酣畅淋漓,边喝边挥发,酒量也大了,能喝三两就变成了五两。赢了之后,手舞足蹈,得意非常。同时不忘监杯:喝净,滴一点罚三杯!后来不划拳了,开始流行摇骰子喝酒。永东就更不是我的对手。这种玩法,真真假假,假假真真,往往胆大的赢了胆小的,敢吹的胡吹的赢了老实本分的。比如我没有什么,我就吹什么。永东这时就上当了,也跟着我往上吹,揭开盖子才知我没有这个点数。永东变得机灵了,下一把以为我在胡吹,揭开盖子,不想却是有这个点数的。几个回合下来,永东输得一塌糊涂。

　　一天,我和永东相聚。看见永东脸上有几道伤痕,好像是被人抓的。我问这脸怎么开花了。永东转过头,说是昨天喝多了,回家时不小心被树梢挂着了。我说这树梢还是长眼睛的,专门挂你的脸,怎么不挂我的脸?永东一看隐瞒不过,给我道出了实情:娃娃要上幼儿园了,媳妇想叫上个公办的,花钱少一点,找了几个人,弄不进去。媳妇就骂,说我一天回来说今儿和这个局长喝，明天和那个县长喝，娃娃要上学，连个学校都找不进去，你那些爷朝哪里去了？媳妇骂着骂着，有些上气，有些愤怒，突然发起攻击，朝脸上抓了几把，就成了这个样子。永东西一句东一句给我诉说，前言不搭后语，好像已经溃不成军了。

我听了先是笑，笑着笑着，觉得有些悲凉。我怎么能取笑一个常在一起喝酒的朋友。

娃娃念书是个大事情。每个家长都想让孩子上个好一点的学校，可教育资源有限，不可能满足所有人。

我以前读书的村小学，学校五个年级，有五百多名学生。每到放学，乡间的路上就出现了一支浩浩荡荡的队伍，威武雄壮。现在，学校只剩下一年级和二年级，九个学生九个老师，三年级只能去十几里外的镇上小学。更多的孩子转到县城去读书了。不管是镇上还是县城，孩子还小，需要家长去陪读。对有的人而言，要想去给孩子陪读，是有困难的。永东在外面工作，孩子读书尚且如此作难，何况那些大字不识没有什么门路的农民。

酒友也是友，我得给永东想办法。我把我认识的人想了一遍，看能否给永东把这个事情办成。但这是给永东办，不是给我自己。我还没有成长到给人办事的份儿上，给别人说这事情有些张不开口。

这事搁置下去也不是个办法，别人的娃娃都进校了。永东的娃娃还在家中，那种心急如焚我是完全理解的。

我硬着头皮给一个人发了消息，请她帮忙。很快，她回了消息，说帮我问问别人。

我有些忐忑不安地等待着。永东的心也悬了起来。

第二天，她打来电话，说已经办好了，让去报名。

没想到这么顺利！永东也有些不敢相信，这么大的个愁事儿，一下子给解决了。千斤重担终于从永东身上卸下。

我给永东说，这下你媳妇再不会骂你和你那些爷喝酒了吧，喝酒的人还是有用处的。永东把胸脯拍得啪啪响,这不会了,不会了,以后喝酒,我随叫随到。

再次见到永东,他一瘸一拐向我走来。我知道永东又一次受伤了。原来是前天喝了酒,睡到半夜,永东稀里糊涂地爬起来,紧张地说:这又给老林输了啊!这又给老林输了啊!把媳妇吵了醒来,媳妇一看永东醉了,没有计较,疾言厉色地喊了一声:把啥输了啊?把啥输了啊?这一声喊,让永东从睡梦中惊醒了过来,这事情就算过去了。可昨天晚上是没有喝酒的,睡梦中,永东有些悲伤地呻唤:这怎么又给老林输了啊!这怎么又给老林输了啊!永东的梦话,吵醒了媳妇。媳妇有些来气,把还在睡梦中的永东踹了两脚,从床上滚了下去。

我"啊"了一声,这喝酒怎么会把永东输成个心疯,看来以后要和永东少喝为上。

看着永东行走的姿势,有些蹒跚,不由让我心生悲戚。喝酒这事儿,没有赢骡子赢马,怎么能这么计较在心。

我这么替永东着想,其实是想到了自己。我的一个朋友给我说:落叶翩翩,残存在枝头的叶子越来越少,不久会落光的。

这是人生中自然而然的一个减法过程。我对着镜子看了看自己的容颜,突然冒出了一个念头,以后和永东就不喝酒了吧。

信有天使降临

有时候,一个人坐下来默想,觉得好多人一辈子,都是波澜不惊、按部就班生活,没有多少亮色可言。对于这样的人生,是没有什么可以书写的,即便有点不忍心生命的黯然流逝,记录下来的都是一些鸡零狗碎,没有意义。

我就是这样一个人。读书、工作,一晃二十多年过去。回头一望,兀自心惊,怎么一下子就人到中年了。不由有些悲哀,这半生能够让我值得记忆和炫耀的事情是少之又少。就像家族中有人提出要写家谱，我在暗夜中自言自语，写什么啊，我的父母务农，我的爷爷奶奶务农，我的太爷太太务农，还要往上追溯，我就不知道了，极有可能是给地主拉长工的，这到底有什么可谱？

我有些不甘心。先人的事情我不知道，我自己难道没有什么可书写的吗？我这苍白无力的半生，即便想也要想出一点可以书写的事情。

我想起了我念中学时的一件事。班里一个同学喜欢上了一个女生。那个时候，不像现在直接去表白，那是要写情书的，可偏偏这个同学不会写，他找上我，要我替他捉刀。

一个不会写情书的人，好比是燃烧的火把，熊熊火光照亮着自己。然而那只是在荒原里独自燃烧，别人看不见，这是很悲情的。当我知晓他的秘密后，吃了一惊，他喜欢的那个女生小吴，也是我心中暗恋的。她的学习成绩比我好多了，尤其是英语，每次考试都是第一，而我的英语，说来惭愧，我只会做选择题，ABCD 四个答案，完全是蒙的。

英语不会，但我会写情书。面对这个同学殷切的目光，我嘀咕了一下迅速做出决定。写吧，写封情书算什么，况且这个同学答应给我买一个油饼。

那个时候，只有过年时才能吃上这么稀罕的东西，这对我来说还是有吸引力的。我替同学写情书，权当是我在给小吴写情书。我的心意，一笔一画，点点滴滴落在了纸上。我到现在都能记起其中的一句："我真想砸碎我们之间的距离，为你抚去发梢上的雨滴。"

这就是我的初恋。我也是那荒原上一支独自燃烧的火把，小吴根本不知道。我和小吴自始至终没有说过一句话，我对她的暗恋注定得不到回报。

我年少时笨拙的、不为人知的追求无疾而终，无声无息流逝在岁月里，慢慢没有多少痕迹了。

多年以后，我经过她生活的村庄，想起了她。其实，之前我也想起过她，想在同学之间打听她的情况，但是羞于人言。即便打听到，这都是三十年前的事了。

走走停停，我思忖着，也许会碰见她：说不定她回来看望父母。离开村口时，回头望望，这都多少年了，当我真的见到她的时候，她是否还能认得一脸沧桑的我？

我以为我在做梦，我想象小吴的样子。

其实我早已经忘记。

流水

我曾经写过一首叫《流水》的诗，那是有缘由的："流水有流水的梦想/流水流向了远方/流水把自己带走/流水一路把自己擦得更亮/流水没有回头/流水根本不会回头/我凝望着流水/比任何时候都显得无依"。

现在我是忘记她的名字了，姑且称她为王大夫吧。

我刚参加工作的单位，是高台乡政府。乡政府没有一个女干部，清一色的男同志。高台这地方天高地远，周围全是大山，"相看两不厌，只有敬亭山"。站在山峁上悠长苍凉地喊一声：啊——大山悠长苍凉地回答我几声：啊——啊——啊——大山的回声愈来愈小、愈来愈远……刚从学校毕业分配到这里的年轻人，找对象是个大问题。女孩子都很现实，你的诗和远方，她们才不买账呢。老实说，我那时候还真只有诗和远方，别的事情我是没有放在心上的。

那时单位管理比较宽松，请假下山，给领导的理由就是找对象。领导听说去找对象，十有八次都会批准，走时还笑笑地嘱咐：一定要拿下啊，这是组织的关怀，也是组织交给你的光荣而艰巨的任务！

我那时有些不知天高地厚，想着能把天戳个窟窿。

几年过去了，我在高台稳稳坐着。有那么一天，我突然想起一个人。该下山啦，我对自己说。那时候，高台乡只通一趟班车。错过这一趟班车，只有靠两条腿。我那天想起这个人时，班车刚好过去了，要是在平时，我就不下山了。可那天不行，我非得下山，我一定要见那个人。我带着干粮和水上了路。干粮吃完水喝光，往前往后看，都是起伏的群山，卧牛样的光秃山峦，绵延不绝地环绕着我。

走山路，没有水是不行的。山风吹来，嘴唇裂开了口子。看见两头驴撒欢从一条斜坡上往沟里冲，我眼前一亮，跟着驴子跑下去，果然有一眼泉。两头驴正埋头喝泉里的水。我快步上前，两头驴子丝毫没有避让的意思。我渴急了，趴下身子，脑袋扎在驴脑袋旁边，喝罢我才想起自己有盛水的杯子。我是完全可以从容一点的。

终于走到了另一个乡政府所在地，这个地方是能坐上车的。几经辗转，千辛万苦走出山头。我急匆匆要去见的人，是我的一个女同学，她在黑城小学教书，条件比我好过一百倍，她是能骑自行车去学校的。天擦黑时，我见到了她。我累得话都说不出来，剩下一点力气，结结巴巴向她做了表白。她说，你调到城里的话，可以考虑。没有丝毫回旋的余地。

我张了张口，说不出话来。我想了想，我实在是找不出一个能给我帮这种大忙的人。我沮丧的脸，可能是猪肝色的，要多难看有多难看，便拖着疲惫的身体快速离去。

此后就很少下山了。在单位一待就是一个月，待一天补助八角钱。不敢小看这八角钱，我那时一月工资一百二十六块，一个月全勤，就能多拿二十四块。我很少下山还有一个原因，先我而来的老杨介绍我认识了卫生院的王大夫。高台这地方工作的女性少，那个王大夫就成了香饽饽，人见人爱，乡政府的年轻人有事没事都往卫生院跑。

有一天，我听说王大夫的儿子被人刺死了。说是她儿子大学毕业，参加工作第一天，晚上和同事喝酒庆贺便出事了。

听到这消息很是吃惊，倒不是王大夫儿子的死亡，而是她居然有儿子，并且儿子已经参加工作。我真是有眼无珠。粗略算下来，王大夫要比我大十多岁，我怎么就一点都没有看出来呢？不光我，乡政府的年轻人都没有看出来。仔细想来，真是可笑之至。思她念她，却收获了如此一个尴尬的结局。

有天，我在高台那条从南一眼看到北的街道上碰到了王大夫。她似乎矮了许多，也老了许多，跟之前风姿绰约的她判若两人。才多少天，就把一个人改变成这样？那一刻，我简直不敢相信自己的眼睛！

渐渐地，我不想王大夫了，但她的消息总会传入我的耳朵。儿子死后，王大夫就离了婚，后来王大夫又结了婚……这些消息在我心里已掀不起波澜。时间长了，如果没有人提起王大夫这个人，我的记忆中是没有她的影子的。

今天下午，我和老杨从一个小区往出走，迎面碰上了一个老太婆，老杨对我说，这个人你认识吗？我说不认识。老杨说这是高台的王大夫。我目瞪口呆！如果我和她走在一起，别人可能会把她看成我的老娘。

催人老去的不光是时间，似乎还有一种叫命的东西。就像多年以后，我去黑城，又一次见到了我的那个女同学，我们尽管说了一会儿话，但总觉得，双方之间隔了一层什么，厚厚的，穿不透。

她说，我这一辈子就在黑城子了。

看着苍老的她，我不知说什么好。转过头去，看到了天空中的一只鸟儿，越飞越远，从我的视线里消失了。

张骞的道路：从西安到敦煌

◎ 杨献平

凉州怀古

所有的怀古都是怀念自己，如此而已。到凉州，现在的武威，我有一种似曾相识的感觉。但之前，确确地没有去过。在雷台汉墓的地宫之中穿行，一个人观看时的感觉，好像在替墓主人巡视一样。在马踏飞燕和兵俑车辇仪仗的雕塑面前，骨头里也响着忽远忽近的马蹄声。而出城到天梯山石窟的路上，我又想到马贼，甚至在这里驻牧过的诸多游牧民族如乌孙、大月氏、回鹘、吐蕃、党项、羌等等。最好玩的，我总觉得自己就是当年河西节度使王忠嗣将军帐下的一个兵士。

关于这个人，现在知道的很少了。他父亲名叫王海宾，也是一员猛将，却在松州（即今天的四川省松潘县）与吐蕃作战的时候壮烈牺牲。他战死的原因，是薛讷、杜宾客、郭知运、王晙、安思顺等人嫉妒王海宾的战功。起初，以王海宾为先锋，而后故意不加增援，致使王海宾遭敌围困，力战而死。时，王忠嗣年方九岁，被李隆基收为义子，在宫中，与太子李亨同吃同住。后王忠嗣为河西节度使，韬略战术，勇谋过人，多次击溃进犯的吐蕃军队，使其不敢再越边界。李隆基时期，国家强盛至极，边疆将帅获得军功，而获得个人升迁，蔚然成风；边境将领常故意骚扰和激怒吐蕃，从而引发战争。王忠嗣为河西地区最高军政统帅，在任上固边强民，屯田置物，常说："今（与吐蕃）争一城，得之未制于敌，不得之未害于国，忠嗣岂以数万人之命易一官哉？"且"尝谓人云：'国家升平之时，为将者在抚其众而已。

吾不欲疲中国之力,以徼功名耳。'"此外,王忠嗣也曾上书李隆基,云安禄山必反,宜早做防范。被李隆基贬为汉阳(今武汉市汉阳区)太守的第二年,王忠嗣暴卒,年四十五岁。

王忠嗣被免去职务到最后莫名其妙地暴死,皆是上下谗言与构陷之原因。时李林甫为宰辅,唐军又在石堡城即今青海省乐都区作战失败,主将董延光将过错推在了时任河西节度使的王忠嗣身上;李林甫担心王忠嗣会抢了他的位置,遂在李隆基面前极尽谗言,李隆基怒,下诏押解王忠嗣入京,拟处斩,后其属下哥舒翰以自己的"官爵赎忠嗣罪",使得王忠嗣得以幸免,但不久也暴病而死。就此,《旧唐书·王忠嗣传》云:"忠嗣因青蝇之点,几危其身,谗人之言,诚可畏也!"

悲夫!用人之人,必是人中之人,上上之人,大智之人。一般人等、王侯将相,即便谋略空前,也还只是一个所谓权谋者、一个所谓的帝王的棋子而已。王忠嗣之可惜,不仅是李隆基一个人的,也是整个帝国的。然而,就是这样一个人,其身后遭受的冷遇也令人觉得悲凉。类薛仁贵、秦琼之人,与之才略相比,何其等而下之,而民间传说之多,附会之说,不胜枚举。英雄果真寂寞,人心最难测量。至天梯山上,拜谒临水的大佛,心中庄严,虔诚油然而生。与当地朋友说起高僧鸠摩罗什,我就急着想去拜谒鸠摩罗什寺了。寺中,据说有他的舌舍利。天梯山中的佛像和佛龛,大抵是鸠摩罗什在后世的变相。我俯身拜谒。心里念着愿天下苍生健康平安,独没有求财。直到现在,我还是一个不怎么热衷于钱的人,即便是在经济最困难的时候,也没有想着如何发财。但我只对自己的基本保障担忧。一个人,一生所有所耗,大抵是有定数和定量的。这一点,也是佛家的思想。

令我没想到的是,我居然邂逅了一位民歌王子。他叫赵旭峰,也是一位小说家,同时也是天梯山石窟管理局的干部。他的民歌唱得端的是令人心醉。"送哥送到红柳滩,红柳滩上红柳多。红柳叶子往下落,红绸裤裤往下脱。"又如:"三更里来灭了灯,亲哥哥用脚蹬,尕妹子也是个明白人,心里边知道你想的啥坏怂。"如此等等的歌词,却令人觉不到一点的色情味道,反而心神空冥,肉身洁净。我也忽然明白,真正的俗,其实是不令人心生邪念反而会感恩并且消除内心的罪孽的。听到动情处,我对赵旭峰说,你唱一首,我喝十杯酒!最终,只能是大醉,夜里回武威,是诗人谢荣胜把我背上楼的。早上醒来,方才知道,睡在谢荣胜家里。这份情谊,我至今不敢忘怀。仔细想,这是我迄今为止酒喝得最多的一次,另外的,大抵是一种无意识的醉或者"投机"。次日早上,吃酸汤面,觉得解酒。再去拜谒鸠摩罗什。

这个天竺人,果真是天降之奇才,其年幼时,三果罗汉曾预言说,鸠摩罗什三十五岁之前能够恪守戒律的话,将是一位不世之人,佛法由他传遍苍生,并会亲自超度多数人。事有凑巧,鸠摩罗什三十五岁那年,吕光大军入西域,俘获鸠摩罗什。吕光逼着鸠摩罗什与龟兹国公主婚配。鸠摩罗什不从。吕光令人以烈酒灌醉鸠摩罗什。鸠摩罗什被迫破戒。随军至凉州路上,鸠摩罗什曾告诫吕光说,部队宿营之地,不太好,将有洪水至,伤数千人。吕光不信。果真,夜间洪水滔滔,数千人丧生。这时候的武威,名曰姑臧。吕光返回,苻坚为姚苌逼迫自缢身亡。吕光趁机自立。

当年"正月,姑臧大风。(鸠摩罗)什曰:不祥之风,当有奸叛,然不劳自定也。俄而,梁谦、彭晃,相系而叛,寻皆殄灭。至光龙飞二年,张掖临松卢水胡沮渠男成,及从弟蒙逊反,推建康太守段业为主"(释慧皎《高僧传》)。如此等等,鸠摩罗什之殊异才能,每每言准,不可思议。至吕纂灭,后秦姚兴迎鸠摩罗什入长安。姚兴要求鸠摩罗什留下"圣种",以锦衣玉食供之,并女色围绕不辍,逼迫其再次破戒。鸠摩罗什无奈,然其意志坚定,虽身惹繁花,仍旧坚持翻译佛经,并自喻说:"譬喻如臭泥中生莲花,但采莲花,勿取臭泥也。"(引处同上)

鸠摩罗什大抵是自释迦牟尼之后,在中国影响最大的天竺高僧。其第二次破戒,信佛者效仿,也娶妻生子。就此事及现象,鸠摩罗什则吞钢针之后对众人说,谁可以如我这般吞钢针而不身死的,可效仿。如此等等,颇具魔幻色彩。十二年间,鸠摩罗什"凡所出经论三百余卷。唯十诵一部未及删烦。存其本旨必无差失。愿凡所宣译传流后世咸共弘通。今于众前发诚实誓。若所传无谬者。当使焚身之后舌不燋烂"(引处同上)。他的舌舍利便存放于武威罗什塔。

我将身去拜谒,面对高塔,心中静气盎然。念想鸠摩罗什一生传奇,此等人物,此等造化和功德,千年不遇不说,具有强烈的天赋神授的意味。依此推论,人之为人,自然有其活着的方法策略,也是有其难以言说的命运轨迹。《高僧传》中记载:"什尝作颂,赠沙门法和云:心山育明德。流薰万由延。哀鸾孤桐上。清音彻九天。"这心山明德、清音九天,实在是令人神往的至高境界。

对于鸠摩罗什之破戒,如我在当时,大抵也会效仿。这就是智者和愚者、神者与凡人的区别,也是领袖与常人的区别。离开武威的时候,忽然又想起霍去病,武威为其所开河西四郡之首,然霍去病却未能如鸠摩罗什之功德广大,也是泽被众生与沙场杀戮之霄壤差别。我很无聊地想,倘若能够遇到当下武威市的决策者,必定建议他们为王忠嗣立一尊雕像,并广传其事迹。国之良将,因其正,无流蜚之事,世人便少牵强附会,以至于如此才略之人,身后竟然也如此的寂寞,实在令人心有戚戚。

当然,今天的武威城中,还有众所周知的西夏碑,也颇令人伤感。战争使得很多人丧生,而民众,也常常成为殉葬者。可怜盛极一时的西夏,长期与辽金宋分庭抗礼,其疆土也曾为西北之最大,可惜,最终却沦亡于蒙古大军铁蹄,自此一蹶不振不说,且后裔也难觅了。

列车向西,古老的凉州——今天的武威渐去渐远,在古老的走廊上,大漠戈壁,夕阳残照,万般恢弘,也万般地苍凉、浩瀚。闭目假寐之际,不由想起并小声吟诵岑参不怎么出名的《凉州馆中与诸判官夜集》一诗:"弯弯月出挂城头,城头月出照凉州。凉州七里十万家,胡人半解弹琵琶。琵琶一曲肠堪断，风萧萧兮夜漫漫。河西幕中多故人，故人别来三五春。花门楼前见秋草，岂能贫贱相看老。一生大笑能几回，斗酒相逢须醉倒。"车过山丹，想起众多如美丽乳房的山丘，青草披拂，风一吹过，便是一道道的绿浪，匈奴人曾在此驻牧，妇女用"红蓝花"来涂红嘴唇。如匈奴冒顿单于最宠爱的那个阏氏，大致也是用过的吧。也就是这一位阏氏，在冒顿的匈奴大军于大同白登山围困刘邦十万大军的时候，陈平用计，使人贿赂她，而终使冒顿大军网开一面，刘邦及其部众得脱。不然，历史大抵是会改写的。

但历史永远都不会改写，即便是冒顿在白登山擒获并杀死了刘邦。历史，尽管看起来无序，可细读之间，其中的诡异和蹊跷，实在匪夷所思。关于焉支山，我在多年前来过一次，并写了几句诗歌："焉支焉支，小小的匈奴/佩戴羽箭的人群，在草地上尾随野鹿和狼群/焉支焉支，杀戮的军团/在高原的核心，用战刀和铜器侵略外围/焉支焉支，逃跑的孩子和老人/有一些羊肉落进流水，血液洗白了祁连山的月光和凝眉/焉支焉支，我坐在一块云上，看到大地的庭院里/一大片向日葵，青稞青青，闪亮的鸣镝/这可能也是一种原罪，于今，人类还没有好好忏悔。"

丝路上的金昌

这当然是一条著名的、伟大的、贯通古今中外、光华灿烂的道路，德国人李希霍芬把它称为"丝绸之路"。相对于这条道路形成的历史，李希霍芬的命名是短暂的，但学界却异口同声、毫不犹豫地接受了它。丝绸之路，伟大而浪漫的名字，从古老的中国一直延伸到埃及、地中海沿岸，甚至出现了史前时期的法老墓葬。在历史蒙昧时期，丝绸与黄金等价，是另一种货币，通行和风靡于整个欧亚大陆。十字军有过东征，丝绸路上其他民族也掌握了这项技术。在高仙芝，甚至整个唐帝国在"西域"遭到彻底失败的"怛罗斯之战"时期被俘虏的中国唐朝军士杜环，带着中国的技术，沿着欧亚大陆向西直达波罗的海，然后由海路返回。在他的《经行记》当中，记载了一个中世纪的中国唐朝人,在世界上的孤独行迹。

正如法国的于格叔侄在其《海市蜃楼中的帝国》一书中所说:"每一个前往丝绸之路的人,归来时总是与众不同。"这句话的间接意思是,凡是动身去到伟大的丝绸之路上的人们,无论成功还是失败,归来之后,他们都携带了无尽的传说,也经历或者创造了某种奇迹。因此,古老的丝绸之路向来就是创造奇迹的地方,更是文明和物质,流转世界的早期通道,尤其是在海洋横亘于人类的脚步之前的那些年代。雪山、大漠、驼铃、绿洲、湖泊、草原,以及暴风雪、尘暴、雪崩,马蹄上的骑士与冷兵器,商旅眉毛上的尘土,干裂嘴唇上的血渍,和亲者的车轮,卷起狼烟的战斗军团,游牧队伍,犹如蛇群奔行一般的白尘……啃食苜蓿的汗血马、跳胡旋舞的异族歌姬、出塞作战的诗人、凶悍的盗马贼、杀戮的弯刀、诵经的僧侣,如此等等,"北风卷地白草折,胡天八月即飞雪……峰回路转不见君,雪上空留马行处""大漠孤烟直,长河落日圆"。多少诗篇汇集的博大与悠远之地,构成了丝绸路上璀璨的光辉,并且与日俱增,一直普照着人类的今天。

从古长安出发,越过秦岭,进入伏羲之地,再到兰州,渡黄河,乌鞘岭宛如剑鞘,山顶的白雪似乎人类内心绵延千年的哀愁。河西之地,做过国都的凉州,是李世民家族的发祥地之一,再向西行走,迎面而来的大戈壁像是一块巨大的生硬的铁板,赫然横在眼前,给人以迎头重击。荒芜之地,向来与死亡紧紧关联,瀚海泽卤,象征着某种人生甚至人类的绝望和沮丧。可是,早些年间,这里完全不是现在的样子,至少有水源、草地、树林,虽然一直在风沙中被侵蚀,但仍旧有人在这里生存和居住。

周朝的时候,这里的民族被称为西戎。这个名字现在听起来陌生而又带有诗意,可在周人眼里,却是经常骚扰他们边境、劫掠财物的居住或者游牧在西边的蛮夷之族。即《祭公谏征犬戎》中所谓的"薰育戎狄攻之,欲得财物"是也。《诗经·采薇》也说:"靡室靡家,猃狁之故","岂不见戒,猃狁孔棘"。《孟子·梁惠王》亦有"太王事熏鬻,文王事昆夷"等句。

在金昌站下车，回身一看，就可以看到一座大山，上半部分洁白而苍茫，下半部分则显得黝黑，且沟壑纵横。这就是祁连山。出自匈奴语系，意思是"天山"。"天"就是匈奴信奉的最高的神。法国历史学家勒内·格鲁塞《草原帝国》中说："像斯基泰人一样，匈奴人基本上是游牧民，他们生活的节奏是由他们的羊群、马群、牛群和骆驼群而调节。为寻找水源和牧场，他们随牧群而迁徙。他们吃的只是畜肉（这一习惯给更多是以蔬菜为食的中国人很深的印象），衣皮革，被旃裘，住毡帐。他们信奉一种以崇拜天（腾格里）和崇拜某些神山为基础的，含混不清的萨满教。"

西方学者大部分带有不可掩盖的傲慢，这在他们对于中国的叙述和观察当中，时常会出现。勒内·格鲁塞也是世界著名的学者，但其在叙述萨满教时候，口吻是轻慢和自以为是的。实际上，萨满教是真正的原生性宗教。它和基督教、道教、佛教等完全不同的是，萨满教没有创始人，完全是在某种社会和自然环境下，人群自我发生的一种以神灵的崇拜和信仰为基础的宗教。

昆仑山乃是万山之宗，昆仑山是中国之"祖龙""祖脉"所在。《山海经·大荒西经》有云："西海之南，流沙之滨，赤水之后，黑水之前，有大山，名曰昆仑之丘。有神，人面虎身，有文有尾，皆白，处之。其下有弱水之渊环之，其外有炎火之山，投物辄然。有人戴胜，虎齿，有豹尾，穴处，名曰西王母。此山万物尽有。"道教将之作为元始天尊和混元派的道场。

这也说明，原始的万物有灵的信仰和崇拜，不只限于匈奴人，更不只限于中国人。为祁连山命名的匈奴人，他们以为天地自然万物都是有灵性和具备某种力量的，如庞大的山系、寥廓的牧场，以及身边的水流、巨大的石头、人难以攀登的巨大石崖、超出经验之外的树木，以及难以用常理和生存经验解释的人事物。我不觉得这种信仰和神灵崇拜有什么不妥，特别是当人们处在蛮荒和蒙昧时期，产生一种基于身边万物，以及天地之间的有神论的信仰和崇拜心理，对人心何尝不是一种安慰？好在，我们所在的这个世界,乃至这个人类社会,已经发展到了无所不能、无所不可的程度。科学的越来越神通广大,技术能力的无孔不入,以至于人类的生活空间越来越趋于透明化。

这当然是好事,同时也是悲剧。

因此,用现在的眼光来观察山川河流,乃至整个世界的存在方式、人类的未来,以及诸多事物的内在性与发展性,已经是一件非常容易的事情了。如对祁连山的考察和概括,已经不再像匈奴和古民族那样笼统指认,而是以科学的方式,测算出它的具体长度和宽窄度。简要说,祁连山东西长 800 公里,南北宽 200 公里到 400 公里,海拔在 4000 米至 6000 米之间,其西端为当金山口,与新疆的阿尔金山脉相接;东端则衔接黄河谷地,秦岭、六盘山与其相邻。自北而南,分别有大雪山、托来山、托来南山、野马南山、疏勒南山、党河南山、土尔根达坂山、柴达木山和宗务隆山等多座高峰,其最高峰为疏勒南山的团结峰,海拔达到 5808 米。

这一座宛若游龙的山系,至张掖肃南,便与今之金昌相接。也就是说,金昌乃至河西走廊的每一座城市,甚至村镇和沙漠戈壁,都是同气连枝,不可分割的。有赖于祁连山雪水的融化和潜行,干旱的河西走廊才具备了人居的基本条件。换句话表达,有了祁连山,河西才有人的存在,才会在丝绸之路兴盛时期,积攒和输送更多的文化和文明,即使在现在,祁连山仍旧是河西诸多城市村庄的母亲一样的存在。

而转身过来,在金昌市的西北,是另一个高耸之地。它的统称叫作阿拉善台地。这一片处在巴丹吉林沙漠和腾格里沙漠之间的绿洲——即便是被漫漫黄沙分割成许多个小块水草地的荒芜之地,其历史也是深厚的。阿拉善这个名字,也出自匈奴语系,即贺兰山的音转。匈奴强盛之时,它的贺兰部驻牧于此。可以想象,贺兰山、龙首山、曼德拉山上至今留存的岩画,大抵也有匈奴人的痕迹。而靠近现在金昌的部分,则是匈奴休屠王的驻牧地。在秦始皇时期,这里名为北地郡。

随后是汉武帝的胜利,这一带也尽入西汉帝国版图。每一块大地上,都浸漫着无数的鲜血,也都埋下了无数的骨殖。将士和边民,战争的胜利和失败,民族和民族,政治集团和政治集团,胜败得失,都是以牺牲诸多的人命为基本代价的。在很多人眼里,阿拉善高地,只不过是一片荒凉的大漠瀚海,只不过是一纸仓央嘉措的传说,以及关于弱水河的动人故事,还有额济纳每年十月的金色胡杨。而它的悲壮悲情历史乃至深厚的文化底蕴,一点都不亚于世界的任何一个地方。再论及居延汉简,阿拉善高原,也真的是人类的精神富饶之地。尽管它在很长的时间内,总是沉浸在无尽的黄沙之中,在形如深井的天空下,与狂浪无际的风尘沙暴、发菜、锁阳、苁蓉、甘草、双峰驼及肥硕的牛羊一起漫步于浩浩荡荡的时间。

相看两不厌

◎ 毕　亮

腾云

当我站在额尔吉斯河的支流岸边,身后是林带,树直入苍天,树下灌木密集,但是挡不住大片大片的云在移动。云的移动,在此时是肉眼可见的。身前,是宽广辽阔的河流,河水汤汤,两岸边裸露出的河床,石头黝黑反光。

在水面之上,镶着洁白洁白的云朵。此时,恕我只能想起"洁白"这个词。这个一直用在作文里的词,已有多年未曾亲近。此时,在额尔吉斯河支流的岸边,再一次想到一个过去熟悉的词语,像是故人相逢在他乡。他乡遇故知,是好的。又想起了"浮云蔽白日,游子不顾反"。在此,浮云虽密集,白日依旧当空,一群游子顾不得返回了,在白云之下仰望,是在仰望树梢,属于桦木的,属于青杨的?树梢之上,是更高的树梢和更高的云层。会不会有雨下来?走在丛林,即便有雨,也是被一层又一层的树叶挡住的,一滴雨从树梢滴到另一些树叶上,再从一些树叶上滑落下来,滴在身上的,掸去便是;更多的雨滴就停留在树叶上,迎着光看过去,仿佛能看到云的影子。

我没有去问身边的当地人,眼前的支流是哪一条河?对我们这群陌生人而言,它是一条亘古就在的河。现在我们来了,这条河属于我们的眼睛,河岸属于我们的脚步;它的名称也应该属于我们,我们来命名,并以所命的名为题来写诗,写在水里,写在岸边的泥土里,写在岸边更远处的白桦躯干上。还可以写在云层上,云层也是白的,以云层为纸,以桦树枝为笔,以河水为墨,写属于陌生人的诗篇,随云飘万里,飘到我们来的地方,飘到我们要去的地方。从陌生到熟悉,往往只是一条河的距离,一朵云的距离。

当我们在哈巴河的土地上看云,云也在看我们嘛,从各个角度打量着我们? 我们在哈龙沟的石头上坐着看云,我们在红树林的山坡上看云,我们在湿地上行走着看云。无处不在的云啊,如影随形地看着我们在哈巴河的一举一动。我愿把诗意留下,把云彩带走。

那几日,每日清晨都起得早,就在县城漫步,人车俱少,多的是云,抬眼望去,万里都是云。少时写作文,除了"洁白"外,还经常写到"万里无云",在此时此地,成了万里都是云。这么多年过去,作文一直写不好,莫非是因为云彩看得不够? 在哈巴河,我愿意做一个云彩收集者。这种想法最初是在白桦林生出的。

走在白桦林里,走在哈巴河的山野里,会想起华诚和他刚出版的书。华诚前几年辞去媒体的工作,回故乡乡野耕种"父亲的水稻田",经常到山野走走,偶尔写几篇山野之文,做山野之人。看着眼前哈巴河漫长的白桦林带,觉得他应该来走一走,住一住,写一篇文章,或者什么都不写。山野寂静,白桦林立,山杨长在山头。华诚置身其中,可以走在白桦林的各个角落,录下林中各种各样的声音,是属于自然的声音,风声雨声鸟声落叶声流水声……他曾经做过类似的事情:把雨夜屋檐滴答落水的声音录下来,把海浪拍打岸边的声音录下来;他还在手机上安装应用软件,只因软件里搜集了各种场景的雨声和水声。

来哈巴河前,出门时竟然有些紧张,在去往火车站的路上自己都感觉有点好笑。许是久不曾出远门,有这样一次出门的机会,竟少有的有些激动。比收拾衣服更早的是选一本书带着看。说"选",其实是从书架上抽。在得到单位的准假后,心里就有了数。下班回来,就把书抽出,放在书桌一边,以备走时拿上。书是高村光太郎的《山之四季》,本还想带一本《云彩收集者手册》。但想到来回只有五天的行程,便放下了。可是走在哈巴河的云彩之下,悔极。出发前一晚还在翻这本书,谁知道哈巴河的云会这么精彩呢。

来之前就知道哈巴河的白桦多,但没想到这么多。白桦林远远看过去,就是一丛丛白云。走在白桦林,犹如走进了《静静的顿河》《战争与和平》《卡拉马佐夫兄弟》中,俄罗斯文学给予的给养,开始慢慢反哺。白桦对我们的教诲,是从根部直指天空,比白桦树梢更高的是云层。白桦是哈巴河的一层云。另一层云,是红色的,是黄昏的晚霞,是哈巴河的红叶林,如一层层红云挂在天边。

哈巴河的河多,小沟小渠也多,沟渠多,也就是水多。哈巴河得水眷顾,因为多水,所以云多。是不是扯下几片云,就能捏出几滴水呢?真想试一试。我面对云彩的变幻莫测,只好抬头凝望。将在哈巴河见到的云和《云彩收集者手册》中介绍的各式各样的云进行比照,用以知晓各类云彩的名称。比照的过程,也是一个发现的、观察的、享受的过程。

从哈巴河县城去往185团的路上,迷迷糊糊睡着,又迷迷糊糊醒来,睁眼一看,以为在云层穿行。大团大团的云,真干净呀。在上面会写得出几句好诗吧?谁让我们此时正生活在哈巴河呢,哈巴河就是一首好诗,我们在诗中腾云驾雾。在哈巴河,我们将自己也活成了一首诗。

在巷中散步时,曾碰到一个商店,名为腾云。腾云,是一个女孩的名字?哈巴河真是一个浪漫的、充满想象力的地方。那几日晨起散步,路过这个招牌,都要停下来看看。想来,这也是一篇文章的好题目,于是未经许可,借来一用。

以往

雨是夜里下起来的。很久没下这么大的雨了,下得稀里哗啦、噼里啪啦的。从梦里惊醒,又迷迷糊糊睡去。早上起来,雨还是下得大。看时间,才八点多,洗漱后就去上班。小城虽小,每日早中晚都堵得厉害,今日大雨,更应如此。

宜早出门。冒雨从小区走向停车场。未打伞,上衣穿的是冲锋衣,戴的帽子也是衣服上的,都可以隔雨。季节的到来,总有一些气候的征象,夜雨秋来寒,一场秋雨一场寒,都是如此。过几日就是秋分了,今年的季节过得毫无秩序可言。春天时,封在村里,感觉从积雪冬天直接跨越到了穿短袖的夏天。盛夏时又封在家里近四十天,从夏天又回到了冬天。

如此说来,这场雨来得毫无准备,让人措手不及。雨下得倾盆,车就开得慢,路上果然已经开始堵了,原本二十分钟的车程,愣是开了四十几分钟。到了单位,整个办公楼里,空荡荡的,暗淡无光,更显静谧。我如一个贸然闯入者,轻手轻脚地到办公室,开门、关门、开灯,静坐在沙发上,在同事来之前,翻几页书。

书是华诚兄的《素履以往》。早上临出门前放在手提包里的,想午休时看几页,以便静心。昨天收到时,随手翻看几页,随处都能看下去,这是一本静心之书,是华诚兄的山野行迹的记录,是一本停下脚步反观自己生活的记录。

窗台渐渐亮堂起来,从所处的四楼往外看,是熟悉的风景,高过楼顶的青杨在风中飘忽不定。因为是顶楼,管道排水的速度跟不上积水的速度,耳边水流声不断,宛如静坐河边。河流、山川,从纸页间走出来,我置身其中,从"微小的事物里,发现巨大的快乐"。

书中的第一篇《一场雨突然而至》,昨天就看过,如此在雨声中重读,仿佛是在雨中漫游。多久没有漫游在雨中了!已近年底,此前雨水少得可怜,经常是细雨还没来得及湿透地面,就被一阵阵大风刮跑了。

没下雨的早晨,都要晨练。

说是晨练,其实就是散步。前些时候,公园的门是关着的,就在附近的小巷里溜达,经常有意外的风景。记得第一次走进这个巷子,还是在春日细雨的清晨。那日,照例上班前路过公园时进去走走。不想,竟关门了,因为小雨吧。彼时人已经到了,离上班又尚早,便拐到公园后门的巷子里去转转。虽居小城十多年了,却并未来过这里,连经过都没有。

　　巷子是伊犁特有的小巷,绿植很多,此时正是花季,绿树浓荫,花开各色。仅丁香花,即有白、紫、粉三色。有一家门前插种着一排九株玫瑰,花瓣专门包着,斜对面人家,门前桃树下两丛郁金香,红黄紫白均有,夹杂其间,花开得正盛,还挂着雨珠。

　　巷子收拾得干净利索,偶有三五少年走在上学路上,也没撑伞,冒雨而行。一路走来,见到的花就有苹果花、桃花、连翘、海棠花、白芷、榆叶梅、樱花、郁金香、木瓜、李花、杏花……数十种之多,用“形色识花”逐一识别,仿佛是在上一堂植物课。路边长得高大的是杨树,青杨为多,间杂着的白杨,也是直入苍天,为本地人所独爱,小巷多植。然文震亨却看不上,“白杨、风杨,俱不入品”,他喜的是蒲柳、垂柳。

　　巷中步行,随走随停,往前走了近一公里,有一岔道,巷子一分为二,都是幽静的样子。我折身而回,也算是乘兴而来尽兴即归。

　　而近几日走在巷中,风景虽好,惜乎人车俱多,比春日时多了不少。故待公园一开门,还是恢复到在公园里走路,虽人多嘈杂,但不用分心注意来往车辆,行走时可以天马行空地乱想。前几日在漫步时随手记下所见,发在朋友圈:公园里晨练,所见有跑步者(分慢跑、快跑),有散步者,有打羽毛球者(其中一组,经常打着打着,会因一个球吵起来),有打太极者,有打拳者,有练武者,有跳(各种)舞者,有以背撞树的老者,有拍照者,还有各种说不出项目的运动者。当然也有一边走一边野兽般号叫者,有林带深处吊嗓子者,瘆人得如是夜半听起来不敢想象,有并排者,慢悠悠走着让你无路可走。他们构成了人间烟火,世间如此美好。

　　来报到那天,提前到了半小时。在院子里没有方向地走了走,竟然在大路上遇到了一只小松鼠,见有人,迅速跑到了树上,树是法国梧桐。在院内走了一圈,树比人多,多是小松鼠待过的法国梧桐。路边多长着的是杉树、垂柳、白杨。当然,杏树、苹果树是少不了的。走在其中,开始慢慢调整

166

起了心情。后来的日子，发现在这里，忙是忙点，至少环境不差。

中午下楼吃饭时，见有工人从他处移栽了三棵连翘。阳光下的嫩黄，生机无限。每日临窗坐在四楼，一有风，就能听到青杨叶子的簌簌声，如浪涛，青杨长得高，它们已经长过了楼顶。有时甚至停下手中的工作，靠在椅子上闭目聆听，这是我工作之余的休息。

日复一日地走在巷子里，我曾细致地看着果树从开花到结果，再到被采摘。在一场风一场雨中，果子慢慢变大，树叶慢慢变黄，一年又过去了。

谁在人群中喊了一声

◎ 刘星元

　　当我身处人群之中的时候，究竟是同样站在人群中的谁突兀地喊了一声？

　　地点是一条路与另一条路的交会处。像一种魔术，两条普通的道路以垂直交会的方式经历短暂的相遇之后，便各自向着不同的方向继续延展，以交会点为中心，道路借用倍数的名义增加，让简单的规律忽然变得复杂起来，也让每个人接下来的选择变得玄妙和不确定起来。在这里，有的人将在人群中就此转道，向左或者向右，汇入新的人群；也有人将会从左右两个方向走来，汇入直行的人群，向着新的前方迈开脚步。作为一种松散的集体形式，除了单个的因子产生了换位，就整体而言，人群的数量似乎并没有减少，也似乎并没有增加。

　　时间是傍晚时分。也可能还要更早一点儿。我们的头顶之上，阴而不雨的天空被乌云塞得满满当当，不知道它们之中的哪一朵将会被率先挤出来，以闪电和雷鸣的愤怒，抱怨着同类的排拒，发泄着内心的不满。总是这样——灰蒙蒙的天空，掩盖着我们对时间的日常把握，让我们对自然时间的准确刻度产生了偏差，天气湿滑，我们的心理倾向也跟着滑动，提前对时间进行了某种我们未能察觉的加速度处理。

　　那时候，我正在低头赶路，我的脚沿着柏油路，沿着指向线，沿着人群中其他人的脚步，机械地向前驱动着。叫卖声、劲歌声、拆迁声、汽车喇叭声、政府宣传车里传来的公告声……各种声音或此起彼伏，或组合交响，我们时而被这嘈杂的波浪吞没，时而又被它吐了出来。

就在这时候，毫无防备地，喊声从一直都在沉默的人群中炸了出来。

那喊声就像是一尾鱼从平静的湖心一跃而起，在低矮的空中甩了一下尾，转了一个身，又迅速俯冲进了水里，把自己隐藏了起来。肇事者已经无迹可寻，可它的痕迹却留下了，水纹沿着圆圈，一圈圈向外退去，整个水域便都荡漾了起来。那喊声就像是一只小小的蝴蝶百无聊赖地扇了扇翅膀，便生起了近乎于无的风，风在万物的助力下不断铺排、延展，吸纳着所过之处的给养，最后在数千里之遥摇身一变，幻化为一场摧枯拉朽的龙卷风。那喊声就像刚在街头上发生的一起交通事故：两辆正常行驶的小汽车被突然冲出的电瓶车晃了一下，电瓶车迅速驶离，两辆同时选择躲避电瓶车的小汽车却来了一次亲密接触。电瓶车已经没有了踪迹，两辆小汽车却还要完成协商、理赔、修补的后续程序，仅仅"协商"两个字，就会将更多的车与人堵在这一截道路上，每个路过的人都会因这偶然而或多或少地改变着自己命运的轨迹。

那个喊出声后又把自己隐藏起来的人，他为什么要喊呢？

或许是遇见了多年未见的熟人？半生故交皆作古，梦醒孑然是此身——或许是因为孤苦伶仃半生的他，遇见了此生中某个极为重要的人了吧。最好是老情人——年轻的时候，因为一些无法言说的因素，他抛弃了她，虽然同居一城，但因为愧疚，他选择了刻意地躲避，因为刻意躲避，他切断了与她的一切联系，也切断了回顾往事的途径。现在他已中年，甚至老年，年轻已然不在，生活却还在不断加压，隔着那么长的岁月，那些刻意排拒的情愫，愈发清晰了起来。有些梦境开始夜夜将他拉入时间的渊薮，他如溺水者，想爬上岸来自救，又执迷于那深水中的诱惑，在诱惑里，他贴近了自己的年轻。而在现实生活中突然间出现在眼前的她，无疑是他与过往世界的唯一联系，是一根拯救他的稻草。蓦然相见，他激动地喊了一声，无法自持地喊了一声。然而，喊声刚脱口，他就开始后悔了：他老了，他不想让她看到自己现在的样子；她也老了，她肯定也不想让他看见自己现在的样子。不管经历何种恩怨纠结，他们只配、只应、只适合活在以前，活在彼此的记忆中，多少年了，在现实生活之中，他们彼此都没有为对方留下一个合适的位置。如此，他便只好选择沉默——即便那一刻内心正涌动着翻天巨浪，最后也终将慢慢地自我平息。

或许是遇见了踏破铁鞋无觅处的仇人。是杀父之仇还是夺妻之恨？多少年了，从一个城市到另一个城市，从一个地点到另一个地点，他寻找着仇人的影踪，蛛丝和马迹却像时光的合谋者，与许多旧事和旧物一样，它们出现的频率越来越低，迹象也越来越散乱。近些年，对于复仇，他甚至已经不再抱有幻想，这个词只是一种支撑他活下去的信念，至于是不是能实现，他没有丝毫信心。甚至，他已经不愿意去实现了——作为信念，只有挂在高处，它才能给人以力量，一旦变现，这些年支撑起的空中楼阁就会倒塌，像一名富翁失去了所有的资产，他也将变得一无所有。当然，他也不打算与仇人以及时光和解。这么深的仇恨，这么久远的岁月，已经不容他把一些东西心平气和地解决了。他想，那么，就这么维持下去吧，就这么存在下去吧。然而，在人群中，在多少年后他终于发现了仇人身影的时候，他还是忍不住喊了一声，当他喊出声音之后，他就已经后悔了，不是怕打草惊蛇，而是怕支撑他的信念就此坍塌。于是，他最后选择了隐藏，选择了沉默——他就当没有看见那个人，任那个人匆匆消失于人流之中，直到看不见了。他就当仇人还没有出现，他重整旗鼓，即将再去寻找仇人，开始新一轮的复仇之旅。

那声音也或许来自我自己，只是我不愿意承认而已。你知道的，我身体里一直藏着两个我。或许就是其中一个我没与另一个我商量，擅自做主地喊了一声。

喊出声音的或许是那个少年的我：莽撞而自卑的少年，无论是在学校还是家庭中，都以主角的名义被排斥在可有可无的边缘位置，多少年了，时光轻易溜走,阴影却始终占据着己身。家长的唠叨、老师的辱骂、同学的嘲讽以及文山题海的埋葬,压得我无法喘息,我需要一个机会表达,倾吐自己对于世界对于生活的不满,但我的胆怯和自卑又牢牢掐着我的喉咙,让我无法叫喊。这一次,是我身体里莽撞的部分占了上风,隔了十多年,我于失控中喊了出来。没想到,突兀的喊声把我自己吓了一跳,于是我迅速闭上了嘴,装作若无其事的样子。毕竟,我的另一部分性格反应过来后,绝不允许我做出这么出格的行径。

喊出声音的或许是那个日渐麻木的我:我在位于鲁南的这座县城里生活了十数年,我知道,我还将继续在此生活下去。籍贯同在此城,身体却已飞到大洋彼岸的作家王鼎钧先生说,故乡是祖先流浪的最后一站。我认同这个观点,并且相信,这座县城将会成为我儿子的故乡,却不是我的。在这座小县城里生活,于那些沙砾般琐碎的生活或顺从或抵触的摩擦中,我渐渐呈现出一种麻木的状态,浑浑噩噩,日复一日。即便如此,我仍于某些个瞬间透过生活的镜像,提前预知乃至预支了自己的衰老,感知到一个人因某种缺失而促生出的矛盾与渴求。借助这些蹩脚的文字,我检测到自身的衰弱、缺失、矛盾与渴求在不断延伸,让我既焦虑不安,又无可奈何。或许,那一声喊,只是那个日渐麻木的我在毫无征兆的情况下,做出的一种拯救自我的尝试。显然,我失败了,失败到连我自己都不敢当面承认,我就是那喊声的来源。

也或许,只是一个无聊的人,无聊到他只是想单纯地喊一声。

其实我知道,每个与我相向而行或擦肩而过的人,都有可能是这喊声的持有人和所有者。在这样一座藩篱遍布、人情淡薄的小城,我们每个人都在按照自己的轨迹或他人的指令,小心地活着,麻木地活着,努力地活着,可人毕竟不是机器,至少,不全是机器,这其中的一小部分人的一生中,总会有那么一两次抬头看天的机会、低头思考的机会、迟疑的机会、抵触的机会—— 一旦被他们识破了"我们为什么要活着",总会有一些与平时截然不同的声音被创造出来。尽管,这声音或许是无效的:于己无益,也不能影响他人。

因为这喊声,我暂时停顿了几秒钟。我侧头问与我并行的陌生人,问她是否听到了那喊声。问完之后才打量她,是个时尚女子。女子顿了一下,继而以摇头示我,并配之以警惕的表情。哦,是我唐突了。她继续向前走去,我却因暂时的停顿被旁边的人赶超了过去,被后面低头走路的人撞到了后背——作为对不守规则者的惩戒,我得到了背后之人的两句骂声。

尽管如此,我还是被那最初的突兀喊声搅动得心情激荡,由此延伸出的想象和思考变得愈加荒诞起来。

最荒诞的那个想法是,我甚至觉得,这一声喊,并非来自现场,而是来自历史,来自远方,来自内心不灭的灯盏以及对灯盏的向往。我是说,那喊声,可能来自屈原、来自鲍照、来自杜甫、来自狄金森、来自曼德尔施塔姆、来自博尔赫斯……他们,或者他们中的某一位,只是在向着人群中的我一个人喊,不关乎其他人。他或者他们,只是于这死气沉沉的嘈杂中,用一声破空之音,隐晦地道出了自己如何受困于文字,并于文字的燃烧中涅槃的密语。遗憾的是,这些天才,他们高估了我——我行动迟钝,思想陈腐,文笔生锈,梦想已经是很遥远的事情了。假如真是这样,我想我的选择将是装聋作哑,因为我羞于承认现在的自己。

一声喊叫在人群中炸开——于整个生活而言,毕竟只是一段无关痛痒的插曲,即便那些被惊动的人,也没有谁会将此视为哪怕是一天、一时,甚至一刻的主题。至于那些没有被惊动的人,他们的生活更加简单,他们将继续向着既定的方向走去。而我,或许只是上帝走神时暂时遗落的一粒杂质,趁着他尚未回过神来,我会迅速将头脑中那些不合时宜的想法清空,紧走几步赶上前面的人群,与他们融为一体。

世界空旷而无边,这一声突兀的喊叫,最终也会消融于周而复始的生活中,它与我们以及我们的生活,似乎本就没有任何关系。

天下淮安

◎ 彭学明

如果不来淮安，我就只会知道淮河是那么深情地爱着淮安，只知道淮河会因为深爱而从河南的桐柏县绕过千山万水来到淮安。

如果不来淮安，我就只会知道古代的那么多君王深爱着淮安，只知道那么多君王会因为深爱而千方百计地挖一条京杭大运河来到淮安。

如果不来淮安，我就不会想到，黄河也曾经那么深爱过淮安，为了跟淮安结一门金玉良缘，黄河从青藏高原的巴彦喀拉山起步后，专门改道来到淮安。

我不知道淮河是什么时候爱上淮安而且一直留在淮安。也不知道黄河什么时候改道来到淮安、又什么时候改道离开淮安。但我知道淮安是集万千宠爱于一身的淮安，是胸淮天下、天下唯淮的淮安。

淮安的天下是从淮安的地理优越开始的。地处华夏腹地的淮安，因了淮河血脉的全线贯通，使得淮安的整个身躯都是充盈的、丰满的、充满了生机与活力的。黄河改道来到淮安，与淮河交汇入海后，淮安又多了一条血脉。两条血脉相辅相成、相亲相爱，组成了淮安最为雄强的生命线，共同孕育淮安、哺育淮安，让淮安物华天宝、风华绝代，让偌大的黄淮平原，每天都丰韵富饶得万物生长、万象更新、万民安享，成了华夏取之不竭、用之不尽的天下粮仓。地处天下粮仓中心的淮安，又成了粮仓中的粮仓、天下中的天下。

千里之外的隋炀帝，不知道有多少次梦里梦到了黄淮平原一望无际的辽阔、梦到了天下粮仓堆金叠银的殷实,不知道黄淮平原的千重稻菽和万顷麦浪,在隋炀帝的心里掀起了多大的涟漪和波涛,以致他嫌淮河的河运太慢、黄河的河运太慢,当然,也嫌长江和海河的河运太慢,心急火燎地要挖掘一条笔直的人工大河,要把长江、黄河、淮河、海河的水引到这条人工的大河里,以便以最直的路线、最短的距离、最快的速度,运来天下粮仓的粮食。这条人工的大河,就是早期的隋唐大运河和后期的京杭大运河。

于是,民以食为天的民粮,源源不断地运输到了京城。

于是,国以兵为根的军粮,源源不断地运输到了京城。

想想看,当全国各地运输粮食的船队都集合在大运河、驶往隋炀帝的帝都时,那是一种怎样千帆竞发、万舸争流的浩荡景象?那站在帝都城门的隋炀帝,那康熙、乾隆等历代的君王,又是怎样的意气风发、凌云豪迈、踌躇满志?何况,这水路运输的,不仅仅是运粮的船队,还有运盐的船队、运油的船队、运布的船队、运木的船队,和各种各样的船队!

有了繁荣的水路运输,就有了忙碌的水路运输管理机构——河运、漕运。河运,当然是指利用河道来运输,粮食、食盐、茶叶、布匹、木材等,都通过河道运往京城。漕运,则是通过河道专门运送皇粮的一种专业运输。河运的最高管理机构是河运总督府。漕运的最高管理机构是漕运总督府。

这最高管理机构设在哪里呢?按理当然是在帝都。可是,古代的君王们偏偏不按常规出牌,两个水路的管理机构,都设在了淮安!因为,只有淮安将黄河、淮河、京杭大运河的水连在了一起!淮安,是三条大河的中枢和心脏。而京杭大运河连接了所有的河流,淮安自然又成了华夏河流的中枢和心脏。这河运和漕运的最高管理机构,不设在淮安设在哪里呢?除了淮安,还有哪个地方可以安放华夏所有的河流?还有哪个地方可以承接华夏所有的水运呢?

漕运总督府、河运总督府便自然而然落户淮安。

有了这漕运总督府和河运总督府,淮安就成了全国的水务中心。总督府每天忙忙碌碌、进进出出的不仅是漕运、河运的大小官吏们，还有南来北往的漕运、河运的商贾们。漕运、河运的职能也不仅仅是负责运输粮食和其他物品，也负责治水、防涝、抗洪、赈灾。中国许多的水政、运政、粮政和路政，就从淮安应运而生。淮安，因了漕运、水运而一派繁荣兴盛、令人神往，淮安因为通达天下、迎送天下、包揽天下。

无数的淮安人，以天下的情怀，包容天下，收纳天下；怀着对天下的向往，走天下，看天下，闯天下，打天下，守天下，治天下。

公元前二三一年，一个名为韩信的男儿在淮阴的码头镇出生了。谁也不会想到这个从小父母早逝从小颠沛流离，被人瞧不起和备受侮辱的男儿，居然会成为打天下的盖世英雄和统帅，成为最早的政治家、军事家和理论家。所以，当他背着剑囊饱一顿饿一顿地晃荡时，没人把他当人看，一个恶少还在河边的一个小桥边拦住他，轻蔑地说：别看你整天背着个剑，你不怕死，就来刺我，你若怕死，就从我裤裆下钻过。韩信看了看恶少和恶少带来的一帮地痞，想，我没有杀死别人之心，也没有自己想死之意，就低下头来，从恶少的裆下钻了过去。这齐天大耻的胯下之辱，不仅在他那个小小的村里传开了，也随着他的名满天下而传遍天下，并传到了今天。受过胯下之辱的韩信，当然也受过一饭之恩，每当他没有饭吃的时候，一个经常在河边漂洗白纱的农妇，经常给他带饭吃。蒙受一饭之恩的韩信说，我日后一定要好好报答你。漂纱妇说，我给你饭吃，不是要你报恩，是看你可怜，你一个男子汉大丈夫饭都没有吃的，谈何报恩？羞愧难当的韩信，就在家门口的码头上坐上了已经能够通达天下的船只，离开了这个既有胯下之辱，又有一饭之恩的村庄，去闯天下了。

闯天下的韩信，先是投奔了楚霸王项羽，却怀才不遇，没有得到楚霸王的赏识和重用，便又投奔汉王刘邦，却也一样明珠暗投，默默无闻，只好再次选择离开。幸好，韩信偶然结识了汉宰相萧何，其非凡的情怀和才智得到了萧何的赏识，爱才如命的萧何策马狂奔、月下直追，追回了韩信，留下了萧何月下追韩信的千古佳话。萧何一次又一次地向刘邦举荐韩信,终于得到了刘邦的赏识,被委任为三军统帅,为刘邦打天下、平天下。韩信也没辜负萧何的举荐和刘邦的信任,为汉高祖刘邦立下了无量天功。他明修栈道,暗度陈仓,以迅雷不及掩耳之势平定了三秦;他背水一战,插旗敌营,神一样地绝处逢生,灭掉了赵国;他先以沙围水做营,再破水决堤淹军,梦一样的吃掉了齐国;他围楚夜鼓,四面楚歌,以汉军的楚歌,击溃了楚军的军心,迫使楚王自刎乌江。就这样,韩信为汉王朝打下了江山,平定了天下,成为千古传颂的英雄人物。

二〇二一年五月的某一天,当我来到淮安市淮阴县码头镇的韩信鼓里时,落日的余晖,正在天边燃烧出非常美丽的云霞。那一团团泼上红墨似的火烧云,浓淡不均,稀稠不匀,把落霞点染出姹紫嫣红的层次美、次第美和参差美。古镇注定比远古繁华无数,但古镇的凌乱,却使我无端想起了韩信当年的落魄。胯下之辱的小桥已经不在了,只有一块石碑孤零零地躺在那里,像韩信当年丢失的脸面。韩信当年北上的那个码头也已经淹没了,只留下这条河。河流也注定不是昔日的模样了,现代的文明注定占领了它的宽广与辽阔、清澈与碧绿,但河流依然汤汤而流,那从远古诞生的一泓乳汁,依然源源不断地哺育着两岸的众生万物,就像韩信的故事与传说,岁月再地老天荒,韩信都和他的故事与传说生生不息,激励一代又一代的淮安人去闯天下、打天下、赢天下。

汉赋鼻祖枚乘、吴国宰相步骘、建安七子陈琳、晚唐宰相李钰、南宋抗金女将梁红玉、明代礼部尚书蔡昂、户部尚书金濂,太多太多的淮安人,名满天下,名垂青史。

这些淮安中国古代史上的先贤,我不能不要留些笔墨给吴承恩。这尊中国文学史上的菩萨,是生活在一个怎样的环境?怎样的家庭?他何以能够写出千古流传的《西游记》?《西游记》里有多少他的影子?他是那个牵马的孙悟空还是挑担的沙和尚?是那个拿着钉耙的天蓬元帅还是那个人人想吃的唐僧？

　　吴承恩的家真大啊！比北京的几十个四合院还大！房舍、庭院、楼阁、水榭、假山、回廊，花园、竹林、果木，天高地阔得可以来一场赛马。如此宽阔盛大的院落，只能说吴承恩出生在一个家境十分富裕的人家，过的是一种跟韩信天壤之别的生活。但是，生活的天壤之别，并不影响他们共同的情怀天下。当韩信为了改变命运而胸怀大志去从军天下时，吴承恩也没有安逸命运现状，也胸怀大志去闯天下。他从小就爱学习，博览群书，琴棋书画，样样精通；他从小就爱幻想，爱思考，群书里打开的一扇扇崭新的窗口，成了他渴望看到的更大的世界。于是，他也沿着故乡的河流，坐上远去的船只去南京参加乡试，只为自己的人生开挂和高光。可是，他却屡试不中，只能落寞地旅游、还乡，还乡、旅游，只能在一次次的期待里走天下、看天下、想天下。那些沿路活色生香的山水，那些沿路神奇浪漫的风物，不知安慰了他怎样伤感落寞的心？不知诱发了他怎样瑰丽神奇的幻想？更不知激发了他怎样翻云覆雨的灵感？以至于他创作出了一部天马行空的神来之作——《西游记》。这部以唐玄奘西行取经历史事件为触媒的小说，以天马行空的神思妙想幻化出了一个石头里蹦出的孙悟空、一个天上掉下来的猪八戒和一个人间真实的沙和尚，与长生不老的唐僧一道历经磨难西天取经的故事。在天马行空的神思妙想里，天上地下，凡界冥间都是那样诡异而可信，生动而传奇，使人大开眼界，大快朵颐。这淮安的吴承恩，就这样以幻想走遍了天下，以幻想创造了天下，以幻想赢得了天下。淮安的吴承恩，成了天下的吴承恩。

　　淮安出了个打天下的韩信、走天下的吴承恩，还出了个守天下的关天培。这个名叫关天培的民族英雄，是跟我湖南湘西老家两位民族英雄一样一脉相承、载入史册的民族英雄。出生行伍的关天培，虽然出身卑微，却位卑不敢忘忧国。他从故乡的水路走出去后，一路顺风顺水，被提拔为大清的广东水师提督。他训水师，固海防，护漕运，一生与水为伍，一生为国守护,直至献出自己的宝贵生命。道光年间,大清王朝的辉煌徐徐落幕,大清王朝的强盛也到处残花败柳,大清帝国的辉煌日落被大清腐败的黑幕严实蔽被时,大洋对岸的大英帝国却正是辉煌的日出。可恶的大英帝国以鸦片贸易撬开了大清帝国腐败的大门,太多的中国人因为鸦片而生灵涂炭,整个大清,都因为鸦片而形枯影瘦,奄奄一息。怨声载道中的大清,只好委任强烈反对鸦片贸易的林则徐为钦差大臣,来广东禁烟。同样对鸦片贸易深恶痛绝的广东水师提督关天培,主动请缨,出动水师,把大英帝国的鸦片收缴一空,随林则徐一道,把鸦片当众销毁,围观百姓拍手称快。这大灭了洋鬼子气焰的虎门销烟,却遭到了大英帝国的疯狂反扑。气急败坏的大英帝国,派了大批军舰和士兵杀往广东,以期报仇雪恨。关天培在前后无援的情况下,率400将士左冲右杀,殊死抵抗,最后与400将士全部战死在虎门炮台。关天培和400将士的鲜血与生命,并没有唤醒行将死去的大清,被吓破胆的大清,立即削了林则徐的职,撤防换将,示好大英。得胜而得意的大英,并没因此满足,而是趁势北上,直捣大清后背天津卫。这样,镇守天津卫的定海总兵、我的湘西老乡郑国鸿,拒绝听从腐败大清不抵抗的圣旨,也跟关天培一样亲自披挂上阵,守卫大沽口炮台,英勇牺牲。淮安和湘西的两位英雄,就这样隔空相望,隔海相守,同仇敌忾,共赴国难。酒泉下,他们一定相识相知,成了生死相依的战友,一定都在泉台招旧部,共护祖国好河山。

淮安大地上的民族英雄,远不止关天培这样彪炳史册的人物,还有很多无名的英烈。曾几何时,淮安是抗日战争和解放战争时期重要的根据地和解放区,是华中解放区的中心、苏皖边区的首府,中共中央华中局、新四军军部、中共中央华中分局、华中军区、苏皖边区政府等都曾驻扎淮安。无数的淮安儿女,跟着共产党领导的人民军队抗击日本侵略者、消灭国民党反动派,为中国人民的解放事业做出了巨大牺牲。中华民族的大地,正是因为一群又一群人生命的牺牲,才寸土不丢、万物复苏,才这样春色满园、富饶美丽。伟大的中国,正是因为一群又一群人生命的守护,才太平盛世、盛世太平。

在淮安,更有一位全中国爱戴、全世界敬仰的伟人,那就是我们敬爱的周恩来总理。

想起周总理,我就想起一首歌:

把所有的心装进你心里,在你的胸前写下,你是这样的人。

把所有的爱握在你手中,用你的眼睛诉说,你是这样的人。

把所有的伤痛藏在你身上,用你的微笑回答,你是这样的人。

不能不想,不能不问,真心有多重,爱有多深。

把所有的生命归还世界,人们在心里呼唤,你是这样的人。

这首献给周总理的最深情的歌,是对周总理最深切的怀念、最深重的爱,也是对周总理最真实的写照。

周恩来在淮安度过了他整个童年和半个少年,尽管家境殷实,家底丰厚,却从不娇生惯养、养尊处优,打水,种菜,浇地,煮饭,什么都做。当生母、嗣母相继去世、父亲远在外边闯荡时,小小年纪的周恩来又独自担负起了家庭的重担,懂得了生活的艰辛和不易, 也懂得了底层的艰辛和不易。十二岁时,年少的周恩来从运河边乘船而上,远离家乡,来到伯父身边读书。伯父供职的沈阳,那时已经沦为半殖民地了,到处是洋场和洋租界。伯父嘱咐他不要到洋租界去玩儿,周总理不解,问为什么? 伯父说,中华不振。似懂非懂的周恩来不太明白伯父这句话的含义,想,为什么中国人的地盘洋人占着? 为什么洋人可以自由进出,中国人却不能? 于是,他跟几个同学闯进租界, 想看过究竟。正碰上一个妇女的亲人被洋人碾死扬长而去,中国巡警却不敢管不敢问,周总理便明白了中华不振的含义。于是,当老师在修身课上问同学们为什么要读书时,周恩来斩钉截铁地说:为中华崛起而读书!

小小的年纪,就装了一个大大的天下!

之后，周恩来为了中华崛起，远涉重洋，分别到日本、欧洲求学，寻求救国救民的真理，认识和了解了马克思主义，并加入了中国共产党。回国后，义无反顾地从事中国革命，领导中国革命，成为中国共产党的卓越领导人和中华人民共和国总理。身为总理，他一辈子为国为民呕心沥血，一辈子廉洁奉公两袖清风，一辈子光明磊落忠诚担当，一辈子慈悲为爱天下为怀，履行了自己鞠躬尽瘁、死而后已的诺言，赢得了全中国人民发自内心的爱戴和全世界人民发自内心的敬重。不说别的，就说他每天因为工作都只能睡上三四个小时，铁打的身子，都疲惫瘦弱得让人心疼。不说别的，就说他的十条家风家规，每一条都高悬着明镜又透溢着人情，让人觉得周总理既是情深义重的亲人又是神圣不可侵犯的神明。他去世时，北京十里长街送总理的感人场面；他去世后，人们年年月月的追忆与相思，都证明了心里装着天下的人，天下一定会装着他！而外国政要对周总理的评价，更是说明了这一点。联合国前秘书长哈马舍尔德于一九五五年在北京会见过周总理后说："与周恩来相比，我们简直就是野蛮人。"美国前总统尼克松说："中国如果没有毛泽东就可能不会燃起革命之火；如果没有周恩来，就会烧成灰烬。"印度尼西亚前总统苏加诺说："毛主席真幸运，有周恩来这样一位总理，我要是有周恩来这样一位总理就好了。"肯尼迪夫人杰奎琳说："全世界我只崇拜一个人，那就是周恩来。"俗话说，桃李不言，下自成蹊，外国政要对周总理的高度评价，也说明了一点：以德服人，德行天下；一个心里爱着天下的人，天下也一定会爱他！

在周恩来总理故居里，那32间瓦房还完整地保留着，周总理种过的菜地里还长着茄子、辣椒等碧绿的蔬菜，周总理栽下的榆树已经挺拔粗壮、高耸入云，那口古井的水依然清澈透亮，仿佛还映照着周总理童年少年打水的身影，那棵古老的观音柳，还依然四季常绿着，看身旁的石榴夏天绽放灿烂的花朵，听隔墙的蜡梅雪地里吐露芬芳。而周总理那封恳请淮安县委不要保护和修缮他的旧居、不要把住在他旧居里的乡亲搬迁出来、不要组织人们去旧居参观的信件，则静静地躺在橱窗一角，散发着人格的馨香和光芒。按理，上级给下级都是指示，用词都是"要怎么怎么"，"不准怎么怎么"，而周总理给淮安县委的信用词却是"请求"，而且是两次为此写信，两次为此请求，这是怎样的一种谦逊和慈悲？是怎样的一种人格和品格？

所以，当我走进周总理故居时，我就会自然而然地想起那首歌，想起那首《你就是这样的人》。想起那首《你就是这样的人》，我就自然而然想起周总理。想起周总理，我就自然而然地想起淮安。想起淮安，我就自然而然地想起淮安的漕运、河运是怎样的通天下、达天下，想起淮安的韩信是怎样的打天下、平天下，想起淮安的吴承恩是怎样的看天下、走天下，想起淮安的关天培是怎样的守天下、护天下，当然，更想起的是我们敬爱的周总理是怎样的治天下、装天下、赢天下。

所以，我想说，淮安是天下的淮安，是天下唯淮、胸怀天下的淮安。

皋陶，一个人的四千年

◎ 刘汉俊

故事从舜开始讲起吧。但是这个故事实在不好讲。

话说舜是尧帝亲自物色的接班人。尧帝把帝位禅让给平民出身、历尽磨难的舜。后来，舜帝又把帝位禅让给了禹。这是中国古代两次最伟大的政治事件，确立了中国政治在继承人问题上的高峰。

关于尧帝、舜帝、禹帝的故事，《尚书》里有描述。这部书能成形并流传于世，功劳当推孔子。孔子编纂《尚书》之前，书中各篇已散见，是由历代史官撰写的，孔子进行了润色修改整理，是集大成者。《尚书》里收录了一篇《尧典》，记录的是尧和舜的故事。《尧典》成于何时？有人认为是西周时期，有人认为是战国时期，有人认为是秦汉时期。《尧典》篇中讲述尧的故事发生在什么年代？名家各执一言，法国人卑奥根据前人对《尧典》里"四仲中星"天象的解释，推论尧的时期应为公元前二三五七年，即4300多年前。

如果此说成立，舜的时期就在这之后不久了。

从尧帝说起是为了引出舜帝。

舜生于姚墟，往上五世祖都是平民，自小历尽磨难却能以善处世，曾辛勤耕耘于历山，渔猎于雷泽，制陶于黄河之滨，在寿丘制作生活杂品，在顿丘、负夏一带经商。从这些经历不难看出舜有着丰富的生活积累。尽管身处底层，但舜的品德高尚，受人尊敬，他走到哪里，哪里就停止纷争，哪里就谦和相处，哪里就兴盛发达。后来，舜就被尧当作帝的人选来考察培养。

从舜帝说起是为了引出皋陶。在这里，"皋陶"二字读 gāoyáo（音高姚）。

皋陶的言论，在没有发现商代以前文字的情况下，是没有记录的，但口口相传的歌谣传说是最好的记载。孔子整理的《尚书》中，有三处辑录了皋陶的言论，一处是今文《尚书》中收录的《虞书·尧典》，一处是今文《尚书》中收录的《虞书·皋陶谟》，一处是古文《尚书》中收录的《虞书·大禹谟》。其中内容是从传说中梳理而成的。

中华民族是一个很有品质的民族，没有高德的圣君贤王是不能千古流芳的，能令世世代代缅怀的屈指能数。

皋陶就是其中一位。

舜的第一次全会

正月初一，吉日良辰，舜帝登临太庙。他深情地凝视天上的北斗，君临天下，环视四方。

三十一年前的今天，太庙还是那座太庙，北斗还是那方北斗，尧帝把帝位禅让给他。二十八年的摄政经历，三年为尧帝守丧的静悟，舜帝觉得该有一番作为了。

回想尧帝的恩德，舜恭谨不已。自己本是一个瞎子乐官之子，父亲心术不正，母亲喜欢说谎，弟弟态度傲慢，一家人对自己不亲不爱，还常常刁难，处境困苦，好在自己不计较不自馁，以美德孝行感化他们。尧帝听说后，派人来考察，还以两个女儿相许，以进一步考察自己的德行，看看能否堪当大任。尧帝让舜以父义、母慈、兄友、弟恭、子孝"五德"教化民众，让舜行使总理百官事务的权力，让舜在明堂的四门接待四方诸侯听取意见，还让舜到茂密的山林里，在雷电交加的考验中而不迷失方向。经过三年的考察，"光被四表，格于上下"的尧帝决定把坐了七十年的天子大位禅让于舜。舜自忖："我何德何能，受此大恩大德啊？"他坚辞不就，无奈尧帝信任有加，美意难却。

回想隆重的禅让大典上，恢弘的尧乐《咸池》回响于天地之间，在尧帝的主持下，舜虔诚地祭拜上天，祭祀天地四时、山川诸神，开始行使帝权。从第二个月起，舜帝就开始到东方巡视，祭祀东岳泰山，协调了日月四时，统一了音律和度量衡，制定了礼仪规范、礼物规定等。之后，又南巡到南岳衡山，西巡到西岳华山，北巡到北岳恒山。最后回到尧帝太庙，设礼向尧帝报告。可谓风尘仆仆，殚精竭虑。

回想三十多年来，舜帝励精图治、克勤克俭，不敢有失尧帝的重托。他把全国划分成十二个州，封十二座山设祭坛，疏通河道，以畅其流。他每五年把全国巡视一遍，让四方诸侯分别集中到四岳来汇报工作，舜帝借此检视诸侯的政绩得失，论功行赏。为整饬社会，舜帝设立了刑罚，以警诫人民，又告诫刑官要谨慎用刑。他整肃吏治，把阳奉阴违、阿谀奉承的共工流放到幽州，把与共工沆瀣一气、相互吹捧的驩兜流放到崇山，把犯上作乱的三苗驱逐到三危，把违法乱纪、为害四方、治水九年而无功的鲧流放到羽山。处置了这四大罪人，民众心悦诚服，拍手称快。

此刻，《韶》乐袅袅，日照朗朗。舜帝决定在太庙与四方诸侯君长谋划国事。他命人打开明堂的四门，以倾听四方声音，明察四方政务。冀州、兖州、青州、徐州、荆州、扬州、豫州、梁州、雍州、幽州、并州、营州的君长们肃穆以侍。

"啊，十二州的君长们！"舜帝说，"我召你们来，是要讨论天下发展的长计啊。生产衣食必须遵守时节，这是老百姓的根本利益，你们要安抚远方的臣民，爱护近处的臣民，厚德行，任善良，拒绝那些邪佞之人，只有这样，边远外族的人才能臣服于你们。"

众君长点头称是。

舜帝目光逡巡四周，关切地询问道："四方诸侯们啊，你们有谁能够总理国家事务，率领百官勤奋敬业、奋发努力，有序有效地工作，光大先帝的基业呢？"

"禹可以啊，他担任治理水土的任务，干得很好！"

"禹治水有功，有统率百官的才能。请帝明察善任！"

各方诸侯众口一词。

舜帝点点头，赞许地看着禹。

见此情形，禹顿感诚惶诚恐，赶紧叩头拜谢，连声说："帝啊，稷、契、皋陶三人比我有德才，还是让他们来吧！"舜帝慈祥地说："禹啊，你的态度很好，但还是你来干吧！"

舜帝把目光停留在稷身上，说："稷啊，百姓饥馑，你负责社稷事务，主抓农业，教人们播种各种谷物吧！"然后转向契，说，"契啊，现在百姓不亲，人伦关系不顺，你任司徒，负责对民众进行道德五常的教育吧，注意要以宽厚为本噢。"

说罢，舜帝长时间注视皋陶，这位尧帝时期就担任理官的贤臣，端坐前排，恭敬地仰视舜帝。

舜帝语重心长地说："皋陶啊，南方外族部落经常来侵扰我华夏之地，杀人抢劫无恶不作，希望你来担任司法官，依法管理社会，好不好？你可以依法管事，在野、朝、市三种场合使用墨、劓、剕、宫、大辟等五种刑罚惩处有罪之人，按五种罪行把罪犯流放到三类地方。要明断是非，维护公允，让百姓信服啊！"

皋陶俯首领命。

于是，中国古代历史上第一个大法官皋陶，就这样出场了。

接着，舜帝又给垂、益、伯夷、夔、龙等二十二位大臣一一安排职责，要求众臣各司其职，恪尽其守。舜帝还颁布了奖惩办法。

这次会议，十二位封疆大吏到齐了，二十二位朝廷大臣到齐了，还现场推选任命了"总理大臣、大法官、农业大臣、教育大臣"等。

舜有五臣而天下治。禹、稷、契、皋陶、伯益这五臣悉数齐聚，帝臣共同研究制定了天下发展战略,选贤任能了一批干部,体现了民主集中制。

天下渐渐兴旺起来。

这是中国远古时期一次何等重要的会议!

没有这次会议,皋陶还如囊中之锥,难以脱颖而出。

舜的皋陶

英雄当生逢其时,舜帝的知人善任,给了皋陶一个舞台。四千年前的另一场高层闭门会议,则给了皋陶一个独舞的机会。

这次会议上皋陶的德政思想、法治思想、民本思想一一展示,凝成了千古经典。会议的主要出席人是三位:舜、禹、皋陶。一位是天下大帝,一位是百官总理,一位是司法重臣。

舜帝让皋陶首先发言。皋陶说:"舜帝啊,禹啊,我讲三个问题——

"第一,关于以德治国。先帝尧帝圣明,确立了许多道德标准,后世当继承光大尧帝的传统,诚实地推行德政,决策谋略要明智,百官要团结和谐、同心同德。"

禹插话说:"所言极是,但是如何才能做到这样呢?"

皋陶回答说:"舜帝圣明,关键在统治者自己,首先要自修其身,有高尚的道德。

"哪些道德要求呢?我以为,为官者要遵循'九德':一是宽而栗,即既宽宏又有原则;二是柔而立,即既温良又有主见;三是愿而恭,即既谨慎又庄重;四是乱而敬,即既有才干又认真;五是扰而毅,即既善听意见又果敢;六是直而温,即既正直又不傲慢;七是简而廉,即既宏大又简约;八是刚而塞,即既刚正又不鲁莽;九是强而义,即既强勇又正义。

"君王如果能做到这九德,就能处理好天下大事;能做到其中三德的人,就能做卿大夫了;能做到其中六德的人,就能当诸侯了。

"所有官位无论大小都是上天安排的,众官都要兢兢业业不懈怠。按照这些道德来谨慎修身、坚持不懈,功业就可以建成了。

"舜帝啊,我以为,要亲近九族,这是我们部落形成的亲缘关系,是联盟中最核心的部落,是我们赖以存在的基本力量和核心骨干。厚待他们,使他们贤明起来,辅佐我们一同治理国家,然后由近及远,影响其他所有的人。

"舜帝啊,禹啊,我要谈的第二个问题,是关于依法治国。

"舜帝啊,您让臣负责刑罚、监狱、法治,帝命在身,臣一定当好这个司法长官。臣以为,法是协调人际关系的规则,天秩有礼、天命有德、天讨有罪,是上天规定了人伦秩序,父义、母慈、兄友、弟恭、子孝,君臣之间和衷共济、互相恭敬、团结一致。上天还用天子、诸侯、大夫、士人、庶人五等服装来彰显不同德行,又用五种刑罚惩治五种罪人。

"还有,我们要建立一个最重要的治国理政理念,那就是要德与法相结合啊!"

舜帝闻言,频频颔首。

"臣的这些话,是顺从天意的,应该可行啊!"皋陶说。

禹附和道:"您的这些话的确可行,而且一定能取得实际成效。"

皋陶谦虚地说:"其实臣什么也不懂,只不过是整日想着协助帝王治理国家,不辱使命罢了。"

舜帝、禹都点头,敬重地望着皋陶。那张脸,色如削瓜。几分坚毅,几分自信。

"臣想谈的第三点,是关于以民为本。

"臣以为,治国理政,关键是把臣民治理好。要安民,得让百姓得实惠,他们就会把帝的恩惠记在心里。

"上天听取意见、观察问题,都是从百姓中听到的、看到的。上天褒扬好人、惩罚坏人,也是根据民意来进行的。所以说,上天与下民是通达的,只有敬畏民意,才能保住疆土啊!"

听罢，舜帝若有所思："禹啊，你认为呢？"

禹顺着皋陶的思路，谈了自己带领民众治理滔天洪水的过程，讲了自己如何教民播种百谷的故事，应验了皋陶的说法。皋陶对禹的作为表示了由衷的赞叹。

会议结束，舜帝感慨万千地对禹和皋陶说："像你们这样正直能干的大臣，是我的左膀右臂。我要治理好天下，需要像你们这样的助手。让我们紧紧地团结起来，为民造福吧。"

君臣一干人豪情万丈，作歌唱和。乐官夔命人演奏乐器，《韶》乐响起九遍，百官相互揖让，并肩坐下欣赏，百鸟起舞，凤凰双飞，景象吉祥。

舜帝唱道："敕天之命，惟时惟几。""股肱喜哉！元首起哉！百工熙哉！"意思是，"遵照上天的命令行事，时时事事都要谨慎恭敬""大臣们欢愉啊，君王的事业就发达，百官们就精神振作啊！"

皋陶受到感染，拱手叩首道："舜帝的教导啊铭记在心，君王做表率啊万事将兴，慎重行事，遵守法度，不断反省自己啊就能修炼成功。"

皋陶登上歌台，唱道："元首明哉，股肱良哉，庶事康哉。""元首丛脞哉，股肱惰哉，万事堕哉。"意思是君王神明啊，大臣贤德，才有万事安宁；君王如果琐碎了，大臣们懒惰了，万事一定颓废！

圣坛下，一片和声。

舜帝点头称赞，行礼答谢。群臣或歌或舞，或吟或诵，一派歌舞升平、政通人和的吉相。

禹的皋陶

舜帝九十岁那天，把禹和皋陶召到跟前。舜帝说："禹啊，我在天子之位已经三十三年了，而今是耄耋之人，精力不济，难以勤政。而你不懒惰、不懈怠，你来接我的天子之位吧，率领百官，把天下治理好！"

禹推让说，我的德行还当不起如此重任，怕人民不服啊，"让皋陶来吧,他勤勤恳恳,德高政显,民众都感恩戴德,您把帝位给他吧!"

舜帝欣赏地望着二让其位的禹,想到禹总理文武百官以来,治理山川河流有功,管理稼穑万物有方,呈现了地平天成的喜悦景象,官僚机构六府三事也井井有条,为长治久安万世太平打下了基础,表现出杰出的德才。舜相信自己的判断:天下若得此贤明之人,何愁不治!

但是,明君也须贤臣助。舜要为禹选一位好助手。他把目光转向那张色如削瓜的脸。

"皋陶啊,我任命你当法官以来,干得不错,臣民们没有闹事,是因为你彰明五刑,推广五常教育,德、法结合非常有效。施刑是为了无刑,民众和睦。这是你的功劳,做得很好啊!"

皋陶躬身作谢:"舜帝啊,那是因为您的大德大恩、弘德无边啊。简约治民,宽厚民众,实施刑罚不株连他们的子孙,而论功行赏却惠及他们的后代;宽待人的过错失误,不论他的过失有多大;处罚人的故意犯罪,不管他的罪责有多小;追究人的罪责有疑虑时从轻发落,奖励人的功劳有疑虑时宁可从重行赏。与其错杀没有罪的人,宁可自己陷于不善管理的责怪。您爱护臣民的生命,合民意,得民心,所以人民就不冒犯国家的管理。这都是您的功德啊!"

舜帝听得耳顺,圣心满满,说:"假如说我能够遵从人民的意愿来管理国家,像风一样鼓动四方的人民,都是因为你的美德啊!"

那年正月初一的早晨,禹在尧庙接受了舜的任命,像当年舜受命于尧一样。皋陶和其他百官受命辅佐帝禹。

当年禹受舜之命治理江淮水患时,婚娶三天就出发了,后来因任务繁重过家门而没有回家。孩子出生了,禹也没有顾得上回家看一眼。由于兢兢业业地治水,业绩明显,赢得上上下下的称赞。

皋陶由此对禹的德行由衷地敬佩,他到了禹治水的地方,召集当地民众,说:"长者们啊,贤人们啊,禹做的事是关系你们生命财产的大事,你们要支持他,服从禹的领导啊!""你们要不听禹的话,不支持他治水,作为法官,我会用刑法来惩罚你们的。"

在皋陶的支持下,禹取得了治水的丰功伟绩,舜帝的圣德也就彰显出来,得到民众的拥戴。

如今,皋陶决心全力辅佐帝禹,创造和制定一系列德治与法治的条文,以达到天下大治、天下兴旺的目的。

皋陶奉行先帝尧确立的道德标准,制定出现实社会的行为规范。为让天下民众遵从道德礼仪,皋陶强调天人合一,主张"天命有德""天讨有罪"。同时还告诫帝王臣民要修身、明德、敬天、慎罚和安民,遵循天道、自然之理。

皋陶设计的法律制度强调司法公正与审慎司法,层次严谨、逻辑严密,严而不酷,疏而不漏,在社会上推广效果很好。

皋陶还做了两件事。

第一件事,他把经过周密思考、严密论证的法律条文,归纳成《狱典》,刻在树皮上,呈给帝禹审阅,禹看后觉得很好,就让皋陶实施。中国古代第一部法律文书《狱典》就诞生了。

第二件事,他发明了一种办案的方法:在大堂中供奉一只独角兽獬豸,一旦发现谁有罪,独角兽就用独角顶撞谁,十分灵验。"獬豸断狱"体现了皋陶铁面无私、秉公执法、断案如神,更彰显出司法公正、社会公平是皋陶司法的终极目标。

"皋陶制典""獬豸断狱"成为中国历史上依法治国的经典。

皋陶辅佐尧、舜、禹三帝,克己奉公,呕心沥血,为天下大治、万民和谐立下汗马功劳。

正当禹帝想第三次举贤于皋陶,把皋陶作为帝位继承人时,皋陶却因积劳成疾病逝,终年一百零六岁。

皋陶的四千年

历史长河浩浩荡荡,思想峰峦苍苍泱泱。

回望中国的古代思想史,2500 年历史须看孔子,4000 年历史当看皋陶。皋陶,是中国第一个思想高峰。

皋陶勤王有功,德高望重,虽然没能最终登上帝位,但后世把他与尧、舜、禹一同并列为"上古四圣"。东汉时期的思想家王充把皋陶与"五帝、三王、孔子"并称为"人之圣也"。

中国历史上,皋陶是唯一被誉为"圣臣"的人。皋陶之所以为"圣",是因为他的思想。

皋陶生活的尧舜禹时代,是中国原始社会的晚期,天下无序,部落林立,有"万国"之喻。信仰习俗不一,苍生无范,蒙昧混沌。他制定的"五教""五礼""五刑""九德""九族",规范了部落之间和部落内部的政治、经济、文化的秩序,形成了新的联盟制度和文化形态,并固化为治世方略。

皋陶的这些动作,为融合夷夏关系,形成华夏民族,产生国家形态,奠定了原始的基础。人类社会秩序拨乱为正的归顺者、社会阶层框架的创立者。这是先秦社会的第一次政治和社会改革。

皋陶是中华文明曙色中的第一轮朝阳。

我们可以给皋陶这样一个评价:他是中国有文字记载以来第一位政治家、思想家、法学家,是思想家辅佐政治家模式的开启者,是中国上古时期政治文化的拓荒者,是中国四千多年来依法治国和以德治国的首倡者,是中华文化儒家思想和法家思想的首创者,是古代治国理政思想,尤其是民本思想的开源者。他创造了中国先秦时期政治文化史上的诸多第一。

譬如,皋陶是中国古代民本思想的贡献者。作为辅佐过三代君王的重臣,皋陶有着深深的民本情怀,主张明刑弼教、以化万民,强调既要治民、管民、驭民,又要重民、安民、爱民、惠民,关注民生,听取民意,这些理念成为中国古代民本思想的起源。孟子"民贵君轻"的思想即来源于皋陶的"天聪明,自我民聪明"。

譬如,皋陶是中国古代儒家思想的创立者。用系统的道德理念约束人的行为,用完备的礼仪制度规范社会秩序,从德行中引申出仁政,从礼制中提炼出法治,这是皋陶的贡献。君德、臣贤,方能民安、世治。儒家思想的核心,就是一个字:"仁"。正是因为皋陶对仁政的提炼与倡行,才有了《尚书》所说"德自舜明"、《史记》所说"天下明德皆自虞舜始"的局面。皋陶的思想被孔子继承和发扬光大,成为儒家理论学说乃至中国古代封建王朝治国理政思想的基础。

譬如,皋陶是中国古代哲学思想的奠基者。他提出了不以人的意志而存在、为转移的"天意"。实际上是我们现在说的客观规律,这一伟大的发现,标志着中国先圣先民对自然规律的探索,以及对社会运动规律和人类发展规律的认识,因而具有哲学意义上的思想革命。尽管皋陶没有直接指出司法运行与四季变化之间的关系,但可以从他的言论中提炼出"天人合一""德配天地"的观念,这成为汉儒董仲舒"天人感应"思想的理论基础。

譬如,皋陶是中国古代法治思想的先行者。他是中华法系的开山鼻祖,面对上古时期的自然异象环生、社会混沌无序,怎样才能让社会和谐稳定、有序发展?他兴"五教"、定"五礼"、创"五刑"、立"九德"、亲"九族",建立了上古社会最早的纲纪,划定了中国社会最早的人际关系原则和行为规范,规整了天人关系、神君关系、君臣关系、臣民关系等,从此天下有"法"可循。皋陶的伟大之处,还在于他看到了法治与德治相结合,法治思想必须体现人道主义、民本思想的道理;看到了于法周延、于事简便、重在执法的道理。"皋陶制典""獬豸断狱"的故事,体现了皋陶对公正司法与秉公执法的理解。皋陶天生一副法官相。荀子在《非相》中描述"皋陶之状,色如削瓜",一个面色青绿的法官形象跃然而出,这正是"铁面无私"的由来。作为一个司法文化符号,皋陶被自古以来的监狱奉为狱神,建庙造像以祭,狱吏和犯人都要顶礼膜拜。宋代的《泊宅篇》里记载:"今州县狱皆立皋陶庙,以时祀之。"皋陶也因此被称为中国的"司法鼻祖"。

皋陶是中国历史上第一位思想家、政治家。他的立言、立功、立德表现在治国理政的嘉言、良法、善政,对司法制度和政治文化的开拓。他的贡献功在当时、利在千秋,主导了中华民族文化的发展走向,奠定了华夏文明基本框架的最初范式。他留下了思想,留下了业绩,也留下了口碑,为世代政治家、思想家所景仰,成为圣贤形象的重要代表和主要角色之一。除了本文所引用的《尚书》,还有《史记》的《五帝本纪》《夏本纪》、儒家经典《荀子》、道家经典《淮南子》、佛家经典《牟子理惑论》,春秋时期《左传》、唐代《后汉书》、清代监狱管理著作《提牢备考》等也都有相关记载。

爱国诗人屈原在《离骚》中称赞皋陶:"汤禹严而求合兮,挚咎繇而能调。"挚是伊尹、汤的贤相,咎繇即是皋陶,意思是,成汤和夏禹都能和帮助自己治理天下的人志同道合,伊尹和皋陶也能和他们的君主和衷共济。应该说,这是屈原所憧憬的政治局面。孔子说:"舜有天下,选于众,举皋陶,不仁者远矣。"孟子称赞皋陶说:"尧以不得舜为己忧,舜以不得禹、皋陶为己忧。"这些论述说明了皋陶仁政思想对孔孟思想的影响。

无有皋陶,何来孔孟!

关于皋陶的故事仿佛是讲完了,但的确晦涩难懂。史料就是这样晦涩,历史就是这样难懂。

混沌初开的历史天空,皋陶是第一颗启明星。

一位面色如削瓜的先圣,屹立在历史先河遥远的源头。他像一尊文化符号,历经 4000 多年风尘的磨洗依稀泛亮,身后的长河汩汩滔滔,两岸葱茏……

童年野趣留乡愁

◎ 侯志明

有人终其一生要努力挣脱的事,有人会花大量的钱财去追逐;
同一件事,对有的人是无奈,而对有的人则是浪漫。

——题记

所谓乡愁,应该是以童年的记忆为主吧,而记忆的组成一定有野趣、苦涩和艰辛,也一定有快乐!

我出生在乌兰察布草原一个半农半牧的家庭里。荒漠半荒漠的草原禀赋,决定了所有植物动物和所有生命的生长方式及姿态。当它们没有足够的能力选择和改变时,它们必须用所有的精力来适应,物竞天择,适者生存,努力不要被淘汰。

上高中前,也就十五六岁时,我在缓慢的成长过程中,已经渐渐学会了做农牧民要做的大多数活儿。比如放马放牛,放猪放羊;扶犁耕地,种地收割,骑马驾车;我甚至学会了杀猪宰羊,剥皮剔骨,刮肠子倒肚子。那时还没有拿到初中的文凭。

大约是十一岁时的一个暑假,父亲把我送到一个姓郝的皮匠手里,希望我能学点儿手艺。在这个偏僻如隐居、封闭如隔世的贫穷地方,也曾读了一点儿书、识得几个字的父亲虽然很重视孩子们的读书,但也不得不做"两手准备"——万一读书不成,好有个谋生的"伎俩"。我大概只待了三天,有一天中午,趁人不备,偷偷用刀在自己的手上划了一个小口子,然后就哭着逃了出来。

那个年代，农村还没有改革，还没有包产到户，仍是大集体。所有集体的事，家家有任务，娃娃也不例外。

我逃离了臭烘烘的皮匠坊，却逃不脱摆在面前的种种苦力活儿。贫穷的家庭养不起一张吃闲饭（不干活儿只吃饭）的嘴，哪怕他才仅仅十来岁。面对这些苦活儿，我唯一能做的是靠自己精瘦的"智慧"在众多的活儿里选择最不苦和好玩的活儿，而且我成功了。今天看来，我实在是"聪明"得很。

每年暑期，正是塞北作物收割的季节，拔麦子、割莜麦、挖土豆都是苦力活儿中的苦力活儿，这时也是一年四季最热的季节。为了逃脱这些苦力活儿，同时为了过骑马的瘾、好玩的瘾，我和另一个同伴就去说服生产队队长，把放马放牛的活儿给我们，让原来的牛倌马倌去地里干更苦的活儿。队长抠抠脑袋，可能觉得两个娃娃可以顶替两个大人巨划算，也就在疑虑中答应了。所以，从八九岁起，我就开始了断断续续的放马、放牛、放羊的童年生活。之所以说断断续续，是因为仅限于暑期。当时的生产队只有四五十匹牛马、两百来只羊。

当年的放牛放马，也确实是生产队最俏最轻松的营生。

生产队的牛马，除了冬天之外，平时都圈在两个土坯围起的围墙里。有时候牛马是分开的，有时候又是混在一起的。每天早晨出群，中午回来饮水休息，下午两点多再出去，太阳落山后回来。

当了牛马倌，第一好处就是自己可以选择一匹坐骑，没有坐骑追赶不上其他的牛马。坐骑的背上要捆扎一条羊毛擀的毡子。一是当马鞍用，使骑马的人尽量舒适；二是下雨挡雨，冷冻防寒，穿在身上像斗篷，铺开的功能大致如今天驴友们的帐篷。还有一件东西，就是一根鞭子，鞭子是由鞭杆和鞭梢组成的。鞭杆大约八十厘米长，材质要好，还要打磨光滑。鞭梢是牛皮拧成的，上粗下细，有长有短，长的有四五米吧。不知道是不是为了打得响亮、打得疼、打得狠,鞭子的末梢还要接上一种更细更结实的"道梢"(当地语)。我八九岁时就会挥动长鞭,不但打得清脆响亮,还打得准,可以在四五米远的地方,准确打死一只小小的蚂蚱。放牧,鞭子摔不响,似乎也压不住阵,因此,每次出场,都要把鞭子摔得震天响。回来也要脆生生地摔几下,让人们知道:我回来了。

　　骑马对一个内蒙古草原的男人来讲,是必修的科目,我在八九岁就可以独自骑马了。我们小孩子骑马是从来不需要什么鞍、鞴等装备的,即使有,大人们也不会让我们用,理由是为了安全(当然也有舍不得和怕弄坏的意思)。我们只需有个缰绳,就个高台一跃而上,信马由缰。尤其是几个小伙伴相约比赛,那真是策马扬鞭、四蹄生风、好不威武,真有草原英雄的感觉。因为人小分量轻,腿短夹不住,经常会从马背上摔下来,也因为没有鞍鞴等羁绊,人会掉得利索,不会被马拖行而受伤。我是屡掉屡骑,骑到屁股出血,不能坐行,只能躺着。这对一个想学会骑马的人是必须的历练,否则是成不了骑手的。这也是童年最深的记忆,最大的快乐。

　　在野外,我们有时候会逮一头一岁多的小牛或小马驹来骑,为此,常常会跌得鼻青、脸肿、腿瘸。这是孩子们的常事,大人们也很少过问责怪。

　　塞北的草原既辽阔而深邃,又遍布山峦沟壑,其中隐藏着多少秘密,我至今难以说清。

　　放牧之余,我们经常在草丛里、河沿边、崖缝中寻鸟窝和捡鸟蛋。鸟类虽然不同,但窝大体是一致的,都是安在可以遮风挡雨的石板下、悬崖缝、树木边、蒿草里。窝有大有小,但都是圆形的,外边由较粗的树枝编织,里面是柔而细的草木,有的鸟在细软的草木上还要垫一层羽毛。那时生态好,鸟类多,常有不期之遇。我遇到过的鸟窝最多的有十几枚蛋,最少的也有四枚,而且很少有单数。也遇到过已经出壳的小鸟,待在窝里睡觉,听见响动便会一挺一挺地爬起来,张开红红的嘴,等待食物。也遇到过正在孵化的。而我们寻找的是还没来得及孵化的。怎么辨认孵化没孵化?你可以用拇指和食指捏起一枚鸟蛋，手搭凉棚，冲着太阳，闭一只眼观察。如果里面发黑了，那就一定是孵化有日了。如果是清澈的，那就是没有孵化的，这时我们会摘下帽子，全部拿走。我们在做这些时，总会看到有鸟在身边飞来飞去并叽叽喳喳地叫个不停。是啊，毕竟鸟的一个窝就像人的一个家，推人及鸟，这种做法也是很残忍的。

　　进入秋季，牛马的活儿逐渐多了起来。白天，耕地、拉脚、碾场持续进行，牛马吃草的时间基本被"工作"挤占，晚上赶着牛马吃夜草就成了必须。我十岁多一点儿就独自一人在夜间放牧。有一次，把牛马赶到坡上后下起了雨，我就裹了雨毡在一个地垄里躲起来，没想到太困了，居然睡着了，天快亮我醒来时，发现身边没有一匹牛马。可以想见我急成什么样子。好在先辈的智慧总能在关键时刻帮我渡过难关，他们很早就发明了给爱偷跑的牛马戴上一个铃铛的土法。夜深人静，声音分外响亮。我静静地听了一会儿，便循声找到了我的牛马。但事情还是发生了，虽然牛马找回了，却吃了邻村的庄稼，第二天便有人找上门来。好在是乡里乡亲，赔个不是也就拉倒了。

　　在我所有放过的牲口里，猪是最容易放的。赶山村，圈到一个河湾里，最好是有水或潮湿的地方，它们就会拱出一片地，倒头大睡，从不乱跑乱闹。羊最不好放，它们一出群，就从不停歇，一边吃一边走，从早到晚。一个牧羊人一天至少要走上十几公里，没有一个好身板，几乎难以胜任。

　　在轻风吹拂、绿草如茵、小河蜿蜒、百鸟飞翔的无垠草原上，白日里，我经常躺在草地上，头枕双手，看湛蓝的天空上朵朵白云飘过。看着看着，会把自己想象成孙悟空，威风凛凛作福花果山，腾云驾雾大闹蟠桃园；夜晚间，又总爱靠在大石旁或敖包下，裹紧雨披，托着下巴，盯住月亮，想象嫦娥如何广袖长舒，何时重回人间。

　　蓝天和大地，虽然人的生命须臾不能离开，但我从来没有像童年时那样亲近过。

放牧其实是孤独和寂寞的,你可能一天也找不到一个说话的对象。而过于孤独寂寞,如果不能把你变成一个傻子,就有可能把你变成一个有"怪癖"的人。就在那些年,我产生了观察蚂蚁劳动的爱好。我把那些大大小小的黑蚂蚁、白蚂蚁、红蚂蚁一律称作黑军、白军、红军,看它们如何从洞中用嘴含出一粒粒土,整齐有序地垒在洞口;看它们如何协作,将一只比自己大几十倍的昆虫从很远处搬到"家"门口;看它们如何保护晶莹剔透的、白色的蛋;看它们如何在大雨来临前,将自己的"家门"(洞口)堵得严严实实。看这些仿佛看一部彩色电影,入戏深时甚至亲自参与动手帮忙,痴迷地忘了牛马倌的职责,直至惹出祸来,被人喊醒。

　　蚯蚓也常常吸引我的注意。一位北京的知青,大概是一位昆虫爱好者,他曾做过我的小学老师,给我们讲过蚯蚓的故事,让我知道蚯蚓不但是少有的雌雄一体的昆虫,而且它们非常胆小,对赖以生存的土地的敏感近乎有特异功能,即使小小的地震和地表的震动,也绝对会使它们破土而出来到地面。有很多的鸟类,正是掌握了蚯蚓的这一习性,经常在松软的土壤上啄出或敲出响动,引诱蚯蚓出来,然后当美食把它们干掉。是否确实如此?我至今不得而知,但为印证老师的观点,我在当牛马倌的几个暑期,确曾因痴迷而使用了大量的时间。

　　生活已经告诉我们,有人终其一生努力挣脱的事,有人会花大量的钱财和精力去追逐。同一件事,对有的人是无奈,而对有的人则是浪漫。

　　我受到的最深刻的童年教育是充满野趣、充满艰辛、充满苦涩的。当然也有快乐。这快乐同样来自为了生存的拼搏和挣扎,来自童年的野趣。如果把这快乐比作荒漠草原上稀少而珍贵的雨水,那么童年的艰辛、苦涩就是撒向植物的有机肥,尽管味道不佳,但对植物的茁壮生长大有益处。

　　童年的野趣留乡愁。留住乡愁,就留住了一份珍贵的记忆,而珍贵的记忆会不知不觉地发酵成一缕光芒和智慧!

遇到桑格格

◎ 张　莉

　　那天，收到格格写在微博上的信时，我在开视频会议。其实是格格读我的新书《远行人必有故事》写下的随想。这篇书信体书评流传很广，好几位朋友转微博给我看。我没有马上打开，等众声喧哗的云上会议结束，整个房间静下来，我才读。看到第一句"亲爱的莉莉"，忽然感慨。

　　坦率说，寄朋友评论集对我来说是难为情的事。喜欢读文学作品的人都不多了，更何况文学评论呢。但《远行人必有故事》这本书对我意义不同。它是我在工作发生变化期间完成的，写得艰难，出版时又遇到疫情，很是波折。悄悄寄给格格，也算致意。多年来，我们有彼此的地址。

　　和桑格格是怎么认识的呢？一位朋友好奇地问我。大概在她眼里，桑格格是那么自在率性的自由写作者，而我则是高校里的读书人，可交集的地方没那么多。

　　我告诉她，很早以前，我就是《小时候》的读者了，我喜欢格格文字里的赤诚和明心见性。因为喜欢她的文字，所以在我这里，便已相识。不过，我没有意愿去主动认识格格，尽管我和她有共同的好朋友绿妖、水木丁。字里相逢是最恰切的方式，对于像我这样的读书人而言。我读过许多好文字，却并没有愿望一定要与那位作者见面，这已成多年习惯。

　　那时候我还生活在天津。来北京，只要有空就约朋友见面。记得那天并不是周末，我和绿妖、水木丁约在钱粮胡同咖啡馆聊天，人也不多，似乎也就我们几个。聊些什么呢，无非是文学、电影，或者有趣的事。就是那次，

199

格格正好也在。我没有跟她说起我非常喜欢《小时候》，她也没有说读过我的什么文字。只是自然地聊起最近读的书。

那时候我们还真是有闲啊，用一个下午在钱粮咖啡馆玩儿，看着阳光照进来，咖啡有浓郁的香气，人也是开心的，而猫咪则懒洋洋地在窗户边晒太阳打盹儿。直到现在我都怀念那样和朋友们的相处，后来我到北京工作生活，朋友们见一面却变得很难，大家都忙着工作。而如今，疫情更让闲散的聚会变得遥远。

那天黄昏，朋友来接我了，格格正在里屋接电话。我朝她摆摆手。一群人快走到胡同口的时候，结束电话的格格远远地追上来，说哎你等我一下。她远远跑过来，和我拥抱，说她要搬去杭州了，要我一定去找她。好几年过去，我都记得那个场景，黄昏时分的胡同口，远远跑来的格格，和她好听的声音和明亮笑容。

关闭朋友圈这些年来，和朋友们在微信上的互动少了。和格格的微信交流也不多，也常常不及时回复，那多半是因为匆忙。但我们会默契地选在安静时说话。事实上，我不喜欢那种三心二意、敷衍潦草的交流。有好几回，我们在微信里你一句我一句地聊，噼里啪啦电光闪烁，聊得兴起时还心有灵犀地同时打出一行字，"要是能见面就好了"。

似乎总是文学或艺术话题。萧红、孙犁、郁达夫、王维……她推荐喜欢的作者给我，但会补上一句，这个你可能不喜欢，但我喜欢。我也推荐新近小说家或者散文家给她，她仔细读完会坦率告诉我她的喜欢或者厌恶。很显然，我们彼此明白对方的趣味，但是，我们并不因此争吵。世界上哪有爱好完全一致的人呢，如果两个人之间能有一些交集的喜欢，便已难得。

我喜欢她向我推荐新作家，她实实在在是使我拓展阅读维度的人。所以，即使我知道那不是我的趣味我也愿意了解。格格有她的尺度，我也有我的。而好在是，在萧红和孙犁这里，我们交汇。

格格对孙犁的许多评价别有所见。她读《芸斋小说》，觉得是"端端正正朴朴素素说话一样的文字。……看得舒服极了,像是在这个味重香猛的时代,突然吃到了真正的地里的粮食、泉水磨制的豆腐"。她说一想到孙犁,"脑海总会出现一棵北方的小小白杨树,光秃秃站在华北的平原,又孤单又愉快。正是他的背影。"她说孙犁不是笨拙,"是又天真又严肃。"这些评价,真是非常恰切。作为研究者,我读过孙犁的很多研究资料,但也常常慨叹,许多论文好则好矣,但抽离了孙犁作品本身内蕴的美感。而这,也越发显现格格对孙犁的"懂得"。

三年前,忽然收到格格的信息,她说她在广州,要去萧红墓地,问我想送什么花给那位长眠地下的女作家。我一下子想到了戴望舒,以及这位诗人在萧红墓前献上的那束红山茶。红山茶是多么匹配早逝的作家,又朴素又明艳,像她曾经的生命一样。也许,还应该送萧红大菽茨花,在她笔下,那些花总是开得茂盛、鲜明,当然,惭愧的是,我到现在也不知道大菽茨花长什么样儿,我一厢情愿地认为应该是北方最常见的蜀葵。

我回复格格说,替我送束花给她吧。晚上格格就拍来照片,萧红墓前的鲜花有好几束,其中有两束是她带来的,一束紫红色雏菊,一大束向日葵,到底是格格挑的,它们都属于萧红的气质。

那年《众声独语》的分享会在杭州举行,我请格格、七七、萧耳一起做嘉宾。活动结束后聊到深夜,在我住的宾馆里。具体聊什么已经记不得了,但清晰地记得四个人聊得开心,书籍、八卦、笑声,一样都不少。

格格在微博上晒出我俩的合影,说她像许仙,可在我眼里,她更像白素贞,那个温情似水但又坚忍有力的女人,关键时刻总能"乘风破浪"。我一向认为,白素贞和许仙的故事里,最打动人的不是爱情,而是女性的一往情深和无畏。

格格是微博大 V,拥有六十万粉丝,许多人和她以微博为介,互相陪伴成长。她的微博里,有花草、树木、猫咪,以及她和九大师的相处点滴。当然,她的照片有很多,很多是彻底素颜的,有皱纹和斑点,也有睡眼蒙眈……虽然我已经久不在微博发言，但她是我的"特别关注"，一有空，我就会看看她。她有情有义，坦荡诚挚，和人交流并不左顾右盼，也不虚与委蛇，的确是我愿意亲近的朋友。而且，我们对美的理解也相契，美不是修饰，不是炫耀，不是滤化。美是生活本身，生命本身，存在本身。

这个世界上，同时拥有才华和美貌的人，是被"金手指"点过的人。时间愈久，这些人的脑门或文字里，难免会隐隐打上"我有才""我好看"的金色LOGO——当然这也无可厚非，人到底都是爱自己的。可是，这世界的最美妙处却在于，总有少数人会挣脱皮相，他们有才华而不自傲，有美貌而不自矜，格格便属于此。

格格扫墓后写过一首诗:打算今天去看你/看了黄历，宜祭祀/动了这个念头/呼吸就变了，急促/不像是一件真事/可以去看你这件事/不像真的……

日常、平朴、几近口语，格格的诗里有另一种诗意。我读着她发来的诗，想到格格是真爱萧红的。当然，在她那里，爱萧红不仅仅是去作家的墓地和故乡凭吊，更重要的是进入她的文学世界，和她同声共契。格格的文字里有和萧红一样的天真、澄明、自然之气，是那种野生野长的美，又或者说，萧红的某种文字气质，在格格那里获得了承继。

看格格微博越久，会越发现她对美的敏感。她总能在日常中感受美。美的人，美的景，美的器物，美的光线，美的节奏，美的文字。某种意义上，对美敏感的人是幸福的，他们比我们有更多了解世界的触角，但是，敏感的人也容易受伤，我知道，格格曾经受过低落情绪的困扰。好在是，爱使她恢复元气。当然，她也把爱回馈这个世界。

疫情期间，格格在微信里组织了庞大的求助群，为武汉那些重病患者提供帮助。我看着她协调各种各样关系。哪位病人需要病床，哪里有批物资需要货车，哪个人急需心理干预……很多天，她不眠不休。疫情时候的我们，以各自的方式表达着对疫情的关切，但格格终究不同。她有令人惊讶的凝聚力，她像火炉般温暖和照亮那些寒凉时日。而在疫情慢慢平息时，她便反身回到她的生活里，仿佛她从未做过那些工作一样。

我常常觉得，人的成长便是一次次恍然醒悟：世界原来是这样的；现实原来是这样的；人心原来是这样的。会慢慢接受这个世界的好，也慢慢接受这个世界的不好；会理解人的善良、温暖和包容，也理解人的无奈、卑微、怯懦和浅薄。

朋友是什么呢，就是一起同行之人，我们互相注视、互相扶助、互相热爱、互相成全。在路上，不知不觉会和一些人亲近，而和另一些人，开始觉得很好，但慢慢便渐行渐远，也就罢了。这些年来，越认识到世界多艰，我便越对身边那些拥有忠直、坦诚、无欺品质的朋友心生敬重，也愿意给那遥远而无私的赤诚以回应。

疫情使世界改变。也使我们每个人改变。是的，它改变了我对人生、对情感、对现实的理解。——越认识这个世界的不完美，便越珍重自己的遇到。

在杭州，格格和九大师带我去过许多有趣之地，茂密的竹林，远古的良渚遗址，夜晚的西湖小径，以及格格家附近著名的书馆，还有西湖边不远处的无尘殿。那天大殿人很少，正在修缮。远远看"无尘"二字，肃穆庄严，心生平静，仿佛它们真能荡涤身上的浮躁。莽莽山色就在不远处，是深幽的绿。下山时分，忽然看到山间的霞光。很美，圣洁而热烈，有如奇迹一般，我们几乎同时欢呼起来。真想拍下那瞬间，但是，美怎么能轻易被捕捉到呢，我们未能复制那美妙。山下的餐馆，是格格和九大师常去的那家。坐下来吃家常菜，聊日常琐事，回复到平日气息。

来年春天，我读到格格的诗歌小辑，第一首便是《无尘殿》，她写她那年三次去大殿，第二次，便是我们同行。"第二次带朋友去，她说这地方真好/一重重山，覆满竹林/返回的路上落日挂在山头，霞光万丈/我们停下拍照，拍完了/目送太阳下山，我们再下山。"

现在，每想到杭州，便会想起格格的诗"一重重山，覆满竹林"，还会想起山上的霞光和山下的羹饭。

喝茶记

◎ 周华诚

碧螺春

上午开始工作前,随手拿一本书来翻,就翻到《炒茶人》这一篇。"……搓团显毫的动作,也很老练,仿佛他的那双手有一股神奇的力量……"

书是《山水客》,作者叶梓给我寄的毛边本。我喜欢收集毛边本。毛边书,不宜于敷衍翻阅,只适合慢条斯理闲品。如同喝茶一样,只有不赶时间的人,才喝得出茶的味道。读毛边书,一手捧书,一手执刀,哧啦哧啦割开两页,读完,再哧啦哧啦割开两页。这就让阅读也具有了手工的性质。在电子屏幕盛行的年代,纸书的阅读,确实接近于手作——阅读不仅仅是眼睛的劳动。就像茶叶,为什么非得手工炒作呢,西湖龙井现在大多是机炒,机器还有什么不会的? 会写毛笔书法,能跳舞打太极,机器模拟出炒茶人的手感,这不是难事。事实上,机器炒得比一般的师傅好多了——但是,但是,为什么老茶客们还是喜欢吃手工炒制的茶呢?

如果一定要找一个理由,那就是,吃茶,原本并不只是吃茶。

就如同,读书并不只是读书一样。

这话说起来有点绕,但是——也没有什么好说的。我站着读了两篇短文(这本书,写的都是苏州风物),然后放下书,去泡一碗碧螺春。文章里的炒茶人,正是炒的一锅碧螺春。

一注水下去,泡开碧螺春——喝一口,直觉是"这茶真嫩"。这段时间宅在家里,有了时间,也慢慢懂得了茶的好处,于是天天喝,我的嘴也练习了。这碧螺春，虽是绿茶，口感与别的绿茶大同小异，再喝，又喝，就觉得不一样了，碧螺春的清香，与淡雅，仿佛窗外将临未临的春天。

太湖有个东山岛，我去那里摘过枇杷。有句话怎么说的——东山的枇杷西山的桃？不对，西山的杨梅？……忘了。东山水果很多，也是碧螺春的原产地。所以，东山的茶园都藏在东山的果园里。果园里有什么，枇杷、杨梅、蜜橘、桃树，郁郁葱葱，高大的果树下才是低矮的茶树。春天里来茶叶冒尖的时候，恰值果树开花，花香弥漫在空气雨雾之中，被茶树吸收，所以碧螺春的茶汤里，也就有了其他绿茶所不及的花香果香。

说起来，碧螺春还讲究"采得早，摘得嫩，拣得净"，茶芽必须是采自果树下碧螺春群体的小叶种茶树。黄豆般大小初展一芽一叶采回来，茶农一家人围坐一起，挑拣出那些完整匀称的茶芽（制得一斤茶，需六万到八万个芽头）。碧螺春的制茶工艺，基本都是手工完成，一锅鲜绿的茶菁，在铁锅中一把一把，凭借手掌的力量，揉搓，翻炒，直到成为微微弯曲的细条，细条上密布茸毛，这就是碧螺春了，"铜丝条，蜜蜂腿"。

碧螺春很淡，叶子又薄又嫩，但碧螺春的妙处，正在于这淡，淡中寻味，淡里求真。碧螺春的回甘清澈，鲜甜悠长。因其茶嫩，泡碧螺春就不能用太沸的水。有人是这样，先落水，再投茶，看茶叶在水面上慢慢舒展，慢慢沉降，如垂落一帘春色。这真是清雅极了，果然是苏州的风格，或曰，水雾江南的风格。

我喝着碧螺春的时候，看到徽州斗山书局的掌柜方善生，在他的微信中发了一张图，是一副对联："光前须种书中粟，裕后还耕心上田。"我觉得好，就请方掌柜拍清楚大图发我。这是《徽州楹联格言精选》书中一页。徽州传统，讲究处事为人，耕读传家也是世代所重，走进徽州的老房子里，抬头一望，有很多这样的对联。譬如："善为至宝一生用，心作良田百世耕。"有一座古民居，叫"耕心堂"。昼出耕稻田，夜归耕心田。心生万法，地长万物。耕心堂，好。

喝完一盏碧螺春，再泡，就渐渐淡了。添了两回水，换茶。这回换涌溪火青，依然是绿茶。对比之下，觉得涌溪火青与碧螺春刚好是两个风格。一个其妙在嫩，一个其妙在老。涌溪火青经过十八个小时的翻炒揉制，干茶是紧实墨绿，如粒粒瓷珠，初泡觉得平淡，到了二泡三泡，茶味渐显，这是沉稳内敛的中年大叔的风格。相较之下，碧螺春，就是十八九岁的少年，新鲜活泼，一上来就生生脆脆，明明白白。怪不得年轻人，多喜欢碧螺春的清新甘甜，而老茶客们则往往嫌碧螺春太淡，只有涌溪火青那样的茶喝着，才能往事渐上心头，回忆渐入佳境，说是喝茶，也能喝上头来。

一盏春茶在手，心是会悠游的。人固然是禁足家中，心是悠游到早春的茶园里去了。山气淼淼，雨露花香，都入了一盏中来。遂想起另一本书，《山是山，水是水》。日本一位陶艺家高仲健一，二十六岁，辞了工作，携妻儿回到乡间，在日本千叶县的大多喜町山中安居。有人问他，是不是愿意回到城市中去生活。他说，绝不会。"人生在世，本就是为修行而来，绝不是为了享福。所以，日常生活中遇到的艰难困苦，都是无上的珍宝。如此一想，人也会变得很豁达。"

绝妙之茶，与绝妙之人一样，都要耐得住吧。说一个人很有能耐，也就是能耐——寂寞也好，时间也好，要耐。能耐，就能"耐斯"。所以，一起耐，不要觉得无聊。

二月二十四日记之。

鸭屎香

我还没有去过潮州。我对潮州印象最好的是潮汕粥，以前到广东出差，到了晚上就想喝潮汕的砂锅粥。其次是知道潮州人很会做生意，这源于听说过一个段子：

一位高僧问潮州人，如果给你一根渔竿和一筐鱼，你选哪样？一个潮州人回答，我要一筐鱼。高僧听了，摇头笑道："施主肤浅了，授人以鱼，不如授人以渔，这个道理你懂吗？鱼，你吃完就没有了，渔竿你可以钓很多鱼，可以用一辈子！"

高僧说的，当然很有道理。但潮州人说："师父此言差矣，我要一筐鱼，然后把它卖了，再去买几根渔竿、一副麻将。渔竿可以租给别人，我收租金。麻将呢，钓鱼的人空下来了，还能陪我娱乐娱乐。"高僧合掌，阿弥陀佛，先告辞了。

这当然是玩笑的话（感觉也像是在说温州人）。不过，我有一年夏天在北京，遇到一位艺术家，的确深为他的故事所折服。他早年开广告公司，后来一心从艺，画画，写字，喝茶，搞收藏，做景观设计，策展，在草场地艺术区开了一座美术馆。老实说，你都不知道他的主业到底是什么，在他那里，艺术与生活，生活与艺术，就这样融为一体。这位艺术家就是潮州人。而上面那个段子，也就是和他一起喝茶时，听他说起的，这颇让大家笑了一回。

两天前，一位潮州朋友，给我寄来两盒凤凰单丛，一是乌崇鸭屎香单丛，一是乌崇杏仁香单丛。鸭屎香，我以前只听说过，没有喝过，对这个名字很惊讶。鸭屎，能好吃吗？我是养过鸭的，鸭屎怎么能是香的呢。我听说过"猫屎咖啡"，这东西很奇怪，说是把咖啡豆喂给猫吃，经过猫的肠胃那么一搅和，再原封不动地屙出来，从猫屎里把这咖啡豆挑拣出来，烘干，磨粉，有异香。这咖啡是很贵的，平常也不容易喝到。

再说这鸭屎香，名字就异常接地气。不像江南的茶叶，名字一个比一个诗意文雅，飘飘欲仙，吃了就可以得道升天。若是反过来，人喝了这鸭屎香，就可以下凡俗一回，倒也很诱惑人啊。谁不知道人间比仙界还热闹呢，但如果你非说这是假的假的，那也没办法，回头请你去喝茶，或者到你家来喝茶。

潮州的凤凰是座山，鸭屎香正是出在凤凰山上。说起来，茶叶其实并非鸭屎的味道，此名得来，是因这茶生长的土壤色黄，肥沃，颇似鸭屎，才叫了这个名字。这样的说法，我总觉得敷衍，听了还是呵呵，但如果都这么说,姑且也就这么听着好了。中国很多地方的风物,都有传说,也都很敷衍,大概原意是并非想要人相信,才故意编得那样粗陋吧,想来也是有趣的事情(至今很多事情依然如此)。

凤凰单丛属于半发酵乌龙茶,介于全发酵的红茶与不发酵的绿茶之间。这茶叶片肥壮,条索紧结,近闻有干香。我以前喝不惯乌龙茶。这回才知道,乌龙茶不该像绿茶那么喝,而应该用茶壶冲泡,不过两三秒钟,就应该出汤。十水以后,时间可以略长,五到八秒出汤。这样冲泡出的茶汤,不苦不涩,最好喝。我这样泡了一壶鸭屎香,好生清鲜,且饱满顺滑,回甘也快。

所以,茶好不好喝,真不只是茶叶本身的事。再好的茶,知音难觅,徒叹奈何。喝茶时,将刚取的快递拆了,是两包书,《了不起的盖茨比》《咬一口昭和回忆》《中国书写:二十四节气》《履园丛话》等。闲翻。这些天收到的茶也多,一款十年的西双版纳古树生普,一款熟普,一款绿茶。书多茶多,忽然又觉得时间不够用了。

著名僧人八戒有一句名言:不要拉扯,待俺一家家吃将过来。我很羡慕这样的状态。窗外建设工地上,轰轰的打桩机的声音不间断地传来,今天又接到三四个推销的电话,看起来这世界重新回到了先前热闹的状态。我的电脑屏幕上,又开启了七八个窗口,多线程任务处理系统重新上线,怎么就一下子又忙起来了?于是喝茶——起身,加水,泡茶,出汤,品饮,对自己说,要那么着急干什么,待俺一样样喝过来。

三月十日记之。

山河故人

◎ 羌人六

游到河那边去

夏天还有点远，我们这群小二流子，就一阵风似的跑着。在风里，我们纸飞飞一样，球甩甩地跑着，急吼吼来到家门前的河里游泳。我们三四岁起就在河里摸爬滚打。只有我们自己知道这件事，但我们以为全世界都知道，我们很骄傲，毕竟，这几乎是唯一能够榨取些优越感，让我们这些馋嘴子显出体面和尊严的地方。

山里穷，我们更穷，班上的同学嘎吱嘎吱嚼零食，吃学校门口王婆婆卖的麻辣烫，我们穷得潦草一片的牙齿只一个劲儿打战，嘴巴里像个拧开的水龙头，口水往肚子里吞也不是，往外吐也不是，那架势，就好像，想把学校都淹掉了一样。人像是一颗快要炸开的火炮，在空气的皮肤上，跳出一个张着血盆大口的胃来。

"吃相跟猪一样！"

出于嫉妒，我暗地里骂别人，也骂自己，骂自己投胎的时候找错了方向，尤其是胳肢窝，因为妈妈们说，我们就是从胳肢窝里生出来的。

那时候，还不知道男人和女人的区别，只要想到自己的胳肢窝里，将来还会钻出一个跟自己差不多的人，心头便会涌现出一种撕心裂肺的痛苦。

我们是村里最受人憎恨的存在，从早到晚，我们不争气的肚子总是让我们想着吃，想到了骨头里，不知为什么。家里没有吃的，办法却不是没有，我们就去偷。我们偷别人家刚刚种在地里的花生，出于卫生，就把嵌着粪土的那一点皮皮去了吃；我们偷别人家还没有来得及成熟的樱桃、苹果和梨，并且从中感到快乐和满足，甚至常常厚颜无耻地自我评估，要是自己不会偷，活在这样的村子里，该是多么可惜！有时间，看着自己长长的脚，长长的手，我就意识到，遇见它们都是注定的，与生俱来的天赋和作案工具。

天马行空的岁月，我们因为偷，吃了很多别人家的东西，也因为偷，吃了太多苦头。我们总是听到别人骂骂咧咧的父母，经常骂骂咧咧地把我们赶到别人面前，不断赔礼道歉。只是道歉也不能抹掉我们身上那些冥顽不化的污点，但凡村里人丢了东西，人家都会说，"除不了刘家院子那几个二流子……"

饥饿把我们磨尖了。

我们也把村里的那些"只要可以吃"的东西磨尖了。

没有什么东西要偷的时候，我们就去河里凫水，倘若把世界上的人民分成会凫水的和不会凫水的，我们会高兴得拍上一个星期的巴掌，至少，我们不是旱鸭子。我们都想游到河那边去，河对岸也有一个村子，感觉起来，河那边的村子比我们的村子富饶多了，那么多的蔬菜和瓜果，时常一览无余地呈现在我们面前，让我们又忍不住地开始饥饿，又想去偷。

我们都想游到河那边去，甚至想在河那边生活，跟那些脸色铁青的村里人老死不相往来。我们如同录像里那些急于寻找快活的男女，气喘吁吁又心急火燎地脱掉身上那些脏兮兮的弥漫着一股子酸唧唧味道的衣服，把它们抛弃在岸边同样光溜溜的岩石上，如同某种耻辱，或者灾难。在我眼底，除了身体，这些东西也都是村子里的，我一刻都不想把它们留在我的身上。

河水从很远很远的雪山下来，冰寒彻骨。我们把河水变成了一件美丽的衣裳，穿在身上，我们也是冰寒彻骨。如果父母知道我们偷偷摸摸，背着他们到河里来，他们也会冰寒彻骨的，眼睛里会恶狠狠地飞出一把把刀子,足以把我们挨个儿挨个儿地劈死。

我们整个儿浸泡在冰寒彻骨的水里,水是没有肉的,我们在水里游,就像这条河的骨头。我们都想游到河那边去,尽管,河水冰寒彻骨。

夏天的时候,我已经能够轻松游得很远了。

夏天的时候,我感觉自己很像一条鱼。

紧跟着夏天的屁股后面,雨季来临,洪水暴涨,但不是特别骇人,至少,我没有这种感觉,几十米宽的河面,对我而言,算不得凶险。我很有把握,自己有能力游到河那边去。那一天,我决定穿过有着无数旋涡的洪水,游到河那边去。平时,两分钟就能游个来回。我告诉我的伙伴们:"等下就回来!"便扑通一声,跳进河里。

事实证明,我低估了洪水,它像一位暴君,那湍急的水流很快剥去了我游泳的技术和权利,我只能随波逐流,我感到水下有一个巨大的黑洞,在将我吸进去。我拼命挣扎,继续朝着对岸游去。我终于游到了河那边去的时候,已经被洪水往下游冲出了一千多米,足足二三里远。

远远地,我看见其余的伙伴,这些二流子,在河那边、在上游、在风里、在洪水的奔流声中,旗帜般扬着他们破破烂烂的内裤,焦灼地冲我挥舞着,召唤着。

我筋疲力尽,已经不想说话,但仍然挤出一个胜利的表情,挥动着我干柴一样的胳膊,回应他们。我甚至还跟他们指了指更上游那座摇摇晃晃的桥,远远看上去,它是那么的结实,安全,抚平了我心头的恐惧。我想大声告诉那些二流子,我不打算再从河这边游回去了,那真是个不要命的决定,我愿意踩着光溜溜的鹅卵石和柔软的沙子,穿过那座桥,一步一个脚印地走回去。但我已经没有力气。

梅花以吻

茫茫黑夜收拢了大山里的一切,万事万物浸泡其中,在离白雪皑皑的山巅不远的一块缓坡上，有一座小小的灰色木屋。那是草儿的家。灼灼火光从房子里面沁出来，将夜戳出一个不大不小的窟窿。

很晚，祖父苍老的身影才出现在院里雪地上，这个曾经徒手擒获一头成年熊的优秀猎人大清早就出门打猎。又是打空手回来的，连只野兔或者野鸡的影子也没碰上，草儿的祖父手上除了那支锈迹斑斑的猎枪，一无所有，这让他的手感到很不自在，也很不舒服。听见院子里的响动，这个叫草儿的小姑娘，便从烧得旺旺的火盆边直起身子，热乎乎的小手理了理额上的长发，小鸟归巢似的往祖父的怀里钻。草儿是个懂事又善良的姑娘，冬天，山里的瑟瑟寒风吹掉了许多干树枝，草儿就把它们捡起来，用瘦小的身子扛回家里，当柴火用。但她从不为了家里烧柴，就拿着镰刀、斧子去乱砍滥伐，她知道，树虽说不是人，但树和人一样，也会疼，并且，也有灵魂。

自小，草儿便跟祖父相依为命。

祖父是草儿世界上唯一的亲人，草儿也是祖父世界上唯一的亲人。

草儿的母亲在她出生当天便因为大出血不幸死去。

草儿的父亲，和祖父一样，原本也是个优秀的猎人。草儿刚满三岁那年，也是冬天，她的父亲却出了意外。

据祖父讲述，那天，草儿的父亲独自一人上山打猎去了。他和草儿则在家里满怀期待地烧水，等着儿子带着猎物凯旋，没办法，家里真是太穷了，如果儿子打不回猎物，家里只能饿肚子。不过，这个老猎人倒是对自己的孩子充满信心，草儿的父亲还没回来，他已经在那口大铁锅里把水烧得滚烫。一锅水已经烧开，不见草儿的父亲回来，草儿的祖父便拿来瓜瓢，准备将热水舀进暖水瓶，然后再烧一锅，继续等。草儿的祖父握着瓜瓢往暖水瓶里舀水的时候，山里忽然传来一声枪响。枪一响，草儿的祖父心头便踏实了，运气足够的话，最好是头野猪，一头野猪就能把这个冬天熬过去了，他当时还这样祈祷。但是很快，草儿的祖父又听到了枪响，这一枪却像是活活打进他的心脏。与此同时，暖水瓶忽然爆裂，热水一下子全流在地上,惊得他手中的瓜瓢也像是抹了润滑油,一下子从手里滑落。草儿的祖父心头瞬间咯噔一跳,头皮发麻,不寒而栗!猎人有猎人的规矩,草儿祖父为孩子立下的规矩,便是不能对着猎物连续开枪,面对猎物,优秀的猎人总是一枪击毙。但是这次,草儿的祖父听到了两声枪响,一股不祥的念头在他脑海翻滚,他知道,儿子跟自己一样,不会轻易连开两枪,除非,除非是那支老式猎枪走火……草儿的祖父什么都顾不上了,大步流星出了门,循着那枪响的方向走去。等他找到草儿的父亲的时候,草儿的父亲已经倒在一棵野山梅树下,躺在一片血泊里,没了呼吸。根据现场,草儿的祖父判断,百分百是枪走火了,那支从来都只指向猎物的枪,最终,也指向了他自己。眼泪,从老人的一只眼睛里流了下来,另一只却空荡荡的,几十年前,跟一头老熊搏斗的时候,他要了老熊的命,老熊却并不吃亏,抓瞎了他的这只眼睛,从此,他眼中的世界仿佛少了一半。

后来,草儿的父亲被葬在了那棵野山梅树下面。

原本,野山梅的花朵是白色的,那一年,那棵野山梅的花朵开成了猩红色,热烈,醒目,仿佛有着某种难以言语的痛苦。如同遭遇了一场瘟疫,不止这一棵,山里的野山梅也全都开成了这样。

并且,野山梅是不结果的,这一年开始,野山梅结出了小小的青色果子来,摘一颗塞进嘴里,又苦又酸。

只有草儿的祖父知道,儿子这是死得不甘心哪,人虽然离开了,但他的灵魂却留了下来,传给了野山梅,他还在继续,他还在用力着,他通过它们,开花,结果;尽管,眷恋、不甘心是如此明显。

偶尔,老早失去了爱人的祖父,告诉草儿:"这野山梅可不是普通的树哪,这树身上有你父亲的灵魂,有很多和你父亲一样的人的灵魂。"

七岁那年,草儿到了上学的年纪。学校在镇上,要走很远的路。读书山高路远,但这还不是最难的,最难的是家里实在太穷,把房子倒过来也倒不出一分钱。满山都是穷苦人,但他们却不愿意看到草儿辍学,力所能及地帮助着草儿完成学业。上大学的时候,草儿便脑袋削尖了似的打工、做兼职,为自己挣学费生活费。毕业后,草儿放弃了城里的工作,回到家乡,在镇上初中做了一名教师。

在镇上教书,可草儿的心思还在山上,儿时住过的灰色木屋还在,艰难的生活记忆依然历历在目,祖父已经过世,但山上还有许多乡亲父老,他们还跟过去一样,很穷很穷。这是草儿心头的痛。然而,她毕竟只是个普普通通的教师,她唯一能做的,或者愿望,就是好好教书育人,帮助他们走出大山,走出穷困,走向美好的生活。

草儿喜欢她的学生,如同她喜欢山上的野山梅。为了学生,她起早贪黑,几乎用尽心思,然而,所有的期待就如同那些野山梅,尽管和许多果树有一样的春天,也开出了绚丽的花朵,可最终,结出的果子又酸又苦……

时间很快到了二〇〇八年。

这一年五月份,草儿的家乡遭遇了一场史无前例的大地震。地震当时,为了及时疏散班上的学生,草儿把自己留在了最后,就这样,一个美好善良的生命和灵魂,带着异常的坚定和无尽的遗憾,匆匆忙忙画上句号。

灾难很快过去,伤痛很快被遗忘。只是,不知哪一年,也不知道是谁,把山里的野山梅改良了,一棵棵种植在这大山的角角落落。

这些野山梅再也不是野山梅了,它们长成了另一种树,开出的花,不再猩红,是雪白的花,结出的果子,也不再又酸又苦,变得又酸又甜,乡亲父老们用这种果子酿出了可口的青梅酒。并且,这些野山梅,不再像它们的父辈那样慵懒麻木,要等到春天才开花,它们不畏严寒,冬天的时候就开了。

自此,野山梅开的花不再叫野山梅花了,人们只说梅花。

又过了好些年,洁白无瑕的梅花开遍了草儿的那个村庄,草儿的家乡。当草儿的家乡以梅花和可口的青梅酒,吸引了远远近近无数的游客,草儿的那些学生,几乎忘记了世界上曾有草儿这样的老师,这样曾用生命为自己铺路、搭桥的人。也许,唯独在一个特别偶然的机缘下,于冬日里默默望着满山盛开着的梅花,呼吸着那微弱却仍在用力的芬芳,其中定会有学生记起草儿,记起她在罹难之前,在生命最后留下的话:

"所有的人快跑。"

这些梅花,洁白无瑕的吻,仿佛,它们一直记得这句话。于是,脑海里缓缓浮现出一个寂寞和永久的灵魂。于是,人们带着某种无边的苦闷和焦虑,在一种混乱黏稠的背景中,持续用力。

凤城五路

◎ 安 黎

　　即使与一条路日夜相伴，也不敢宣称就懂得这条路。路是大众情人，谁都可以爱，谁都可以亲，但谁都无法将其独自霸占。

　　路是城市的血管，也是一个区域的封面。路有路的表情，也有路的心情。人在路的眼里，不过是匆匆的过客，或死乞白赖的寄生者。

　　在西安路网的架构中，凤城五路仿佛一根直直而长长的杠木，横在了城市的肩膀。它东西向，像扁担那般，一头挑着汉长安城遗址，一头挑着灞河。曾几何时，凤城五路所在的地盘，居于历史的核心部位，在汉代之时，被圈于皇宫的围墙之内，为王侯将相号令天下和皇后宠妃钩心斗角的场所。张骞从这里出发，出使西域；霍去病从这里出征，讨伐匈奴。但后来，历史宛若一个见异思迁的荡妇，转嫁他人，远走他乡，将它，连同它委身的皇都，硬生生地一并抛弃。于是它潦倒了，潦草了，变成了野兔出没的农田和土墙颓壁的村舍，鸡鸣犬吠，猪羊撒欢，躬身耕作的农夫，春去秋来，面朝黄土背朝天地与命运顽强地抗争，却也总是输多赢少。它鸡变凤凰般地变为一条宽阔的马路，还是近二十余年的事情。不断扩张的城市，像日渐膨胀的肥沃身躯，将它原有的面目吞没，化为自己的一根动脉。它从田野变为道路，犹如面粉被制作成了蛋糕，挑逗起无数人的食欲。那些捧着图纸的决策者来了，那些拿着卷尺的工程师来了，那些夹着黑皮包的开发商来了，那些头戴钢盔帽的建筑工人来了，那些驾驶着压路机的筑路者来了，那些怀揣发财幻梦的投资者来了，那些企图不劳而获的投机者来了，那些购买到新房的住户来了,那些学校、银行、诊所也来了,那些散发售楼广告传单的和推销理财保险的游击队来了,那些一瞥见城管就跑、城管一去又复归原位的摆摊者来了……于是凤城五路,宛若一个巨大的磁铁,将各色人等,谋财者、谋生者、求学者、求医者、居住者、租住者等等,都牢牢地吸引于自己的身上。它的两旁,被高矮不等的楼房占据;它的门面房,依序排列,灯红酒绿;它的路面上,汽车和电动车时不时就像翻滚的洪流,汹涌澎湃。

中国的城市,皆相貌雷同;同一个城市的马路,体态也大同小异。不同的是人,是人对马路的情怀。关爱有加,马路就姹紫嫣红;冷若冰霜,马路就蓬头垢面。欣然的是,凤城五路不是城市的弃子,而是抱在怀里的亲生儿子,受到精心的呵护和优厚的喂养。因此,它是妩媚的,是亮丽的,是肤色光润而不是雀斑密布的,是朝气蓬勃而不是暮色沉沉的。

作为在凤城五路居住了十多年的住户,我最为中意的,则是街角的花园和林荫夹击的人行道。走累了,或者无所事事了,就坐在街道拐弯处的袖珍花园里歇一歇脚,让捆绑心灵的绳索,渐渐地松弛开来。抽一根香烟,闻一闻花香,望一望飘忽的云絮,瞅一瞅枝头蹦跳的小鸟,甚至与那些和我一样百无聊赖的陌生人搭讪,有一句没一句地拉拉家常。碰面多了,聊久了,俨然就像心照不宣的幽会那般,偶尔一回没瞥见他的身影,反倒心里怅然若失。不清楚对方的姓名,却对对方的五官分布和思维形态了然于胸。看起来很阳光的人,也许心灵的深处是暗无天日的无边黑夜;看起来很粗糙的人,也许在自我的美化中,把自己幻化成一轮万众敬仰的太阳,自己崇拜着自己,自己为自己的独一无二而深情地陶醉。聊多了,也顿悟:其实每个人都有自己不可言说的隐痛,只是有人把自己的痛点,像展品一样摆在路边,或挂在胸前,吆喝着让他人观看;而有的人则把自己的苦痛,或像隐私一样包裹得严严实实,或像支票那样藏匿得隐蔽幽深。

一天到晚在花园里呆坐或转悠的人,多为闲人。有人因退休,无所事事而闲;有人因失业,找不到差事而闲。前者的心里,散漫得像一地的落叶;后者的心里,着急得像一炉的炭火。世事就是如此诡异,一部分人忙得栽跟头,另一部分人闲得不知所措;有一些事无人可干,有一些人无事可干。

放眼望去,至为热闹的是保健品、收藏品的宣讲大厅和彩票的营销店面,那里像蜂窝一样,拥拥挤挤的人,飞进飞出,像群蜂那般发出嗡嗡嘤嘤的嘈杂之声。在集体化头昏脑涨的狂欢中,思维退隐,舌头成为领航的旗幡。集群对于众多深感孤单的个体来说,既是一种依偎,又是一种信仰,他们不相信自己的判断,但相信群体的选择。当飞溅的唾沫流淌成瀑布时,那些经不起煽动的贫瘠大脑,就会随之或狂醉,或发烧,于是钱包的拉链,就会就此打盹儿,失去应有的警觉。人自以为很是精明,却经不起一场"乱花渐欲迷人眼"的魔术表演,便会堕入彻头彻尾的愚痴。只要一夜暴富的欲念潜伏,任何一句叫卖声,都能化为火柴,将人本来就缺斤少两的智力,顷刻焚为灰烬。在傻子遍地的时候,骗子行骗,并不需要太多的技术含量。

保健品、收藏品的宣讲大厅和彩票的营销店面,是一个时代人文精神的缩影。前者,以中老年人为捕猎对象;后者,则是以年轻人为钓鱼的目标。老年人捧出一辈子的积蓄,感激涕零地拱手交给那些巧舌如簧的陌生人,美其名曰是在给儿女积攒幸福;青年人翻遍口袋,把刚从工地领回的还沾有汗渍的工钱,像给牛喂草一样地喂进那台铁铸的老虎口里——送进去的是翘首企盼的憧憬,吐出来的是一声声徒自伤悲的叹息……从老年到中年,从中年到青年,无数的人,都沉浸在天上掉馅饼的幻觉中不可自拔,但最终,却都把自己化为了他人咀嚼和吞咽的甜蜜馅饼。

时间对于忙人,总是过于短暂;但对于闲人,则显得格外的漫长。闲人们霸占着园内的木质条椅,或歪坐,或斜躺,其空洞和疲乏的眼神,是恍惚的,是凄迷的,是惆怅的,是无所适从的。

植物不知人间的纷纭,更不谙世情的热凉,该怎样妖娆还怎么妖娆,该怎样凋谢还怎样凋谢。植物活在自我的体系里,与人仿佛很近,其实很远。

这些植物,皆非老"住户",而是原本生活在别处的"移民"。它们的故乡,也许是某个山坳,也许是某个苗圃。它们像捆绑住手脚的罪犯,被押解着迁徙至此,充当城市的风景。它们被养护,又被修剪,以标准的姿态挺立,像列队的囚徒那样整齐排列而又俯首帖耳。有其得,必有其失,无论何种圈养,皆以失去自由和个性为代价。

凤城五路无比冗长,也无比繁杂,任何一言以蔽之的描述,都失之于客观,且无法将其一网打尽。人有人的无奈,路有路的苦痛。就路而言,总是遭到瓜分,貌似浑然一体,其实内脏早已支离破碎。无数的商家沿路经营,无数的人从路上经过。那些迎面走来的人,还未等到看清他的面目,他或她,便已化为了远去的背影。没有人在意他人的欢悦和悲愁,每个人都活在自我的世界里,拨拉着自己心中的那个算盘。那些侧身而过的人,对于其他人而言,像一粒微尘,或一股微风,除非装扮怪异或相貌出众,否则很难引起路人的回眸一瞥。人走了,人来了。有的人走了,就永远地走了;有的人来了,就驻扎下来。但所有的"来",都不过是为"去"做着准备。路有尽头,人也有终结,没有哪个人可以永恒地走在路上,也没有哪条路可以永恒地存续于世。那些或沉重或轻浮的脚步,有的在路上踩出了鞋印,有的在路上激起了扬尘,但更多的,却是了无痕迹。

道路,是一些人行走的通道,亦是一些人谋生的矿洞。几乎每一条路,都宛若一个巨大的乳房,垂吊着无数饥渴的嘴巴,在争相吮吸着奶汁——有人因之而大腹便便,有人使出浑身解数却越发面黄肌瘦——作为北城的商业高地,凤城五路流淌着蜂蜜,也流淌着苦药;飘浮着白日美梦,也飘浮着残枝败叶……在这里,有人"春风得意马蹄疾",也有人"无可奈何花落去";有人抱着金砖拥着美人凯旋,也有人跌倒骨折拖着残腿有家难回。一条路,是通途,是金矿,亦是陷阱,是冰山,在微笑,也在狞笑……衣冠楚楚的摩登男女,与蓬头垢面的乞丐共享路面;时刻准备逃跑的小贩,与猎鹰般的城管日日演绎猫捉老鼠的游戏——朗朗乾坤,昭昭日月,生命的轻重贵贱,像一幅幅色彩迥异的油画,在一条路上,轮番地展览。

钱锺书眼中的唐代诗人

◎ 王　军

近读人民文学出版社《钱锺书选唐诗》，觉得该书的出版对钱锺书整体诗学观和整个唐诗研究裨益甚多。兹就初读所见，略谈一二。

在《钱锺书选唐诗》里，李商隐以五十八首诗排在第三位，见出钱锺书对李商隐诗的喜爱。这个排名同李商隐在《唐诗三百首》里第四位的排序基本一致。钱锺书曾说起自己学诗的经过："十九岁始学为韵语，好义山、仲则风华绮丽之体，为才子诗。"（吴忠匡《记钱锺书先生》）这里提到钱锺书年轻时就喜好李商隐和清人黄景仁（字仲则）的诗体。钱锺书既是才子，又是学者。就才子这一面，他喜欢"虚负凌云万丈才"的李商隐是很自然的。李商隐的诗历来号称难解。前人每说"一篇《锦瑟》解人难""独恨无人作郑笺"。李商隐在诗中喜欢用典，一个典故接一个典故，一个故事连一个故事，前人称之为"獭祭鱼"。大意是说，就像獭捕捉到鱼一条一条铺放岸边，如同祭祀陈列供品。

而钱锺书早年的诗也是用典颇多，有时"非注莫明"。当年，由于罗家伦知遇之恩，钱锺书进了清华大学。后来他收到罗家伦的一首新诗，即给老校长回了一封信，称赞罗家伦诗如"喷珠漱玉之诗，脱兔惊鸿之字，昔闻双绝，今斯见之。"钱锺书写了一首七绝作为回赠，另外又抄了早先在清华读书时所作的十首旧诗，一并寄给罗家伦。这首七绝是："快睹兰鲸一手并，英雄馀事以诗鸣。著花老树枝无丑，食叶春蚕笔有声。"钱锺书自注："吴兰雪本少陵'翡翠兰苕、鲸鱼碧海'语，自题其集曰《兰鲸》，意谓酣放精

微兼而有之。欧公云:'下笔春蚕食叶声',宛陵云:'老树着花无丑枝',故诗云云。"(《罗家伦先生文存》)

钱锺书在和杨绛谈恋爱期间,也写了很多有李商隐风味的诗(见《国风》半月刊)。在敌伪时期的上海,钱锺书写下了:"旧诗碧海青天月,触绪新来未忍看。"(《中秋夜月》)这里即化用了李商隐的"碧海青天夜夜心"(《嫦娥》)。一九四八年三月,钱锺书随文化访问团去台湾地区,在草山住了一个月,曾作"打钟扫地亦清凉"(《草山宾馆作》)诗句。原诗附小注:《樊南乙集序》,方愿打钟扫地,为清凉山行者。这是李商隐在《樊南乙集序》里的话:"三年以来,丧失家道,平居忽忽不乐。始克意事佛,方愿打钟扫地,为清凉山行者。"到了晚年,钱锺书也仍然喜欢李商隐诗,比如他作于一九八九年的《阅世》,末句是"留命桑田又一回"。这句化用了李商隐的"可能留命待桑田?"(《麻姑》)

钱锺书对李商隐诗的喜爱,终生未变。正如清代吴乔在《西昆发微序》里所说:"唐人能自辟宇宙者,惟李、杜、昌黎、义山。"李商隐之所以成为李商隐,在于他对心灵世界的开拓。而钱锺书正处在"但开风气不为师"的"五四"之后的洪流中,这一点与李商隐的开风气一脉相承。

钱锺书很欣赏李商隐的"以文为诗"。李商隐曾得到崔戎、令狐楚两位今体骈文高手的加持,文章独步古今。对他而言,诗歌只是副业,骈体公文才是主业,是他一生最为自负的本领。历史学家范文澜说过,只要李商隐的《樊南文集》能够存世,唐代的骈体文即便全部散佚也绝不足惜(《中国通史简编》)。钱锺书认为,"七言排律散体昉于义山此篇"(《宋诗选注》),指的是《七月二十八日夜与王郑二秀才听雨后梦作》:"初梦龙宫宝焰然,瑞霞明丽满晴天。旋成醉倚蓬莱树,有个仙人拍我肩。少顷远闻吹细管,闻声不见隔飞烟。逡巡又过潇湘雨,雨打湘灵五十弦。瞥见冯夷殊怅望,鲛绡休卖海为田。亦逢毛女无悁极,龙伯擎将华岳莲。恍惚无倪明又暗,低迷不已断还连。觉来正是平阶雨,独背寒灯枕手眠。"

李商隐借梦境之变幻，比喻身世之遭逢，这是现实的政治压抑在梦中的体现。这首诗前后文意贯联，音韵铿锵，声调合律，唯独通篇不对偶，是以散体入律的大胆创新。周绚隆在《出版后记》里提到了钱选王初的一首诗。这首《青帝》全诗是：青帝邀春隔岁还，月娥嫣独夜漫漫。韩凭舞羽身犹在，素女商弦调未残。终古兰岩栖偶鹤，从来玉谷有离鸾。几时幽恨飘然断，共待天池一水干。杨绛在这首诗旁批注："锺书识：大似义山，已开玉溪而无人拈出。"钱锺书指出，这首诗风格与李商隐诗颇似，已经开了李商隐表现的源头。诗题就似李商隐的诸多无题诗题目，恰如从"锦瑟无端五十弦"中抽取前两字为题目的《锦瑟》。钱锺书认为，《锦瑟》放在李商隐的诗集卷首，其实相当于一篇自序。在《钱锺书选唐诗》里选李商隐诗中，《锦瑟》依然是第一首，杨绛抄录时间为"一九八九年三月八日"。钱锺书对李商隐《锦瑟》做出了无以复加的评价："李商隐《锦瑟》一篇借比兴之绝妙好词，究风骚之甚深密旨，而一唱三叹，遗音远籁，亦吾国此体绝群超伦者也。""义山诗《锦瑟》一首，实已臻于诗歌艺术至高之境。"（《谈艺录》）

李商隐的诗用典颇多、晦涩朦胧。白居易的诗通晓易懂、老妪能解。而白居易却极喜李商隐诗，甚至说来世要托生为李商隐的儿子。他俩相识在大和三年（八二九年），李商隐时年十八岁。当时白居易刚以太子宾客分司东都洛阳，时年五十八岁。钱锺书敏锐地看到这一点。他举白居易向往李商隐的例子（参看《苕溪渔隐丛话》前集卷一六引《蔡宽夫诗话》）认为，对一个和自己的风格决然不同或相反的作家，爱好而不漠视，仰企而不扬弃，文学史上不乏这类特殊的事。

钱锺书选了白居易的《长恨歌》，也选了李商隐的《马嵬》（二首录一）。

中晚唐以后，诗人对玄宗的秽行大都讳莫如深。白居易对唐玄宗霸占儿媳——寿王李瑁的妃子杨玉环时，也是采取了为尊者讳的态度，李商隐却偏偏把讽刺的矛头直指最高统治者："龙池赐酒敞云屏，羯鼓声高众乐停。夜半宴归宫漏永，薛王沉醉寿王醒。"（《龙池》）白居易把安史之乱的责任归结到杨贵妃身上，为玄宗开脱。同时的陈鸿《长恨歌传》、杜牧《过华清宫》也是如此。《新唐书》也说，玄宗之败是因为杨贵妃，"女子之祸于人者甚矣"。而李商隐认为玄宗才应该负这个责任："如何四纪为天子，不及卢家有莫愁？"(《马嵬》)

李商隐和白居易在佛教的见解上也不同。白居易坚信自己可以托生为李商隐的儿子，还把诗集存放在寺庙："安知我他生不复游是寺，复睹斯文，得宿命通，省今日事。"(《洛中集》)。这是小乘佛教的见解。而李商隐从小喜欢大乘佛教经典，特别是入川后由小乘境界趋向大乘佛法。他晚年的诗大都浸透着大乘佛教精神。正如郑燮所说："李义山，小乘也，而归于大乘。"(《与江宾谷江禹九书》)

钱锺书对白居易和李商隐的诗同样看重，这可见出他非同寻常的眼光(钱锺书《中国诗与中国画》)。在《唐诗三百首》里，白居易仅以六首诗排在第十一位。曹雪芹祖父曹寅编《全唐诗》时，选了白居易二千六百多首诗，是唐诗人里存诗最多的。而在《钱锺书选唐诗》里，白居易以一百八十四首诗，高居第一位。钱锺书从小熟读《唐诗三百首》："余童时从先伯父与先君读书，经、史、古文而外，有《唐诗三百首》，心焉好之。"(《槐聚诗存》)在《唐诗三百首》里，杜甫以三十九首排第一，李白以二十九首排第二。而在《钱锺书选唐诗》里，杜甫以一七十四首排第二，李白以二十三首仅排在诗人的第二十位。

前面说过，钱锺书年轻时喜欢李商隐和黄景仁的诗，到欧游回国后，钱锺书诗的风格颇似杜甫和金人元好问："其后游欧洲，涉少陵、遗山之庭，眷怀家国，所作亦往往似之。归国以来，一变旧格。"(吴忠匡《记钱锺书先生》)在《围城》里，钱锺书借董斜川之口，提到的大诗人就包括杜少陵(杜甫)、李义山(李商隐)。在钱锺书看来，只有李商隐才是真正继承了杜甫。他在《谈艺录》里指出，惟义山于杜，无所不学，七律亦能兼兹两体。

钱锺书选李白的诗数量虽少，但并不代表他不看重李白。在排位第二的杜甫诗里,钱锺书就选了四首杜甫写李白的诗:《梦李白二首》《赠李白》《春日忆李白》《天末怀李白》。钱锺书批评苏曼殊对中西文学的见解只是皮相:"苏曼殊数以拜伦比李白仙才,雪莱比长吉鬼才。不知英诗鬼才,别有所属。"(《谈艺录》)可见,钱锺书是认可中国文学史对李白仙才、李贺鬼才的评价的。

还比如,对诗人任华(生卒年不详),钱锺书给予高度关注,任华仅存三首诗全部入选。这三首诗是:《寄李白》《寄杜拾遗》《怀素上人草书歌》,而李白为怀素也作有《草书歌行》。这里或许有存史的考量?

选李白诗相对较少,可能是早期选诗过严,故初唐、盛唐诗选得较少;但更可能是钱锺书兴趣口味在中晚唐诗,如他自幼喜爱李商隐诗,故中晚唐选诗甚多。这正如一个人的口味,在故乡在幼时形成后,往往长大了亦难以改变。

《钱锺书选唐诗》是从五万余首唐诗中选出的。白居易的诗最容易懂,钱锺书为什么要选最容易懂的诗? 我们或许可以从《宋诗选注》侧面窥见其中的秘密。对中唐诗人韩愈、孟郊、张籍、白居易、元稹、李贺,钱锺书均有不同程度的论述。而在《钱锺书选唐诗》中,韩愈二十四首,孟郊三十七首,张籍十九首,元稹四十五首,李贺二十首,数量都相当可观。除掉李商隐、温庭筠、皮日休、陆龟蒙以外,晚唐诗人少用古典。钱锺书认为,这是一个典型的个人风格和时代风格不相一致的例子。他选了晚唐用典诗人温庭筠三十一首,皮日休十一首,陆龟蒙三十一首。

钱锺书着眼于整个诗歌发展的文学史观,指出宋诗变化于唐,唐诗与宋诗只是诗歌两种不同的风格,属于两种不同的审美旨趣,没有孰优孰劣、高下贵贱之分。这正是钱锺书提出"诗分唐宋"真正的用意。读《钱锺书选唐诗》,可以很好地帮助我们考察钱锺书的诗学观中对唐诗的整体观照,这有助于对钱锺书整体诗学观的深入研究,这些研究成果又可以推进并深化对唐诗学的研究。

边地的美学

◎ 阿贝尔

第一次逆涪江而上，由通口河进入土门河。八月的洪水冲刷的河岸线和崩塌的山体还很醒目，但仍能觉出停泊在河谷的往昔时光。

偶见新建的集镇、厂房和载重汽车，以及时代碾轧的痕迹；往昔时光依然袅娜，像影子，呈现出铅灰，带着麻布的粗针线头，使得整条土门河寂然。在陌生化的审视与感觉中，我觉出的不是羌人的颜色和气味，而是土门河自古的寂寞——向晚的天光与遗落的时间合伙，销蚀着走错了地方的工业。

我自然感觉到了，土门河的时间里生了布，甚至是生了钢丝。站在清同治年间修建的石拱桥上，时间的灰烬头皮屑一样掉下来，模糊了我的视线。

穿过土地岭隧道，便进入了岷江河谷。我设想土地岭中脊上的一滴水，因为风向或某一动物的助力，本该流入涪江却流入了岷江，有了截然不同的命运。

茂县县城让我想到"敦煌"。敦而煌之，堂而皇之。敦者大也，主要是针对我看见的县城周围的山——基座大、腰身大、顶部或钝或锐直入云霄，看第一眼就想到金字塔和司母戊大方鼎。

尤其县城东南方的九鼎山，只要面朝东南，抬眼即可看见，在茂县停留的三十多个小时里，我仰望、眺望、凝望，不经意看见它上百遍。煌者盛也，恰好通茂县的"茂"，不是指周围山上的树木，也不是指山岩或现代建筑的颜色，而是指浩荡的岷江水。

在酒店安顿下来，我便出门去追随岷江水。不单纯是追随江水，也是追随整条岷江。河谷宽绰，由城区台地二次下切，形成几近封闭完美的河床。一座索桥横跨东西两岸，站在桥上，可以欣赏到几公里长的奔流的岷江。起风了，索桥晃荡，送来江水特别的味道——羌味、藏味、雪味和柴油味。

第一次到茂县，作为陌生人，走在任一地方都像是走在异域。敦而煌之的异域，九鼎山和岷江，让人内心踏实。

陌生感也是安全感，也是美感，与外界接触全凭直觉，感官收获的都是花瓣、花粉、蜜和隐藏在云顶的神仙。

早上九点，去古羌文化城观看开城仪式，一路上总在不住地抬头去看九鼎山，仿佛九鼎山有根绳子牵着我的眼。从看第一眼开始便有种云开雾散的迹象，然而，直到开城仪式结束都没有现出山顶，太阳隐去，九鼎山反倒把面纱扯得更低。每次去看，都能看见希望，有时甚至能看见薄雾弥散、扑了雪的岩体和高山草甸金子般的日线。

对一座时隐时现、希望与失望交织的雪山的期待，包含了观望者个人内心怎样的不甘与苦楚？看似一次不经意的、略显奢侈的审美，隐藏在背后的是一个人诗意的救赎。

我不怀疑盛大的开城仪式上仍飘着古羌人的灵魂，即便是文旅展演，每个环节、每一局部甚至每个元素，都有很细的血脉相通。我特别注意到台阶上穿黑衣、戴羊头帽、插黑羽毛的男子，他们黝黑的面孔和略显笨拙的笑容是老羌人留下的遗产；还有我身边站着的穿蓝衣黑坎肩、缠黑丝帕，手捧羊角或背着背篼等待出发的羌妇——即使戴着口罩，也能看到她们真实的表情。

羌族是一个用灵魂讲话的民族，话语里带着岷江的激流、疾风的吆喝；他们相信有灵，且能与天地万物通灵，在他们与天地万物间有一条茶马古道供他们通行,但关卡重重、鬼怪出没,需要足够的法力和正确的对话程序。

茂县敦而煌之,除了敦敦大山和滔滔岷江,还可引申至历史——自然史和王化史。自然史发自内力,就像一树羊角花开,或一群羊落入一片草甸。自然属性中有善有恶,善恶只是一个水系中的溪河或一片树叶上的经脉,更多肉的部分也即是日常部分,都是个体在山水时间中的自生自灭;欲望的痕迹是他们的个人史、家族史和部族史。历史——书面意义的——就是王化史,或者叫文明史。历史就是沸腾、冲突和最终平息——融化,小溪注入江河,本性被阉割驯化——不是自然进化,而是主流价值主导下的强扭……历史好比沙雕,换句话说历史是用灰烬书写的,先是燃烧,而后将灰烬聚拢,尚有余温便是德政仁政。

茂县的历史从两面说。两面两抔灰烬,一抔是羌人的求生史,一抔是帝国的文明史,取二者之间的任一冲突都是大片。就像九鼎山的沉稳和岷江永不停息的奔流,不管是自然史还是历史的发生都取决于先入为主的意志;它是自然力,也是人性的暗河,或者说是宇宙的基因,没有对错美丑,只有大小强弱,将万物归于秩序。

次日起早,去江边散步。天尚未大亮,茂县还是一些暗影和线条。我穿戴整齐,感觉却如同裸行——不止裸身,连肉体也脱下了。我从明宇雅舍酒店下到江堤,逆流而上,时跑时走,经过三座桥梁,直至城北青土湾。岷江有多条苏醒的线条,唯有流水是自然力学,但人工也是依照了自然力学的,江水、江堤、绿化树都不失神性。借了陌生和朦胧的光影,我捕捉到了它们的神性,但并不去打扰它们。

大河湾划出的弧形是最美的。外围是山的弧形、国道的弧形,河岸线的弧形由江堤、行柳以及与堤岸接触的河水部分构成;两岸两条河岸线,内外各一像两根琴弦,土石和混凝土的部分也流畅如水。

我一边跑一边念叨着岷江,这条被《水经注》记为江源的大河,与她相处的分分秒秒都是赴约。不是把岷江镶嵌在我的人生,也不是把自己镶嵌在岷江上,而是交流与聆听。

老实说,这赴约也有不忠——不能将九鼎山看作岷江的一部分,因为我跟岷江在一起时老是去瞅九鼎山。单单是瞅不要紧,还心念念,盼着它云开雾散露真容,沐浴到金子般的朝阳,为我袒露出悉尼歌剧院般的立面。

我想,这算不得不忠。在我的感觉中,九鼎山和岷江是一体的——岷江是血脉与肉身,九鼎山是头颅与思想。

略显阴郁的晨光,晦暗但舒畅的流水,扑朔迷离的云雾,时隐时现的扑了雪的九鼎山……天空放晴的希望不大但一直存在,即便失望尚可接受……我与岷江即便不是最理想的约会,也是最真实的会见。

在酒店见到梦非、谷运龙,我没有去想他们的羌族身份;稍后在席间见到雷子、羊子、阙玉兰、郭文花,也不觉得他们是羌族。即使注意去分辨,从穿着、面貌和语言,我也看不出他们的羌族身份——血液和信仰是不可目测的,其数据只有检测与内观。

寄居在茂县所在的岷江河谷,我不时会生出奇想,其中之一就是想看看有着纯正羌族血统的人的面貌——男人的面貌和女人的面貌,与我想象中的和地方史志描述的是否一样?在开城仪式上,我的确看见了有别于我在别处看见的汉人或藏人的羌人——有头包黑帕、手捧月亮馍馍的老妪,有背彩礼盖羌红的老妪,有穿麻衣的释比,有穿节日盛装的年轻羌女;在晚会上,我又看见了释比装束的羌人,但我不太相信他们的模样就是古羌人的模样,我觉得古羌人的面部有自原始灵魂逸出的本真。

在乘车前往岷江上游叠溪的途中,河谷两岸的半山总有一些羌寨进入我的视野,完好的和搬迁后的,它们都有一个上过史志、古老而让人费解的寨名:吾尔、俄尔、鸡公、则吁、罗都、墨飞、热窝、巴猪、阳雀……我想,今天留守在老寨中的羌人或许要接近他们祖先的模样一些。

与我同行的余瑞昭、雷耀琼、阙玉兰，他们的祖上都是羌人，身份证上的族属也是羌族，换句话说他们的血管里流的是羌人的血，但看穿着、看面容、听他们讲话，他们和我们并无差别，面部特征和价值认同也没有差别。他们不再有爱剑、白石、彻里吉、黑伦莱、热米他这样的名字。

王明珂走访羌寨数年，在黑虎寨的老释比身上访到了老羌人的灵魂——与羌地文人热衷于书写的羌魂还是有区别的。

在茂县，我第一眼看见岷江河谷，就自言自语地说了句："这是一条伟大的河谷。"我自以为是一个用词审慎的人，"伟大"用在岷江河谷，获得了本义。

从县城出发，越是沿 213 国道往河谷深处走，"伟大"便愈加具体、愈加有体量，且有更多锋芒。打开卫星地图，在缩放中审视这段河谷，我发现"伟大"的词义里还有破碎、险恶的含义。地图上的河谷的灰白色是人类活动的痕迹，更是断裂带破碎的山体、裸岩裸土的痕迹。我们可知，大河谷的形成需要伟大的地质震荡、冰川刨蚀和江水冲刷？县城到叠溪58公里（河谷要多出几公里），加上县城以下雁门至县城的 36 公里，这一段伟大的河谷有近百公里，岷江的激流、破碎的山体、断裂的地层释放出了肉眼看不见的光；还有人文，不用去翻阅史志，只需品味一下归顺、定远、北定、镇戎、长宁、穆肃、普安、太平这些地名，就明白个中意味了。更早，也更有意味（不敢说纯）的是用羌语命名的地名和寨名：乌都、鹁鸽、大章洼、麦非、独日、哭栗、出沙音、大力日、黑虎、巴地吾卜、鹅月、羊密独、白蜡、日泥、押国……释放的是另一种光，不是彼此辉映，而是彼此覆盖。

行进在岷江河谷茂县段，伟大是我个人暗中的感觉，也是我分派给视线所及的河湾、悬崖、激流、村寨、盘山路和塌方体的审美。我感觉到了河谷的气势、气质和构成河谷的细小元素的质地——粗粝、富有棱角，堪称尖锐，也有柔和的、颇为安抚人心的河岸线、草坡、瀑布、山脊和云卷。

我是第一次行走在这段河谷，陌生之余也生出了些熟悉感，经过罗都寨口外,这种熟悉感还相当的明晰。不是与涪江河谷的某种相似,更不是我之前来过忘了,而是我曾附着在先祖的身上光顾过了,像一个展开的梦魇——他们曾听命朝廷,从龙州翻雪山过来,援助松潘汉军平定松、茂、叠番变。

叠溪是一个美丽的意象,富有自然水景和中国山水画的意境。然而,一九三三年八月二十五日发生的一场大地震,将其变成了一个美被毁灭后的悲剧意象。河谷断裂,众山崩塌,溪江阻梗,古镇、羌寨没于海子。这毁灭的美里,上万生命瞬间魂断尘烟、余震,凝固定格,其间生命泯灭的千万细节,至今尸骨或沉水底或深埋山体。

二〇一八年第一次自松潘来叠溪,由叠溪海子的尾水进入,海子随河谷逐步进入视野,直到正在新建的叠溪古镇下方。古镇选址的台地,亦是岷江左岸的一处大型滑坡体。站在北门外开通隧道后弃用的老国道边上,远眺或近观叠溪海子,多年来关于叠溪海子的传说、对叠溪海子的想象终于变成了现实。叠溪海子与我想象中的还是有些差距,不管是视角的高度、水域的颜色还是岸边的山崖植被。最大的差距是没有我想象中的僻静、神秘。

我不知道我在老国道的崖边站了多久、眼睛在远方和脚下的水域停留了多久,我妄想获得一种不可能的可能——目睹地震发生时的情景和十月九日海子决堤的情景;我看见的仅仅是八十五年后叠溪海子风平浪静的样子,时间的灰烬比大地震腾起的尘埃更具有覆盖力和遮蔽性。我特别注意到银瓶崖下的淤塞体已变成了原生山体,上面的草木已长成气候。

这一次,我从叠溪海子的下边去了松坪沟。从地图上看,小关子至叠溪海子这段岷江是一段淤塞体,山体崩塌阻塞了江水,江水蓄积到足够的体量淤塞体崩塌,冲刷出新的河道,具体时间为一九三三年十月九日。

乘车经过,我也是这样感觉的,岷江在这里没一点岷江的样子。如果说叠溪是一块伤疤,那么叠溪海子下方的这段岷江便是一处肠梗阻,海子的决堤留下了严重的后遗症。

车过叠溪海子,阴郁的天气泊着浓重的秋意。这方海子是我两年前目及的水域,也是水质相对清澈、初现层次感的水域;让人心颤的是水下还躺着叠溪古城,它有一个创世纪般的名字——蚕陵。

打开车窗,让水汽进来。不是死亡的气息,只是水汽,八十七年前的淤塞体已经坐实,长满草木,在一个不知实情的人的眼里仅是一处风景。自然力创造美、毁灭美,再将毁灭之美修复,再毁灭、再修复。自然力不考虑人的感受。

我很难将新磨村遗址给我的感受与审美联系起来,任何试图寻找美感的举动——即或是悲剧的美感,都是不人道的。

悲剧发生得太突然、太惨烈,距离我站在遗址的时间太近了——仅仅相隔1211天,事发现场还没有落下多少时间的灰烬,呈现在我眼前的是采石场一般的半新的痕迹。回顾二〇一七年六月二十四日凌晨五时四十五分,因为下雨,天刚粉粉亮,新磨村的人还在梦乡或习惯性赖床,没等反应过来便被深埋大葬。对于个别醒来或早起的人,反应也只是一瞬,浓稠的黑色便将其浇铸为混泥土,其间夹杂的恐惧、疼痛和绝望不过是混泥土裹挟的格桑花,刹那间便失去了知觉。无论在事发时或是今天,这一悲剧对于大多数人都仅仅是一个新闻或事件,即便是面对镜头中挖掘机翻出的惨不忍睹的残肢,即便是有一颗菩萨心。

上午十时十分(二〇二〇年十月十八日),新磨村(遗址)第一次载入我的视野,呈现出废弃的采石场的寂静和深秋凋敝的景象。我下了车,走到路边,看不见全貌,只能看见山体崩塌后留下的几近裸岩的巨大创面。山顶云遮雾罩,看不见创面的顶部。我沿着公路前行几十米,再回转身来看新磨村原址——蒿草和灌丛尚不足以遮住碎石,一个刚刚废弃的采石场,干干净净,并无悲剧与死亡的氛围;只有当脑壳里跳出事发前新磨村的图景,我才意识到视线所及是一个悲剧现场,碎石下、蒿草和灌丛下、河床被挖掘机刨开的堆积体下,甚至于我们立足的公路下,仍埋着遇难者的肢体。

过了新磨村,再往里走便是松坪沟。岷山中同海拔的溪沟大都是这个样子,熟悉而又陌生,有一些异域异族的痕迹,但已不明显,植被与景色,包括植物的种类都很相似。途中经过修整一新、做旅游接待的村舍,并不知道叫白蜡寨,车从白蜡海子的边上经过,也不记得看见过海子了。

车在白石海停下,松坪沟到了。我感觉很意外——在我的想象中,我们的车还将经过九寨沟或丹云峡那样的溪谷。

我知道,来叠溪就是看海子。不是九寨沟那样的被地质时间沉淀和净化的海子,而是八十七年前的大地震制造的海子。九寨沟的海子已经发育完美,叠溪海子还是伤口伤疤。

第一眼看见白石海——公棚海子,我还是颇有好感,虽非细腻完美,却也不像伤疤那样挑战感官。瞬间自然力像一个观念,能量被释放后便留下了海子的具象。继续往水磨沟里面走,沿路经过了更多海子,留下印象的有墨海、长海、五彩池,它们可以被看作九寨沟海子的雏形。

松坪沟是夹在西一东、西北一东南走向两列雪岭间的一条深沟,与黑水和松潘小姓沟一山之隔,以前是劫匪、溃军、难民、重罪犯等五马六道之人的避难所。六月草长莺飞,山花烂漫,也可看作伊甸园。然而在专事灵魂的释比眼里,松坪沟则是一处“不干净的灵魂”的寄居地,需要诵经作法驱逐或救赎。

无论从地质板块还是人文板块看,松坪沟和叠溪都同属一体,处在上述二雪岭和东面一列南北走向的雪岭之中,构成一个向东北倾斜的等边三角形。岷江从偏东一侧穿过,湮灭的叠溪古城是这个三角形的心脏,松坪沟和岷江是两条大动脉。

换一种思维和想象,叠溪又是一朵碎裂、沉降于三列雪岭间的地质之花,地壳碎裂沉陷了,古城陷落淹没了,羌寨也崩塌掩埋了、沉于水底,魂魄更是飞散、不可聚敛。不只是破碎、陷落、掩埋，还被强大的扭力揉搓，形成一个无序的淤积群。幸存的人寄生在不稳定的淤积体上，经过几代人的叫魂，才渐渐平静下来。

返回时路过新磨村遗址，我透过车窗，再次望了望崩塌的山体的顶部，仍罩着云雾看不见边际。午后，河谷倒是敞亮了许多，那些仍压在死难者身上的砾石白花花一片，看上去无比洁净。

再次路过叠溪海子，天光微暖，水面平静，蓝色均匀，岸上的红叶也像模像样。八十七年前的巨创已愈合为风景，没于水底的古城想必也有了火山灰下的庞贝城的美学。

车出金枪岩隧道，回到 213 国道，爬行在叠带状的九道拐。我无意间又一次朝新磨村的方向眺望，云雾还在，但高了许多，下方现出刺眼的白铁皮般的光光的岩层——山体崩塌后留下的创面的顶部——死神的居所。安息吧！我在心里无助地念叨出这三个字。前人已安息了，你们也安息吧！

叠溪叠溪，叠溪的风景下是毁灭与死亡的美学。

治水的人或神

◎ 熊育群

民国二十九年,时任重庆国民政府监察院长于右任,古稀之年,不辞跋涉之劳,来汶川访寻禹迹。他写下一诗:"石纽山前沙尚飞,刳儿坪上黍初肥。茫茫禹迹从何得,蹀躞荒山汗湿衣。"

在汶川大地震的第二年,沿着岷江,我到了这个高山深谷地带。从四川大盆地进入岷山,海拔一路上升,湍急的岷江水,波飞浪涌,一座一座山峰,裸露褐黄一色的巨大山体。"5·12"大地震,这些山体上的滚石砸向山底公路,有三千多辆正在行驶的车被埋进了坍塌的石头下,再也见不到踪影。这样恶劣的环境,赫赫有名的夏王朝君王就出生于这里?

广东援建汶川工作队在岷江峡谷绵虒镇石纽山建起一座大禹祭坛,又在汶川县城威州建起一座巨大的大禹塑像。大禹一时成了汶川之魂。

环顾群山所拥的岷江峡谷,与世隔绝一样的狭小空间,只有头上的天空是与外面宏大的世界相连通的。一个在大地上奔跑的巨人,沿着眼前这条冲向大盆地的河流走出了大山? 汶川土地上生息的羌人、藏民,与这个夏王朝的君主有什么血脉上的关联? 这样的想象不免令人困惑。

汶川大地震震出了一个比三星堆更古老的遗址——布瓦。我曾两次爬上布瓦,那时余震仍然不断。布瓦在岷江西岸,位于杂谷脑河东北岸,海拔 2100 米。考古人员发现了史前文化遗址,出土了大量的陶片、石器,陶器多以瓦棱纹、戳印纹、凹弦纹、锯齿状花边口沿装饰。

四川大盆地三星堆,神奇而精湛的文物曾震惊世人。此地还有嫘祖的传说。这片神秘的土地看来被人小看了。

大禹来自蜀地并非不可能。文献载"禹兴于西羌","生于石纽"。查汶川县志，记有一碑铭："县南十里许，名飞沙关。山顶有石纽刳儿坪，相传即禹诞生处。"于右任当年便是来此地踏访的。

汶川近邻北川羌族自治县，在禹里镇石纽村建起了大禹故里风景名胜区。那里有一年一度的禹王庙会，人山人海，庆贺大禹诞辰，欢度羌历年。

在这片群山之中，人们对大禹的怀念与敬仰令人感动。然而，出生地之争是很难有定论的。更多的学者依据文献，以河南龙山文化和二里头文化考古资料分析，认为夏族起源当在河南嵩山周围的伊、洛、颍、汝河谷平原地区。也有不少人认为山西南部古称"夏墟"，这里发现了颇具特征的陶寺类型文化和东下冯类型文化，应该是夏族的起源之地。也有人根据对山东潍县等地出土的周代寻氏铜器的考证，认为夏初夷夏接触频繁，且东方有夏之与国存在，因此早期夏人当主要活动于豫东平原与山东地带。

公元前二十一世纪至公元前十六世纪，一个古老的部落，联合十多个部落，自称为夏。夏到唐尧、虞舜时期，大禹获得帝位。由夏禹到夏桀约四百年间，只有夏禹这样一个功绩卓著的帝王为万世景仰，传颂不衰。

夏代这样遥远，我们对夏的历史知之甚少。像尧、舜这样最初的帝王，留下美好传说，给权力赋予善的色彩。他们禅让的开端被后人赞美，却永不再现。在那个原始社会里，人们的日常生活全然被抹去了记忆。神话成了历史的记录，主观代替客观，精神凸显成为远古历史书写的特征。人类早年对世界的认知，蒙上了浓郁的精神色彩，在他们对世间万物的诠释与主观臆想间，投射出了一幅远古人类的心理图像。

孔子当年想系统整理夏史资料，就已经深感吃力。从屈原的《楚辞·天问》中可以了解，当时楚人的宫殿里还绘有关于夏史的连环壁画。这些壁画前半部分带有浓厚的神话传说内容，有的还保留了很多史前的传说。直到西汉司马迁写出《史记》，在《史记》卷二对夏做了记述，夏似乎从神话传说中脱离出来,作为一个中国最早朝代的信史而被确立。

夏代的禹,无论历史、神话还是民间传说,他都是出生并生活在大地上的人,但关于他的事迹却不是一个人所能做到的,他的事迹是史实还是传说,他仿佛又具有了神的面目。是人还是神,或者是子虚乌有,大禹真实性的求索,一直困扰后人。一个人的真实与否,成为一个民族甚至一种文明源头的真相。

近代疑古之风一度盛行,有学者质疑是否存在禹这个人。著名学者顾颉刚竟然考证出禹是一条虫,这当然受到当时一些史学家如柳翼谋等人的指误。

大禹是神还是人?争说自己是大禹故乡的地方当然说他是人。但一到大禹活动的地方,或者说他治水到过的地方,他又被神化了。全国许多地方都留下了夏禹的遗迹和传闻。陕西韩城有禹门;山西河津有禹门口;山西夏县中条山麓有禹王城址;河南开封市郊有禹王台;禹县城内有禹王锁蛟井;湖北武汉龟山东端有禹功矶;湖南长沙岳麓山巅有禹王碑;安徽怀远境内有禹墟和禹王宫;四川南江建有禹王宫;河南洛阳有大禹开凿龙门的传说……这些遍布中国的大禹遗迹,记刻着大禹的丰功和人们的思念与崇拜。从没有一个人像大禹这样在如此广阔的地域受到人民的爱戴,经历如此漫长的岁月而影响不衰。

我们都有这样类似的经验:民间对于特殊的人物,在口口相传中,根据自己的心理与意愿,会进行夸张与创造,等到传得远了,早已经大大变样。人变成神大概与这样的心理和集体的创造分不开。

司马迁在他的《史记》中,称禹为夏禹,他是把禹当作现实中的人物来写的。禹名叫文命。他的父亲就是治水失败的鲧,而鲧的出身十分高贵,他的父亲是颛顼帝,再往上推,颛顼的父亲是昌意,昌意的父亲是黄帝。因此,可以说禹就是黄帝的玄孙,颛顼帝的孙子。禹的曾祖父昌意和父亲鲧都是帝王的大臣。

于是，一段可以信服的史实徐徐展开，中国治水最古老的篇章，在神话色彩浓郁的氛围里呈现。大禹作为中国历史记载上第一个治水成功的人物，中华民族最古老的治水英雄，他的故事家喻户晓。人类伤痛的记忆是那么久远，几千年也不曾被岁月磨损，大禹头上的光环照耀了神州大地四千年！治水让他获得了万民拥戴，治水使他拥有了建立一个国家的威望，治水使他万古流芳，使他从一个人变成了一位神。

由此也可看出水患对于人类的创痛，它是如此之深；治水对于黎民百姓意义如此重大！

禹的事迹在大地上风一样飘扬，却超出了人的能力的限度，只有神的能力如白日梦一样进入人类的精神世界。这一切都在一个时代的命名中成为遥远的历史。新石器时代因为文字的缺席，像一团光焰，只有朦胧的光芒划过⋯⋯

"洪水滔天。鲧窃帝之息壤以堙洪水，不待帝命。帝令祝融杀鲧于羽郊，鲧复生禹。帝乃命禹卒布土以定九州。"（《山海经·海内经》）

那本不是最初的世界，但这是人类有集体记忆开始的世界，人类世界最早的记忆指向了洪水！地震、火山、干旱、寒冷、瘟疫虽然可怕，但不至于造成触目惊心的景象，这是以大地为巨大舞台的灾难展示，滔滔洪水，天际横流，树木倒悬，堤岸崩塌，家园变成泽国，人或为鱼鳖。人们对于天和地的恐惧，有如蝼蚁之面对江湖。

洪水是怎样泛滥起来的？也许古人脑海里会不断浮现这样的追问，但古籍中却找不到明确的记载。《淮南子·本经篇》说是由于共工"振滔"起来的："舜之时，共工振滔洪水，以薄空桑。"人们那时只能把一切归因于神。共工就是这样横行霸道的神。

但共工又是受了谁的差遣呢？一个神灵的世界，是否已经建立？像人类社会那样复杂地运转，把一场灾难演绎得因果清晰。上帝已经在人们心中产生了。洪水泛滥九州，仅仅是因为水神共工的一怒？这里必须上升到造物主或万能的上帝,是他的愤怒,才可以使生灵涂炭。《尚书·大禹谟》有"帝(舜)曰:'来禹,洚水儆予。'"洪水的泛滥已被看作上天的意旨。正如希伯来人关于洪水的神话是因为耶和华见人在大地上罪恶极大,心中忧伤,才使洪水毁灭世界,东方传说中也有说是人类的贪婪,激怒了造物主,于是洪水滔天,淹没世界。人类从自身的恶里寻找到原因。人类贪婪之恶至今也无多少改观,科学家霍金就不无悲观地预言,人类的贪婪借助于科技,两百年后人类将走向自我毁灭。

人们对于洪水的恐惧远远没有对于万能之神上帝的恐惧来得强烈。人们总是相信世界末日的来临,那些天空中奔来涌去的云雾,人类无法触及,如同非现实的存在,在人们抬头时,它就成了神秘世界的帷幕。

《孟子·滕文公上》中有"当尧之时,天下犹未平,洪水横流,泛滥于天下。草木畅茂,禽兽繁殖,五谷不登,禽兽逼人。兽蹄鸟迹之道,交于中国"。《孟子·滕文公下》中又有"当尧之时,水逆行,泛滥于中国,蛇龙居之,民无所定,下者为巢,上者为营窟"。

在冰河时代后期,洪水是毁灭世界的强大力量。尧舜时代的这一次洪水,在大旱之后发生,二十二年不退。暴雨一天天下着,天昏地暗。大地上一片汪洋,几乎难以觅到土地。"汤汤洪水方割,荡荡怀山襄陵,浩浩滔天。"(《尚书·尧典》)这些衣不遮体的人,脸上写满了哀愁与苦痛,一群群在水中漂流。山上,那些洞窟里挤满了这些无处藏身的人;水中央,那些大树上,一个个窠巢是人用树枝搭起的窝;为了活命,禽兽也与人争夺地盘。

能与洪水搏斗的人,都是超出一般人的能力的人,他们是众人眼里的神。尧于是四处寻找能治理洪水的人。这时,四岳(古代四岳既是人名,也是族名,又是山名,此四岳所指是人名)群臣都推荐禹的父亲鲧,说他能够胜任。尧则反对,说:"他这个人违背天命,毁败同族,用不得。"四岳仍坚持,说:"比来比去,这么多大臣还没有谁比他更强的,不如让他试试。"

尧犹豫后,听从了四岳的建议,叫来了鲧,要他受命前去治理洪水。鲧于是成为第一位站出来治理洪水的人。

九年过去了,洪水依然泛滥不止。尧帝这时寻找帝位继承人,发现了舜。于是,他决定禅让帝位于舜,先让他代行天子的职务,去四方巡视。舜在巡视途中,看到的仍是泛滥的洪水,看不到鲧治水的成效。鲧治水采取了堵的办法,造成治水不力,舜帝在一怒之下,把鲧杀死在羽山。舜对鲧的惩罚得到了天下人的拥护。

神话版中,鲧的死却是因为他没有等待天帝的旨命,盗窃了天帝的宝物息壤去治理洪水,惹得天帝淫威发作,怒气冲天,叫出一个火神祝融,把鲧杀死于羽山。"昔者鲧违帝命,殛之于羽山,化为黄能,以入于羽渊。"(《国语·晋语八》)《山海经·海内经》中有"鲧死三岁不腐,剖之以吴刀,化为黄龙"。

鲧被杀之地叫羽山,它在北极之阴,一个太阳永远也照不到的地方。传说山的南面是雁门,那里有一条神龙,叫作"烛龙",生有一副人脸,它身子长达一千多里。自从盘古开天辟地时始,就盘踞在此,它的嘴里永远衔着一支蜡烛,用来照明。传说中的幽都就在羽山附近。

鲧被杀后,因为他治水的愿望没有达成,他的精魂不散,因此,他的尸体三年也没有腐烂。而且,在他没有腐烂的尸体里还在孕育着新生命。这就是他的儿子禹。他是在用自己的精血和心魂在喂养这个小生命。他期望着这个小生命长大,然后去完成他未竟的事业。

禹在鲧的肚子里生长着,三年里迅速具备了神力,甚至超过了他的父亲鲧。

上帝得知鲧的尸体三年不烂,十分惊骇。他害怕鲧变成精怪来与自己作对,于是,又派了一位天神,并带了一把宝刀"吴刀",吴刀砍下去,鲧的尸体被剖开了。这时候,突然跳出来一条虬龙,它头上长有一双锋利的角,在地上盘曲腾跃,一眨眼间就飞到了云彩之上。这就是鲧的儿子禹。

鲧被天神剖开的尸体动了动,收缩成了一条黄色的龙,然后一跃,跳进了羽渊之中。这条黄龙再无神力了,它只是一条普通的龙,它的神力全部传给了儿子禹。它活下来,唯一的期望就是看到禹继承自己的事业,把人们从洪水围困之中救出来,把滔天洪水治理好。

这是一位多么感人的神!一个失败的英雄,死了仍然想着治水,不肯放弃,尸体竟然三年不腐烂,用它去孕育能帮自己实现愿望的新生命。这是一种什么样的精神?这精神感天地,泣鬼神!

神话中鲧与禹的故事,神秘、悲壮,又充满了戏剧性。

让人生疑的是,一代贤君,怎么会因治水不利就治他的死罪?何况鲧是大臣们推荐他去治水的。他勤勤恳恳、从不懈怠,只是沿用常人的方法,没有找到更科学的办法,处死他,其中是否有权利的算计与争斗?何况鲧真的只会堵,笨到如此的程度?

杀死这样一个为民治水的人,还得到人民的拥护?这一定是杀他的理由被篡改了,或是编织了最早的莫须有罪名,鲧也许是中国第一个有冤情的人。或者,杀鲧得到了人民群众拥护根本就是妄加于群众头上的谎言,事实被人歪曲了。鲧是一个悲剧人物,是第一个历史之谜。

古代从尧时起,中原各部族已结成强大的部族联盟,部族联盟由联盟议事会领导,是一个民主制的社会组织。尧作为部族联盟首领,组织大家生产,抗御自然灾害,调整各部族间的关系,他为众人的服务精神受到人们真诚的拥戴。"尧辟位凡二十八年而崩。百姓悲哀,如丧父母。三年,四方莫举乐,以思尧。"这些传说也许是可信的。

《尚书·尧典》和《史记·五帝本纪》都写到,尧在年老力衰的晚年,感到自己不能继续胜任联盟首领之职,于是开会讨论继任者的问题。在联盟议事会上,尧推荐的人选是四岳而不是舜。四岳认为自己能力低下,害怕有负重托,推却了首领一职,大家这才推荐有虞氏部落的舜担任此职。众人的意见是,舜作为尧的副手,先要经过各种考验,然后才能接班。三年后,尧认为"女谋事至而言可绩,三年矣。女登帝位"。这就是历史上有名的禅让。正是在这三年试用期间,舜把鲧给杀了。

一个治水不利而被处死者的儿子,又被舜帝看中,让他承担起父亲没有完成的使命,继续治水,这又是怎样的一步棋?想赶尽杀绝?背后有怎样曲折的缘由,已经不得而知了。反正尧、舜都获得了无可比拟的好名声。禹于是走向了大地上的江河湖泊。

谁也想不到,禹因为走向大地上的江河而获得身后盛名。他因此成为一代帝王。他改变了社会制度、权力交接方式,建立了国家,也断不会少杀人。后人对禹的赞美达到了不吝言辞的程度。司马迁在《史记》里赞他聪敏机智,吃苦耐劳,遵纪守法、讲诚信,仁爱可亲,而他的为官之道也是勤勤恳恳、庄重严肃的,堪称百官典范。更让人难以理解的是,他还赞美他的声音与身体,说他的声音就是标准的音律,他的身躯就是标准的尺度,凭着他的声音和躯体就可以校正音律的高低和尺度的长短。这是超级歌星与超级男模!那时的人真的那么重视身体在意身体?也许是那个两千年后才出生的孔子弄出来的那一套伦理哲学,把生命最重要的根本——身体——忽略了。而在远古也许身体是重要的,比道德纲常重要得多!

禹接受了舜帝的命令,与两位大臣益、后稷一起到任。他在如此广大的土地上治水,没有一支浩大的治水队伍是绝没可能的。《史记》只写到一句:他命令诸侯百官发动那些被惩罚服劳役的罪人分治九州土地。这些罪人应该是奴隶,各个部族战争的俘虏,他们变为奴隶。一个奴隶社会在禹的有生之年出现,奴隶一定占有很大的人口比例。有这样可以任意驱使的劳力,禹自然充满信心。可惜的是那时劳动效率极低,没有先进的劳动工具,只有石器可用。青铜时代远在他们身后,就像铜仍隐藏在石头之中,像时间一样没有痕迹,不被知觉。

禹一路上穿山越岭,用树木立下一个个桩,这是施工的标志,他以此测定高山大川的状貌。他和徒众助手一起跋山涉水,把水流的源头、上游、下游大略考察了一遍,并在重要的地方堆积一些石头或砍伐树木作为记号,便于治水时做参考。

有一次,他们走到山东的一条河边,突然狂风大作,乌云翻滚,电闪雷鸣,大雨倾盆。山洪暴发了,一下子卷走了不少人。有些人被咆哮的洪水淹没了,有些人在翻滚的水流中失踪了。大禹的徒众受了惊骇,因此后来有人就把这条河叫徒骇河(在今山东禹城和聊城一带)。

考察完毕,大禹对各种水情做了认真研究,最后决定用疏导的办法来治理水患。大禹亲自率领徒众和百姓,带着简陋的石斧、石刀、石铲、木耒等工具,开始治水。有一个说法,在大禹划定的九州,每州有三万余人投入了治水工程。他们露宿野餐,粗衣淡饭,风里来雨里去,起早贪黑,从不敢懈怠。

司马迁写到禹为父亲鲧因治水无功而受罚感到难过。"禹伤先人父鲧功之不成受诛,乃劳身焦思",这是人之常情。他走在父亲踩踏过的土地上,回想起与父亲生活的一幕幕,一定有难以抑制的悲恸。他治水也许带着生命的恐惧,父亲的死也许就是他的前程。这甚至是不可能完成的任务,他的死是那样真实,抬头之间就能看到那个结局。他的不顾劳累,他的苦苦思索,特别是他在外面生活了十三年,几次从家门前路过都没敢进去,都可能有父亲惨死的阴影在压迫着他,让他不敢有半点懈怠。

因此,司马迁写他"居外十三年,过家门不敢入"。一个"不敢"道尽多少心酸。这是一个注定要舍弃亲情、孤独而寂寞的人,先是失去了父亲,后来因赶着挖通河道,化为熊身,终于把妻子也吓得变作了石头。失去了爱人,他只得向石头求一子。为了完成这个没有人完成过的治水大业,他甚至"致孝于鬼神"。

这里无意贬低大禹,他的超越常人的隐忍、耐劳,一定有他父亲的原因在。《史记》写他节衣缩食,居室非常简陋,把资财用于治理河川,都是为了治水成功,因为,他是不能失败的!

由于大禹常年奔波在外,人消瘦了,皮肤晒黑了,手上也长满了老茧,脚底布满了血泡,连腿上的毛都给磨光了,束发的簪子和帽子掉了也顾不上收拾。老百姓见了无不心痛流泪。

在如此巨大的土地上治水,大禹的踪迹到达过如此广阔的地域,在一个交通落后的年代,大禹一定要追求自己的速度。《史记》写到"陆行乘车,水行乘船,泥行乘橇,山行乘檋"。他在地上行走时就乘车。尚不知他那时的车是什么样的车,但一定是比人走路要快的车;他在水中行走就乘船,说明那时已经发明了船,船的古老历史,说明了夏朝也许不像我们想象的那么落后,一些基本的东西已经出现在生活中了。他在泥沼中行走就乘木橇,在山路上行走就穿上带铁齿的鞋——木檋、鞋,这些足以证明以上的推论。

至于科技方面,《史记》提供的有:"左准绳,右规矩,载四时",他左手拿着准和绳,右手拿着规和矩,还装载着测四时定方向的仪器。这些已经十分先进了。四千年前,如果这些记述是真实的,中国古代的文明当是十分辉煌灿烂的。文明古国当不是一句虚言。

大禹治水,除了疏导河道,修治湖泊,还搞开发,把行政工作也一并做了。也许古代的权力分配没有现代那么精细的分工,也许大禹看不得自己能做的事不去做,等着事情拖着,不理不睬,让别的人来处理。或者他就是有野心的人,要施仁政,收买人心。或者他想到了父亲,要想不被人杀就要掌握权力。大禹是这样一个有能力处理大事的人,是一位具有雄才大略的政治家、伟人。他治水与治国养民结合起来,治水害的同时,还指导人们恢复和发展农业生产,大兴水上运输,重建家园。每治理一个地方,他都主动团结氏族部落酋长,完善政权建设,使百姓安居乐业。

洪水退去后,一块块平原露出水面,他带领人们在田间修起一条条沟渠,引水灌溉,种植粟、黍、豆、麻等农作物,还让人们在地势低洼的地方种植水稻。他不仅治理水患获得了巨大的成功,而且农业生产也取得了进步。孔子曾在颂扬禹治水的功德时说:我简直找不到他的一点缺点,他的宫室简陋却没有想到改善,而是尽全力平治水土,开沟洫,发展农耕,鼓励人民从事劳动。

禹爬到权力的巅峰,成功地把禅让制变成了世袭制,把松散的部落联合变成了一个国家——中国历史上的第一个王朝,第一个把中国从原始社会带进奴隶社会,他杀戮而不留下恶名,他征税而没有引来反抗,他在治水的过程中,施展政治手腕却获得赞扬,特别是他身后美名万代传颂,他从一个人变成了一个神。这足可证明他是一个非凡的帝王。

《史记》里记述:他开发九州土地,疏导九条河道,修治九个大湖,测量九座大山。他让益给民众分发稻种,可以种植在低洼潮湿的土地上。又让后稷赈济吃粮艰难的民众。粮食匮乏时,就让一些地区把余粮调剂给缺粮地区,以便使各诸侯国都能有粮食吃。禹一边行进,一边考察各地的物产情况,规定了应该向天子交纳的贡赋,并考察了各地的山川地形,以便弄清诸侯朝贡时交通是否方便。这已经是一个帝王的作为。

禹也关心百姓的疾苦。有一次,看见一个人穷得把孩子卖了,禹就把孩子赎了回来。见有的百姓没有吃的,他就让后稷把仅有的粮食分给百姓。禹穿着破烂的衣服,吃粗劣的食物,住简陋的席篷,每天亲自手持耒锸,带头干最苦最脏的活儿。

大禹治水大功告成,他崇高的威望无人匹敌。他这时就如天子一样,下令并规定天子国都以外五百里的地区为甸服,即为天子服田役纳谷税的地区:紧靠王城百里以内的要交纳收割的整棵庄稼,一百里以外到两百里以内的要交纳禾穗,两百里以外到三百里以内的要交纳谷粒,三百里以外到四百里以内的要交纳粗米,四百里以外到五百里以内的要交纳精米。

甸服以外五百里的地区为侯服,即为天子侦察顺逆和服侍王命的地区;靠近甸服一百里以内是卿大夫的采邑,往外两百里以内为小的封国,再往外三百里以内为诸侯的封地。

侯服以外五百里的地区为绥服,即受天子安抚,推行教化的地区:靠近侯服三百里以内视情况来推行礼乐法度、文章教化,往外两百里以内要振兴武威,保卫天子。

绥服以外五百里的地区为要服,即受天子约束、服从天子的地区:靠近绥服三百里以内要遵守教化,和平相处;往外两百里以内要遵守王法。

要服以外五百里的地区为荒服,即为最边缘的荒远地区:靠近要服三百里以内荒凉落后,那里的人来去不受限制;再往外两百里以内可以随意居处,不受约束。

东临大海,西至沙漠,从北到南,天子的声威教化达到了四方荒远的边陲。

舜帝这时面对大禹会是什么心情?水患解除了,鲧的儿子安全归来,威望达到了顶峰,甚至超过了自己。万民称颂说:"如果没有禹,我们早就变成鱼和鳖了。"治水几乎是一件不可能的事,但大禹做到了,并因此而成就了一番事业。他开会表彰禹治水有功,说:"禹啊禹!你是我的胳膊、大腿、耳朵和眼睛。我想为民造福,你辅佐我。我想观天象,知日月星辰,作文绣服饰,你谏明我。我想听六律五声八音来治乱,宣扬五德,你帮助我。你从来不当面阿谀背后诽谤我。你以自己的真诚、德行,使朝中清正无邪。你发扬了我的圣德,功劳太大了!"于是,舜赐给了大禹一块代表水色的黑色玉圭,向天下宣告:治水成功。

天下从此从水的梦魇中解脱出来,共享太平。

不久,他又封禹为伯,以夏为其封国。

帝舜在位三十三年时,正式将禹推荐给上天,把天子位禅让给禹。十七年以后,舜在南巡中逝世。三年治丧结束,禹避居阳城,将帝位让给舜的儿子商均。但天下的诸侯都离开商均去朝见禹。在诸侯的拥戴下,禹正式即天子位,以安邑为都城,国号夏。分封丹朱于唐,分封商均于虞。改定历日,以建寅之月为正月。又收取天下的铜,铸成了九鼎,作为天下共主的象征。据说,《山海经》就是九鼎上图案的绘本。

禹接位后,中原各部落逐步形成了以夏族为中心的领导集团。禹在这个集团中的地位已初具王权性质。他让治水时专司刑罚的皋陶制定了一些规定,各氏族部落如有不听号令者,就要以刑罚来惩办。禹还有组织地对不听教化多次叛乱的苗族进行征伐,打败了苗军,打死了三苗酋长,势力范围达到江淮流域。之后,"四方归之,辟土以王"。

帝禹更加勤奋地为万民谋利,诚恳地招揽士人,广泛地听取民众的意见。有一次,他出门看见一个罪人,竟下车问候并哭了起来。随从说:"罪人干了坏事,你何必可怜他!"帝禹说:"尧舜的时候,人们都和尧舜同心同德。现在我当天子,人心却各不相同,我怎能不痛心?"仪狄造了些酒,帝禹喝了以后感到味道很醇美,就给仪狄下命令,要他停止造酒,说:"后代一定会有因为酒而亡国的。"

禹继帝位不久,就推举皋陶当继承人,并让他全权处理政务。在皋陶不幸逝世以后又推举伯益为继承人,负责政务。

禹为巩固统治,特别重视恩威并济,加强教化。传说西部有个部族叫有扈氏,好战而不愿服夏。禹采取一边用兵征服,一边用德政教化的策略,使有扈氏终于臣服。东南地区古称"九夷",即九个较大的部落。禹为加强对其统治,几次出巡该地区,传播中原文化和礼教,当地百姓对他很尊敬,并给予礼遇。他沿途问人习俗,鼓励农耕,告其农时,播种五谷,教育部族酋长们讲礼仪,知法度,不以强凌弱,和睦相处。同时又宣布,若有不听教化者,要以兵征讨,绝不客气。

古越部落酋长防风氏,想独霸一方,自称越人各部落之长,不听禹的命令。禹在苗山大会上当众命令将他处死,并暴尸三天。各地诸侯、方伯深知夏王朝的威力和禹的神圣,再不敢冒犯禹王。那些没有参加朝见禹王的氏族部落听说此事,也纷纷向夏王朝进贡称臣。

帝禹在位第十年南巡。过江时,一条黄龙游来,拱起大船,船上的人很害怕。帝禹仰天叹息道:"我受命于天。活着靠上天的佐助,死了要回到天上去。你们何必为这一条龙担忧？"龙听到这一席话，摇摇尾巴，低下头就不见了。帝禹到涂山，在那里大会天下诸侯，献上玉帛前来朝见的诸侯竟达万名之众。

帝禹在位十五年后逝世，葬于会稽(今浙江绍兴)，终年一百岁。

禹子启即位后，每年春秋派人祭禹，并在南山上建了宗庙；禹的五世孙少康即位，派庶子无余到会稽守禹冢，并建祠定居；秦始皇也曾"上会稽、祭大禹"。

现在禹陵附近的禹陵村住户多为姒姓，就是禹的后代，如今已传至144世。绍兴成为人们祭祀和瞻仰大禹的圣地。

四千年来，大禹陵总是俎豆千秋，玉帛相接，清庙巨丽，祭祀绵亘。历代祭禹，古礼攸隆，影响巨大。祭大禹陵已有定例，历代以来，由皇帝派出使者，帝沐赍礼来会稽祭禹者更多。到明代，遣使特祭成为制度。清代，康熙、乾隆又亲临绍兴祭禹。民国时改为特祭，每年九月十九日举行，一年一祭。一九九五年开始，浙江省暨绍兴市各界公祭大禹陵典礼每五年一祭；地方民祭和后裔家祭则每年一次，绵延不绝。

祭禹成了中华民族精神传承的一种方式。

海南记

◎ 赵　瑜

二〇〇六年秋,因为一个机缘,我从生活了多年的郑州抵达海口,开始了为期十年的海南生活。经年累月在内陆养成的生活习惯和思维方式,在海南经受了考验。这里的风、土、人情,都与内陆不同。语言像一堵墙一样,将我隔离在海南的日常生活之外,还有饮食、衣物的选择,道路的方向感,以及待人接物的种种生活细节。这些差异,既是对我以往人生的补充,也是对我认知世界的扩大与修正。海南十年,我在逐渐融入的过程中,也扩大了自己的内心世界。

我一度曾怀疑过的那些词语,那些炙热的阳光和沙砾,如今再翻看的时候,发现,它们都那么营养。

云彩

海南人对天上的云朵丝毫不在意。作为异乡人的我,却相当依赖云彩。

我早晨起来会看天上的云彩,下班以后也会看天上的云彩,半上午的时候,如果我外出,也会仰着头看一会儿天上的云彩。有那么一段时间,我每天在相同的时间给云彩拍照,给它们起好听的名字,分别叫作"虫鸣""夏天的第七十六朵白云""国兴大道以南,滨江路以西",等等吧。海南的云彩和内陆不同,内陆的云彩懒惰,堆在某个树梢上面,一动不动的;海南的云彩多是奔跑的,它们被海风吹成树的样子、鸟的样子、马匹的样子。海南的云彩,像云彩的集市、云彩的会议,甚至是一场舞蹈。有时候心情不好,我会抬起头来看看云彩的样子,它们欢快地奔向远处,纯白,比纯更清澈,比白更有光芒。

云彩会让我的呼吸变得均匀,让我知道,世间的事没有什么是固定不变的——云彩这么高高在上的,也不过是转瞬便成了忆念。我们注定不会长时间拥有太多东西,所有的悲伤或者怨念都是狭窄的吧。

我看着云彩的时候,总会自动生出一些大于我自身的宽容。我喜欢看云彩时的自己。看书的时候,我在一些熟悉的词语里,看向云彩的时候,我就在云彩的上面。

所以说,我能分得清海南夏天的云彩和冬天的云彩,也能分得清傍晚时分的云彩与中午的云彩。每一分钟,云彩都在变化。它们在吸收身边的一切,仿佛世间所有的悲欢都是它们的悲欢,而世间所有的力量,也都是它们的力量。

我在我的微博上发过无数次海南的云彩,有时候会写一句:出售今天的云彩。便会有要好的网友在下面留言说:将第六朵云彩卖给我吧。

售价是多少呢?有人天真地在下面留言。我说云彩的价格时刻都在变化,这一刻的价格是一句赞美。那人便绞了脑汁想出来一句赞美,发在了我的微博下面,说:这云彩像一只白猫在叫春。我想象不出白猫叫春和黑猫叫春有什么区别,但依然开心地答应卖给他了。他欢快地将图片存到了他的手机里,并转发走了。

卖出一朵云彩,让我的心情多出一种莫名的欢喜。

事实上,喜欢云彩的人多极了,然而,没有人会天天给天上的云彩起名字。海子有一句诗这样写道:给每一条河每一座山取一个温暖的名字。我觉得那自然是好的,不过后来一想,每一条河和每一座山几乎都是有名字的,即使是你起了名字,也不可能会让别人认可。而给每一朵云彩起一个名字,差不多就意味着,这是我的云彩。

海南的云彩对大多数人来说是最无用的东西了。它不像椰子,可以喝了祛暑气;也不像海里的鱼虾,可以让我们的饮食扩展到更深的地域,让我们的味觉有了更远的拓展。而云彩呢,远离身体,只是风景的一种。

然而,如果没有云彩,对于一个写作者来说,像是一首诗里少了鸟的鸣叫,又或者,像一首乐曲里少了中低音的倾诉。

一个看过海南云彩的人才知道,温度的热烈也并非都是讨厌的。那温度升腾起来的,除了水果的甜、人们对亲昵的疏远,还有云彩的浓烈。每天傍晚时分,海风从几只寄居蟹的穴居旁拂过,吹响了沙滩边的矮草,沿着安静的余晖掠过慢跑的中年男女,这个时候,人们才突然意识到,云彩已经被染红了。

每年的秋冬季,北方的城市陷入雾霾里。这个时候,海南岛天空中排列的云彩便成为大多数内陆人的梦想。他们在朋友圈里转发我拍的云彩,并在这些云彩的下面写下他们的向往。看着我随手向天空那么一拍便让他们内心波涛汹涌的样子,我就想,在海南活着,我们每一个人都是富裕的。因为,他们看到的只是一片云彩的瞬间,而我只要愿意,我可以天天抬起头来,看那丰富而多变的云彩本身。

在一个常年都有云彩看的地方,人的内心便会多出一些飘逸而纯净的东西来,这是我在海南岛生活的最大的收获。

骑楼老街

想一想,我对海口的喜欢和信赖仿佛始于骑楼。

那时候,我初到海口,一个人住在府城的平民区里,无电视,无网络。那还是没有智能手机的时代,一个人的时间那么充裕。我竟然完整地读完了鲁迅的日记和书信,仍然觉得有大把的时间需要挥霍。

在海口的大街上四处奔走多日后,我找到合适的去处:解放西的新华书店,以及新华书店附近的卖盗版光盘的小摊。

我在那里购买了许多的电影碟片。金基德、北野武、朴赞郁、奉俊昊,又或者是早期的日剧,《东京爱情故事》《水晶之恋》等等。

我总觉得,解放西盛放着海口人大半的欢喜,每一次在解放西闲走的时候,我都能看到满街上的人是幸福的。你看他们的表情,那么轻松,随时准备为了什么事情而开心,这样的表情在内陆雾霾笼罩的城市很难看见。

周末,我会在解放西新华书店的三楼去选上一两本书,有时候,一本书也找不到。那个陈旧的书店。

我会蹲在卖盗版光盘的小贩那里,问他们有没有 D9 版的《澡堂老板家的男人们》,他们找到了一套,却不是 D9 版的,但也能看,我便要了。这是我最喜欢的韩剧,在海口生活期间,我每年都要看一遍。

买了碟片之后,我会穿过骑楼的街巷到东湖公园去散步。

海口多雨,我却从不带伞。因为有骑楼。有时候,我就在骑楼下面走来走去。我并没有任何购物的愿望,但是会一家一家地熟悉,像是一个做市场调查的人。我觉得这些小店铺都是我的词语,我熟悉了它们,像熟悉了一些我本来陌生的词语。那些店铺的招牌有的颇有趣味,有的通俗,都是日常生活的扩大。

骑楼老街均是相通的,自解放西出来向南是东湖公园,向北走到尽头便是滨江路。与滨江路平行的一条小街是中山路。那时候,中山路尚未被旅游开发,一条街全是五金批发。小街与小街之间相邻的背街里有一些理发店、寺庙和小饭馆。有时候我走累了,会在一些小店吃饭。吃饭的人都是附近做生意的,大都熟悉。那些人往桌子一坐,也不点单,一会儿呢,饭店老板便把饭菜端上来了,斋菜煲,或者是猪脚饭之类。我呢,会犹豫不决。我只有一个人,自然想要看看这些海南本土的人所喜欢吃的东西,到底哪一款最合我的口味。

我发现了辣汤饭。

一家小店,坐满了人,而且不停地往桌边支新桌子。老板胖而有力,说起话来倒是软绵绵的,像是一个大号的椰子。我充满未知地占了一个位置坐下。桌子对面坐着一个中学生模样的女孩,她拿了一本漫画杂志,书里夹着几张散页的绘画作品,边看边笑。

辣汤饭上来了。辣肠两个,煎蛋一个,猪杂辣汤一碗,米饭一碗。十元钱。在那个时候,这样的价格是不低的。

吃的时候,只听见对面的小女生突然大声叫了一下,那胖胖的老板便跑过来关心地问,怎么了,怎么了。那女生低着头说,没有带钱,出来的时候,忘记穿外套了。那胖子嘿嘿一笑说,这下你要帮我刷碗了。女生还没有答话,那胖子又细着嗓子说,没有关系的,下次你来吃饭的时候,记着把钱补上就好了。那女生这才安稳地将饭吃完了,收拾了一下她的漫画书和插页,走了。

小街巷隐藏在骑楼老街的旁边,沿着巷子往里面走,总有一种在时间的迷宫里行走的错觉。

街边坐在躺椅上的阿婆扇着旧式的蒲扇,还有缝衣铺,袜子小摊,以及私人彩票的销售点。

这些旧街巷像极了香港电影里的镜头,缓慢而又神秘。

我不敢太深入,生怕走得久了,时间的指针停在某段旧时光里,回不来了。我浅探了一会儿路,便又从一个出口那里退回到了骑楼。

相比小巷弄的阴冷和静谧,骑楼是现代的生活节奏,热烈、明亮、喜悦。骑楼老街的房子大多是民国建筑,中山路的几栋旧楼是日本占领时期建成的。

那些建筑既是历史,也是现实主义的店铺。五金店的老板若是在门口摆了一个茶盘的,一般都是潮州人或汕头人。这些人用一壶工夫茶,将自己的身份从庸常生活中择出。他们嫌生意不好的时候,喝口苦丁茶败一下火;嫌弃孩子调皮的时候,喝一口乌龙茶润润喊得枯燥的喉咙。

像我这样一个漫无目的地在骑楼的马蹄走廊里闲走的人并不少,有的是陪着孩子在解放西上美术班的,也有是从海南的其他地方来的,随便逛一下这几个批发街。骑楼距离海口的中学和人民医院都很近，会有成批的学生们在街上吃着冰激凌走过，也有一些坐在轮椅上的病人，由家人推着，在骑楼的热烈中慢悠悠地走着。

骑楼的小吃店是丰富的，街边的海南小吃更是让人目眩。水果挑子后头多是中年妇女，她们不论是卖西瓜还是杧果，都会往里面放一点盐巴。有一回我大着胆子想要体验一把海南人的吃法，在骑楼的路边要了一份放了一点盐巴的木瓜，结果我吃下第一口便吐了出来。这咸中带着甜的味道，我无论如何也不能接受。然而，海南本地的人吃起来那个香啊！我在食物的接受上又一次失败。

再后来，骑楼老街有了规划。那些五金店搬迁到了别处，老街被清空、修饰，用来盛放历史本身。相识的友人老刘在骑楼老街搞了一处茶室，我们便在那里会客、喝茶，有时候还看一些纪录片。我所在的杂志社的作者从外地来了，也会被请到骑楼老街的茶室里。一路在骑楼的老街里走一下，再回到楼上喝茶，仿佛那茶的味道便多了一点历史的厚重。

有一次北岛到岛上来看韩少功，也到了骑楼的茶室里喝茶。我和同事从解放西的书店里提前买了几本北岛的诗集，那天晚上，我们在骑楼朗诵着北岛的诗句，喝着茶，窗外有风吹过，大海就在不远的地方。

我无数次一个人在骑楼闲走过，从一条街到另一条街。没有目的。我想看清一些什么，记住一些什么。那些破败的时光、胡同里的人以及欢喜的人的表情，都构成了我的记忆。甚至我的这些记忆也成为骑楼的一部分，就像我们在骑楼老街喝茶的时候，一阵风是属于骑楼的，一声鸟鸣，也属于骑楼。

自从喜欢上骑楼，我觉得我在海口总算有一处精神上可以长久流浪的栖息地了，因为骑楼这种建筑本身就有为别人遮风挡雨的功用，这既是建筑的美意，又是历史本身留下来的善意。这样的建筑，让这个城市多了一种体贴，就像是说，你来吧，我不让你被任何一场大雨淋湿。

这样真好。

海南十年，我从一个排斥南方的北方人，变成了一个热爱海岛的南方人。我被海口早晨的云彩改变，被海南夏天的一个冰椰子改变，被夜色里海边散步的人改变，被海口的友人那种懒散却无比热爱生活的样子改变。

每一次春节回到北方，和一些旧友聊天的时候常被他们笑话说，你怎么说话的声音这么轻飘。我立即意识到了，是的，长时间生活在海口，我说话的声音也变得更加温和，而不像是北方人，叫谁的名字都那么重的音，甚至喧嚣。

任正非曾经在某次接受采访时说过一段话，大意是，一个人最大的幸运不是发财中奖，而是遇到一个机会，遇到一个人，让自己从此接受了不同的观点，让自己变得更加阔大。我当时听得十分感动。我觉得，海南十年，我遇到的每一阵风都是让我改变的机会。

一个成年人愿意被改变，那是上天对他的恩赐。我爱海南，爱她的每一片云、每一条路，她是我精神的故乡。

在楼顶虚度时光

◎ 万　宁

傻瓜种瓜

　　湘江一桥桥头，有一专卖新疆特产的店子，常去买些红枣、核桃、葡萄干之类的食物，有一次，临出门时，店门口的几个南瓜，居然对我挤眉弄眼，我往外迈的脚步又缩了回来。这瓜不是常见的那种圆瘪瘪的，不亮的黄色瓜皮上布满疙瘩，颜色老艳又有些敦厚。那刻，我中邪一般，以为这圆鼓鼓的模样，正是我心目中南瓜的样子。

　　店员一再强调，是新疆空运过来的。而我关心的是它甜不甜、粉不粉，而这些，店员根本不用我问，早已用非常肯定的口吻强调，新疆南瓜，没有不粉不甜的。

　　于是，我抱着这个瓜回家了。

　　那是个很冷的冬天，抱它的时候，只想着它好看，它散发出来的南瓜味，似乎是一剂迷药，蛊惑着我的行动。当然，我无论如何，都没有想过，这个季节过后，内里的几颗南瓜子，会繁衍出大片绿藤，叶子立在藤上，亭亭又丰盈，那斜倚的柔媚，匍匐藤上的南瓜花，在每天清晨，如同夜里的梦开了花一般，带着湿润的芬芳，几朵几朵，或者上十朵，在绿叶间，等我注视，等我惊叹与触碰，乃至整个夏天都深陷其中。

　　最开始，我只想做道菜。不承想开瓜的时候，远方的诗意劈面而来。新疆某块土地上的阳光、和风、细雨、露珠以及泥土里的气息，甚至种瓜人倾注的心血，在我的厨房漫散。敦实的瓜肉，诱人的瓜香，水分略微少许的瓜瓢里,南瓜子颗颗饱满。突然就想起叶蔚林小说《没有航标的河流》里的一个情景,老人认真筛选南瓜子,把他认为结实圆润的,一颗一颗收好,放到贴胸口的衣袋,之后,就着体温,种进来年的春天里。于是,我在那刻,竟然就舍不得扔掉面前的南瓜子,洗了洗,晒在窗台上。

春天的时候,楼顶上的花钵里,植物们有了生机勃勃的迹象,特别是泥土,湿润又肥沃。我把窗台上的南瓜子丢了下去。春风春雨,一拨又一拨,它们是神派来的,潜伏在泥土里揉捏、捣鼓,二三十天后,小芽苗破壳而出。两片绿色的嫩芽,从中打开,根须在泥土里汲取养分,伸展的叶片承接日月精华,小苗伸着脖子,每天变着模样。长出三片叶子时,有专家指导,要分茁了。在花市买来几个比南瓜还大的陶钵,放上黄土与有机肥,栽下三茁长相最好的南瓜秧子。至此,我一日一日的目光,便黏住了它们,像是在观看一场盛大的生长。看着看着,绿叶、触须、藤蔓在墙角交叉错落,秧蔓缱绻回转,瓜瓞绵绵似乎就在近前。于是,想起曾经见过一张民国时期的结婚证,"看此日桃花灼灼,宜室宜家;卜他年瓜瓞绵绵,尔昌尔炽"是证上的祝福语。菜地里平常的景致,大大小小的瓜挂在同一根藤上,原来美好如此。

春天过去了,南瓜叶子存下所有春天的气息,在夏日时光里,依然绿荫,枝缝里除了藤蔓、触须,开始孕育出花骨朵,紧接着,一朵一朵的,金黄色的五角花,带着笑脸,在每个早上讨好我。从没有近距离观赏过,这是乡间菜地里随处可见的,人们除了想起吃它,就没有正眼瞧过它。其实南瓜花美得惊艳,无论从哪个角度去挑剔,都找不出它的瑕疵,花形俊秀,花瓣湿嫩,花香浓而不腻,为民间乡野可贵之仙界。那段时间,早上醒来的第一缕笑意,源自楼顶上南瓜花的呼唤。冥冥之中,它们能感应我的睡眠,早上七点的样子,我醒来之时,花朵刚刚打开。早了,花瓣还没舒展,晚了,又开过了头,有如烟的老态。在阴雨天,这南瓜花也是明晃晃的,一朵一朵,自带太阳,明媚在雨水叶茎间。心下一颤,忽然明白,历朝历代,在众多颜色中,皇权为何独独崇尚黄色,原来它霸气十足,无论在哪儿,都能吸住所有目光。

立夏过了是小暑,雨下个不停,风凉飕飕的。人们在季节里恍惚,而我恍惚的是这些南瓜花,都俩月了,每天都是清一色的雄花,它们取悦我的眼睛后,被我煎蛋打汤,或清炒辣椒,而它们来世上的极终使命,是给雌花授粉的,却从未如愿。当然不是它们不努力,而是三苑南瓜藤硬是没开出一朵雌花来。从前以为,万物生长,只要开了花,就会结出果来。不承想它们的果,也得有良辰美景,徐徐清风,蝴蝶蜜蜂,更要雌雄相悦,雌花得到雄花花粉,花尾的蒂,在晨光中才会变出小南瓜的模样。当然,雌花在开花之时,没有雄花垂目,开花之后,便兀自凋零。

雨季绵长,雄花不管不顾地向天而开,十五楼的空气里密布着它们的芳香,我给三个陶钵里加了些水果皮沤的肥,再加些老家地里的土,不几日,叶子更宽阔,绿色更深沉,一朵一朵的花开得硕大瓷实,色泽光亮。早上,我端着篾篓依次剪下,手指触碰到的花瓣,绸缎般柔软,层层花粉湿润璀璨,芳香从花蕊里散发。摘下一朵,对着太阳,五根细细的茎蔓,在花底往上牵开,隐在花瓣上,圆弧的花朵立体成一个五角形,稳稳当当镂空在花口上。抬眼望去,这些绿藤上的金色,除了风情还带风骨。于是,暗自不解南瓜花妖冶之时,人们的目光都去了哪儿?怎么送人花,不见送南瓜花的?没人做的事,我倒想试试。好多个早上,从各个角度拍下南瓜花,在朋友的问候之中殷勤献上,尽管惊艳四座,可终归没逃脱被漠视的命运,人们固执地认为,它乡野,够不上鲜花的身份。

然而在这个夏天,我眼里最生动的鲜花,就是南瓜花了。尽管开的都是雄花,我依然心生欢喜,无数个早晨,摘下它们怒放的模样,竟然成了习惯。这天,正要对着藤叶尾部的一朵花开剪,不经意地低了一下头,顷刻间,一股热流涌上心头,传说中的雌花终于现身了。花儿开在花蒂上,或者说是坐在青绿色的瓜座上,我立马用篾篓里的雄花,给它授粉,其实空中飞着蜜蜂与蝴蝶，可是我不放心，一朵雄花又一朵雄花地去拍打雌花，如此依旧怕靠不住，把两朵雄花的花蕊剥下，直接在雌花的花蕊上轻拂，由此发现雌雄花蕊有着不同的长相，惊诧万物之间的生命，除了相辅相成，还相通相似。

于是，在这个看似普通的早上，一朵雌花就蜕变成了一个小南瓜。而我每天奔跑于楼顶，又多了一项内容，给它拍照，看它成长。起初，它每天油亮油亮，是以倍数生长，等屁股蒂子上的花瓣彻底枯蔫，成长的速度也就缓了下来，肉眼见它，匍匐在地上的样子，如同昨天。只是小南瓜出现后，生态变化了，南瓜花一日少于一日，最后竟然彻底绝迹。小南瓜的威力，不枉我给它取的名字，南瓜皇后，几百上千的雄花簇拥而来。

不再开花，也许是雨季已走，炎热裹挟，空气里少了开花的激情，当然，南瓜藤要集聚所有能量，供给正在成长的南瓜，这是植物的天性。看着慢慢在长的南瓜，遐想也在漫散，一些带有童话的意象，忽然跑了过来。

南瓜皇后似乎不该长在楼顶。植被茂密的坡地，悬空的瓜棚，或是乡间的旷野，才是它该待的地方。匍匐在泥土上，抱着粗壮的藤蔓，在日月更替中虚度时光，看风和日丽，云淡风轻。人不能选择出生，植物也一样。南瓜皇后在四面是钢筋水泥升腾的热浪中，艰难成长。我每天早晚两次浇水，不求其他，只愿所有植物能活过来。望着骄阳，才明白植物面对的是苦夏，撑过去，才有秋天的丰盈。南瓜亦是如此。

几十天的热浪煎烤，烤走了锐气，烤走了姿容，花儿恍若是前世的光景，叶儿蔫黄，南瓜吊在枯藤上，命悬一线，即便给了皇后封号，此时，也只能闭目修炼，在天地间吸收活命的能量。

终于，立秋了。

夜里的热浪变得柔和，牵牛花在晨光中开始妖娆，当然，白天"秋老虎"的脸，依旧威猛强势，万物在其掌控之中。躺在花钵边的南瓜，苟延残喘，几度想放弃那根枯藤。在南瓜眼里，这根并不健壮的长藤毫无气力，藤上叶子全军覆没,只有自己还恬不知耻地黏在上面汲取养分。

熬着熬着,"秋老虎"的热,在一夜之间,变了花样。热浪卷走了空气里的水分,肉眼看不见的小火花,大行其道。人开始上火,植物接近大限,南瓜在楼顶上,凄惶无助。

节气到了处暑,老天带来两场暴雨。来得快,去得也快,似乎就是来搞破坏的,狂风乱作,折断树枝,掀起枯藤,南瓜庆幸自己还有些重量,没有被吹到空中,酿成横祸。环顾四周,老藤还在,一头拽着憨笨的南瓜,一头栽进陶钵的泥土。

一场秋雨一场凉。处暑,亦是止暑,炎热从此打住。花草间有秋虫低吟浅唱,明净高远的天空下,一个金色的秋天缓缓而来,楼顶上的南瓜吐出一口长气,所有的经历,只为此时的安然。

秋天里的南瓜,不再生长。坐在秋风中,表情忧伤,忽然觉得愧对主人。自己长成啥了?看似是南瓜,其实是个怪胎。想自己来自哪里?于是逆着时光,顺着一寸一寸的光阴,奔跑起来,跑到尽头,一下就愕然了。

行文至此,笑声从四面八方抖落下来,都在笑那个傻瓜,那个在湘江一桥桥头,抱着南瓜从店里走出来的我。

在楼顶虚度时光

我住的地方,有点破,当年住进来,只是想与父母保持一碗汤的距离。万事万物,日久便会生情。面对所住的房子,亦是如此。尽管临街,电梯老坏,一楼有几家赶不走的饭店与茶吧,油烟与污水经常干扰,心里也会恼,可是只要进了家门,这些恼就没有了。西边窗外,有神农湖四季风光的直播,东边窗外,有口水塘,是某机关的,尽管小模小样,可它一汪碧绿,毫不吝啬地镶嵌在我家窗下的风景里。看书写字、洗衣晾被、做饭洗碗这些日常,竟被这湖这塘养心养眼,时光也就具体成有滋有味的日子。

一直相信,日子是自己过出来的。几年前的早上,在楼顶上锻炼,身边除了九妮转悠，四周空荡荡的，一个忽然的假设，想着自己如果置身在花丛中，即使不锻炼，发个呆，那也会陶醉。

于是，几盆花，到几十盆，一点一滴，只因某个时刻的一时欢喜，买的，种的，鸟儿做窝般，便做出了花园的样子。

牵牛花，每年都开在墙角。紫红及绛蓝，在早晨的露珠中，一朵一朵的，以小喇叭的形状，对着天空深情表白。花儿是在清明前播种的，长出四片叶子时，移莸花钵，用竹竿靠墙牵引，青藤葳蕤，绿叶向上攀缘，片片叶茎间，花苞夜里酝酿，清晨盛开，如梦般短促。如此，牵牛花又叫朝颜，名字有些伤怀。听说，还有一种牵牛花，开在夕阳里，叫夕颜。这些花儿开过后，使命就已完结，好在，第二天，新的一茬儿，朵朵昂然，迎着朝阳，又笑意绵绵。其实，很多伤感是人类自己的。

喜欢，是每天给予的注目。花儿看多了，会出现莫名的错觉，以为自己的容颜也如花儿。就如时光需要欺骗与蒙蔽，需要虚度，如此我们的一天，看上去才会有些美好。这美好会让人变得贪婪，贪婪更多的花朵，更多的颜色。

搬来一瓷缸，丢进一些淤泥，淤泥里，放几条泥鳅，几颗破了壳的莲子。一个冬天过去，缸里果真长出细藤与纤纤弱弱的荷叶，亭亭玉立的，荷花仙子一直不光顾，显得荷叶在水面的单薄，遂丢下几莸铜钱草，没几日，就有一缸冒着仙气的绿色，在蓝天下低眉含笑。

莲花没长出来，几盆三角梅已经妖娆，枝头伸出好远好远，一球一球的，在绿色后面，渲染出喧闹的红，鲜红、紫红、绛红，使得红色意味深长，且有飘扬的动态。

楼顶上的春天，月季、玫瑰、蔷薇，枝叶冲向天空，在绵绵春雨中，柔情蜜意，开枝散叶。立起的花苞，个个精神抖擞。春光在春风中突然明媚，而楼顶上的这些花儿，不光明媚，还姹紫嫣红。红玫瑰黄月季粉蔷薇，一蓬一蓬的，甚是热闹，月季，要么一朵一朵的，凌空孤傲，要么就密集在枝头，一团一团的，场面盛大，妩媚天下。此时，站在楼顶，迎风垂目，耳朵里流动着花语，凝神屏气，甚至能听到花儿们的嬉闹声，我被彻底诱惑，沉迷其中，愿意在此，虚度大把时光。一日至少上楼三次，早晚淋水，中午施肥扯草，移苑换钵，敲打泥土，让结块的泥土，细碎起来，再掺点肥，这泥土便成了神土，种下去的植物，没几日，便有了俊俏的模样。

梅雨季节，两钵小白兰与茉莉花，争相斗艳。它们斗的不只是花姿花容，更是空气里花朵的气味。小白兰香中带甜，茉莉香味带风，味儿都是若有若无，成丝成缕，又撩人魂魄。它们花姿素洁，花朵皆为白色，小白兰的白，瓷中带青，茉莉的白，圣洁纯粹，欲开欲放中，一样风情万种。那些早上，我会摘下几朵带着雨珠的小白兰与茉莉，用细线串上，挂在胸前，花香时不时在我的嗅觉里晃悠，有时直抵心房，产生情不知所起一往而深的错觉，在这刻，跟着柔软的内心一起，注视这些花。想它们的存在，也许就是来人间度化的，让人的眼睛在万物间看到美，从此，淡然安妥，离苦得乐。

没有想过，种花会上瘾。一钵一钵的，没种的品种，都想试试，最后连草都种上了。初春之时，同事给了我带着黄泥的折耳根，没吃完，最后扔进一个大花钵里，几天后，就发了小芽。接着，小片小片心形绿叶探出了头，藤蔓也在不经意间抽离叶面，藤上不但昂然着叶子，小朵小朵的白花也在叶茎间冒了出来，最后成了花穗，在花朵上立了个花柱，结果又长籽，籽掉到土里又成了种子，长出芽来。这草在开花结子时，藤叶已有老态，用手轻拂，怪怪的味儿从叶间散发，是鱼的腥味，理所当然，这草又叫鱼腥草。它是一味药，亦是一道菜，春秋时，嫩叶可食，秋冬时，根茎凉拌小炒，味儿都美。

端午，一年中阳气最足的一天。这天清晨，在楼顶把种在陶钵里的鱼腥草与薄荷割下，草汁沾在手上，它们的味道在空气里跑动，清洗时，手指触到的，不是带味儿的草，而是稠浓的带质感的清凉。鱼腥草泡在水里，翻动几下，腥气里裹着的芳香，在水面浮动，明明是腥味，闻过之后，鼻腔里粘满浓香。它腥，却不是鱼的腥。鱼的腥气里，是腥膻，有股子臭味，有血腥在里边。而鱼腥草的腥，是植物的气味，越腥越香，越迷人。伏天，用晒干的鱼腥草、薄荷、车前草，再加点菊花、金银花、甘草泡上，壶口冒出的缕缕热气，轻轻袅袅，落下来的竟是清凉，暑气在这刻就会消失。

种花种草种到某个阶段，就会想念果实。于是，弄来菜秧子，两蔸丝瓜、三蔸南瓜、四蔸辣椒、五蔸西红柿，几番努力，枝叶间挂了几枚瘦瘦长长的辣椒几串细细的青果，唯独丝瓜，只见黄花不见瓜。末了，有人告诉我，丝瓜开花分雌雄，雌花开时，必须接受雄花的花粉，才能结瓜。于是，早上看丝瓜花时，发现丝瓜藤上，要么就都开雄花，要么就都开雌花，偶尔都开了，雌花与雄花又相距甚远，授粉需要蝴蝶、蜜蜂、小鸟来忙碌，似乎是它们不够努力，没两日，雌花尾部的小丝瓜就蔫黄了。

看着急，有天早上，我拿了支毛笔，爬上梯子，刷了刷雄花花蕊，用带着花粉的毛笔，轻轻地刷抚雌花，一遍又一遍，怕极了没有把花粉带到。接下来的日子，眼里装满欢喜，指望丝瓜长大，也不知是自己手脚重了，还是哪个环节没有到位，丝瓜只长到手指长，兀自蔫黄了。倒是丝瓜花一朵又一朵，在藤蔓上一往情深，深情的姿态又格外动人。

五月与六月的晨光，披着光芒的羽翼，在空气里装点万物，木格子篱笆上探头探脑的丝瓜花，笼罩在柔光里，花瓣几近透明，整朵整朵的花儿，忽然精灵般，闪烁起来，注视苍穹，花儿便凌空而起，荡漾在风里，摇曳生姿。只是那阵子，屋顶上出现了奇观，匍匐在地上的南瓜藤上开着清一色的雄花，攀缘在竹枝与木格上的丝瓜藤上开着清一色的雌花，同是黄色的花朵，每天在晨光中相遇，在风里深情，疑似花粉物在浮动，花朵也在颤动，隔着银河系，两情相悦的电波，噼里啪啦的，我灵光一闪，摘下南瓜雄花，使劲逗引丝瓜雌花，扑打、相拥、亲吻，所有亲昵的动作替它们做尽，就想着能授粉成功，长个南瓜丝瓜的"混血儿"。把这企盼发朋友圈，引来一阵爆笑。

梦想反正都是踩着嘲笑行走的。梦想成真，毕竟是少数，多数都成了笑料，在无聊乏味的时光里，能逗人笑笑也算是善事。夏日的伏天，太阳像加足了燃料，烧烤着大地，楼顶上的植物，花容失色苟延残喘，而早晚一次的淋水，淋着淋着，便成了慈悲。这水是众植物的活命水，偷懒怠慢成了罪过。但无论怎样，任何慈悲都抵不过太阳的威力。这个季节，植物的大限已到，枯死花钵不可避免，只是花钵里的野草，即便天天烈日，也照样肆无忌惮狂生疯长，长出满目疮痍的样子，看得人心下荒凉，立誓来年不再劳神费力，做种花种草的痴呆事。

当然这种发誓注定要被春天嘲笑。

新的一年，春天还在远处，我的脚步便开始跑向楼顶。曾经的誓言，全然忘怀。那些被霜打冰冻过的泥土，本来一直在冬天里沉睡，忽然而至的春风春雨，泥土便有了呼吸，伸展着手脚，带着梦一般的神情，眼睛忽闪忽闪的，似乎泥土被彻底唤醒。于是，沐在春光里，又开始捣鼓，移苑的移苑，换盆的换盆，臭臭的肥料搅拌在泥土里，把那些刚刚破土的小芽小秧栽进去，日子里的盼头，在这楼顶上，又有了无限的延伸。

看见小苗，长一点，又长一点，愉悦在身体的河流里开始奔腾，奔腾出来的笑脸与欢喜，带着如痴如醉的癫狂。这是种植给人类甩下的诱饵。上苍深知真正的耕种有多劳累，便用生长的奇妙来慰抚，于是一代又一代人，匍匐在土地上，应着时令劳作，春播秋收，绵绵不息。而我的种植，只是虚度时光而已。

最后的乡居

◎ 陆春祥

陆游一家的欢笑，或许应该先连接到南宋乾道元年（一一六五）陆游于镇江通判任上，他似乎有先见之明，用俸禄在家乡的鉴湖边造了三山别业，以后哪一天不做官了，就回到这里，耕读过日子。陆游这种远见极其准确，别业建完的第三年，陆游的孩子们就在这个院子里跑进跑出了。

自此开始，这个三山别业，陆游一直居住到嘉定二年除夕（一二一○年一月二十六日）八十六岁去世为止。

琴棋书

琴、棋、书、画，除了画，前面三项，陆游自小就喜欢，他的书法，甚至在南宋的书坛也别具一格。这些爱好，都变成了他闲居时破闲、排闷，提升生活品质的良好手段。

> 我爱湖山清绝地，抱琴携鹤住茆堂。药苗自采盘蔬美，菰米新舂钵饭香。
>
> 南浦风烟无限好，北轩雷雨不胜凉。旧交散落无消息，借问黄尘有底忙？

（《剑南诗稿》卷七十七《即事》其三）

此诗写于嘉定元年（一二○八）夏，清崛的湖山边，历经四十多年风雨

264

的三山茅庐,菜园、药圃,夏日里静静地生长着陆游一家的日常必需之物。药食同源,陆游一家的菜蔬中,有不少就是药材,平常时间,这里很少有老朋友上门,那么,打发闲日子的方法之一,就是在清静中安放自己,"种药为生业,弹琴悦性灵"(《剑南诗稿》卷五十七《小雨》其一)。

常常是,上午,或者是午后,睡足后的老人,在茅堂中央的琴桌前坐定,左手按住琴弦,右指稳稳地拨出第一个音,沉静而悠长,回声在茅屋四周漾开。他不会像范仲淹那样只弹一首《履霜操》,弹得尽兴时,《山居吟》等诸多曲子,他都会过一遍。"水际闲将鹤,林间独拥琴"(《剑南诗稿》卷六十一《初夏幽居杂赋》其三),"睡起披衣弄素琴,房栊槐柳绿成阴"(《剑南诗稿》卷八十一《睡起》),琴声就是他的心声,那些钻出窗去的琴声,袅袅盘升,化作了天上的云彩,将他满腹的心思带走。

要是有聚会,那些琴声也会让他痴迷。陆游听琴,常常一听就是半天,"丹炉弄火经年熟,竹院听琴竟日留"(《剑南诗稿》卷六十五《道院杂兴》其二),呵,今天听琴尽兴,夜已深,不走了,不走了,就留宿在寺院吧。

> 溪上秋来风露清,萧然浴罢葛衣轻。看云舒卷了穷达,见月亏盈知死生。
>
> 老去关心惟药裹,闲中消日付棋枰。故人书札频相问,何日芒鞋上赤城?
>
> (《剑南诗稿》卷六十七《溪上》)

此诗作于开禧二年(一二〇六)秋。秋高气爽的傍晚,在清溪中洗个身,然后套上粗布衣服,格外轻松,看天上云卷云舒,富贵和贫穷,一瞬间的事,看月圆月缺,它的盈亏与人的生死,道理都一样。我这样的年纪,什么都不关心了,只关心我那个药箱,它与我的病痛有关。闲余的日子,我都付与了那个棋盘。老朋友的书信一封接一封,我们什么时候一起去登赤城呢?

示儿

陆游有七儿两女,孙十七个,五子子约早逝,次女在严州任上夭折,其余都健康长寿。此时的陆游,儿子们大多出仕,长子子虡任金坛县丞,次子子龙任吉州掾,三子子修出仕闽县,四子子坦任盐官税官,六子子布也自成都万里东归,幼子子遹以致仕恩得官。陆游最牵挂儿女,他将自己做人做官的心得或者读书写诗的经验,都语重心长地示儿。比如,《读书示子遹》《冬夜读书示子聿》《五更读书示子》《诵书示子聿》《睡觉闻儿子读书》《夜坐示子遹兼示元敏》《书怀示子遹》《示元敏》《示儿子》《九月二十三日夜,小儿方读书而油尽,口占此诗示之》《读经示儿子》《六经示儿子》等。元敏是子遹的二子,连孙子都要管,诗教传家,真是苦口婆心。

陆游家教一向严格,陆子龙的儿子都已经长大,可老父亲就是不放心,交代了再交代,如何做人,如何做官,如何嫁女,如何教子。周必大、杨万里人品好学问高,他们都是吉州人,你一定要去拜望他们,向他们学习。做事重在坚持和积累,要做一个仁义的人,至于老父我嘛,你不用担心,我自己还能料理,自己也能照顾自己。总之,你放心,假如三年后我还健在,你带封信回来报个平安就是了。

"汝为吉州吏,但饮吉州水;一钱亦分明,谁能肆谗毁?"与其说是在教子,不如说是陆游的为官宣言:别人的钱财不要,每一分钱都要清清白白,倘能如此,没有谁能打倒你!

嘉定元年(一二〇八)秋,陆游看着小儿子遹,将自己终身学习写诗的经验写给他:

我初学诗日,但欲工藻绘;中年始少悟,渐若窥宏大。怪奇亦间出,如石漱湍濑。数仞李杜墙,常恨欠领会。元白才倚门,温李真自郐。正令笔扛鼎,亦未造三昧。诗为六艺一,岂用资狡狯?汝果欲学诗，功夫在诗外。

（《剑南诗稿》卷七十八《示子遹》）

这是一个父亲写给儿子的经验之谈，这也是一个老师写给学生的谆谆教诲。陆游将自己的写诗归纳为三个阶段：青少年时讲辞藻、技巧、形式，中年开始真正意识到写诗的妙处，内容和意境逐渐宽阔起来。李白和杜甫，博大精深，是他学习的标杆；元稹、白居易、温庭筠、李商隐，都是他的学习对象。即便这样学，也还是没有学到他们的精髓。写诗实在是一种综合的功夫显现，来不得半点小聪明。你真的想学诗，一切功夫都在诗外。

功夫在诗外，是陆游的文学生命经验。

关于藻绘，《剑南诗稿》中并不见他青少年时期的藻绘之作。陆游四十二岁以前写过超万首诗，乾道二年（一一六六），他由隆兴通判任上罢归回乡时，从万首诗中选出了二十分之一。严州知州任上，《剑南诗稿》第一次刊刻，又去掉了十分之九，只存九十四首。

功夫在诗外，至少可以从三个层面理解。

其一，建立起具有鲜明个性的阅读坐标。就陆游个人的阅读史看，不同的时期，他都有不同的喜欢对象，陶渊明、李白、杜甫、王维，每一个都深深地影响着他。然而，这仅仅是诗歌，陆游还沉浸在大量经史子集及道学佛学典籍的阅读中，也就是说，他的儒释道是圆融相通的，既深入研究，又能互相结合。

其二，到火热而真实的生活中去。阅读依然还是停留在纸上，而"绝知此事"，却一定要"躬行"。诗文都讲究作者的亲身体验，到不到现场感受，结局完全不一样。生活实践中，有意料不到的生动细节，可以这样说，大海有多宽，生活就有多宽。

其三，生命经验的积累和打通。夔州是陆游诗风发生改变的重要节点，年轻时喜欢杜甫，然而，只有到了杜甫的夔州，他才真正进入了杜甫内心丰富而驳杂的世界。而杜甫在夔州的那种困苦和煎熬，与陆游自身的艰难处境一触即燃，如果不是为了生计，这个鸡肋似的通判不当也罢。更痛苦的是，他的政治理想一直得不到有效的实现。而南郑前线短短的八个月，则让他澎湃的诗情一直持续终生。

写作者都有经验，功夫在诗外，其实，功夫依然在诗内。三方面有机融合，才有可能产生卓越的见识，才能在文学史上不朽。

儿子都已经生了两个的子遹，听了"功夫在诗外"，似乎懂了。虽然数年后，他踏着老爹的脚步到严州做知府，但他的文学成就却远不及老爹，他没有老爹那种情怀和体验。陆游的子孙中，文学成就没有能超过陆游的。南宋狭窄而逼仄的天空下，陆游怀着一腔热血，踽踽独行，悲吟长鸣，他就是一位特立独行的超人。

嘉定二年（一二〇九）十二月，已经病了大半年的陆游，书也不能读，身体瘦得厉害，病时好时坏，病痛一直折磨着他，常常感到大限来临。进入腊月，几场大雪将大地装扮成白玉，寒风直逼茅屋。不过，一旦病痛有缓，他依然写诗。腊月初五，左脸有点肿胀，牙齿不舒服，左边第二颗牙掉落。仆从提来热水并不断添加，给他浸泡按摩了大半日，感觉好受多了。虽然他看透了生死，但依然幻想明天能生龙活虎起来，可以好好地喝一场酒：

嘉定三年正月后，不知几度醉春风？

（《剑南诗稿》卷八十五《未题》其二）

除夕日日逼近，陆游又病重了，情急中，家人取来金丹，希望能救他的命，这是陆游以前亲自炼成的，病急时备用。

缓过一口气来的陆游，神志清醒，子遹后面站着一群曾孙。他不禁老泪纵横，这一腔热血，终于化作了千古不朽的名篇：

死去元知万事空,但悲不见九州同。

王师北定中原日,家祭无忘告乃翁。

(《剑南诗稿》卷八十五《示儿》)

嘉定二年除夕夜,山阴乡间上空已经弥漫着浓浓的炮仗烟火味,万家团圆的日子,鉴湖边的三山别业,却笼罩着深深的悲伤。这一天是公历的一二一〇年一月二十六日,八十六岁的陆游,如燃尽之灯烛,在子孙们的哭泣声中闭上了双眼,虽然他的脸上颇为安详,却依然带着无限的怅惘和无奈。博大而广阔的胸腔,停止了滚烫文字的迸发,那些他为之赞赏歌颂过的鉴湖山水大地草木,一时皆为之呜咽悲泣。

陆游死后二十四年,南宋和蒙古人会师灭了金国。陆游死后六十六年,南宋丞相陆秀夫抱着八岁的小皇帝赵昺在崖山奋力一跳,南宋正式退出了历史的舞台,陆游终究还是没有等来王师北定中原的那一日。

邹志方先生认为,陆秀夫是陆游六子陆子布的孙子,此说虽无确凿的证据及更多人的支持,但《山阴陆氏族谱》却清楚地记载了陆游子孙在崖山之战中的表现或崖山之后的行为:玄孙天骐(子龙之曾孙),崖山蹈海殉国;孙元廷(子修之子),忧愤而卒;曾孙传义(元廷之子),忧愤数日,不食而卒;玄孙天骥(子龙曾孙),宋亡后杜门不仕;来孙世和、世荣(皆子龙之玄孙),拒绝元朝征辟。

陆游子孙的爱国行为,对他是另一种极好的告慰,他们皆不负陆游的爱国诗教。

九千多首诗词,至死不渝的爱国情怀,八百多年来,陆游,陆放翁,一位伟大的爱国歌者,一直挺立于天地之间,光芒四射。

江上

◎ 罗张琴

天空的飞鸟，从晚霞中飞过。车子轰鸣开动。落日，被沿江快速路两边的高楼大厦阻隔，我看不到远方田园的丝瓜藤、南瓜花，也碰不到夕光里那些欢快扇动的透明翅膀。中间绿化带，是一色低矮的海桐，间隔还种了些高瘦的雪松和樟树。这些树，四季常青，常给我一种塑料的春天盆景的想象。家门前这条路，似乎越走越漫长。在仿佛城市霓虹到天边明月的距离里，人总会产生微渺的孤寂，甚至，某种绝望。

上班，下班，几乎每天，我都会以某种固定姿势朝一个方向并入车流。车轮轧过积水，飞溅起无数水花。黑的沥青，灰的水泥，冰冷的玻璃，冷硬的钢筋……倒映在水珠里的明暗相间的城市，面貌冷峻。车与车相会，往北的呼啸而来，往南的绝尘而去，每一次灯闪，似乎都暗含某种不动声色的汹涌。由速度产生的汹涌，无从把握，日子被一天天收割并放进某种容器，加工成没有丝毫差别的样子。天街小雨、湿地蒌蒿、黄鹂翠柳、桃红李白……诸如此类需要充分时间来酝酿的春天的事物，被一一略过，春天变得虚无。

事实上，也是如此。南昌的春天，一直都很短暂。在我心里，它仅仅指向春节。春节放假，我沿着这条路，向南，上高速，回到父母身边；假期过完，返城上班，春天就结束了。南昌的秋天，向来也是这样，甚至比春天还要更短。三天假期，一场秋雨袭身，冬天也就来了。我时常在没有变化的匀质时间里，想念乌江，想念南山岭，想念儿时在老家生活时，以各种方式告诉我节令更替的美好自然。比如谷雨时节的布谷鸟叫，比如春末夏初的苦楝花开。只是，姑公姑婆西去后，父母在其工作所在的县城常住，我搬到了更远的省城，老家的房子空空如也。一年年过去，乌江变成清明祭祀时一碗通灵的酒，南山岭化为冬至坟头上一把御寒的草。

衰败得厉害的老家的房子，父亲却一直舍不得处理。每年都要特意从永丰赶过去，在伯父家借住几天，花大量的精力修修补补。去与回，起与没，有和无，父亲的用心呵护与老房子的凋敝速度形成强烈对比，当中那种反差感常使我想到乡情式微、田园将芜，继而感叹起，面对命运时，人的有心无力与力所不及的苍白、无措。

父亲六岁不到，他的母亲就病逝了。爷爷常年在外唱戏，亲情寡淡。是父亲的姑姑、我的姑婆收养了他。姑婆因不能生育被她的第一任男人给休了，再婚后，她其实很喜欢第二个男人，但又离了。父亲跟着独身的姑婆艰难漂泊异乡，靠姑婆沿街叫卖煎饼馃子和出售手工刺绣物品维持生计。生活的苦不算苦，最使姑婆和父亲屈辱的是，总有些牙尖嘴利、刻薄好胜的乡野妇人，一口一声"绝户""野种"地叫唤他们。一个在林站工作的鳏夫实在看不过，站出来抱不平。他渐渐懂得了姑婆所有的好，娶姑婆进门，把父亲当亲儿子般疼了大半辈子。后来，姑婆说服姑公，带着父亲回老家。父亲问，现在生活挺好的，为什么要回老家？姑婆说，因为那里有千年的祖宗，不变的血脉，回去，才有根。父亲嘟囔，树有什么好，根扎下去，永远动不了，流水才不腐。姑婆嘴巴动了动，想说什么，又忍住了，是姑公顺接了父亲的话，说，老家有乌江，跟这儿的泷江一样，都是赣江支流，水大得很。父亲这才松了眉头。

那时的乌江，鱼特别多。鱼多势众，且从不惊慌逃窜。只穿一条裤衩的少年，有时会带网下水，捞鱼贴补家用。一网捞个一二十斤再寻常不过。更多的时候，水性极好的父亲并不愿捞鱼，他深吸一口气，直直潜到水下五六米深，和许许多多的鱼儿待在一起。乌江深处的水，蓝得纯粹，晃一晃眼，五彩斑斓的鱼群竟成了一匹匹灿若锦绣的云霞，那些穿行的浮游生物可不就是闪闪发光的漫天星子了……这哪是水底，分明是少年向往已久的九万里长天啊。高二上学期末，空军部队来父亲就读的学校检兵，父亲的身体素质让负责检兵的同志很是欣喜。可是，膝下无子的姑婆舍不得父亲远走高飞，她用一种近乎激烈的方式将一块疤痕安在了父亲的后背上。担心疤痕在高空环境下会出现破裂，加上生源充足，体检人员筛选时，身上有疤的父亲被简单判定为不合格。一个快要瓜熟蒂落的飞翔梦想就此萎黄。

军检结束，父亲没有回家。他一个人来到乌江边上。乌江向北，并入赣江；赣江北去，汇入长江；长江再远，是无边无涯的大海。都说海阔凭鱼跃，天高任鸟飞，属于自己的高天阔海究竟在哪儿？父亲没有如往常般直直地潜水，也不再远眺水流的方向，他向对岸游去，然后，游回来。此岸，彼岸；彼岸，此岸，一个接一个来回，直到筋疲力尽，把自己缩成一个睡到暮色四合的暗影。

姑婆寻到江边将父亲带回家，一把葱花、两个鸡蛋、三箍面条，给他下了好大一碗面，边收拾厨房边说："左右不过一份工作，国家有顶替上班的政策，过三两年你姑父退休，你进工厂上班，可不就一样了。莫不是，觉得我们对不住你，对你不够好？"一筷子面正吃到一半，几双眼睛突然就滚烫起来。人都是讲感情的，童年的不幸使得父亲对人世间的一切情感格外在意、珍惜。真要说"别离"，父亲其实是更难的那一个。那一刻，许多太过庞大的东西在父亲心里角力撕扯，最后变成一团虚空。父亲实在不知道使自己那般难受的究竟是什么。

姑公赶回家，陪父亲聊了一宿。姑公让父亲收拾收拾，去站上学撑排。二十世纪七十年代，林业红火，水运发达，用作火车车轨的枕木，用于煤矿打桩的坑木，还有建筑工地所需的杉木等全靠排工顺江而送。姑公在林站，管堂口，负责量方，与诸多排老大相熟。

巡山护林、采运检尺、砍柴扎排、装排撑排……满山的荆棘划拉了一脸的口子,沉重的坑木压弯了年轻的肩膀,十个脚指头被水浸泡全烂了,遇雪天横排,脱了衣裤就往冰窟窿似的江里跳……撑排特别苦,特别危险,可怀抱一团虚空的父亲偏偏享受这种磨砺,从没叫过一声苦,喊过一声累。也许,肉体上的苦痛与注意力的高度集中,能使人忘却精神的虚空,让心不再那么难过吧。

父亲在赣江撑了两年零四个月的排。大队给父亲分了田地,姑婆也有了属于她的一方菜地——南山岭。那时种田,没有肥料。由公社在大冬天选一口塘抽干,大家伙将塘底的泥挖散,一担担挑到晒谷场摊晒干,再一担担挑到田里去肥田。父亲的目光被走在前头的那个南湖村的张姓姑娘吸引,往后劳动便多出几分隐秘的快乐来。

姑婆在南山岭种了许多菜,父亲在宗族祠堂里与心爱的姑娘拜堂成亲。姑公退休后,父亲跨过乌江,去了赣江另一条支流——恩江河畔的永丰县贮木场工作。每次与家人告别,父亲脸上都写满山高水长的惆怅。

流动的生活使父亲的内心一直都处在摇晃的状态,他时常担忧,寻常日子里,浪头会在好端端的一个瞬间扑打而来,将他所在意、所憧憬的人生吞噬。参加工作后,稳固的住所成了父亲一生的执念。故乡的房子当是他以男人的名义建起的第一个地标,他把它当作礼物送给了留守乡间的家人。

由扁砖垒起的新房,二楼有个敞开式的大平顶阳台正对南山岭。太阳每天从南山岭升起,最美的月亮每回都挂在南山岭那棵最古老的樟树上。父亲将村里第一台黑白电视机买进家门的那天,偌大的房子挤满了人。大家边看《霍元甲》边嗑姑婆端出来的香瓜子。母亲于半明半暗的光影中,给每个到场的孩子派发大白兔奶糖。不怎么抽烟的姑公,从兜里掏出很有些名头的大重九、红塔山给大伙儿散烟。父亲百感交集,笑中有泪。

一些特别的日子里,我总会梦见老房子。梦里,老房子门前,那些半人高的杂草突然快速转动,形成巨大黑色旋涡,屋里屋外,人都像中了吸星大法般,被吸到旋涡深处,之后,又被不知名的力量从旋涡深处扯出,变成贴在墙上的纸片人,跟祖宗们站在一排。我每从这样的梦中醒来一次,就免不得怀疑"远方"的意义;我每怀疑"远方"的意义,就免不了动摇对"家园"的认知,这真使人痛苦。

落桂如雨,又一年中秋倏然而至。

回永丰的路上,有人在朋友圈里分享了奥地利诗人里尔克的《秋日》中的几行诗:谁此时没有房子,就不必建造/谁此时孤独就永远孤独/就醒来,读书,写长长的信/在林荫路上不停地/徘徊,落叶纷飞。

我想起很长时间都不曾回家的小弟。小弟喜欢动漫,大学毕业后去了动漫之城杭州。只是小弟并没能在杭州从事他所喜欢的与动漫有关的职业,而是在一家很小的私人企业做平面设计。领着微薄的薪水在杭州执着地漂着,不放过每一场动漫展。有年春天,小弟回家,脸上擎着桃花一样的绯红。小弟问父亲,可不可以搬回商品房,把带院子的房子卖了去杭州哪怕周边买一套小房子。父亲正嗑着花生,花生没有嚼响,也不知是否被父亲整个吞进了肚子慢慢消化。小弟启程回杭州的那天黄昏,我陪着父亲去了恩江散步。太阳落山之前吐的最后一缕光焰像是一口忧心的血,我们都躲闪不及,躲闪不及的还有光焰散尽后的黑,春节闹腾后的冷。象征爱情的那抹绯红在小弟脸上无疾而终。从此,小弟更为执着地在杭州打拼漂泊。

风尘仆仆,立于秋的檐下。门是母亲给开的。小弟还是没有回来。

母亲一路小跑,将拖家带口的我让进院子,很快,又一路小跑,冲进了厨房。整个过程中,她狠狠斜了一眼骑在院子墙头的父亲,菜立即就在锅里"毕剥"作响。

一只猫从院子外面无表情地走过,那种与生俱来的淡漠在猫棕色的瞳仁里闪着凛冽寒光。这使我瞬间想起老房子那顶古旧的棕色座钟,以及在座钟内以恒定节奏不断流失的时间。孩子们没见过那顶座钟。他们争先恐后跑出去,用各种亲昵又讨好的"喵"声逗它、叫唤它。猫不为所动,并未转头。

不为吵嚷所动的,还有父亲。我隐约觉得,父亲自从给我发完那条微信后,大体是一直保持着如此刻骑在墙头看树般的那种淡漠表情的。

那是一个盛夏黄昏,我正在家门口的赣江湿地公园散步。手机在兜里轻微一动,原是父亲发来微信:"也许明天开始,再不用上班了。项目部被新东家接管,听说老总姓×,你或许熟,是从××公司过去的。"强劲的夕光很快屏蔽了屏幕的亮光。赣江两岸,树木挺拔苍翠,江水粼粼荡漾,鸟还在爽利的风中扑棱着翅膀,花还在草地上高昂着一张张明艳动人的脸庞……藏在"也许"背后的落落寡欢、百转千回于"或许熟"里的某种期待,我似乎都忽略了,我用"解聘即解放,六十多了,好好东游西逛"回了父亲。父亲的沉默比江风还要阔大。

不要误会,我从没有要把父亲隐讳成猫的意思。猫身上的那种凛然冷酷、了无挂碍以及高深莫测,是父亲所不具备的。父亲长久不理我之后,我也渐渐明白了:那条"或许熟"的微信,其实是父亲为弟弟们而发的。他想再被项目部返聘,不是因为他多留恋发光发热的舞台,而是他一直期盼自己在能动的岁月里,攒更多一点的钱,以备将来小弟买房之用(尽管只是杯水车薪);万一返聘不了,能给大弟留意、争取到一个稍微稳固的岗位也是好的。是我无能,让父亲失望了。

在我心里,父亲更像是一条鱼,一条在赣江休养生息的鱼。

我生平第一次看到有别于乌江的恩江,是一九八八年,母亲带着我们仨去了父亲的工厂度暑假。出发前,姑婆特意给我穿了条白色的新连衣裙,胸前盛开一簇簇由姑婆手绣而成的淡黄色花骨朵。老家到永丰,一天只有一趟大巴,千难万难挤上车的我,眼瞧着连衣裙被陌生人的蛇皮袋蹭得泥迹斑驳,号啕大哭。不长的一百多公里路,喘着粗气的大巴,走走停停,待一条大河出现在眼前,已近黄昏。一手牵揽弟弟、一手拎好几包行李的母亲催促下车，跌跌撞撞的我，一头跌进父亲温暖的怀抱里。我再一次不明所以地哭起来。

乌江两岸，是良田村舍，是桃红李白，是鸡犬相闻的家长里短；而恩江两岸，是烟囱厂房，是歌声嘹亮，是喇叭声壮的车来车往。

工厂的门做得真大呀。一根大杆横着，层层叠叠的人推着自行车站在杆子那头，他们穿同一款式的衣服，戴同一款式的帽子和棉纱织的白手套，尽管有的人身上的衣服洗到有些发白，但一点也无损于他们的庄重或者说自信。父亲问我，觉不觉得这些自行车像闸中之水蓄在厂子里，我点头；父亲又问，觉不觉得这些人像江河里欢蹦乱跳的鱼，我更使劲地点头。杆子一起，洪涛般的自行车放了出来，在夕阳的照耀下，他们脸上的笑容闪闪发光。汩汩车流，流进恩江两岸，两岸灯火，次第点亮。灯火与水光浑然一体。父亲说，这是时代的江河。我很小，不明白什么是"时代的江河"，只记得父亲形容大家是欢蹦乱跳的鱼。我很想问父亲，鱼会老吗？老了的鱼游不动了怎么办？可是我没有问，我被迥异于家乡的黄昏深深吸引。

世人皆以东坡为仙

◎ 潘向黎

记得是二十世纪八十年代,父亲的书房里曾经悬过一幅字,是他一生的老师、曾经的系主任朱东润先生的手书。那是苏轼的《赠孙莘老七绝》之一:

嗟予与子久离群,耳冷心灰百不闻。
若对青山谈世事,当须举白便浮君。

朱先生写好这幅字后,就放进一个牛皮纸大信封,送到了当时我家住的复旦大学第四宿舍门房。那幅字写得好,父亲觉得——"那气势说高山苍松,说虬龙出海,都既无不可又不够贴切。"(潘旭澜《若对青山谈世事——怀念朱东润先生》)朱先生的字上没有写年月,但父亲的文章中说是一九八七年,因为父亲记忆力极佳,所以不会错。也许是想起了苏轼当时的痛苦处境,也许是因录苏诗而不自觉地融入了苏体风格,这幅字与朱先生平时的温润蕴藉不同,显得笔墨开张、骨力刚劲,有苍凉而傲岸的味道。

我是看着朱先生的这幅字,把这首诗背下来的。正如我儿时背的第一首东坡词,《水调歌头·明月几时有》,也是通过父亲的手抄页背下来的——是的,手抄页,不是手抄本,因为当时并没有"本",就是直接写在质地粗糙的文稿纸的背面。

苏东坡,有人说他是大文豪,有人说他是大诗人,有人说他是大词家,有人说他是书法家,有人说他是诤臣,有人说他是一个好地方官,有人说他是居士,有人说他是美食家,有人说他是茶人,有人说他乐天旷达,有人说他刚毅坚忍,更有人说他以上诸项皆是……而在我看来,苏东坡是我从小就知道,并从父辈的态度中感觉到他非比寻常的人;后来,我明白了他的独一无二:苏东坡,是每个中国人都想与之做朋友的人,是尘世间最接近神仙的人。

我生于闽南,闽南人说晚辈不谙世事、懵懂糊涂,会说:"你怎么像天上的人!"虽然是批评、讥讽甚至责骂,但我由此从小知道,人,有地上的人,还有天上的人。苏轼,正是一个"天上的人"。我有证据:他自己说了,"我欲乘风归去"。一般的凡人与天的关系,最多是妄想着"上去",所以叫"上天",而他是"归去",天上,是他的来处,是他应该在的地方。

苏轼。苏东坡。坡公。坡仙。

这人其实是说不得的,一说就是错。顾随在一九四三年写的《东坡词说》文末,认为苏词"俱不许如此说",自己"须先向他东坡居士忏悔,然后再向天下学人谢罪"。苦水先生何许人?他尚且如此说,闲杂人等怎敢再说一个字?

一直坚信:对苏轼,绝口不说才是正理。热爱东坡的人,一提他的名字,彼此交换一个眼神,相视会心一笑,才是上佳对策。

这位"天上的人",热爱他的人那么多,研究他的人也多,而且研究得那么透,"前人之述备矣"。但人是人,我是我,一万个人眼中有一万个苏东坡,再思洒脱如东坡者,也许会说:"东坡有甚么说不得处?"便也不妨一说。

东坡和水,缘分特别深。

也许是因为他出生在四川眉山,"我家江水初发源"(苏轼《游金山寺》);也许是作为南方人,自幼感受到"天壤之间,水居其多"(苏轼《何公桥》);也许是因为他和水特别有缘,"我公所至有西湖"(秦观《东坡守杭》),"东坡到处有西湖"(丘逢甲《西湖吊朝云墓》);也许是因为流水的美,与他的明快心性和艺术气质特别契合;也许真的应了那句话——"仁者乐山,智者乐水",东坡不但是一个仁者,更是一位智者。

东坡爱水。谈自己的文章时用水的比喻——"吾文如万斛泉源,不择地皆可出";他谈好文章的标准,也用水的比喻——"如行云流水,初无定质,但常行于所当行,常止于不得不止,文理自然,姿态横生"。后人用"苏海"来评价他的诗文,很恰当,也正对了东坡的脾性。读东坡文章,其迈往凌云处、酣畅淋漓处、妙趣横生处、闲远萧散处,总要各人自己去体会,但最要体会的是那种像水一样的灵动、开阔和自由。

东坡多写水。他一写水,笔端就分外精神。《赤壁赋》中"清风徐来,水波不兴""白露横江,水光接天"等句不说,只看他的诗词,到处都有波光和水声。

且看他写湖:"江南春尽水如天,肠断西湖春水船""凤凰山下雨初晴,水风清,晚霞明""微风萧萧吹菰蒲,开门看雨月满湖""水清石出鱼可数""水光潋滟晴方好,山色空蒙雨亦奇""菰蒲无边水茫茫,荷花夜开风露香""水枕能令山俯仰,风船解与月徘徊"……

且看他写江河:"惟有一江明月碧琉璃""夜阑风静縠纹平""江涵秋影雁初飞""半壕春水一城花""霜降水痕收,浅碧粼粼露远洲""一千顷,都镜净,倒碧峰""岷峨雪浪,锦江春色""霜余已失长淮阔,空听潺潺清颍咽""隋堤三月水溶溶""竹外桃花三两枝,春江水暖鸭先知"……

且看他写浪与潮:"乱石穿空,惊涛拍岸,卷起千堆雪""有情风、万里卷潮来,无情送潮归""雪浪摇空千顷白""夜半潮来,月下孤舟起"……

且看他写雨:"黑云翻墨未遮山,白雨跳珠乱入船。卷地风来忽吹散,望湖楼下水如天""天外黑风吹海立,浙东飞雨过江来""墨云拖雨过西楼""欹枕江南烟雨""疏雨过,风林舞破,烟盖云幢""潇潇暮雨子规啼""雨洗东坡月色清""急雨岂无意,催诗走群龙""雨已倾盆落""烟雨暗千家"……

且看他写溪:"照野弥弥浅浪""山下兰芽短浸溪""北山倾,小溪横"

"连溪绿暗晚藏乌"……

看他写激流："有如兔走鹰隼落，骏马下注前丈坡。断弦离柱箭脱手，飞电过隙珠翻荷。四山眩转风掠耳，但见流沫生千涡。"

看他写泉："雪堂西畔暗泉鸣""独携天上小团月，来试人间第二泉""劝尔一杯菩萨泉""但向空山石壁下，爱此有声无用之清流""桥对寺门松径小，槛当泉眼石波清""倦客尘埃何处洗，真君堂下寒泉水"……

水最大者为海，看他写海："东方云海空复空，群仙出没空明中""登高望中原，但见积水空""云散月明谁点缀？天容海色本澄清"……

水最微者莫过露，看他写露："曲港跳鱼，圆荷泻露""草头秋露流珠滑""月明看露上"……

东坡的诗从题材到风格都丰富，名作很多，只选几首来说，虽近乎以瓣识朵、由珠窥海，但其中有我理解东坡诗词的入口，聊记于此。

和子由渑池怀旧

人生到处知何似？应似飞鸿踏雪泥。

泥上偶然留指爪，鸿飞那复计东西。

老僧已死成新塔，坏壁无由见旧题。

往日崎岖还记否，路长人困蹇驴嘶。

人生行止不定，去留充满偶然，留下的痕迹也必将在时间中消失，确实令人感到空幻而惆怅。但只要心里依然清晰保留着旧痕，则旧事依旧在记忆中鲜活；共同经历过"往日"的人，只要彼此都"还记"那段往昔，则一切都成了可以分享的人生体验。

前人多说此诗"富有理趣"（周裕锴语），其实更可以从中领悟东坡的多情和善解（悟）。对"路长人困""往日崎岖"尚且如此恋恋不忘，则人生何事、何时、何种境地不可记取，不可回味？什么经历没有价值，没有意义？所以他在另一首诗里写道:"我生百事常随缘""人生所遇无不可"(苏轼《和蒋夔寄茶》)。重情而不执于情,于无趣处发现乐趣、领悟理趣——理趣有时候对诗意是一种威胁,但在东坡这里不成问题,他的感觉(感性)依然兴冲冲的,理趣只增加了对人生体悟的深度。

东坡对人生的热爱和对日常生活的强烈兴趣,超尘脱俗的胸怀,加上擒纵杀活的文字本领,所以其诗常明净爽利而清澈,有一种透明的美感。写景者,如传诵极广的《饮湖上初晴后雨》《惠崇〈春江晓景〉》,如《舟中夜起》亦是,又如《六月二十七日望湖楼醉书》亦复是。状物者,如《东栏梨花》《海棠》皆是。

万不可死心眼,只认定坡老单单就是写湖、写雨、写梨花、写海棠,定要看出此老心胸广、气象大,和大自然是够交情的真朋友。君不见同时代人带给他多少磨难与伤痛?幸而有大自然对他始终公平,始终善待。

以下两首诗最要对照参读:

出颍口初见淮山,是日至寿州

我行日夜向江海,枫叶芦花秋兴长。

长淮忽迷天远近,青山久与船低昂。

寿州已见白石塔,短棹未转黄茅冈。

波平风软望不到,故人久立烟苍茫。

全然写景,而心情自见。顾随对这首诗评价不高,但这诗其实好,尤其适合念出来,一念,那种笔法流转之美,那种云烟迷蒙心事苍茫之感,就都出来了。

六月二十日夜渡海

参横斗转欲三更,苦雨终风也解晴。

云散月明谁点缀?天容海色本澄清。

空余鲁叟乘桴意,粗识轩辕奏乐声。

九死南荒吾不恨,兹游奇绝冠平生。

经历了人生的几番大起大落、无数煎熬和解脱,前诗那种身不由己、颠沛流离时的惆怅和迷惘,已经不见了,到了人生的最后阶段,苏轼进入了"天地之境"。

正如朱刚《苏轼十讲》所言:"一次一次悲喜交迭的遭逢,仿佛是对灵魂的洗礼,终于呈现一尘不染的本来面目。生命到达澄澈之境时涌自心底的欢喜,弥漫在朗月繁星之下,无边大海之上。"

"何似在人间","在人间"谈何容易!人间给了东坡太多的黑暗、恐惧、痛苦、无奈和辛酸。看到这位谪仙留在人间,到了人生的最后,没有悔恨,没有悲凉,了无遗憾,全无挂碍,而是这样得大解脱,得大圆满,得大光明,得大自在,真是令人欣慰、震撼和感动的。

从"我行日夜向江海"到"天容海色本澄清",生命的意义实现了,人生的境界如此圆满。

苏轼一生留下四千八百多篇文章、两千七百余首诗、三百多首词,他的诗那么多,自然不可能每首都好。东坡写诗常常一触即发,而且写得快,他自己也说要快——"作诗火急追亡逋,清景一失后难摹"。不但不是每一首都好,就是那些相当有名的,有时艺术上也不高明,比如《寓居定慧院之东,杂花满山,有海棠一株,土人不知贵也》,据说是他平生得意的一首,每每写以赠人,我觉得东坡"每每写以赠人"是真,但怀疑选这诗的原因未必是"平生得意",而出于手录诗词的"技术"考量:因为这首够长,七言28句,有196字,赠人如果写小字,选字数这么多的作品正适合。因为全诗太不经意,感情浮泛,间有俗笔(比如以"朱唇得酒晕生脸,翠袖卷纱红映肉"写海棠,既不幽独,又不清淑,意境全无,快不成诗了),明显酝酿不足加锤炼不够。他才大，真任性，且一任到底。前人说苏轼"凡事俱不肯著力"，他创作状态一贯自信而轻松，结果好的就真好——出色且自在，不好的就有点草率。

他是天才，什么都"不肯著力"，而"作诗应把第一次来的字让过去"（顾随语），在杜甫凝神"把第一次来的字让过去"的时间里，东坡早就一挥而就，然后喝酒去了。我辈终不能夺下坡公酒杯，让他再去推敲润色。况且许多时候，在他那样困苦绝望的处境中，"我写故我在"，靠着写诗、填词，也许还有给朋友写信，这位诗人才能活下来。还有什么，比让人活下来更重要的吗？没有。诗不是每首都好，打甚么紧！泥沙俱下又有何妨，那江河不是还在奔流吗？

终于要说东坡词。东坡所作词比诗少多了，但其词一般被认为是"此老平生第一绝诣"（陈廷焯语）。在我看来，东坡诗、词，主要是重要性不同。读诗若不读东坡诗，虽有损失，但可以读唐诗来大致弥补；但读词若不读东坡词，哪怕读遍了晚唐、北宋、南宋的词……那损失还是无法弥补。

过去一提到东坡，就贴一个"豪放派"的标签，这个已经有不少方家力证其非，有的说"豪放"二字今古理解不同，有的说其实东坡能婉约亦能"协律"，有的则说当时根本不存在豪放派……但还是顾随说得最痛快：分什么豪放、婉约？根本是多事。（顾随《苏辛词说》）

事实是：才华、豪气、雅量、情思具备的苏东坡，是词的解放者。他提升了词在文坛和社会上的地位，第一次让词和诗一样自由地抒情言志，第一次在词中完整地表现了一个士大夫的健全人格，第一次在词中表现了"浅斟低唱"和"盈盈粉泪"之外的社会生活和人生感悟。

东坡词，若论名气响，一阕"大江东去"，一阕"明月几时有"，是并列冠军。正如顾随所说，《念奴娇·赤壁怀古》"震铄耳目"，最震撼，而《水调歌头·明月几时有》则"沦浃髓骨"，最感人。

对这两阕，朱刚的解读更进一层，值得注意：前者之"多情应笑我，早生华发"，"虽是一片无奈，但这无奈的多情之中，仍有未尝泯灭的志气在。因为只有志气不凡的人，才会对过去了的不凡的历史如此多情"；而后者"人有悲欢离合，月有阴晴圆缺，此事古难全"，可以解读为："人世生活的本来状态就是不如意、不完美的，从来如此，也会永远如此。不但不该厌弃，正当细细品尝这人生原本的滋味。所以，'但愿人长久，千里共婵娟。'"（朱刚《苏轼十讲》）

两首《江城子》，一首"十年生死两茫茫"，一首"老夫聊发少年狂"，一沉挚悲凉，一雄豪奔放，都很著名，可不去说它。《蝶恋花》之"天涯何处无芳草""多情却被无情恼"万口脍炙，也不去说它。

坡公无人能及处，在于特别擅结又擅解。凡文艺作品，其实往往都与"结"有关，也未必到"情结"的地步，但必有"心结""思结""情绪结"，有所结，才发为作品。如今常说"感悟"，其实"感"与"悟"是两回事，作家诗人，因为感性发达更易深于情，所以感常常就是结，而经一番思量才"悟"，这是"解"。感得深，就是进得去。悟得透，就是出得来。这一番作为，并不容易，有的人进不去，有的人又出不来。一般人要么不擅结，要么不擅解，高手常常也是一阵子结一阵子解，有时候结不深，有时候解不透。而东坡擅结又擅解，甚至一边结，一边解。他真是七进七出，如入无人之境。

这不是天生的。天生解得开、透得出的人，哪里会有？

刚流放到黄州时，东坡的心情是非常悲凉的——

世事一场大梦，人生几度新凉？夜来风叶已鸣廊。看取眉头鬓上。　酒贱常愁客少，月明多被云妨。中秋谁与共孤光。把盏凄然北望。（《西江月·世事一场大梦》）

又是寂落和孤冷的——

284

缺月挂疏桐,漏断人初静。谁见幽人独往来,缥缈孤鸿影。惊起却回头,有恨无人省。拣尽寒枝不肯栖,寂寞沙洲冷。(《卜算子·黄州定惠院寓居作》)

若有所待地"北望",能不能"北归"却由人不由己;"拣尽寒枝不肯栖",是有持守,但"寂寞沙洲"如何是长久安身之地?现实和精神的出路在哪里?这两首词,都是"结",没有"解"。

若尽是如此,便是柳宗元,而不是苏东坡了。

望江南·超然台作

春未老,风细柳斜斜。试上超然台上望,半壕春水一城花。烟雨暗千家。

寒食后,酒醒却咨嗟。休对故人思故国,且将新火试新茶。诗酒趁年华。

看东坡如何结,又如何解,后半阕可以看得清楚。尤其"休对",分明是一边结一边解了。

浣溪沙·游蕲水清泉寺,寺临兰溪,溪水西流

山下兰芽短浸溪,松间沙路净无泥,萧萧暮雨子规啼。

谁道人生无再少?门前流水尚能西!休将白发唱黄鸡。

"暮雨""白发"是暗结,以"流水尚能西""休将"明解。

临江仙·夜归临皋

夜饮东坡醒复醉,归来仿佛三更。家童鼻息已雷鸣。敲门都不

应,倚杖听江声。　　长恨此身非我有,何时忘却营营。夜阑风静觳
纹平。小舟从此逝,江海寄余生。

　　酒后夜归,进不了家门,这是现实中的小意外小困境,本不足以入词,
但是东坡的愿望,不是尽快进门倒头而卧,或者越墙而入用手杖对家童教
训几下子,而是超越现实得失计较和无尽尘世纷扰的心愿。于是低处的结
从高处豁然得解。
　　这一路最好的代表,恐怕是这一阕——

定风波

　　三月七日,沙湖道中遇雨。雨具先去,同行皆狼狈,余独不觉,已
而遂晴,故作此词。
　　莫听穿林打叶声,何妨吟啸且徐行。竹杖芒鞋轻胜马,谁怕? 一
蓑烟雨任平生。　　料峭春风吹酒醒,微冷,山头斜照却相迎。回首
向来萧瑟处,归去,也无风雨也无晴。

　　以"莫听""何妨"解起,解在结先,随结随解,一路解来,最后已经不需
解了,因为已经无结,到达超然物外之境。有人觉得这是通达,其实不是,
通达是包容是气度,仍有是非,东坡已经放下是非;通达是不论境遇好坏
均努力想开,而东坡完全超越了境遇。没有风雨和晴天之分,境遇也无所
谓荣辱穷通,一切都是人生的一部分,无所谓风雨,无所谓晴,人便在境遇
之上了。这样"解",真透彻。
　　此外,《虞美人·有美堂赠述古》("湖山信是东南美")、《南乡子·重九
涵辉楼呈徐君猷》("霜降水痕收")、《西江月》("照野弥弥浅浪")、《鹧鸪
天》("林断山明竹隐墙")等,也皆是这一路。
　　东坡当然有深情,但他不沉湎,沉湎就容易钻牛角尖,东坡一生样样

都会,唯独不会钻牛角尖,他有雅量有逸气,故不论是分别还是相逢,即事抒情,总归于圆融朗润的高致。

八声甘州·寄参寥子

有情风、万里卷潮来,无情送潮归。问钱塘江上,西兴浦口,几度斜晖。不用思量今古,俯仰昔人非。谁似东坡老,白首忘机。　　记取西湖西畔,正暮山好处,空翠烟霏。算诗人相得,如我与君稀。约他年、东还海道,愿谢公、雅志莫相违。西州路,不应回首,为我沾衣。

清人郑文焯在《手批东坡乐府》赞叹:"突兀雪山,卷地而来,真似钱塘江上看潮时,添得此老胸中数万甲兵,是何等气象雄且杰! 妙在无一字豪宕,无一语险怪,又出以闲逸感喟之情,所谓骨重神寒,不食人间烟火气者。词境至此,观止矣! "

以下两阕也是风格清雄、意境阔大,兼豪放飞扬和浑融蕴藉——

水调歌头·黄州快哉亭赠张偓佺

落日绣帘卷,亭下水连空。知君为我新作,窗户湿青红。长记平山堂上,欹枕江南烟雨,杳杳没孤鸿。认得醉翁语,山色有无中。

一千顷,都镜净,倒碧峰。忽然浪起,掀舞一叶白头翁。堪笑兰台公子,未解庄生天籁,刚道有雌雄。一点浩然气,千里快哉风。

沁园春

孤馆灯青,野店鸡号,旅枕梦残。渐月华收练,晨霜耿耿,云山摛锦,朝露溥溥。世路无穷,劳生有限,似此区区长鲜欢。微吟罢,凭征鞍无语,往事千端。　　当时共客长安。似二陆初来俱少年。有笔头千字,胸中万卷,致君尧舜,此事何难?用舍由时,行藏在我,袖手何妨闲处看。身长健,但优游卒岁,且斗尊前。

　　人总以苏辛并论,归之于豪放一路,又多以东坡"大江东去""老夫聊发少年狂"为证据,其实不然。就连顾随,虽指出苏辛"不得看作一路",但也是拿"大江东去"来对照,说其中的"乱石穿空,惊涛拍岸,卷起千堆雪"三句,"其健,其实,可齐稼轩";其实以上三阕,其纵横之气,顿挫兼飞扬,刚健复柔婉,神完气足而自有远韵,苏轼都是辛弃疾的老师。当然,弟子未必不如师,大可并驾,甚至后来居上,但总要认他是老师,不可弄颠倒了。

行香子·述怀
　　清夜无尘,月色如银。酒斟时、须满十分。浮名浮利,虚苦劳神。叹隙中驹,石中火,梦中身。　　虽抱文章,开口谁亲。且陶陶、乐尽天真。几时归去,作个闲人。对一张琴,一壶酒,一溪云。

　　这一阕许多选本不选,可能因为太单纯了。其实这种天真的气息,澄净的氛围,虽然缺少一些弦外之音,但这是苏东坡本性里的单纯和透明,非常洁净可爱。相比之下,那阕著名的《水龙吟·次韵章质夫杨花词》("似花还似非花")倒真意思不大,所谓"和韵而似原唱"(王国维语),也不过说把一个章质夫彻底比下去了,这于东坡而言还值得大惊小怪?词本身意境狭小而感情空泛,顾随也说"直俗矣",并不见东坡本色手段。
　　然则东坡之本色手段,尽在上面所说的种种——在清旷超脱,在飘逸自如,在圆融朗润,在顿挫兼飞扬,刚健复柔婉吗?又不止于此。还在一股仙气——有情有思兼其心自远,能将眼前事写出天外韵。东坡每每因今昔变迁、人生短暂而思及时间和空间、真实和梦幻、过去和未来、此在和永恒,时时感受到人生行旅的深沉况味,更难得这铺天盖地的恍惚迷离,东坡竟还他一个铺天盖地：一世界的空灵、澄澈，光华流转，一尘不染。

永遇乐·彭城夜宿燕子楼，梦盼盼，因作此词

明月如霜，好风如水，清景无限。曲港跳鱼，圆荷泻露，寂寞无人见。紞如三鼓，铮然一叶，黯黯梦云惊断。夜茫茫，重寻无处，觉来小园行遍。　　天涯倦客，山中归路，望断故园心眼。燕子楼空，佳人何在，空锁楼中燕。古今如梦，何曾梦觉，但有旧欢新怨。异时对，黄楼夜景，为余浩叹。

洞仙歌

冰肌玉骨，自清凉无汗。水殿风来暗香满。绣帘开，一点明月窥人，人未寝，欹枕钗横鬓乱。　　起来携素手，庭户无声，时见疏星渡河汉。试问夜如何？夜已三更，金波淡，玉绳低转。但屈指西风几时来，又不道流年暗中偷换。

这两阕，得一个"活"字，更占一个"仙"字。这股仙气，东坡实实有，辛弃疾实实学不来，也不必学。稼轩还自做稼轩去，东坡有一个便好。

东坡与米芾曾在扬州相遇，有一番令人忍俊不禁的对答。米芾对东坡说：世人都以米芾为"颠"，想听听您的看法。东坡笑着回答：吾从众。

如此便是苏学士明白教示了。若东坡问我时，我便答：世人皆以东坡为仙，吾亦从众。

三撼冲天溪

◎ 谢德才

车子快到湖南省桑植县廖家村镇冲天溪村时,我不再想什么了,也不敢东张西望,我怕辜负了眼前的美景,也怕对不住我自己。

坐车入村,只见"冲天溪"这醒目的红字,镌刻在一块光滑而又高大的石头上,令人过目不忘。车子仍在前行,眼前却如中了遁术一般,浮现着"冲天溪"三个字的幻影。车身起伏,我下意识地赶紧捂住心脏,好像一不小心它就会蹦了出来。

冲天溪,挂在天耳边的一条溪,蜿蜒而下!

目睹此景,我的心灵受到一次震撼!

冲天溪,在湖南桑植的廖家村镇。前人用一个溪的名字,命名了这个山村,代表着山里人的刚毅,象征着山里人的豪迈。这溪里的水,一年四季都不涸。小流域土地整治项目,让溪水变得缓流而温顺,再也不践踏这里的庄稼。微风一吹,溪面涟漪。它们经过雨润的静养,呈现出一潭又一潭的经典绿色。我饶有兴致地站在溪岸上,情不自禁地欣赏起眼前的风景。看,一群群的小鸟,忽然从我的不远处飞过,叽叽喳喳,齐飞到宽阔溪的对岸;一条条的鱼儿在水里游来游去,忽而跃出水面,自由自在;几只鸭子欢快而漫不经心此起彼伏地发出"嘎嘎嘎……"的叫唤声,悠闲惬意;溪面上,还有几只小船在水面上悠悠地划行,不时还有歌声陪伴,真令人羡慕它们优哉游哉的日子;一排排的柳树和松柏树错落有致地站在溪的两旁,勾勒出一幅幅生意盎然的画卷,它们如亭亭玉立的姑娘,争宠一般,逗得溪水兴奋得差点大喊！

冲天溪，醉人心田的不仅有秀水，还有一看就想跪下来的青山。

这里的山，称美女山。一眼望去，像一个个丰满的乳房，性感、挺拔、迷人、醉心……哦，它们岂不是在与幽静的山涧比美吗？这，恐怕也是人们爱来这里的缘由吧？难怪有人说："很久以前，从外地来的一个小伙儿恋上这山，便一次又一次猴子般地爬到山顶上，一坐就是好几个钟头。后来，他索性在这山里搭上一个小屋，住了下来……"

冲天溪，竟让人如此留恋！

深山林间，走来一位老奶奶。她，银发苍苍，却梳理得利利索索。她挂着拐棍，操着一口浓浓的乡音，清脆地说："你，从哪里来呀？别看咱村是一个旮旯村，来头很大呢。这村子，还是省里美丽的新农村……"我在心底思索："冲天溪，当真这么霸气吗？"随着她的指引，深一脚，浅一脚，有说有笑，我们来到千亩土地流转基地。土垄交错，整齐有序。这，又是一次心灵的震撼！

我赶紧掏出手机，从多个角度拍上几张照片，迅速地传上微信朋友圈，没想到，这像是头条新闻般的刺激，很快就被朋友们转载和频频点赞，纷纷询问这是在哪里。看样子，这冲天溪，在震撼我的同时，也震撼了我的朋友。

虽然，我也是山里人出身，耕种过多多少少的梯田小块，却从没见过如此大规模的土地风景。放眼望去，各式各样的蔬菜，齐刷刷地布满田野。一棚一棚的菜苗，像一个个愣头的小子，叶尖上，挂着晶莹剔透的水珠，我似乎听到了它们"吱吱吱"的生长声。这时，一位菜农老头儿走近我，他乐呵呵地说："这菜啊，可带劲了，一天一个样！过了今晚，明天再看，又会长高一大截。"听着听着，我的脸上也露出了喜悦！老人还说："这里，可是一片净土啊！这地啊，好多的农家肥都埋在地下，而且，靠啥子生物农药，再也不用有毒性的农药啦。这菜，吃起来，香脆脆的、甜丝丝的，你们城里人只管放心吃。"

现已如斯，往昔勿忘。过去，这里"面朝黄土背朝天"的村里人，种种田，耕耕地，下下秧苗，锄锄杂草，看起来，不是很忙碌，实际上，累得要命。算不上累，有时，遇上光景不好，一年到头，还要赔本。村民们过日子，两眼紧盯的是秤砣，秤砣一沉，整个心也跟着往下沉了。而今，实行规模化的种植，村民们的日子好过多了，他们坐在家中就能赚钱，闲暇时，还可以在村子里和镇上打打小工呢！坐在屋门口的张伯，跷个二郎腿，娴熟地点上旱烟，吧唧吧唧地抽着，一脸的喜色，说："桑植民歌里唱的'活神仙'，估计过的就是这种舒坦的日子吧？"

如今，这地，活了。人，也"活"了。人"活"了，想法也就慢慢地多了起来。这村里，大鲵养殖基地也建了起来，突出"工农一体化"的经营模式，盘活了村子里的集体经济。

有了钱，冲天溪人自然跟以前大不一样了。设计新颖的砖房，像林子一样快速成长，一幢一幢，漂亮、大方、宽敞，把整个村子都装扮得秀丽无比。行走中，一位热情的村民拉着我的手："走，到我家坐一坐，喝杯茶去！"在他的带领下，我发现公路两边到处悬挂着"村庄是我家，卫生靠大家"的标语，农户家大都贴上了"清洁"字样。这，污染少了，空气好多了！ 一些房屋的门前，停的大车小车像模像样；窗台的衣架上，挂满了亮色的衣裳；墙壁上，结满了绿绿的丝瓜；竹竿上，吊满了弯如月牙的豆荚；晾台上，开满了五颜六色的鲜花。这山村，多么幽美、多么恬静和多么清雅！

流连之际，村支书兴冲冲地跑过来："冲天溪，变化可大啦！这里，家家户户都有了自来水。"原来，冲天溪有一个大泉洞。洞内，可置几张桌子。洞口的瀑布，有的飞流直下，有的一波三折，有的如幕帘疾垂而落，有的像雪花四处飞溅，有的像女人的秀发飘然而至。一逢夏日，乘凉的，不约相聚这岩洞。在这里，垂钓，画画，说说笑话，拉拉家常，俨然成了人们的天然"快乐大本营"。村支"两委"将洞内的水引进了村民家里，村民们都喝上了干干净净的"神仙水"。

我不禁再一震：冲天溪，你真的变了！

这冲天溪，一到晚上，像西江的千户苗寨，灯光如一串串的玛瑙！村里的水泥路边，路灯一盏挨着一盏，农户的房前屋后都安装了大灯和小灯，整个村子亮亮堂堂，老远望去，如镶嵌在山林里的一颗颗璀璨的夜明珠！

冲天溪的夜，一点儿也不冷清。村民们几口饭一扒，饭碗一扔，三步并作两步，一个个从家里奔到了水泥塔上，唱起桑植民歌来，跳起民族舞蹈来。他们唱的是"春季花儿开，花开是一朵来，一对那地个阳雀儿哟嘀嘀，飞呀过的山儿来，飞呀啧啧啧飞呀啧啧啧，飞过山来看哪，满山那个桃花儿开呀……"跳的是"我向你走来，你向我走来已经很久了，虽然，我们相会之前，谁也不知道对方的存在……"唱啊唱，跳啊跳，不到几分钟，横队、纵队、圈子队、男队、女队、男女混合队在美丽的歌声中诞生了。从城里赶来的我们，也自然地加入了他们的队伍，一起沐浴在纯净的大自然里，沉浸在迷人的山水之中，自由地跳，狂欢地跳，跳出了激情，也跳出了一片又一片的欢声笑语！

靖港的雨

◎ 巴音博罗

　　我是在一个雨天来靖港古镇寻古探幽的。雨是秋雨,缠缠绵绵,嘈嘈切切,润在颊上鬓角,似有似无,让人好生烦恼。本欲多拍些沿途风物,却又不得不腾出一只手撑伞,不经意间竟把一城的细雨和掌故搁在广袤胸廓间的慨叹里了。

　　来望城之前,我对望城一无所知,还是在网上搜寻才粗略地了解一二,原来这片神奇的土地上竟聚散过那么多历史烟云、伟人身影!望城的"城"字,当然指的是长沙了。望城原是县,近期才撤县设区。望城为荆楚之地,自秦汉设郡这里就逐渐发展成为商贾云集名士风流的重镇了。而这座每走一步都会触碰到往昔那苍凉琴弦的灵异之地,看起来又是那般生机勃发充满锐气,便不能不让我平心静气,仔细揣摩。我要把接下来的每一天每一分钟都留给它,一个叫靖港的湘楚古镇。

　　我们去的那天照例有雨,这与我们头一天游铜官一样,只不过雨忽然变得更细更密宛如牛毛了。雨像两千年前那位投汨罗江而成仙的诗人的诗句一般湿漉漉,又像苦吟过"朱门酒肉臭,路有冻死骨"的少陵野老一般郁愤。这让我不禁想起著名中国台湾诗人余光中的诗《寻李白》:酒入豪肠,七分酿成了月光,余下的三分啸成剑气,绣口一吐就半个盛唐。

　　我一直对那个时代的诗人词人怀有敬意,而余先生的"绣口一吐就半个盛唐"的"绣"字,又让我沉吟半晌暗暗叫好。古诗词的精髓还在于汉字里的神韵和汉字后面的经史文化啊!

在此之前，我们去过素有"千年窑火"之称的全国五大陶都之一的铜官镇，也拜访过一家名叫"皈心堂"的私人博物馆。那座位于望城区北境湘江东岸的以产陶闻名于世的铜官古镇，据传在沿湘江东岸逶迤十余里的沙岸上，共有珍珠般点缀的144座古窑遗址。而从当年那艘名为"黑石号"的唐代沉船中所打捞出的大量的长沙铜官窑的残缺陶器，即是历史最好的见证。

就当我们在铜官老街上了无目的地徜徉时，却忽地撞见一精巧小亭，名曰守风亭，驻足一看，竟是为纪念诗圣杜甫来铜官时所作诗篇而建立的："不夜楚帆落，避风湘渚间。水耕先浸草，春火更烧山。早泊云物晦，逆行波浪悭。飞来双白鹤，过去杳难攀。"我看后不禁心头一震。这样一个小地方竟有诗圣的遗迹，真是不得了，所谓人杰地灵，绝非虚传也。

此外，与"皈心堂"堂主夏国安先生的不期而遇，更激发了我一探究竟的好奇之心。那夏先生的私家博物馆，也藏有汉唐以来的石雕艺术及大量明清镂空雕花床，极尽精美奢华，尤其是从濒临拆毁的古宅院抢救修复的"最美中国宅子"，简直就是民间建筑美学凝固的诗篇佳构！

鉴于头两天的艳遇，我在接下来的游历中自然变得诚惶诚恐小心翼翼了，我不知在这处处焕发时代新颜的望城地区，还会有什么让人意想不到的惊喜在等着我呢。果然，当我随着当地人——那位自小在沩水边的老街长大的女向导的指引，伴着如丝如泣的细雨的酥麻叮咬，寂寂然踏入那条著名的麻石古道时，就一步步叩响了靖港这座千年古镇的神秘门廊。

靖港古镇南距长沙25公里，北与湘阴相邻，地处湘江西岸，东望铜官，南滨沩水。相传其原名叫芦江，取自每年秋季两岸丛生的芦苇荡——那时节芦花似雪，一片素白。后又因唐代大将李靖在此驻军，百姓感念其治军严整秋毫无犯，故改名叫靖港。

至唐宋始有集市，到明清时已达繁盛顶点。民国抗日时期屡遭战乱火患，萧条不少。如今政府又以旧做旧重新修缮，古镇正逐渐恢复其往日的荣光。

我们沿着一条麻石铺就的街道缓步而行，细雨淋在两边鳞次栉比的店铺的屋顶上，使瓦片和廊柱如洇了一层水墨，更显生动。据向导介绍，这条老街从紫云宫到杨泗庙，曲折迂回，共 1257 米。当其蜿蜒在杨泗庙东侧时，因沩水急转直下，渐渐变成了一深潭。所以靖港只在西岸建半条街，也便成为古镇一大特色。

靖港全镇分为八街四巷，错落有致。古建筑分别有天主堂、紫云宫、育婴堂、木屐社、江西会馆、庐江剧院、八元堂、车木轩、宏泰坊、梁宏发纸伞厂、临水戏台、观音寺、福星塔等等。我们正是从观音寺开始踏上这短暂而漫长的寻访之路的。

正是早课时分，我一走近殿门，就听见一片嗡嗡呜呜的诵经之声。隔着朱漆木门，我瞥见香火缭绕中的袈裟和顶礼膜拜的侧影，仿佛这淅淅沥沥的雨声，又似墙角夹缝中那青青郁郁的苔藓的碧绿，是怡人愉悦的静谧了。我不敢打扰，轻轻挪动脚步，沿着一条窄得只容一人侧身挤过的甬道，去了观音寺之后的堤岸。

沩水淙淙，一片开阔。远处是黑乌乌一大片吊脚楼、造船厂、竹篾作坊。有船系于码头上，却没有帆，那是一种叫乌舡子的小船，兀自在微风中浮荡。我默默伫立一会儿，想象那经新康、靖港、乔口入洞庭的湘江，以及再下游的资水、沅水、澧水和浩浩荡荡的长江。想象群雄争霸的三国时代，吴主孙仲谋派重兵守边境，蜀相诸葛孔明令五虎上将关云长攻长沙，从湘阴岭至白箬，沿途留下多少美妙的传说。"文洲围""玉泉山""惊马桥"……而与靖港对望的铜官山，则有关羽与程普铸铜棺为誓的记载。再往上溯，至公元前二一四年，秦始皇五十万大军征讨百越，数不尽的战舰粮船，也是在靖港溯湘江而上的。而唐武德四年，李靖率大军平定梁王萧铣，沿庐江走益阳、常德，越洞庭直逼江陵，于次年六月完成统一大业，此事在靖港已成街谈巷议的家常话题。元末明初，群雄逐鹿，陈永琼与朱元璋在湖南征战多年，狼烟四起，靖港更是他们参战的重要场所。清咸丰年间太平军与湘军在此鏖战，曾国藩几欲战死，后又由败而兴，竟成晚清一代名相重臣，这弹丸之地的小小靖港，是其幡然醒悟死而后生、从颓废低迷的情绪中解脱出来的转折之地，也是他重整旗鼓统率湘军出省作战并逐渐成为维护大清王朝之中流砥柱的福祉。

雨停了一会儿，又下了。

雨停时，我收了伞，尽情地欣赏古街两边的商铺市店、画栋牌坊。我随手拍下的就有李三爹小钵子甜酒、赵记火培鱼口味鱼、一家人大药房、侯三泰商行、侯东娭小钵子甜酒、八大碗总店等等，不一而足。

靖港素有"小汉口"之称，是一个闻名遐迩商贾云集的商业重镇。靖港人口仅七万余，工商业却达五百余家。半边街上摩肩接踵，吊脚楼下千舟挽缆，繁荣得不得了，日成交"千畜百羊万石粮"呢。南面一线，前屋着陆，后房邻水，茶楼酒馆也多设在街南。酒酣之际，开窗启户，遥望渺茫江面，空气湿润清新，即便盛夏暑热，也觉凉爽有致，是文人骚客和富豪阔少们饮酒赋诗的好去处。靠北一面，多为绸布瓷器、药店粮行以及手工作坊。坐在铺中抬眼眺望，但见招牌幌子林林总总，许多店家都恭请当地书法名家和官宦题写招牌，最值得细细观赏品味。

沩水发源于宁乡县的西沩山，向东流入望城县境，分为两脉，分别从靖港和新康注入湘江。湘江是靖港的母亲河，是靖港乃至湘楚之地的灵魂，她滔滔南来，又汹涌北去，流经靖港有15公里。极目大江，烟水云天之间，既有千帆竞发百舸争流之壮景，又有白沙如雪翠柳如屏的水上风光。古时陶城铜官的往来客商往往在铜官装货，后来靖港泊船以避江上风浪，同时又采购一些粮食、鲜鱼、蔬菜等农副产品，以供日常之需。于是横渡于两岸的船只便往来如梭终日不绝了。正如清乾嘉年间学者罗鉴龟在《沩水周行纪略》中所著述的："沩水之上，樯影上下如栉如墉，欸乃行歌，宵旦响答。"而今靖港与铜官男女通婚联姻，也不在少数。故民间传有"铜官媳妇靖港郎"之美谈。

"人人尽说江南好,游人只合江南老",一千一百多年前,五代前蜀诗人韦庄《菩萨蛮》中的这两句词,较好地赞赏了江南迷人的美景和作为游子的他不想离开而宁愿老死江南的心愿。

我和妻子在游历中买了当地乡民腌制的江鱼干,还有用当地的水果制成的口味独特的果脯、小钵子甜酒。我对当地那些著名的小吃很感兴趣,什么麻油猪血、口味鱼、酸辣米豆腐、手工白粒丸、靖港香干、倒熏狮头鲫鱼等等,都是让人一吃难忘的祖传菜品。

靖港的甜酒非常适口,花鼓戏《洪兰桂打酒》,讲的就是广泛流传于靖港地区因甜酒联姻的故事。说的是清乾隆年间,在朝中担任吏部天官的洪友仁被和珅陷害致死,友仁的父亲洪建章带着孙子兰桂乘船来新康避难。兰桂被岸上飘来的酒香吸引,来到著名的裕源槽坊买酒,巧遇老板的女儿翠英,二人在沽酒时相互产生爱慕之心并最终结为了夫妻……花鼓戏《洪兰桂打酒》已成流传湘鄂逾两百年的地方保留剧目。

后来在一家首饰店,妻子买了珍珠耳坠、珍珠手链和珍珠项链,价格还是很便宜的,做工却极考究。由于下雨,由于疫情之后的恢复期,总之那天的街头行人寥寥,因而便更显幽静、寥廓,这也很合我的心意。我觉得沿着麻石老街缓步慢行,最好能听见自己脚掌拍击那麻石的寂寂之声,以便那追怀古人的忧思得以和上古镇的心跳和脉搏。

不过,在我的脑海里总萦绕着古代类似《清明上河图》的杂沓纷繁和喧天热闹,我能想象出往昔这白日的"日有千人作揖,夜有万盏明灯"的情境。小小靖港,从白天店铺间的唱秤报斤人声鼎沸,到夜生活的舞榭歌台酒绿灯红,那唱曲声、叫卖声、猜拳行令声、吆五喝六声,通宵达旦。

如果到了年关岁尾,长街上更是人山人海,车担如龙了。排队办年货的人往往占了一里多地。这些人来自新康、乔口、铜官甚至湘阴、宁乡、益阳,尤其汉口人,反倒要来靖港买红米。他们相信,年夜吃了红米饭,来年会红旺发达。所以这些人到了小小靖港,总要流连数日才返还的,所谓"船到靖港口,顺风也不走"就是当年的真实写照。

雨又开始大起来,从早上下到半头晌。雨就这样不疾不徐,停停落落下着。其实,雨是从我心里开始下起的,雨是从唐代开始下起的。自从那个叫杜甫的老诗人来过之后,雨就一直缠缠绵绵地下着,和着他蹒跚晃动的身影。雨也是从春秋时开始落下,雨在战国时那位楚国的三闾大夫趔趄的脚步下,润湿了大半部中国的诗歌史。

我自己也写诗三十余年矣。我承认我迄今为止受到的最大影响乃是来自伟大的屈原,没有别人!我早年就完成过一首长诗《汨罗虹》,我把汨罗江描绘成了一道横跨中华民族精神高原的炫目彩虹,我觉得诗国天穹上的那道雨后彩虹永不降落。

而今天,我竟与那一道鬼魅般缥缈而又壮丽的诗魂相遇了,我怎能按捺住我激跳的心脏?

公元前二九五年,被楚怀王放逐的屈子乘一叶扁舟顺水南下,流浪于沅湘地域。后又溯湘水来到民风淳朴的长沙,受到了热情好客的当地居民的欢迎。人们听说屈原来了,纷纷前来探望,并诚心挽留他在长沙住下。虽说生活依然艰难,但在这远离郢都的政治旋涡之外的湘江之畔,三闾大夫再也不必吃那颠沛流离的苦了。

一日,屈原带了婵娟来靖港采风。那时的靖港还叫芦江呢,是沩水入湘前的一小段,因两岸芦花茂盛而得名。其时,正值天高气爽的深秋季节,遍野芦花迎风飘舞,摇曳出一片雪白。而湘江之水与芦江之水在此交汇,却一清一浊泾渭分明。屈原第一次见到这样的奇特景色,好生诧异。这时从远处的岸边传来一阵高昂激越的山歌声,屈原还从未听过歌词如此诙谐通俗的山歌呢。他循声望去,见唱山歌的竟是一位与自己年龄相仿的老者,正一边干农活一边哼着曲子。经过打听,他才知道老者唱的山歌名叫《过山垄》,是流传于靖港地区的高腔民歌,用假声演唱,拖腔模仿巫师用牛角制成的乐器声音。屈子越听越有兴趣,又请老者连唱数首,并逐一记下,他感到这块土地上蕴藏着十分丰富的文化源泉和淳朴的民风。那段日子,这些令他回味无穷的民间歌谣使他感同身受。他的心和楚国的命运紧密相连,他一直担忧于百姓疾苦,为此他数度披发行吟于江岸,形容枯槁脸色憔悴,已经到了悲怆绝望之境。后于公元前二八三年,自长沙出发,溯水西行到溆浦。一路上只见险峻的群山、茫茫的深林和迷蒙的雨雾,耳听到的又是虎吟猿啸、鸟啼兽吼和两岸百姓饱受战乱之苦发出的哀叹……终于到了汨罗江畔——那必然在华夏文学史上留下最绚烂最悲怆一笔的地方,屈子如期完成巨匠之作《离骚》《九歌》和《九章》等传世名篇。"临沅湘之玄渊兮,遂自忍而沉流……"

公元前二七八年农历五月初五,这位满腔赤诚的诗人怀石自沉于汨罗江之河泊潭。

靖港人对屈原怀有极其崇敬之心,对他的伟大人格十分敬仰。每年靖港地区都有盛大的赛龙舟活动,届时热闹非凡,每艘龙舟上要有三四十个桡手,桡手们听鼓下桡,击鼓鸣锣,呼号指挥,观者盛如潮涌。有民谣赞叹:端午看龙舟,草帽剩只圈,洋伞剩把骨,细伢子勒得哭。

至于诗圣入靖港,是唐大历四年至五年期间,他共留下三首诗。其中《入乔口》的最末一句"贾生骨已朽,凄恻近长沙"之中的贾生,指的是九百多年前的贾谊,因上疏直言时弊,触怒汉文帝被贬长沙。而贾谊的命运与杜甫又何其相似啊!杜甫也因上疏触怒唐肃宗被贬华州,从此去国离都,漂泊流浪,心中怎能不凄恻?后来,杜甫在铜官镇又写下《铜官渚守风》一诗。再之后,为了避那无可娱目的大风,又在闷坐无聊之际写下著名的长诗《北风》,其中有"爽携卑湿地,声拔洞庭湖。万里鱼龙伏,三更鸟兽呼"之句,以及"今晨非盛怒,便道即长驱。隐几看帆席,云山涌坐隅"。杜甫在诗题下又注:新康江口,信宿方行。那古新康江口即是靖港啊。可见中国诗歌史上,又一个伟大的天才也曾在这弹丸小地留下足迹。

而在诗圣的脚步之后，历代诗人们纷纷步其韵写乔口、铜官和靖港，前后不下百余篇，较著名的有刘长卿、范成大、文天祥、薛瑄、王夫之等等。正如清代陕西布政使唐仲冕所吟，"因怀旧风景，落雁向长沙"。

　　雨一忽儿又大起来。雨打裤脚，也淋湿了鞋子。我们一行在老街上闲逛，见那雨势正盛，便到檐脚下暂避，恰好是在一皮影艺术馆门口，索性就进去看了一会儿驴皮影。主演的人叫朱国强，是皮影第五代传人了，十五岁随父学艺，至今几十年，对皮影艺术有很深的研究，出版过许多关于皮影现状的书籍文论，二〇〇九年在靖港自筹资金开办了皮影艺术博物馆和皮影艺术学校，整理收集皮影剧目二百多部，能自己雕刻、绘画和在舞台上吹打弹唱。我们进到演艺厅时，只有寥寥的几位观众，但老艺术家还是认真地为我们上演了一出短剧《东郭先生和狼》，我儿时读过这则寓言，不承想在几十年后的湘楚之地，又以民间特有的艺术形式重温了一遍，真是感慨万千，激动不已。

　　靖港的这条古街上是有一系列参观景点的，什么铁器博物馆、宏泰坊、中共湖南省委旧址、八元堂、锄禾源族谱馆、陨石博物馆等等，都很值得你细细品味。宏泰坊本是当年的一个妓院，湘江上往来的船家们要避风歇脚，也就到了这巷子深处的青楼里，也就把那酥怀软语当成了另一个故乡。我自然能想象出当年的故事，云髻绸衫滑落，玉体横陈娇喘，之后是幽怨斑竹泪，而之前一定是九转回肠的小曲儿或地道的花鼓戏小调……反正客家辛苦一年的钱是流水一样渐渐流空的，当掏空了银子与淘空了身子的男人们一步一回头离开这三进院的楼宇时，也一定是惆怅恨叹又难舍难分的，而青楼的丝弦里却依然是"花自飘零水自流"，依然为这千年古镇平添一道独特的风景。

　　现在这儿做成了一个"青楼文化博物馆"，从古至今的名妓们都在这儿成了角儿，使"文化"这个适用于一切的词儿有了些许脂粉气。不是吗？自唐宋以来无数的文人有之，即便后来看破红尘出家的弘一法师李叔同，年轻时亦是烟花柳巷的常客。也许,这也正是文人骚客们的风流使然吧。

就像这雨,就像这雨做的云,总该有湘西沈从文的忧伤吧!

整个下午变得格外漫长,后来我们辞退了女导游独自闲逛,偶然之间便踏进了一家名叫"玉山居酸奶屋"的铺面。店主人是一位着一身唐装留一簇小胡子的中年汉子,店里也布置得古色古香颇有意趣。我和妻子一人点了一份酸奶,坐下一边歇息一边品尝,果然温软可口不同一般。后来我们便相互攀谈起来,他说他的铺面是十一年前盘下的,因为自己喜欢收藏古董,又要养活老娘,便安心在这老街住下来以度晚年,生意倒是有一搭无一搭随性随缘的。我一边闲谈一边浏览四壁上的挂件和书画,有几幅颇有丰子恺的遗风,一问,果然是本地一书画名家的仿作,而楼梯口挂着的一件蓑衣、两双草鞋和一只铜质唢呐让我感到颇亲切。我说:"这雨怎么一下就是数日,不疾不徐,真是让人烦心。"那店主听过,却微微一笑,说:"其实,我是很喜欢这雨的,你没觉得一个人一边喝茶一边听雨,也是一种乐趣吗?"

我听后,内心忽地一动,便也侧耳倾听起来。

这时,一只黑猫许是嫌我们的交谈打搅了它的浅梦,从门槛那儿站起来,伸了伸懒腰,蹑足飘过我的脚下,又拣一僻静处蹲下,一会儿就又睡将过去。

我们都不再言语,只悠悠然喝杯子里的温茶,只静静看街头偶过的行客。久了,我竟疑心那刚刚走过的游客中,有千年之前的那位用湘江和汨罗之水写诗的游子,身上长满青苔。也有那位据案独坐在历史另一端的诗圣,挥一条玄色儒巾,把这满街的雨,正一滴一滴扑灭……

曾经人间的烟火

◎ 林纾英

五月的天孩儿的脸，当真说变就变，我们到达滨泉公园的时候，原本极好的天忽然瓢泼般落了雨。这仿佛是老天的一个玩笑，或是恶搞，它向人兜头泼下硕大一瓢雨后，霎时没了影踪，丽日晴天，连一丝云影都不见了。

好在出门时我带了购物包，雨下来的时候我把硕大的包包顶在了头上，身上才没有淋湿多少。音乐家就不一样了，他躲无可躲，直接就被浇成了落汤鸡，他的两手也如落汤鸡展开的翅膀般挓挲着，湿淋淋的头发被牛咩子舔过了一样，一绺绺地贴在他的额前，人如魔怔了般，嘴张着，眼瞪着，大瞪着的眼睛眨都不眨 下。

雨水一条条地从他目瞪口呆的脸上往下淌，进了眼里他也不眨一下眼，似遭了定身术。看他狼狈和滑稽的样子，我忍不住弯着腰捧腹大笑了起来。

直到我笑停他才回过了神。他微微一笑，然后猛抖身子做了一个黑狗甩水的动作。他人比较胖，黑狗甩水的动作没能甩掉多少水，却把脸和肚子上的赘肉给甩得来回晃荡了起来。

我再次大笑起来，笑得几乎喘不过来气。

"傻英子。"他瞅了我一眼，脱下衣服拧干了又套上，"你听听我为你写的诗哈：'春雨贵如油，下得满身流，狼狈诗人相，笑疯一蠢牛。'"

"英子啊，你真傻得可爱，逗你玩儿你都不知道。"

他不说我还真以为他被突如其来又突如其去的雨给惊蒙了，原来在装疯卖傻逗我玩儿呢。不过，他套改解缙那首打油诗还真的合辙押韵，情景也十分妥帖，我对眼前音乐家这个"湿人"的才情又刮目相看了几分，爱也增了几分。

雨把红砖小路滋润得更红，花草和树木格外的绿起来，青翠欲滴。一群麻雀忽而扑棱棱落下来，落在前方几米开外的路上，瞅瞅我们，又扑啦啦飞了开去。

鸟雀飞走了，一只都没有留下来。红砖小路静了下来，周遭也静静的，远近都不见人的影子，路似乎只为我们专设。

路不长，十几分钟就走到了尽头。在那里我看到了一座破败的农家小院，朽败的灰黑疏松木质院门裂开几道很大的缝，两侧铁的门环锈迹斑斑，门楼上的瓦落了很多，簇簇茅草在落瓦的地方长出来。朽败的木门虚掩着，没有锁。看起来一把就能推倒的院门根本就形同虚设，是不需上锁的。

残垣断瓦的小院在滨泉公园里是突兀的一个存在，与周遭风格极不搭。我不认为那是公园独具匠心的建设，也或许是公园里不肯搬迁的一个钉子户。

巴尔扎克有一句名言："世界上从来都没有绝对的事情，所有的结果都会因人而异。"

顺理成章，不顺理有时候也会成章，在我看来，不和谐或许就是最大的和谐。我童年最美好的记忆就在农家小院里，此时此际，小院便是我心中的最合理的存在，我无法拒绝它的诱惑。

我把着铁的门环敲门，许久都无人应答，我便试着开了门。进了门才发现，从外面看死气沉沉的小院内里正生机盎然：一条横贯南北的碎石甬路，两旁种着各色的青菜和瓜果，其间矗着一架老式手压的机井，开着花的蔷薇攀附在小院两侧低矮的泥墙上，看起来用不了多长时间就会越过墙头去。

面南背北的石头房子中规中矩,不新也不奇,青石垒砌的墙、海草毡的顶子。

石头房子的门不像街门那样开得忸怩,就那么大咧咧地敞着,一副不拒绝任何人的样子。

拾起烟熏火燎的老日子

石屋里也没有人,在最西头房间里,我看见了用麦秆草泥盘起的一铺火炕。炕上放着一张四方的炕桌,没有铺炕席,也没有叠被褥。

磨亮的火炕麦草参参,被炕烟熏黑的洋灰墙,落在眼里是年深月久无人起居的一番样子。炕的对面靠墙摆着几件颇具年代感,漆面剥落边角磨亮,又甚或是包浆,看起来像是文物却又不是文物的老旧木质家具。

一口半人高黑陶的水缸靠在隔壁灶间北墙根下,生了锈的两只铁皮水筲分立于水缸两侧,木担杖挂在了墙上。水缸和水筲里没有水,落了很厚的草屑和浮土,两只水筲里都架着蜘蛛网,大个的灰黑蜘蛛静静地浮在网上,也许是见惯了人来人往,看见人也不避,一副处变不惊的样子。水缸肚上有一条粗长的裂纹,被锔钉严丝合缝地给锔了起来。缸沿上有大小不一已经风化的缺口,多少地表明了水缸的一些年月。

灰砖的土锅灶砌在西面山墙下,灶门被灶烟熏成了墨的颜色。开裂了的木锅盖同大的铸铁锅错开一些,露出了锅底棕红而深厚的铁锈。

屋子里摆设了了,没有文字的介绍,只有火炕、水缸、锔钉、火灶、担杖、烧火的风匣及粗灰抹的斑驳墙壁……

我的思绪在这一室的朴拙粗陋中飘摇飞远,我瞧见了年轻母亲忙碌着的身影。

年轻时的母亲一点都不胖,她系着围裙娇俏利落的样子,很像现代京剧《沙家浜》里那位俏灵灵的阿庆嫂。

母亲在锅上忙乎,父亲就蹲在灶下生火和拨火。父亲烧火的技术不好,他总是烧不旺略湿的柴火,时不时会有烟从灶门处飘飘摇摇地冒出来呛得母亲睁不开眼。胶东的农村,一家之中一向男人为大,除了下地,在家中男人基本是做甩手掌柜的。父亲是村子里不多的几位在包揽地里农活的同时还肯俯下身子帮妻子烧火做饭的男人。为这,母亲一生都在人前念他的好。尽管他总掌握不好烧火技术,母亲极少会真正地数落和埋怨他。

锅底的水开了,母亲将锅盖拖开,她一手扇着飘在口鼻处呛人的柴烟,另一手稍稍向上扬起,随着她麻利的下甩动作,窝在她掌心里那团稀糊糊的玉米面脱手就糊上锅边摊成了圆圆的饼子。得了空的母亲捞起系在腰间的围裙去擦眼里被柴烟呛出来的泪。她明知道烧火烧出烟是父亲的无心之过,却还要去嗔父亲:"把柴火勤拨拨火不就旺了嘛,你就是故意弄出这么多烟,成心是要呛死人家呀。"

父亲抬头瞅一眼母亲,继而笑着低下头,他将脸凑近了灶门去看和拨灶下的火。

火拨旺了,火舌就蹿了出来。

"哎呀,又舔我眉毛了……"

父亲的眉毛,睫毛还有额前的头发被火燎了,淡淡的毛发焦煳味飘在了空中。

瞅着父亲手忙脚乱眉毛胡子一把抓窘迫的样子,母亲在一旁笑得花枝乱颤。"哈哈,活该活该,你属鸡的啊,记吃不记打?都被舔过多少次了,还把脸凑那么近。"

在母亲开心、父亲尴尬中,火越烧越旺,锅里的蒸汽越来越多地冒出来……

母亲说:"不用拉风匣了,把锅下填满柴火让它自己慢慢烧,你上炕歇歇去,让火憋会儿,等饭好了我叫你吃。"憋在锅底下的火自己在烧,父亲没有歇歇去,趁慢火滚鱼的工夫,他取下挂在墙上的担杖,又取下井绳,挂上两只水篓去村中央那眼井里拔水和挑水,回来倒进墙下那样一口大的水缸里。

水缸挑满了,锅里的饭好了,菜香、鱼香、锅边上焦黄玉米饼子的香、算子上地瓜的香,和着炕桌上那杯老白干的辛辣,氤氲起一室慢腾腾的人间烟火。

渐行渐远的耧车

除了纺车,东头房间里还有耧车和独轮车,山墙上还挂着牛绳和牛襻,墙角倚着木耙、木锨和铧犁、连杖等木质的一些农具。

李锐在《耧车》里描述农民老福田摇耧播种的情景:镶了铁犁铧的三条耧腿插进松软的黄土,随着老福田晃动的双手,三行谷种顺着空心的耧腿,均匀密集地播撒到浅浅的犁沟里,随即,又被翻落下的黄土轻轻覆盖……蓝天黄土之间,两个人,一头牛,一架耧车,排成一个小小的队伍。一垄三行,一去一回。渐渐地,播种好的行垄宽阔起来。

这就是耧车。耧车早先时候在胶东农村是被称作耧子的,作为有着两千多年畜力条播史的耧子,随着农业机械化大生产时代的到来,到二十世纪九十年代末,耧子同木锨、铧犁、连杖及水车、土耙等原始农具一道,黯然地从农耕文化的台前退入了幕后。

"君生我未生,我生君已老。君恨我生迟,我恨君生早。"乡野上一人、一耧、一牛的原始农耕画面,已在人的记忆中渐行渐远;街上老锔匠"锔锅锔碗锔大缸"的吆喝声,老房子里煤油灯下纺车嗡嗡声,乡间田野里人吆牛、耧子播种时"咯啷咯啷"的声音,那样的一支大地混响曲,都已同夕阳一道,一丝丝地消隐于历史的远空。

久别后的这一场重逢,是拾遗的欢欣,抑或是失落?总是理不清的一份心绪。

扇上桃花

◎ 王 韵

　　我终于走上了那条神道。

　　青石板路算不上平坦，就像他一生的路。两旁柏树面目沧桑，姿态各异，都摞满了经年风霜、陈年月色、前朝往事，栖满了一茬又一茬鸟鸣，它们或清脆或喑哑的歌喉，远远近近地回响在岁月深处。它们从被栽到这儿，就再也没动过，它们当然居高临下地看见过他貌不惊人地站在祭祖的人流中，也曾张开伞盖为烈日和暴雨下踽踽独行的他遮阳蔽雨，更曾依依难舍地目送他最后的睡姿进入二林门。没有比树更长寿的人，他也不例外。但他却找到了比树更长寿的方式。只要这世间还有人，他那抹开在扇上的桃花，便会永远被人阅读和重温。从这个意义上说，深埋和附着在自己文字里的他，才是一朵桃花皈依的春天。

　　终于找到了，我看见他了。我是真的想不到，他竟然就安睡在青石板铺就的主路边，我想象他应该长眠于青草和野花深处。相比于孔府和孔庙，偌大的孔林是冷清而寂寞的。因此，虽然他安睡在主路边，任何穿过青石板主路的车辆和行人都不可能忽略他，但从早到晚，每天经过他的车辆和行人是有限的，他依然是冷清而寂寞的，就像他生前的大部分时光。

　　他叫孔尚任，曲阜湖上村人，是孔子嫡裔六十四代孙。

　　自汉高祖刘邦始，先后有十一位皇帝"驾临"曲阜祭孔，他们以"朝圣"的姿态和心情祭孔，在孔老夫子面前行三跪九叩之大礼。至于皇帝委派官员到曲阜致祭，据史书记载，更是达一百九十六次之多。

而老夫子本人由"褒成宣尼公"到"文宣王""大成至圣文宣王",直至"大成至圣先师",成为集大成的布衣至圣,天下帝王和读书人的老师与榜样。

这些尊崇而热烈的加冕和荣耀,是背负"野合"之名、出身贫贱的老夫子生前想都不敢想的。他老人家一生壮志未酬,心怀修身齐家治国平天下的伟大理想,奔波十四年,却无一位国君真正地接纳他,放心地使用他治理自己的一亩三分地,这让他有时陡生丧家之犬的喟叹。但他一茬又一茬开枝散叶的子孙却因为他,也因为他的学说,沐浴着皇恩的阳光甘露,成为历史上独一无二的贵族。

作为老夫子的嫡系后裔,孔尚任的血液中当然流淌着修身齐家治国平天下的基因,这是一代代孔氏子孙共同的胎记,也是他们源自原乡的乡愁。因此,尽管孔尚任多年隐没于乡野,却从没放弃过求功名、济天下的政治理想。像那个时代正宗的儒生一样,他也曾应试童子试成为诸生,也曾夙兴夜寐地苦读经书,但不得不承认,他没有学运抑或考运。他虽满腹经纶,写得一手锦绣文章,在关键的时候,这个看不见摸不着却左右和主宰着他的运气,却着着实实地给他开了一个残酷甚至残忍的坑笑。一六七九年的秋天,三十一岁的孔尚任走出结庐苦读的石门山,兴冲冲地奔赴济南参加乡试。秋风秋雨愁煞人,时令的秋雨和着人生的苦雨,不约而同地从天降临,浇灭了他熊熊燃烧的雄心壮志,他无缘由地落第了。三年后,一直耿耿于功名的他,不甘心做一介白丁,卖尽靠近曲阜城边的良田,买了一个国子监生的"功名"。国子监是清代的最高学府,入此学习三载便有了"吏部议叙"当官的资格,但他因为是用钱捐纳的"例监生",未经保举不准升转正途。这就像一个过去的孩子,嫡出与庶出,决定了他(她)以后不同的命运走向。他走至这一步,有着千般万般的悲愤和无奈。身为孔氏子孙,老祖宗至圣和文圣的显赫声名给他以压力,同辈人相继及第同样给他以压力。说到底,还是孔氏家族自身延续的强大文化背景和价值取向给他以压力，学而优则仕成为穿过杏坛、通往大成殿的唯一正道。正道既然走不通，那就走走偏门吧。他放下了清高和孤傲，不顾族人和世人的冷眼与耻笑，卖掉了赖以养家糊口的良田，捐纳一个虚名。只为有朝一日被人保举出仕为官，一展自己的宏图抱负。

这一次，他的运气不错，命运终于对他展颜一笑了。

一六八四年十一月，康熙南巡后要到曲阜祭祀孔子，深知孔尚任学问的衍圣公孔毓圻推举其为御前讲经人。凭一介布衣的身份，能够亲眼看见皇帝，而且还要以孔氏子孙的身份当面为皇帝讲经，这在孔尚任看来是一件无比光宗耀祖的事情，也足以让他扬眉吐气，乃至心花怒放受宠若惊了。

十七日，康熙在文武百官的陪同下来到曲阜，孔尚任忝列于诸生中跪迎后，又匆匆赶回孔庙诗礼堂做第二天讲经的最后准备。

第二天，上午八时左右，康熙来到孔庙，向孔子像行三跪九叩的大礼后，便坐上诗礼堂御座，听孔尚任讲经。康熙端坐，孔尚任肃立，中间隔着御案，这大概是臣民能够离皇帝最近的距离了。在康熙的示意下，孔尚任侃侃而讲，诗礼堂前的麻雀不再叽叽喳喳地聒噪，而是一溜儿地次第站在檐上，仿佛入定一样听着这个长衫男人中气充沛的讲经声。康熙满意地轻轻捻须领首，儒家学说自孔子传至今已两千多年，是他当然需要的统治工具，尊孔可以标榜和证明自己政权的正统。而像孔尚任这样的士子文人，只不过是为它加上了更加温情与仁慈的注解。

十二月初一，吏部的任命书飞驰至曲阜，授孔尚任为国子监博士。孔尚任终于等来了他人生的贵人，而且是万人之上的皇帝，一纸诏书改变了他的命运。曾经的国子监自费生，摇身一变成了一般必须是进士出身的国子监博士，落魄潦倒书生的人生来了个乾坤大翻转。

士为知己者死。孔尚任也不能免俗，感动之余他形容自己与康熙的关系是"等君臣于父子"。这是中国古代文人的软肋，也是他们自认字读书开始便树立的志向。出世与入世，书斋与庙堂，文坛与官场，忠君与功名，他们人生的角色在其中转换着，人格渐渐地萎缩，直至蜕变为龙椅下一只蝼蚁。

我常常想，如果没有《桃花扇》，孔尚任的仕途会有怎样的铺展和延伸？

但，历史只有因果，没有如果。

我仍然相信，依孔尚任的经历、见识和个性等等，《桃花扇》是迟早会呼之欲出的，《桃花扇》一出，所有的一切便注定覆水难收了。

如果说《桃花扇》最初是一粒桃核，那么，它的萌芽便是从孔尚任在桑梓读书时开始的。一六四四年三月，明代崇祯皇帝吊死在景山东麓那棵老槐树上，大明王朝终结了，但由老槐树向南分蘖出一根枝干，衍生出了在南京苟延残喘的南明王朝。四年后，孔尚任出生，此时距南明王朝覆灭仅三年，浮华已逝、风雅成空，一切仿佛历历在目。

一六八〇年，康熙重开明史馆，向全国公布要修明史，以此来笼络汉族的知识分子。此时的康熙正是血气方刚的青年，平定三藩之乱在即，渐渐丰富的执政经验，逐步向好的局势，使他有了放手搏击的底气。五年后，收复台湾，大一统的格局形成，踌躇满志的康熙"驾临"曲阜祭孔，与大自己六岁的孔尚任迎面遇见，孔氏子孙的身份和儒家学说成为贯穿这次遇见的主线。孔尚任被破格提拔为国子监博士没多久，就被朝廷委派跟随工部侍郎孙在丰南下扬州治理水患。扬州比邻南明王朝故都南京，孔尚任在扬州遍访明朝遗士，特别是时年七十八岁的冒襄与他一见如故。在南明时期的南京城，冒襄与后来《桃花扇》的男主人公侯方域等三人并称"四公子"，剧中那些桃叶渡畔的社集、雅宴，驱逐阮大铖的公揭，他都是参与者和亲历者。他还经常出入旧院，与各位名妓交情深厚，当然对《桃花扇》中男女主人公侯方域和李香君的悲欢离合，更是了然于心。与冒襄一个月的昼夜长谈，使孔尚任收获颇丰，为《桃花扇》最终长成一棵大树起到了重要作用。

孔尚任还在扬州实地考察，登梅花岭祭奠史可法衣冠冢，到南京瞻仰明孝陵，《桃花扇》在他脑海中根深叶茂起来。

一七〇〇年六月，孔尚任在增删十余载，两易其稿之后，写完了我们现在看到的第三稿，一棵大树终于临风长成了。

次年正月，《桃花扇》首演，满北京城争说李香君。连康熙也按捺不住，连夜差人索看剧本。三月，孔尚任升任广东户部员外郎，但上任没多久就被免了。和那位"奉旨填词"的柳三变不一样的是，没有人跟他说是因何而罢官，更没有一纸圣旨或一道口谕令他去"奉旨"干什么。他就那么不明不白地黯然离京，回归曲阜老家，终老于石门山中。

在孔尚任墓前，石碑顶端"大清"两字硕大醒目，碑上刻有"奉直大夫户部广东清吏司员外郎东塘先生之墓"。这是孔尚任最后的官职，也是他留给那个王朝的最后背影。即使他魂归故园了，孔氏家族所看重的，仍然是他曾经的官职。向世人传递的，仍然是他在仕途上所能达到的高度。至于他作为一个有血有肉的普通人，一个有追求有个性的文人，一个有温度有情怀的读书人，所能留给这个世界的细枝末节，所能传达的气息，都隐匿在这块碑后，和那堆隆起的封土堆中了。

大概也是孔氏家族怕自己的这个子孙寂寞，就在他的墓前分别栽了两棵桃树，这当然也与《桃花扇》有关。我去时桃花已谢，青青毛桃挂上枝头，偶见去年的桃还在，经了风雨，漆黑如墨，干瘪如生满皱纹的核桃。

墓前是石板路，墓后是经年的落叶缤纷。拉拉秧、蒺藜伸出利齿，咬住我的裤腿，二月兰眨着亮晶晶的眼睛，在枯荣之间反刍着繁凉。

祭台一横一竖两块青石，竖石赫然断裂，道不尽的凄凉。

其实，我想，无须什么祭台，单置一部铜版《桃花扇》，便足以让许多人的安睡失去了重量。

辣蓼记

◎ 张雄文

　　青瓦土砖的老宅建在一处削平的窄狭缓坡上，与村里别的房屋一样灰头土脸，却明显比左手紧挨的邻居家高一大截。门前的地坪也便突兀而出，几乎齐平了邻家房侧搭盖的猪栏屋顶。地坪前坡下是一丘水田，因有一条从远处麻溪河引水的水渠穿山跨岭而来，田埂下还有一方池塘，田里什么时候都不缺水，能种上两季黄灿灿的稻谷。地坪左侧下有与邻家共用的一条水沟，雨天一来，屋檐水哗哗而淌，在水沟汇成急如箭矢的溪涧，又匆匆扎入雨脚挨挤的稻田，引得平素"泥深不知处"的泥鳅们从淤泥钻出来，在水流入口处或沉静或欢蹦地戏水。

　　这时候，童年的我常与两个弟弟戴了斗笠，甚或仅举一片芭蕉叶遮头，顺地坪左前角通往邻家凹陷而下的台阶，躬身挤在横跨水沟的石板桥上，兴奋地数泥鳅的数量，看它们恬然出没嬉戏。年纪稍大后，我们还必定挽着裤脚下到沟底，捉摸一些不够滑溜的泥鳅上来。但母亲的呵斥也常常隔着雨幕传来：还不快进屋，又想用辣蓼扯痧了？我们兴奋的面庞戛然僵硬，也才不情愿地迅疾扫了几眼水沟两侧和田埂上的辣蓼草。它们一直都在，常年生长于这阴冷而湿漉的地方，却蓊蓊郁郁，顺凹凸宽窄的地势蔓延一片，绿莹莹未留一处空隙。它们似乎格外强势，有它们的地方，屋前屋后寻常可见的牛筋草、马唐草、马齿苋、狗尾巴草、灯笼草和泥胡菜一点踪迹都没有，早已敬而远之了。雨水从地坪撑开的香椿和松树枝叶间滴漏下来，或者从空中直接倾泻而下，将它们细密的椭圆状披针形叶片洗涤一新,油然发亮,甚或叶片上有如村里凡嫂子脸上大块麻点的褐色斑痕也泛着亮光。未下雨时,叶片没有这般水灵,但撑开的葱碧与阴凉,是蚂蚁与蚯蚓的天堂,累了的蜻蜓们偶尔也会在嫩叶上停歇,家里几只老母鸡便总在这一带徘徊。到了霜降前后的深秋,它们会开出一串串密集的穗状红花,燃烧的篝火一般,在绿叶映衬下灼灼闪烁,格外打眼。这逼仄而幽冷的水沟和田埂,是属于辣蓼的王国。

我童年好玩的目光里很少存储这些辣蓼草,偶尔的例外是它们开花时节,会在路过时不经意间一瞥而惊于那一抹随风俯仰的火红;有时还忍不住伸手摘下三两束,摩挲、闻嗅一阵,又将花穗好奇地揉捏而碎,花粉成泥汁,却仍然能让手指尖微微麻辣许久,像蜜蜂临殁前刺出倔强的毒针;其余便是母亲用它们威胁我扯痧了。

囿于家家境况相似的清寒,那时候的村里鲜有上医院的概念,多是能挺则挺,能挨则挨,最多请村里那位受过短期培训的赤脚医生张才学开几粒西药(至今他还是村里的"主治"医生),或者请年高德劭、有祖传医术在身的华国先生看几回,煎几服中药。能去火车站附近的公社卫生院看看穿白大褂的正规医生,已算是上等殷实人家了。病情稍重的人,便只好在家卧床,等候天上的菩萨或神灵得便收归而去。我的祖母过世时才六十出头,我至今未弄明白她得了什么病,但肯定不是绝症。此前她身体一直硬朗,常给生产队出工,与同辈的老人们一道采茶、晒谷,样样不落后于人。染病后,父亲请了华国先生看了几次,不见好转,再无他法。一天我从村小放学回家,父亲拉我到一边,悄悄叮嘱,让我到祖母床前说"会好起来的",大概希冀孙儿辈的安慰能使祖母获得生的欲望,病情得到奇迹般的好转。但我嗫嚅说完,祖母的目光依旧无神,呻吟着说,好不了了。没几天,她便仙逝了。重病如此,平素大人小孩有个头痛脑热或肚子不适,更与医院无缘,多半只借助于家人的扯痧、刮痧、拔火罐等民间医术,甚或喊魂等世代相传的巫术了。

我一年到头总要病三四回,以感冒、肚疼居多。祖母给我喊过魂,那是不知为何得了惊吓。也许是晚上从祖母那里回自己家,要路过一片田垄间的坟地,我某回坚持一个人摸黑回去,到坟地时,突然想起了许多听过的鬼故事,瞬间全身发冷、觳觫起来。到家时,便有了受惊吓的症状。祖母是村里见多识广的老人了,选了一个天刚断黑的时分,让母亲领我一起去屋外。随后,她在前头喊我乳名,说:"回来哦!"母亲则牵我的手在后头,大声答应着:"回来喽!"我们从屋外田埂上一路呼应七八回,到屋里灯光下时,祖母用两手大拇指在我额头重重往上刮抹几下:"好了,好了!"第二天,我似乎又神气鲜活,没有丁点症状了。但感冒、肚疼就不能喊魂了,母亲用上了她的绝招:扯痧。

我终于不再做野猴状四处浪荡,吃个饭还要母亲挨门逐户找寻时,多是无精打采,病恹恹地歪在家里的春凳上了。父亲常年在外地国营煤矿上班,母亲是村里四属户,里里外外都要操劳,家里姊妹多,我又是老大,得了病,不只不能给母亲搭把手,还得让她放下手中活计招呼我,母亲的脸上便堆着霜,嘴里数落个不止。

她从地坪的水沟扯回一大把辣蓼,匀一半到专门煎药的砂罐,放在火塘里熬煮;又倒了一碗清水放桌上,喝命我坐正坐直。我知道"大刑"难以避免,苦着脸说:"妈妈,要轻点!"母亲没好气地斥道:"现在知道要轻点,跑田里玩水的时候怎么不记得了?"她像十字坡的孙二娘般撸起衣袖,捡了几根辣蓼,折揉成一团,蘸水在我后脖颈上擦拭起来,渐渐便有了火辣辣的感觉。随后,她丢了辣蓼,左手按住我的头,右手弯曲五指,又弓出食指、中指,从碗里蘸些清水,夹住我后脖颈的皮肉,像我平素拉开弹弓的皮筋,使劲向外拉扯。手松开,"啪"的一声,皮肉发出打榧子般的声响。我随之惨叫起来,扭着脖颈不让她再扯。母亲强行按住,又狠命连扯起来:"不扯出痧,病怎么出来?"我痛得哀声连连,头左右摇摆,却终未能逃脱母亲的"毒手",不止脖颈后面,左右两侧也被扯拉出了乌黑发紫的瘀痕。有时候,后背也要被如法"荼毒"一番。两个弟弟始终在一旁嘻嘻而笑,做幸灾乐祸状,我恨得牙齿咯咯作响。不过他们被扯痧时,我也从未同情过,且常是遵母命帮着摁住他们的脑袋。

扯完痧,母亲又用辣蓼在我乌黑的痧斑处细细擦了一阵,伤痕被火灼燎般辣得生疼。有那么几个瞬间,我疑心母亲就是村部露天电影里对江姐施以酷刑的刽子手。不同的是,江姐什么都能忍,我则想,若能停止"酷刑",我愿意什么都说出来。但母亲不需要我说什么,只是警告我下次不得玩水了。说着,她又从砂罐舀了一碗辣蓼熬成的汤,吹了两口,逼我喝下去。黑褐色的汤汁既苦又辣,似乎比书上所说"卧薪尝胆"的苦胆苦多了,在母亲加了一小勺平时轻易不肯拿出的白砂糖后,我才勉强喝了。

翌日清晨,我在神清气爽里随窗外一两声鸟鸣醒来,早忘了扯痧的苦楚,感冒或肚疼也没了痕迹,又与弟弟们到地坪或田埂上疯去了。

辣蓼开花前,母亲会从水沟里割回成捆的辣蓼,在阳光下暴晒几日,干透后收藏起来。年节到来时,她便忙碌起来,偶尔也喊上我打打下手。她先用升子量一两升米,到放置在邻家堂屋但属几家共用的石磨上磨成米粉;回来后,将米粉倒入团箕,再加几把干辣蓼捣碎,加水后与米粉搅拌;随后又是一连串的工序:上臼、上框压平、切块、滚角、接种、入缸保温培养、出缸入匾、上蒸房、晒药,酒药才算做好。

这一过程很有些枯燥,酒药也不能吃,不如做甜酒时可以吃到香糯的糯米饭,到最后还能喝上甜酒,因而我常嘟着嘴,百般不耐烦,母亲又会呵斥:"没有酒药,哪来的甜酒? "

做甜酒是随后两三天的事。母亲会在前一天将糯米洗净,用井水泡一晚上。第二天清早,她在屋外靠墙处临时用砖头搭建的柴火灶上架上大铁锅,倒入清水;再将一个圆柱形的大木甑放在锅上,倒入泡过的糯米,盖好甑盖;点燃柴火后,让我坐在灶边添柴,不能熄火,自己便忙乎别的去了,不过偶尔也会过来看看:一是看我偷懒了没有,二是会揭开甑盖,倒入些清水。到了火候,糯米便蒸熟了。母亲让我帮忙,和她一起抬了木甑,将糯米饭倒入旁边架在两张条凳上的大团箕里。这时,我便终于能吃糯米饭团了,但也只限于尝尝。糯米属家里难得的稀罕物,一年也没多少,我稍稍多吃几口,母亲便又会斥责:"现在吃光,不想喝甜酒了?"

她的手一直未停歇过,用筷子将糯米饭散开,有时还会舀了清水洒上去。等糯米饭不很热时,酒药终于上场了。母亲先将几个鸡蛋状的酒药捏碎成粉,均匀撒在米饭里,再将米饭装入旁边早已洗净的坛子;盖上盖子密封,坛沿上加了水,又让我帮忙一起抬到里屋。八九天后,揭开坛盖,一股香甜甘醇的酒味直扑口鼻,甜酒便做好了。

年节里,这是我与弟妹们最爱的饮料:舀几调羹放入碗中,倒入开水拌匀,不用放白砂糖,我们也能连喝几碗。若是碰上我们未惹母亲生气,她有时还会奖赏一两个藏在门后米桶深处的鸡蛋,磕破后冲入甜酒碗中,便更是一道难得的上等美味——甜酒冲蛋了。

甜酒再密封收藏久一点,便能酿制烧酒。不过烧酒是父亲和家里来客们常捧的杯中物,我们孩童不爱喝。父亲醉意蒙眬喝到得意时,常与客人聊到辣蓼:"酒好不好,酒药是关键。自家用辣蓼做酒药酿的酒,喝了不上头,比外头买的白酒好多了。"

近年来,我时常沉吟苏轼《定惠院寓居月夜偶出次》中的两句:"少年辛苦真食蓼,老景清闲如啖蔗。"少年时代历经磨难与波折,好似吃辣蓼一样既苦且辣;到了老年晚景,才终于得以清闲恬淡,如咀嚼甘蔗般又甜又香。我掩卷沉吟,自己与辣蓼结识早,青少年时代遭遇的不顺也多,可谓"艰难险阻,备尝之矣",吃过了难以计数的"辣蓼";而今行将步入天命之年,该有"如啖蔗"的清闲老景了吧!

锄草

◎ 付春生

一把锄头，一地草。锄头一生下来，就注定了和草是冤家——东边走，西边蹚，明晃晃的眼里容不下草。

人有毫毛，地有草萁，草和地是相伴相生的。草见到地就亲，地见到草就热，草和地就这么纠缠了一年又一年，草打腰子从来就没有断过。只不过，有的地草多，有的地草少。有的地长这种草，有的地长那种草。就像人，不是这种潦草，就是那种毛草，一个人身上或多或少都有些草。

我家地里都是草。那时，我感到干得最多的就是到地里锄草。狗不嫌家穷，草不嫌地贫，再贫瘠的地里也有草。甚至离天最近的那块地里，草也能爬上去。和星星聊会儿天，和月亮说会儿话，把私密的话语都交给了草。

我那时一到星期天就和父亲去地里锄草。锄了一茬又一茬，那毛毛根好像在地里产了卵，一眨眼就在地里铺散开来。尤其到了雨季，那草几天就齐刷刷地长出来，集中力量爆发，那架势似乎要把整个庄稼吞了似的。我和父亲一看这阵势，不及半刻消停，就立刻把锄头放出去，灵灵铁嘴就开始在地里攻击草。硬铁铮铮的，看似很坚固，但再硬也斗不过草。因为草长了一年又一年，铁嘴慢慢豁下去，月亮慢慢升起来——我家的锄头就这样在细密中磨砺，在坚实中切换，不知不觉就变成了一片月牙草。挂在墙上的镰刀消磨，放在地上的斧头打磨，但锄头从来不用磨，它靠的是草，草就是磨刀石，不但磨掉了锄的肉身，连它的性子也磨掉。

我真佩服那些性格顽强的草。有的草锄后很快沉溺，有的把它们除掉,雨一淋,又偷偷在地下扎下根——枯叶慢慢变润,渐渐变绿,最后彻底恢复元气,又像原来一样变成了一棵葱茏的草。马齿苋就是这种草,为彻底将其铲除,父亲总是在天最热的时候下锄。干裂地皮波浪一样翻滚着,坚硬锄头在庄稼下穿梭,密密麻麻的草一个个倒下。当太阳把最后一棵草的血管烧熔的时候,地下的水彻底断了来路,从此再也没有通过这个渠道救活过草。

我有时宁愿和母亲一起锄草。她自有一套办法,不像父亲那样执着,让自己在太阳底下晒成草。母亲是在最凉爽的时候,甚至刚下过小雨,天润酥酥的时候下锄。草们很敏感,当然也知道这个时候好——湿润的地,温暖的阳,适宜的气候,乘着风快跑。母亲不紧不慢地蹲下身子,和这些草展开了对决。她先把草锄下来,然后再把它们收拢到一起,扔得老远。母亲的想法是根本不给草繁衍的机会,彻底从地上剥离,至少眼下再也看不见这些闹心的草。

有一次,我和母亲到一个很远的地方锄草。那天格外凉爽,阳光和煦如春。从山角吹来的风,把树上的叶子摇得哗哗响,一丛一簇的草。兔子一蹦一跳,四处撒欢儿,疯子一样跑了一圈又一圈后,终于找到了那棵最愿意吃的草。

我们锄了一块又一块,松土在脚下延伸,橡皮一样抹擦着草。母亲说,你看看这谷子长得多旺啊!这么好的地,这么好的种,怎能看着它长成一通乱蓬蓬的草?

村民疏浚后,河水汩汩地流着,鸟儿不停地啁啾,花花绿绿的音符落下来,让人们像在仙界里走了一圈。

不知什么时候,母亲把话题引到了我头上。离我们村不远的村有一个木匠,家具做得非常地道,尤其擅长做风箱。小孔吹出的风,把火苗腾得欢欢高,瞬间把锅底包围。母亲说,还记得么叔的话吗?么叔不但风箱打得漂亮,嘴也像风板一样吧吧响。到哪儿都说,这孩子成不了一棵草。

云朵挂在风筝上。母亲看出了我的懈怠。在那块地里，母亲刮拉着草，一次次地给我讲那些大人物的故事。那天，母亲还给我讲到浙江一个少年施展，他十三岁考上大学，后来一步步直入青云。山峦憧憬的地方，刻苦，刻苦，再刻苦！我听着那些话，抓一把草，一会儿锄，一会儿停。地里的草在一点点减少。我们村，最干净的要数那几个老光棍家的。他们的事最少，没有老婆孩子，没有锅碗碰撞，也听不到和外人争吵，心里没那么多狂草。他们从不寻思外出挣钱，单位不要他们，他们也没有那么多欲望。就这样，事不找他们，他们也不找事。满脑子清气，呼啦啦想得最多的就是地里的草。你想，草长得再快，也架不住他们天天锄啊。草一露头就打，嫩小幼芽，还没长成灯绳粗，就在锄头的威力下变成了僵草。

　　草也欺软怕硬，你强它就弱，你弱它就强。挺拔茂密的玉米地，草就没脾气。利剑似的叶子手拉着手，肩并着肩，把地捂得严严实实。地皮几乎看不到光，光也几乎透不进地里。草们在下面萎靡着，迟钝着，有的想拉玉米秆往上蹿，但爬到半截就爬不动了。红薯地的草也很少，尤其当蔓子呼啦啦铺开的时候，宽阔的地被遮得密不透风。草们在下面窝着，憋着，根本抬不起头。我和父亲一般不锄这些草。它们几乎不影响庄稼生长，也不碍别人的眼，更招不来指手画脚。因为它们生长在暗处，一切都被虚妄的外表所遮掩，呈现给人的永远都是单纯和美好。

　　花生地、谷子地、豆子地就是一个很脆弱的所在。草们很容易浸入地的肌理，因为庄稼给它们留的空间太多。缝中加塞，稍不留神，草们就从空隙中钻出来。我们村的人大多锄的就是这些草。说他们是锄草，其实有时候是到地里转转，看看花生有没有被田鼠刨了，谷子有没有让麻雀吃了，南瓜是不是该打杈了，叶子是不是让虫子啃了，地皮是不是干了。土地里长草，就像人会受伤，伤了会痛，让村民始终挂念着它，时刻对土地保持着警惕。

　　满山遍地的稻草人，就是草们最先发出的预警。

有一次,我看到一个村民在没草的地里锄草。他的样子活像是想象着满地里是草。嚓啦啦,嚓啦啦。急促声一锄挨着一锄,不落下每一个细节。在绿油油的麦垄里,老人刮着,像是对不存在的神说话。我开始并不知道为什么,只认为老人的行为是一种滑稽,一种戏谑,一种表演,像戏剧中傩戏捉黄鬼。心中念叨,用锄头狠狠地砸地,让草们再也不敢侵入,祈求昌永福保平安。

我很想问问老人,但老人无暇顾及。阔大的麦田里,风轻轻地吹着,一轮又一轮的麦子,把大地变成了一片海洋。那是一种生命的律动,激情的奔放,田野里飘出的交响乐。老人一会儿把身躯埋住,一会儿又浮出来,在实与虚的幻境里。我看着麦田里的瀑布,晃动着,丝丝缕缕地缠绕着。忽然,感到麦子把老人完全包围了,一层又一层,金黄裹挟着风尘,把老人变成了另一种形象和存在——滚滚波涛,盎然绿意,坚硬麦秆,尖尖麦芒,成了老人银丝上开出的花儿。他忘记了疲惫,忘记了疼痛,忘记了烦恼,和麦子融为一体。分不清哪里是麦子,哪里是老人。

父亲告诉我,其实锄头下有水,锄头下有火。当天旱的时候,锄头可以切断水分向外蒸发的一根根毛细血管,让土地保持墒情。天涝的时候,锄地可以让阳光增加照射面积,让土地快干。锄头就是土地的救命稻草。钢铁汉子,水火是钢铁的主宰。我们在锄头底下生存,看到了火与水。它们燃烧着,淬炼着,调和着土地,调和着阴阳,让庄稼快长。我也终于明白老人的做法——在那空无一草的地里,虚有时也可化为实,形式有时可以变为内容,谎言有时也可给人力量。

《齐民要术》中有言,"锄不厌数,勿以无草而中辍",说的就是不停地锄草。村民们大多懂这个理儿,但有的人不懂。

祖母的季节

◎ 苏　童

"我没死。你这傻孩子。"她说。

挂在门楣上的粽叶已经发出了灰褐色。风飒飒地吹着那捆粽叶，很像是雨声。真的下雨了，雨丝白茫茫地扫过村弄，在我家门前织起一张网，那捆粽叶又沙沙地响起来，像是风声。

祖母坐在门槛上，注视着檐下的雨水像小瀑布一样跌落下来，汇在石板路上，匆匆忙忙地流走了。入秋以来不知下了多少场雨，村落水淋淋的蒸腾着雾气。村外五里远的白羊湖从早到晚都在涨潮，潮声越过空旷的黄沙滩和玉米地，在我们村子里回响。祖母一直在倾听那声音。

很早以前祖母就聋了，但是那个秋天她说她什么都听见了。每天早晨她被雨声和潮声惊醒，便对灶边烧火的母亲说："凤英子，今天我要走了。"

祖母天天坐在门槛上听雨，神态宁静而安详。那捆粽叶在门楣上轻轻摇晃着，被雨濡湿了，不再响了。那是去年秋天的事情。去年秋天是我祖母的弥留之际。我们家的人都记住了那些下雨的日子。

春天的时候我祖母还坐在后门空地上包粽子呢。有一只洗澡的大木盆装满了清水，浸泡着刚从湖边苇地里劈下的青粽叶，我家屋前屋后都是那股凉凉的清香味。我走过去把手伸进木盆，挨祖母骂了，她不让人把码齐的青粽叶搞乱了。我们白羊湖一带的人都包"小脚粽"，大概算世界上最好看最好吃的粽子。

祖母把雪白的糯米盛在四张粽叶里，窝成一只小脚的形状来，塞紧包好，扎上红红绿绿的花线。有一只粽子挂到我的脖子上了，我低头朝那只粽子左看右看，发现祖母包的粽子一年比一年大，香喷喷、沉甸甸的。祖母挎着竹篮走过横七竖八的村弄，去五里外的白羊湖边采青粽叶。我跟着她。我们站在湖边的黄沙地上望着四处可见的苇丛，然后赤脚涉过一片浅水，走进最南面那丛芦苇里。祖母喜欢这里的粽叶。

"这水里有小青蛇，我看见过。"祖母说，"你不怕吗？"我看见祖母踩在一片暗水中。"小青蛇不咬人。小青蛇游过的水里，长苇子都是甜的。"祖母采着白羊湖的青粽叶，时不时俯视身下的湖水，湖水波动着，把她穿蓝袄的影子搅碎了。有一次她俯视着那个影子，突然手里抓的苇叶掉落了。祖母站在湖水里颤抖着，告诉我她刚才看见了祖父的脸。她说她没有眼花，那确确实实就是我祖父。"老家伙来拉我走了。"祖母对着湖水自言自语。她一笑起来脸上便苍老了许多，那种笑是又凄凉又欣慰的。我记得祖母的头发就是那个春天白的。她常常一个人到湖边去，去很长时间。有一片芦苇的叶子差不多让她劈光了。她赤着脚站在冷冷的湖水里，俯视着水面，说她又看见了老家伙的脸，湖上下网的人看见我祖母在水里又是说又是笑又是哭的，都说她的眼睛也许真看见了什么。

家里人猜祖母是看见了游过水下的小青蛇。我祖父属蛇，他跟我这么大的时候，村上人都喊他小蛇儿。他十七岁娶了我祖母，我祖母就成了"小蛇儿家里的"。

去年端午节前后，祖母坐在后门空地上不停地包粽子，几乎堆成了一座粽子山。没有人去劝阻她。祖母年近古稀但并不糊涂，直到去世没干过一件糊涂事。

"小蛇儿从前最能吃粽子，一顿能吃八个。"有一天村西的老寿爷踱过我家门前，看见了门楣上一捆捆的粽叶，这样对我父母亲说。

父母亲一个编竹篓，一个劈劈柴，他们对老寿爷笑着，没有说什么。我祖父也死于秋天。死于异乡异地一个叫石码头的地方。村里五十岁以下的人都没有见过他,包括我的父母亲。据说他是在新婚的五天后出走的,走了就没再回来。没人能知道其中的缘故,祖母守着他留下的老屋过日子,闭口不谈祖父的事。许多年了村里人还是喊我祖母"小蛇儿家里的"。有一年老寿爷跟着贩米船溯水而上,来到湖北一个码头上,遇见了我祖父。

他正在码头的石级上为一个瞎女人操琴卖唱。在异乡见到村里的熟人,祖父并不激动。他抛下瞎女人和围观的人群,跟着老寿爷上了贩米船。他帮着村里人把船上的米袋卸完,拉着老寿爷进了一家小酒馆。就是那次我祖父酒后还吃了八只粽子。"你回去吧,你儿子会满村跑了。"老寿爷说。"不回去," 祖父喝白干喝得满脸通红,摇着头说,"出来了就不回去了。"后来祖父把他的二胡交给贩米船上的人带回家。大家都站在东去的船上向他挥手。祖父一动不动站在岸边一块突出的石头上,身边滚动着浓浓的晨雾。那地方多雾。我们家房梁上挂着祖父留下的二胡。

从我记事起,那把二胡一直高高挂在一家人的头顶上。我不知道祖母为什么要把它挂得那么高,谁也摸不着。有时候仰视房顶看见那把二胡,会觉得祖父就在蛇皮琴筒里审视他从前的家。有一年过年前,我母亲架了把梯子在老屋的房顶四周掸灰尘。她想找块布把那把二胡擦一擦,但是猛听见下面祖母惊恐的喊声:"凤英子,你不要动它。"

"我把它擦擦干净。"母亲回过头来说。

"不要擦。"祖母固执地说,她盯着我母亲的手,眼神里有一种难言的痛苦。母亲低头想了想,下来了。从此再没去碰过房梁上的二胡。那把二胡灰蒙蒙的,凝固在空中。

去年秋天不是好季节,那没完没了的雨就下得不寻常。我祖母坐在门槛上凝视门楣上的旧粽叶,那些粽叶在风雨中摇摇晃晃。祖母仿佛意识到了什么,她向每一个走过家门的村里人微笑,目光里也飘满了连绵的雨丝。从白羊湖的黄沙滩传来了潮声,她在那阵潮声中变得不安起来,屏息静气,枯黄的脸上泛起了不祥的潮红。

"活不过这个冬天了。"

我听见父亲对母亲说。母亲对串门的亲戚说。串门的亲戚也这么说。那天父母亲去田里收山芋了。雨还在下,门前的石板路上静静的,半天没有人经过。我看见祖母倚着木板门闭上眼睛,脸上的表情神秘而悠远。我过去轻轻摇了一下她瘦弱的身子,她没动,我紧张地喘着粗气,突然她微笑了,眼睛却仍然紧闭着。"我没死。你这傻孩子。"她说。

就是那个下雨的午后,祖母第一次让我去把房梁上的二胡取下来。就像过去让我到后门菜园拔小葱一样。可是我在梯子上向那把二胡靠近时,心止不住狂跳起来。多年的灰尘拂掉后,祖父留下的二胡被我抱在胸前。二胡在雨天的幽暗里泛出一种少见的红光来。我的手心很热,沁出汗水,总感到二胡的蛇皮筒里也是热的,有个小精灵在作怪。我没见过这种紫檀木二胡。琴筒那么大,蛇皮应该是蟒蛇的。摸摸两根琴柱,琴柱翘翘的,像水塘里结实的水牛角。我神色恍惚,听见祖母沉重的鼻息声围绕四周。窗外雨还在下。

"刚才你看见他的脸了吗?"祖母问我。她的脸上浮起了少女才有的红晕,神情仍然是悠然而神秘的。我摇头。也许在我伸手摘取那把二胡的时候,祖父的脸曾浮现在房梁下的一片幽暗之中。但我没有发现,我没有看见我的祖父。"你这个傻孩子,我死了二胡就是你的了。"祖母说,她闭着眼睛回忆着什么,脸上的红晕越来越深:"那老鬼天天跑到我梦里拉琴,拉得好听呢。"

有一个瞬间我感到紫檀木二胡在怀里躁动,听到了一阵陌生的琴声从蛇皮琴筒里涌出来,越过我和祖母的头顶,在茫茫的雨雾里穿行。我抓住了马尾琴弓。琴弓挺轻的,但是似乎有股力要把我的手弹回来。我的手支持不住了,突然感到从未有过的慌乱。"你这个傻孩子,你怎么不拉呢。"祖母焦灼起来,她猛地睁开眼睛,带着痛苦的神色凝视那把二胡。我看见祖母苍老的面容映在紫檀木上。

雨斜斜地飘过门前。雨声中传来了村里人杂沓的脚步声。他们收山芋回来了。我父母亲满腿泥泞出现在门前。紫檀木二胡泛出的红光晃了他们的眼睛。父亲和母亲一个站在门里，一个扶着门框，奇怪地看着我和祖母。

二胡还倚在我的胸上。我终于没有拉响祖父留下的二胡。那是我祖母逝去前几天的事。后来村里人知道了这事，都说我不懂事。说我那天无论如何要让祖母听听那把二胡的。我很难受。我不会拉二胡。

秋天下最后一场大雨的时候，我母亲从箱子里找出了祖母的老衣，那是我祖母几年前自己缝的，颜色像太阳一样又红又亮。我见过村里几个死去的老人，他们身上最后一件衣服都挑选了鲜亮的颜色，那大概是有道理的。母亲把红色的老衣挂在她房里，光线黯淡的房间便充满了强烈的红光。母亲说是为了镇邪。红颜色能镇邪，后来我母亲打开了祖母常年锁着的一只黑漆木盒，木盒里空空的，我母亲眼里闪过一丝慌乱，急忙走到后门去。

"没有了。"母亲对编竹篓的父亲说。"什么没有了？"

"那块金锁，"母亲说，"我嫁过来的时候她给我看过的。又不想要她的，她干什么藏起来呢？"

我父亲沉默了一阵子，来到祖母身边，轻轻地把她从昏睡中唤醒。"娘，你的金锁呢？"

"没了，早没了。"祖母那会儿依然清醒，她定定地看着父亲的脸。"娘，我们不要，让你老带走的。"母亲说。"我不带走，死了还带金锁干什么？"祖母说完真切地微笑了一下，那是她一辈子最后一次微笑。笑得那样神秘，让人永远难忘。我父母亲凝视着她布满皱纹和老人斑的面容，愣怔了半天，等着她告诉什么。但是祖母闭上眼睛了，不再说话，微笑也渐渐消退。父亲站在那儿，忽然浑身不可遏止地颤抖起来，他朝母亲背上推了一把，沙哑着嗓子说："走吧。"

他们两个踮着脚尖，轻轻地离开。祖母在连绵不绝的雨声中继续着她的梦境。我祖母清贫了一辈子，没有留给家里任何值钱的物件，连唯一的金锁也莫名其妙地失踪了。只有一捆一捆的旧粽叶还挂在我家的门楣上，沙沙沙地响。

在长长的秋天里，我在祖母留下的旧粽叶下面出出进进，总能闻到白羊湖边芦苇的清香，春天那个祖母的季节就浸润着这股清香。我料定在每年的端午节，祖母还会将温暖的手伸向我，在我的脖颈挂上那只用红线扎紧的"小脚粽"。我挂着这只粽子跨出家门，走过村弄，在白羊湖一带燕子样掠过。走过春天走过秋天，即使在白羊湖外面的世界里，祖母的粽子也会留下永恒的清香。祖母的坟在白羊湖边。坟上长着一株娇黄的迎春。没有青草，青草还没有长出来。

清明去扫墓的时候，母亲带着锡箔和纸钱，我拿着又一株迎春，父亲却在臂弯里挟着祖父留下的那把二胡。一开始我就觉出气氛的异样。一路上，我不时用眼光询问父亲，但不敢开口。父亲走在野草及膝的湖边小路上，经常仰起头，望一望四月里晴朗湛蓝的天空，神情肃穆而阴郁。事情发生在祭坟以后。那会儿坟上的纸钱还没燃尽，湖风吹过时纸钱带着火星纷纷扬扬地腾起来，好像凌空飞舞的黑蝴蝶。我看见父亲慢慢地朝祖母的坟头跪下去，把那把紫檀木二胡放在坟头上，坟上的火光猛地黯淡了一下，随之又蹿出一群枫叶般的火苗来。

我祖父的紫檀木二胡被点燃了。

我又茫然又恐惧地注视躺在火焰里的二胡，注视父亲被火光映红的肃穆的脸，他那双眼睛里此刻充满了紫檀木二胡奇怪的影子。我一下子忆起了多年来父亲仰视房梁的目光，那种我无法理解的目光，和祖父留下的二胡纠缠了多少年啊。

但是为什么要烧掉祖父的二胡，为什么要烧掉祖父留下的二胡呢？父亲仍然跪在坟前。母亲脸上有一种如释重负的神情，眼里却涌出泪水。我祖母在坟下，她在无底的黑暗里应该看见这枫叶般的火焰了。湖风从芦苇丛中穿出来,在空荡荡的滩地东碰西碰。我们面前的火焰久久不熄。在一片寂静中,我们听见那把二胡在火苗的吞噬下发出一阵沉闷的轰鸣,似乎有什么活物在琴筒里狠狠地撞击着。"是你爹的声音吗?"母亲的声音打着战。"不,是娘的声音。"父亲庄严地回答。

当蛇皮琴筒发出清脆的开裂声时,我先看见了从琴筒里滚出来的金光闪闪的东西。那东西渡过火堆,渡过父母亲的身边,落在我的脚下。那是我祖母的金锁。直到现在,我还无法解释家里发生的好多事。我告诉你们了,我的老家在白羊湖边的一个村子里,老家还有父亲和母亲,他们住着祖先传下来的两间瓦房。我祖母已经故去,祖父在很早很早以前就不在家了。

那当时

◎ 阿微木依萝

那当时天空蓝得像做梦一样,我挎着竹篮在菜地里摘了好多辣椒。那不是我家的菜地。那是我三叔家的。土地靠近悬崖,处于悬崖顶端的平地上。曾经很多牲口从菜地边滚下去摔死了,被人"捞"上来煮熟吃了。它们的主人只悲痛一会儿便把它们吃掉。有时候我觉得我也会摔下去,然后父母把我"捞"上来抱头痛哭……我是个敏感而奇怪的人,胡思乱想,有时候我会疑惑,没准儿我是个清醒的疯子?

人是为了吃饭才生下来的,人生下人,一个一个一个地生下来,生在他们脚前那一小片土地上。然后人就开始吃东西。听说有人为了治疗某种疾病或者活得更健康,会把胎盘吃掉,这让我感到恐怖。人为什么那么喜欢吃呢?人有再好的工作,最终也只是为了吃好一点,很多人都是如此。因此他们才会说:"您那是铁饭碗,而我,仅是一只讨饭的破碗。"我父母就这么嘱咐过我: "你可要好好争气,将来端一个铁饭碗。"那当时我人小,耳朵更小,他们各自将实现不了的两只"铁饭碗",一边一只"盖"在我耳朵上,就像那种后来人们在网吧里使用的头戴式大号耳机。我的耳垂一直很薄,我怀疑是被父母不断重复的"铁饭碗"压扁了。

人先天离不开物质,更离不开食物。听说我更小的时候爱吃"羊屎疙瘩",那是一种野果,长得跟糖果一样的玩意儿。那时的山区是买不到糖果的,我的童年非常清苦、日子非常寡淡,幸好奶奶偶尔下山带一些圆嘟嘟的小零嘴儿。我见过那些东西,即便没有直接从奶奶手里得到一颗,我只能从堂弟手里想办法。堂弟同情我,他有一双好看的眼睛,充满善良的眼睛。我说了一些好话,他便给我一颗糖吃。当然啦,虽然他眼睛里有善良的光芒,可糖果的光芒盖过了他眼睛里的光芒,我好话说得再多,他也仅仅给过我一颗糖——即便如此,那几乎是我记忆里最好的味道了。"羊屎疙瘩"与糖果的长相是一样的。就在那时,某一天下午,羊吃饱了在前面边走边拉,我在后面边走边捡了放在嘴里。我妈发现的时候我已经吞了一部分。那当时我太小了,以为"羊屎疙瘩"就是羊屁股里拉出来的。我妈用一根手指头抠到我喉咙很深的位置,也没办法抠干净已经融化了的"糖果"。

我挎着篮子走在三叔家的菜地上,已经摘了快满一篮的辣椒。那当时我不明白为什么总觉得饿。不。我明白为什么总觉得饿。缺钱不算什么,缺粮食最要命了。我爹总是不在家,饿了我只知道找妈妈。我爹大概一个月有那么几天是要回来的。他忙得就像别人家的爹,来我家串个门又走了。他没有出门工作,他只喜欢在山区各个地方的亲戚家里四处游荡,走亲戚喝酒,为喝酒走亲戚,就在那些路上来来去去。

我妈一个人做农活很辛苦,她再怎么操劳仍然没有换来一个丰年。她像男人一样耕地,扛着犁铧和驾牛的一套工具,沉重地走在路上,走在她要播种的土地上。我跟在她身后。有时候我学狗叫,也学鸡叫,鸡是我的属相,但每次我一过生日,我妈就想方设法——哪怕借一只鸡,也要在生日当天杀鸡给我吃。我对此有很大心理阴影,觉得杀死我的属相是不是接下来就该轮到我了,我就会感到贴近耳朵上面那一撮毛发要被揪掉,露出皮肤表层,然后横着一刀——啊呀,脖颈生疼。而潜意识的恐惧不能阻止我同时也特别想吃鸡……

我妈驾牛耕地的时候我只能干一些杂活。当时什么忙也帮不上,只能站在牛头前面对牛说:"你走快点……你走慢点……你踩到绳子啦……你要避开石头……你不要拱土……你起脚!"(这种状况就跟后来我读到的一本书——《金鸡》里面描述的那位名叫迪奥尼西奥·宾松的呼叫者是一样的。我为耕地的妈妈充当"呼叫者",提醒牛不能这样干不能那样干,走路速度要如何控制等等。)

没有电灯的村庄黑得像闹鬼,如果我爹在家,那就更要闹鬼了。喝醉是他的常态。哪一天我爹如果清醒地站在我们跟前,我会以为他不是我爹——已经到了给人留下如此印象的地步。我爹喝醉了就和我爷爷吵架,然后打起来,他会竖一根大腿一样粗的木头在前面,对他爹吼道:"你放马过来呀老家伙,今天不对你还手我就不是你儿子。"然后他的兄弟们一窝蜂地来了,要么拉住他,要么帮他们的爹,场面很吓人。藏桌子底下,原本是我最爱干的事情,直到有一天,我发现头顶一阵凉风刮来,才知道头顶上方的桌子已经被作为武器甩出去了。我还指望将桌子当成藏身之地,躲在下面直到打架结束再悄悄溜回自己的卧室呢。他们就是这样,喝得昏昏沉沉,为一点小事闹得鸡飞狗跳。基本上都是在饭桌上吃着吃着就吵起来。他们好像根本不在乎粮食够不够吃这件事。这件事只有我妈会感到着急,或者我那些婶子会感到着急。

天空逐渐蓝得不那么显眼了,那当时,云朵从山顶的树林上空流动过来,找挎着装满辣椒的篮子走出了三叔家的菜地。每次想起更早以前使我害怕的事,行走的脚步就会加快。我妈跟我说,站不改姓,坐不改名,走不偷东西——可我就是来偷东西的。我偷了三叔家菜地里一篮子辣椒。我还知道他家的菜地旁边埋着一个出生不足一个月就死掉的婴儿。我不知道他是饿死的,还是病死的,有些事大人们早有交代,不能问,不能提。

走出菜地,听见有人在哭,哭声是从村前那条路上传来的,那是通往另一边村子的路。就在那天下午,旁边村的一位妇女从悬崖摔下去了。据说,她因为忍受不了无尽的操劳和穷苦,以及无尽的病痛……不,她没有忍受什么,她只是不小心一脚踏空落下去了,下饺子一样下到了悬崖底下——三叔他们就是这么告诉我的。他们不愿意讲真正的原因。那当时,贫穷是长在每个人屁股后面的尾巴,病痛是一条追着人咬的隐身狗。那当时,我已经挎着篮子走到村前大路边,我还小,没有觉得自己很穷,贫穷的尾巴在屁股后面还处于皮下组织未成形,父母还对我抱有信心,他们让我做一只鸟,飞出去就不要再回大凉山了。

　　那些奔丧的人已经像野果挂在村前藤蔓一样的道路上,他们的哭声撞在一起,破碎和悲哀连成一片。我忘了直接回家,我摘的辣椒红的、绿的,在烈日下发光闪烁。

镆铘岛人

◎ 马未都

父亲口吃，时重时轻，关键看什么人在场。按母亲的话，他生怕生人不知道他是个结巴。言外之意，父亲在生人面前，第一次开口先表明自己的弱项，而且总是夸大了这一毛病。

我小时候听过父亲做报告，记得我站在大礼堂门口，听了一个多小时也没见他结巴一句，好生奇怪地回了家。后来在电视上看见有明星介绍自己，平时结巴，一演戏口若悬河，就深信不疑。

父亲行伍出身，但有些文化。据父亲讲，五岁时他的祖父、我的曾祖父天天背着他去读书。父亲是长子长孙，估计在封建观念很重的民国初期，还是占便宜的。我的老家在胶东半岛的顶端，有一狭长的间歇半岛名，叫镆铘岛，名字古老而有文化，取自宝剑之名。间歇半岛是非常奇异罕见的地貌现象，每天退潮后形成半岛，有一条路与大陆相连；镆铘岛海底沙子硬朗，退潮后可以开车出入，全世界都不多见，价值连城，如开发为旅游地，肯定是个聚宝盆。可惜在三十多年前被无知的时代无知的人费劲巴拉修了一条水泥马路，把这个间歇半岛彻底毁了，当时还大张旗鼓地上了报纸，当好事宣传了很久。

父亲十几岁的时候就从镆铘岛中走出来当了兵，参加了革命。因为有点儿文化，一直做思想工作，从指导员、教导员干到政委。父亲曾经对我说，他们一同出来当兵的有三十九人，到新中国成立那年就剩一个半了：他一个全乎人，还有一个负伤致残。抗日战争期间，山东战斗激烈，日本人的"三光政策"大部分都是在山东境内实施的。老电影《苦菜花》《铁道游击队》都是描写山东的抗日战争。解放战争时,山东战场打得惨烈,父亲打完孟良崮战役,打济南战役,接着打淮海战役、渡江战役,最后打完上海战役进驻上海,五年后奉命进京。

父亲开朗,小时候我印象中的他永远是笑呵呵的,连战争的残酷都以轻松的口吻叙述,从不渲染。他告诉我,他和日本人拼过刺刀,一瞬间要和一个素昧平生的人决以生死,其残酷可想而知。他脸上有疤,战争时代留下的,你问他,他就会说,挂花谁都挂过,军人嘛,活下来就是幸运了。

我从父亲身上学到的坚强与乐观,一辈子受用。上一代人经历风风雨雨,在今天的下一代人看来都不可思议。从战争中走出来,九死一生;进入和平建设时期,各类运动对今天的青年来说,闻所未闻;"三反""五反","反右""四清","文化大革命",那一代人无论职位高低都要历练一番,都要"经风雨,见世面"。

我虽是长子,小时候还是有些怕父亲。那时的家长对孩子动粗是家常便饭,军队大院里很流行这种风气,所以我看电视剧《激情燃烧的岁月》中石光荣打孩子,觉得真实解气,多少还有点儿幸灾乐祸。小时候家中没什么可玩儿的,没玩具也没游戏机、电视什么的,男孩子稍大都是满院子野。一到吃饭的时候,就能听得见各家大人呼唤孩子吃饭的热情叫声。父亲叫我的名字总要加一个"小"字,"小未都小未都"地一直叫到我二十多岁,也不管有没有生人在场。

战争中走过来的军人对孩子的爱是粗线条的,深藏不露。我甚至不记得父亲搂过我亲过我,人受环境的影响都是不知不觉的,战争时期没有儿女情长。我十五岁那年,父亲带我第一次回老家。山东人乡土观念重,但他参军后很少回家,因为要打报告获准。他在路上对我说,十多年没回老家了,很想亲人,想看看爹和娘,你弟妹不能都带上,带上你就够了。那次让我感到做长子的不同。

那时路上火车很慢,他按规定可以报销卧铺票,我得自费。那年月没人会自费买卧铺,都在硬座上忍忍就过去了。我和父亲就一张卧铺,他让我先睡,他在我身边凑合坐着。我十五岁已长到成人的个儿,睡觉也不老实,结果躺下一觉到天亮,醒来看见父亲一人坐在铺边上,瞧样子就知他一宿没睡。我有些内疚,父亲安慰我说,小时候他的祖父还每天背着他渡海去读书呢!

　　我与父亲很亲,但回忆起他来却什么事也连不成个儿,支离破碎的。印象深刻的是父亲那一笔十分有个性的字,书体独特,找不着字帖可比。以前电话没这么方便,父亲常写信给我们兄妹,那时候半年一年见不到父亲是常事,父亲在湖南株洲、四川江油"四清""支左"过,这些历史今天解释起来都有些困难。

　　小时候做点儿错事,父亲就会说,你小子想造反哪! 说着说着还备不住扇一巴掌。终于在我十一岁那年夏天,楼上一个比我大两岁的孩子告诉我,可以造反啦! 在那天之前,"造反"在我印象里是个坏词,可那天之后,报纸上居然印着"造反有理",天地翻覆了。我们当时无法知道那场"革命"对父亲那辈共产党人有多大影响,反正从那年夏天起,家里就再没有消停过。

　　一九六八年的隆冬,父亲只身带着我们兄妹三人,拎着两件全家的行李,登上了北去的列车,到了黑龙江省宁安县的空军"五七干校"。直至一九七一年年初我才又回到北京,所以我一老北京,户口本上却奇怪地写着由黑龙江省宁安县迁入。如不说这段历史,户口本是没法证明我是土生土长的北京人的。我生于北京,长于北京,只有那两年不在北京,连户口都迁了出去,按老话说算是闯了关东。

　　刚去东北的时候特苦,吃食堂,没油水,而我们都是长身体的时候。空军干校是由废弃机场临时改建的,空旷的视野中净是些没用的大房子。东北的冷那才叫真正的冷,一直可以冻得人意志崩溃。那时的人觉得做无产阶级光荣,所以家里什么都没有;从北京启程的时候,父亲在行李中只塞了一口单柄炒菜锅,木柄已卸掉,避免太占地。刚到干校的一天,父亲叫上我们兄妹三人,随他走到很远的一座大房子里,这座房子估计以前是个库房,四处漏风,中间有一个高高的油桶改装的大炉子。父亲拢上柴,点上火,支上锅,安上锅柄,变戏法地从军大衣兜里掏出几把黄豆,在锅中翻炒起来。炉子太高,父亲架着胳膊,看着很辛苦,他嘴里不停地说,火不能太大,大了就煳了,别急啊!我们兄妹就满屋子捡碎木头细树枝,帮助父亲添柴。

我看见父亲被火光映红的脸露出了笑容,父亲说,总算炒好了,放凉了就能吃了。他高高地举着胳膊欲将锅从火炉上端下来,一瞬间,事故发生了,由于锅柄安得不牢,炒菜锅一下倾翻,一锅黄豆一粒不落地扣入火中,火苗子蹿起一人多高。

那天,我的难过我还可以描述,可父亲的难过恐怕无法说清。

就是这样的小事,让我记住了父亲。父亲晚年本来身体特棒,却不幸罹患癌症,七十二岁过早地去世了。那段日子我工作忙,只为父亲挑选了一块墓地,其他事情都由母亲和弟妹做了。父亲病重的日子,曾把我单独叫到床前,他告诉我,他不想治疗了,每一分钟都特别难过,癌细胞侵蚀的滋味不仅仅是疼,还难受得说不清道不明。他说,人总要走完一生,看着你们都成家了,我就放心了。再治疗下去,我也不会好起来,还会连累所有人。

父亲经过战争,穿越了枪林弹雨,幸存于世。他开玩笑地对我说过,曾有一发哑弹,落在他眼前的一位战友身上,战友牺牲了,他万幸活着,如果死了就不会有我了。所以每个人来到世间,说起来都是极偶然的事。

癌症最不客气,也没规律,赶上了就得认真对待。过去这关属命大,过不去也属正常。父亲认真地说,拔掉所有的管子吧,这是我的决定。我含泪咨询了主治医生,治疗下去是否会有奇迹发生?医生给我的回答是否定的。

一九九八年十二月十九日晚上,在拔掉维持生命的输液管四天后,父亲与世长辞,留给我无尽的痛。过去老话说,树欲静而风不止,子欲养而亲不待。深刻而富于哲理。

　　父亲口吃,终生未获大的改观,但他最愿做的事就是教孩子们如何克服口吃。我年少的时候,常看见他耐心地向我口吃的同学传授一技之长。他说,口吃怕快,说话慢些拖个长音就可解决。一次,我看见他在一群孩子中间手指灯泡认真地教学:灯——泡! 开——关! 其乐融融。

　　父亲走了整十年了,只要回忆起他就会怅然,很多时候还会梦见他。有时候我一个人独坐窗前思念父亲,他的耿直、幽默、达观等优秀品质均不具体,能想起又倍感亲切的却是父亲的毛病——口吃。反倒是这时,痛苦的回忆让我哑然失笑,让我能提起笔来为父亲写这篇祭文。

西戈壁晒秋

◎ 龚培德

晒秋是在立秋之后。

这是有原因的。立秋之后，靠近沙漠的西戈壁早晚温差有十多摄氏度，此时的阳光如一位温厚的老人，慈眉善目，不似夏日脾气暴躁，从早到晚都灼人。所以此时晾晒的干菜品相最好。红的透红，青的靛青，绿的翠绿。

为什么西戈壁要晾晒干菜？这是这个地方漫长的冬季，储存冬菜的特有方式。西戈壁这地方属于天山北坡，从当年的十月底至第二年的五一之前，在长达半年的时间里几乎见不到星点的绿色。而人们饭桌上吃的菜，除了每家每户菜窖里储存的大白菜、土豆、青萝卜外，还有的就是立秋之后晾的干菜、酱菜和腌制的各类咸菜、酸菜、泡菜。

西戈壁能晾晒和腌制的蔬菜品种很多，连队菜园子里种的所有蔬菜都可以拿来晾晒和腌制。最常见的是秋天大田里间苗时拔下来的白菜苗，家家户户都会整麻袋地用架子车拉回家，讲究些的人家会用清水洗净后挂在铁丝上晾晒，家里劳动力少，大田地里的活儿干不完的人家会随意地散放在苇席上，只要散散地铺开不捂着就行。这些看上去不起眼的白菜苗，到了冬季只需从屋外端进来一盆雪水浸泡，不多时就会显示出原有的样子，无论是炒、煮、炖，或用来蒸包子、包饺子、下面条，都会显露出冬季难见的青翠。

晒辣椒是必不可少的，勤快些的人家用线绳穿起来一串串挂在屋檐下，嫌麻烦的人家用刀一破两瓣直接铺在苇席上或床单上，只需几天的阳光，即便是带些青颜色的辣椒也会变得通红，成了这片褐黄色土地上最抢眼的颜色。

黄瓜、苦瓜、葫芦、茄子，都可以晾干成片。

花菜、长豆角需要在开水锅里焯一下，这样晾晒出来可以保持原有的本色。

对孩子们来说，最喜欢的是大人们晾晒的甜瓜干。大田的瓜园子罢园了，许多人家都会背上几麻袋甜瓜蛋子，女人们会利用晚上的休息时间，将这些甜瓜蛋子削皮、切成瓜牙子，然后挂在晾衣服的铁丝或者红柳条上，经过白天的阳光和夜晚的露水，半个月后当这些瓜片萎缩成小拇指般粗细的干条条时，人们就将它们取下来放入筐子，挂在家里的屋梁上存放起来（如果不挂起来放在高处，贪吃的孩子们随手可取的话，用不了几天便会被他们全部填入肚皮）。这些甜甜的瓜干是冬季连队孩子们最渴望和最期盼的美味。

雪里蕻、芹菜和莲花白晾晒不是要把它们变成储存的干菜，而是为腌菜所用，因为这几种菜含水多，如果不晾晒而直接撒上盐入缸，保不准还没熟，这一缸菜就坏了。这都是有前车之鉴的，万万不可省略。至于用韭菜、芹菜裹着辣椒、豆角、莲花白和香菜混搭，那是女人们腌菜时不同的花样。

蔬菜晾晒根据需求时间长短不一。

在西戈壁连队，家家户户的房前或屋后都有一个长三四米、宽约一点五米、深度不少于一点五米的菜窖。冬天再冷菜窖也会保持一定的温度和湿度，利于蔬菜的保存和保鲜。而菜窖储存的基本上就是老三样：大白菜、土豆、青萝卜。大白菜、土豆、青萝卜在入窖前也是需要晾晒的，不仅晾晒的时间更长，而且要不停地来回翻腾。大白菜因为含水量太多，自打过霜从地里拉回来，就一棵棵摆在墙脚晒太阳，一直晒到西戈壁第一场落雪。

大白菜入窖时大地已封冻,即便是菜叶子上有些冻伤也不碍事,此时放入菜窖最宜,入窖太早,窖内的温度过高,很容易捂烂,而在大地冰冻之时入窖,依靠菜窖湿温的呵护,冻伤的大白菜渐渐苏醒,用西戈壁人的话,就是慢慢缓过来了。

连队的女人大都是晒晾的好手。由于地处沙漠边缘,这儿的太阳不仅毒辣、粗暴,就是风沙也能把人脸打得生疼,因此一年四季,这里的女人几乎都用头巾裹着脸。不同颜色的头巾也成了晒秋的图画。

女人们会根据自己腌制蔬菜的需求进行晾晒,而且在心底里暗暗较劲儿。连队职工吃饭大都是端个碗聚在一起,女人们这时就会把最拿手的美味呈现在自家男人的碗里。不说是比试高低吧,说是一种心理攀比自然一点也不过分。

这里的女人来自全国的四面八方,她们的男人是响应党的建设边疆的号召从家乡奔赴这里开荒、种地,等这儿有了一定的生活基础了,男人就会把老家的婆娘孩子接过来。也有单身汉在这里苦干了几年,口袋里有了钞票,连哄带骗地也领了一个鲜灵灵的媳妇,从家乡来到了这里。

因为来自不同的地域,女人们在腌制蔬菜方面的口味也完全不同,有的偏辣,有的偏咸,有的偏酸;腌制的家什也不同,有的用盆,有的用铁桶、木桶,也有的用罐头瓶子,可谓十八般武艺皆派上用场。

我小时候最爱吃的是我们家隔壁邻居罗姨腌的泡菜。罗姨是四川人,她的丈夫是连队的木工师傅,那时连队玻璃器皿很少,最多的就是连队商店里的罐头瓶子,而连队唯一能改善改善生活的也只有罐头。也不知罗姨从哪儿搜集来那么多的罐头瓶子,她家的窗台下,一层层地垒了起来,怎么数也有好几百个。她就用这些罐头瓶子腌泡菜。罗姨腌的泡菜很好看,透过玻璃可以清晰地看到里面装有豆角、辣椒、姜片、萝卜、香菜等,红白黄绿各类蔬菜显得那样的清爽,还没打开瓶盖就令人嘴馋难抑。西戈壁农场的梁场长有次临时下连队检查工作,因为过了吃饭点,食堂也没准备什么菜,食堂大师傅和罗姨是老乡,便向罗姨要了一瓶泡菜给梁场长下饭,谁知梁场长当即被这泡菜所迷,不仅一顿饭吃完了一瓶泡菜,而且还吃上了瘾,临走专门到罗姨家讨要两瓶带回场部。梁场长说这是他这辈子吃过的最好吃的泡菜。

罗姨的泡菜为什么让人过口不忘?谁也搞不明白。连队也有几个四川女人,她们做泡菜也都是一把好手,味道也不错,可只要和罗姨的放在一起,总觉得口感缺少点什么。这几个女人不服气,认为罗姨腌制的泡菜好吃,是因为存有老汤水。罗姨便很大方的,每人送了她们几瓶汤水,回家之后她们用罗姨的老汤水加工泡菜,虽然口感有进步,但依旧没有罗姨腌制的招人味蕾。有人不信这个邪,在腌制泡菜时专门到罗姨家中,看她如何下料、封盖,回去之后照本宣科地按步骤进行,但依旧无法相比。问罗姨究竟是什么原因,罗姨也只是淡淡一笑并不回答。问多了,罗姨谦虚地说,哪有什么秘密哦,大家腌的菜都不差,一样好吃哟。多年后母亲告诉了我罗姨腌制泡菜为什么好吃的秘诀。母亲说罗姨的泡菜为什么与众不同,关键是她用的盐不同。我们西戈壁人腌菜都用的是当地盐湖生产的盐,而罗姨用的是她十辛万苦从四川老家探亲时背回来的自贡井盐。

母亲的家乡,江苏徐州这块土地自古和战争结上了缘。因为战争频繁,民风彪悍,自然没有闲时打造精美的食物,好战之地的人对口中之物也便没有了那般挑剔。煎饼、黄豆酱(盐豆子)、大葱是那个地方人们填饱肚子的标配。因此母亲从家乡出来,尽管扔掉了许多可以携带的物件,但为了嘴巴和肚皮的需要,她仍是不顾父亲的劝阻,背着一个二十斤重的鏊子,从几千公里的大运河来到了这天山脚下的西戈壁。

母亲晒秋主要任务是做她的三缸酱,用她自己的话,没有酱怎么能过日子呢?

第一缸是辣椒酱,在连队菜园子里,母亲会挑选那些几乎全身都被晒成紫红或褐红的辣椒作为主料。她将这些辣椒洗净在阳光下曝晒,直到没有一点水汽的时候,再把辣椒和姜蒜一起剁碎。在用刀剁的过程中,母亲不时会撒上一些盐,撒盐的辣椒会渗出水分,母亲就用纱布把这些水通通挤掉,然后分别装了几个盆子放在透风的地方。母亲会用高粱秆编的箕子,白天掀开晚上盖上。而每天下班之后,她会用红柳棍在盆子里搅翻一遍,这样经过大约一个月时间的晾晒,辣椒酱变得没有了冲鼻的辛辣,母亲会把所有盆子里的辣椒酱倒入一口大缸,她边倒边不停地用鼻子嗅嗅说,虽然已晒出了辣香味,但这些辣椒酱还有很足的火气呢,把它们在缸里闷上三两个月就会老实了。

父亲有时插话说这个不是酒,还需要用时光来验证它的绵醇。

每当这时母亲就会用不屑的口气说,烧酒哪有这个费工夫,哪儿凉快到哪儿凉快去,做这活儿不是我吹牛,你们哪个男人也比不上我。的确,在做家务活儿方面,父亲绝对不是母亲的对手,他只有不再言语。

经由时光的沉淀,辣椒酱也在散发着美味。每天嗅着缸里味道,母亲好像也完成了一个重大的使命,她有时候会围着装辣椒酱的大缸转上几圈,有时也会掀开箕子看看颜色。每当我们看到母亲嗅完酱后那种惬意的笑容,就知道母亲对自己的劳动成果是满意的、自豪的。

连队也有一些女人照着母亲的方式做辣椒酱,但成功率不高,因为放不了几个月就会长毛,无法食用,即便放再多的盐也无济于事。问母亲是何缘故,母亲自己也没搞清楚,而且年年如此。后来连队的女人不再追问母亲,想吃了直接拿个缸子就来取,而且还振振有词对母亲说,谁让你不教会我们做的,不吃你家的吃谁家的?每每此时母亲会很宽容地一笑,等人出门时还送上一句,吃完了再来啊!若干年后母亲搬进了城里的楼房,再晒辣椒酱时也同别人一样去掉辣椒籽,她所晒的辣椒酱也长了毛,直到那时才大悟,原来辣椒籽是含油的,在西戈壁是连籽一起晒的,有籽粒护着酱才不会长毛,而一旦将辣椒籽去除也就使酱失去了天然的保护机能。这个道理看似简单,如不亲自体验,哪能明白。

第二缸是西红柿酱。母亲将那些熟透的西红柿在开水锅里烫一下,待冷却后去掉外表那层薄皮,再用刀将蒂部的硬块削掉之后,就将这些西红柿剁碎,每年母亲会剁上好几大盆西红柿丁,辅料是一盆红辣椒丁,一盆葱姜蒜丁,还有一盆事先煮好的黄豆。熬西红柿酱和辣椒酱不同。辣椒酱是直接剁后放入盐晾晒,西红柿酱则是需要用油炝锅。如果说辣椒酱是由生而演化成熟,西红柿酱则是煮熟后再晾晒。步骤如下:锅里倒少许油,油翻滚先炸葱姜蒜,当锅中飘出香味再倒入西红柿丁翻炒,随着铲子的快速翻动,那些西红柿丁不久就成了糊状,而此时锅内便可倒入黄豆、辣椒丁撒上盐。熬酱的真功夫在此时也就越发显示出来。火小,锅里的酱不翻滚冒泡;火大,一不留神锅底就煳了。可以说拿铲子的手必须时时刻刻不停地在锅里翻动,哪怕说句话或铲子停个三五秒,锅里立马就会蹿出煳味。一旦鼻子嗅出了这煳味,这锅酱肯定就成了废品,前期所有的活也算白干了。所以熬酱可以说是个技术活儿,每到掌控火候的关键时刻,母亲总会亲自站在灶台前,一手拿条毛巾擦着额头上的汗,一手不停地翻动着锅铲,锅里的西红柿酱随着火候的变化不停地改变着颜色。熬一大锅西红柿酱一般需要三四个小时,而母亲自始到终都会在灶台前看守,直到锅里的各种食材完美地融合在一起,散发出独有的诱人味道时,母亲这时从锅里盛上一小碗让我们品尝,问我们味道怎么样?好吃吗?我们用馒头蘸着刚出锅的酱,一个个吃得满头冒汗,甚至来不及回答她的问话,那种幸福的感受真是无法用言语可表述。此后母亲将西红柿酱也用盆子放在通风的阳光下翻晒,这个过程大概需要半月有余,直到酱黏稠得可以揉成团了,母亲才将这些酱集中起来放入缸内。

第三缸是黄豆酱,在父母老家称为盐豆子酱。每年在连队收获过后的黄豆地里,母亲和连队的职工都会去拾秋,这些捡拾回来的豆子可以归自己。连队许多人家会用黄豆生豆芽,或炒着当零食吃,而我们家的这些黄豆就全部被母亲当宝贝一样用来做黄豆酱。黄豆酱做起来并不复杂,这应该是山东、江苏一带女人自小就会做。首先是将晾晒好的黄豆放入铁锅内煮熟，满屋飘香时盛到红柳条编织的小筐里，控尽水后装入粗布口袋，再将口袋放入一只大枕头内，继而母亲将枕头放在一条装满麦草的大麻袋中间，紧挨着火墙码置，有时还会在麻袋上压块石头。我问压石头是什么意思？母亲说是在给黄豆做窝呢，三七二十一天，届时这些豆子就该发芽了。我摇头不信，煮熟的鸭子不会飞，那些煮熟的豆子还能发芽？真会哄人！虽然心存疑虑，我心里还是暗暗盼望着有奇迹发生，扳着指头数着天数。见证奇迹的时候终于到了，母亲打开袋子，如若窑变，金黄的豆子变得乌黑，彻底改变了原有的高贵容颜，而在筷子的搅动下，乌黑的豆子居然缠成了道道丝线。母亲说，我没骗你吧，我要的就是这些个丝，当黄豆由生变熟，由灿烂而成乌黑，它们的生命旅程也进行蜕变，剩下从原料到佳肴的涅槃之旅就是由母亲的巧手来完成了。她将干辣椒粉碎，青萝卜切成片，再调点香油……总之，你绝对想不到这些毫不相干的食材混搭聚集后产生的奇特芳香，对胃的诱惑是怎样的强烈。平常的日子里，母亲会将这一缸黄豆酱下青萝卜作为辅菜，如果连青萝卜都没有了，她就会切上几根葱段，全家人围着从缸里盛出的一碗黄豆酱，真切地感受到生活的富足和希望。母亲每每看着我们狼吞虎咽的样子，眼睛里总是闪着泪光。不知是她感到亏欠了儿女，还是为自己的手艺在贫困年月里得到了发扬和延续而自豪。这些黄豆酱在冬季里可以鲜食，若到来年四五月份还未吃完，母亲便将其捞出来，在阳光下曝晒后成了盐豆子。这种盐豆子因为缺失水分在家里存放个两三年也没问题，而且用这些干盐豆子炒鸡蛋、煮豆腐，那又是另外一番美味了。

动物札记

◎ 玉 珍

马

在承德丰宁的坝上草原,我再次看到了马。

北方广袤的大地和遥远的地平线,在雨后展开神秘幽深的色泽。云离地很低,但又很遥远,这个时候的天色极其特殊,无限空蒙、抽象、庄严、寂静,云层和雾气营造了一种伟大命运降临的感觉。这是我第一次这么近距离、长时间地凝视一匹马。

马在巨大的马场中站着,将它们修长孤独的脖子伸出栏杆,像刚从乌云中降临的矫健战士。周围安静、空旷,仿佛在天上。我望着马的眼睛,像看一件神秘事物。也许从那两扇窗户里我才能看见想看见的,关于马的秘密。

那是双清澈的大眼睛,单纯、明亮、深邃,我甚至不愿刻意挑选一个词语去形容它们,因为频繁的想象会失去第一次凝视那美丽双眼时新鲜的激动。无论怎样昂贵高清的镜头也没法重现它眼睛里的东西和站在那儿的美。我看不出那深邃里具体的内容,它的眼睛里没有人的眼睛里那样的波澜。我见到的不仅仅是一匹马,也许儿时在草坡上坐着时想象的那些马也在它身上,我所向往的与马相关的一切都在它身上,尤其在那双眼睛里。

一切拥有力量和技术的东西,都曾傲慢地阅读马驰骋沙场的英雄历史,企图从那儿得到另一种笑傲时代的捷径。但没有,从马那忧伤高贵的眼神旁穿过的箭镞和风雨早已归于宁静,马的生存状况发生了翻天覆地的变化。它们的付出全是实实在在的,没有丝毫虚伪的心机和急功近利,马属于一切诚实的英雄中的一员。从战马、马车到马肉，中间是人与马友谊的嬗变，一场虚伪又必然的交易史与血泪史。现在它竟然像个艺术品站在我面前，那上头没有战争、交通、历史之类赋予的意义，它就是一匹马，仅仅是单纯的马。

每匹马都和别的马不一样，却又不同于人与人的差别。马的不同展现在内部。

自己骑马与看人骑马心情完全不同，跨上马背一切就变了，做的准备全部失去效果，与我所想不同。我有些害怕，这或许是因为我没有将它当成一匹马，而是当成了别的骄傲的事物。我与它是在平等而平静地往前走，但又深信它骨子里仍有凛冽的骄傲和纯真。我怕它突然飞奔起来，像个凶猛又充满孩子气的人，将我撂倒在地。我绝不厌恶和恐惧那暴力，仅仅是因为敬畏，是对它高傲灵魂的信任。

马被禁锢在没有自由又无用的广阔中，马与牢笼的关系变得无比尴尬。它可以悠闲自在，去能去地方站着吃草。虽然它的奔跑只为自己，但剩余一些可以被支付的价值，除了在草原民族当中马的亲切与力量还稳固不变，世上其他地方的马，因为清闲而落得走上餐桌。只能如此。当有一天提及马时只谈到马肉，马将如何生存，马的形象如何存在？

并不是马不适合这个时代，马的铁蹄并没有落后于一切，它一直属于最恬淡的生灵，存在于与世无争的角落，就算最威风凛凛的时代也不曾骄傲地放纵过，马永远如此，波澜不惊。马是永不被淘汰的，我认为这个时代已经配不上马了。就算我现在买了一匹马将它养在院中，但每天看到它我仍然会感到悲哀和痛苦，会难受，为它那俊美的身躯，为它那骄傲高贵的气质，为它站在这麻木的空气一般的院中。我不知道还有什么能装得下它，我们的敷衍与草率是远远配不上它的。而现在的情况是，这不是它的时代，因而将它冷落在黑暗的任何角落都是合理的。还有什么更广阔的天地适合它呢？也许只有野外。

当我骑马绕着马场走着,恍惚的夏日,恍惚的梧桐叶,恍惚的对马的回忆,突然涌上来,我想起曾经对它的惊鸿一瞥。

我从没想过会在这样的情形下与一匹马相遇,预想过的无非是大草原或某个特定的地方,我会提前知道将在那儿遇到马,或专为看它而去。

那是一个冬天,我与亲人穿越十八弯的山路与清晨的迷雾去给邻县的舅公拜年,当我们的摩托车经过寂静的丛林、河流、田野与荒原,一匹马突然出现在虚白的薄雾里。我以为我看错了,错愕后定睛一看,真的是一匹高头大马,它乌黑油亮,矫健从容地走着。

那简直就像一个梦,惊得我差点从摩托车上掉下来。

它是怎么出现的呢?在这种地方怎么会有马?来的路上方圆十几里连个人影都没有,更没有一户人家,前前后后都是崇山峻岭,它从哪儿冒出来的呢?

我看着它离我越来越近,然后很快地擦身而过,那一秒就像个幻觉,太动人了。它看上去孤独又高贵,我扭头继续望着它。还没有来得及跟父亲说停一下车,他就已经载着我绕过去。它的每一次出现都让我惊喜,我曾问我自己,如果生在草原那样的地方,天天与马相见,这种感觉还会强烈吗?我不知道。如果现在让我去草原生活几个月,我的看法是不会变的,这是一种直觉。

我从更多的电影里面去寻找马的踪迹。

多数马的形象在电影中用于辅助人物或场景氛围,给一块看上去静止的风景添上一抹活色,而这活色又是丰富晦涩的。不得不说,马往那儿一站就具备某种气质。安德烈·塔可夫斯基的电影《伊万的童年》中出现了吃苹果的马,那是我见过最动人的吃食物的马。马站在淡淡的光芒和满地苹果之旁,修长的脖子和高贵的侧脸后是一片灰色的虚空,马车正不断远去,画面哀伤、干净,隽永的镜头语言从眼前满地的苹果往前延伸,仿佛通向了永恒。

在《都灵之马》里，马总在弥漫的大雾和灰尘中艰难而抽象地行走，那张叫人绝望而毫无表情的脸几乎总在镜头前移动，永远的灰白黑三色，几十分钟的宁静又绝望的跋涉，慢走或静止，马头和风沙中的马的身躯给人一种压抑之感。而从烟雾般缥缈又虚空的氛围中，马成为一种象征，像简陋昏暗的屋子里的父女俩吃的那颗土豆那样，维系着两个仿佛生于黑洞中的人的生活，重复，死寂，却丝毫不让人觉得厌烦。这马总让我想起尼采，在那场与马的相遇中，他拥抱了可怜卑微的"同类"。伟大的东西分毫毕现却难以形容，马的可怜单纯与伟大得恍如疯癫的哲学家的相遇仿佛是命中注定。它们的永不被理解的孤独和黑夜般骄傲的沉默瞬间被融合，一个人也许毕生无法从另一个人身上看到自己所怜悯的出处，但挨打的马却可以。人就是挨打的马，就是人一生中见过的最心疼的那个苦命人，人的一生就是悲惨的一生，而马代替了那悲惨中无能为力的部分。这无奈体现了最强的单纯和朴素，是苦难最后的承载，是最后的绝望，但永不伤人。

同样的怜悯在西奥·安哲罗普洛斯的电影《雾中风景》中也出现过。弟弟亚历山大与十三岁的姐姐离家去德国，无依无靠地寻找爸爸，天高地远毫无保障。姐姐问，你怕吗？他说不怕。但在雪天里看到一匹被拖着的将死的马，他却心疼地大哭起来。这种善良、悲悯、纯真，让人的心疼跟着他年幼的哭嗓爆发出来。他的痛哭让人想到尼采对马的脆弱的一抱。这是疯狂者与孩童之间相似的爱与无邪，或者越疯狂的人越接近孩子，也更具有常人无法理解的脆弱敏感。

有时候，从动物身上更能看到我们自己，看到人的脆弱、愚蠢、忧愁、暴虐、孤独、悲惨、疼痛、绝望，这些在别的人身上都看不到。

伯格曼的电影《处女泉》中，纯洁美丽的处女卡琳骑着一匹高头大马走向丛林，去教堂送蜡烛。在风光优美的山林原野，马与马上的她更彰显了与世无争的高贵纯洁，仿佛全世界跟她行走在无忧无虑和天真无邪中。

越美越反衬出一种寂静与危险,那种绝对的清澈的美和无知极其脆弱,几乎就为了暴露那些丑陋凶恶而存在,直至那美丽无瑕的处女被两位歹人极其残忍地先奸后杀,所有的真善美就像那单纯的马一样,消失,毫无意义了。你不能指望一匹马去救人,理想主义不存在于那样的命运中。在恶的计算中,美与善、沉默与温柔的软弱程度无异于一汪清泉,只要有污浊进入,就立马被毁了。

但清泉必须存在,处女也一样,拯救的意义不会是消灭全部的恶,恶是除不尽的。也不可能为了不被恶伤害而去作恶,就算恶毒遍地仍然需要清澈,需要干净的处女和相信善的人,这是唯一的拯救,痛苦的拯救。处女死去的地方溢出的泉水,便是上帝给出的模糊启示,连那上帝也是模糊的,拯救在人的心中。

尼采对受虐的马的拥抱和那孩子的大哭,都是怜悯,各自采用的方式不同。在哲学家那儿以马慰己,终身思考痛苦而疯,相当于自虐而死。至于孩子,他还小,瞬间痛哭是他对生命、对马这类牲口最大的心疼和尊敬,也是对生命、对人性最初的认识。

马真能成为一种寄托。它总是沉默,催人想象,足够包罗万象。我回想那些电影和记忆里的马,有着相似的高贵,又十足朴素纯真。这两种极端在它身上竟如此相得益彰。恰似那些高贵的灵魂,温柔谦逊。甚至你可以讲,与人都没有办法一起战胜危险,而一匹马却可以,当它冲向战争和炮火时,内心是怎样的?

马的眼睛能回答这个问题,但我没办法形容那双眼睛,人永远只理解一部分的它,另一部分,是为了天生的不被理解而存在。

野猫

有一天我走在路上,花坛里突然钻出一只猫来,我看着它在我不远处走开,走得从容气派、严肃大胆,身形弱小却像世界霸主。

正午的太阳照在它身上，叶片摇曳的影子投射在地上，仿佛为它奏乐。猫的步子带着纯真忘我和天下无敌的随性，却由四肢与尾的律动形成稳重大气的格局气势。我在猫身上能看到虎的威严、鹿的可爱、豹的敏捷、狮的深沉。

但这是野猫，宠物猫我没有养过，只在朋友家和网络上见过。它们站在艺术家的书桌或主人肩膀上，用那骄傲的双眼睥睨穿越了几个世纪的伟大文学，不以为然地悠闲盘坐在诸如《疯癫与文明》或某某作品集上，幽灵般迈着它从不发出声响的妩媚步子，穿过简朴或豪华的屋子去阳台上晒晒太阳。那轻盈的高贵和威严，已轻松赶超曾经的王者老虎，成为这个时代任何阶层的人当中最受宠的新王。它早已吃穿不愁，甩开野生丛林的那套暴力法则，直接参与人类文明，一脸妩媚地迈着猫步走向人类的床榻。猫眼闪亮，可爱迷人，而人类望着它，眼里只有宠溺。

猫的长相是整体绝妙的搭配，是结构完美的艺术品，眼睛与脸相配，脸又与脖子相配，脖子与身子相配，身子与爪子相配，爪子与腿，腿与屁股，屁股与后背，背与尾，尾与头，头与耳，耳与嘴，嘴与脸，脸与身形，身形与四肢，四肢与整体，哪怕发胖也相得益彰，不至于难看、不协调。

我所有关于猫的情感深厚的回忆，全来自野猫，也就是流浪猫。它们是灵魂的钢铁战士，小个子冷漠大侠，阴森的黑暗杀手，迅疾机敏的捕捉高手，独来独往的自闭症患者，挨不着一根毫毛的冷血动物。我甚至发现野猫当中有诸多我能够理解的亲切的东西，人性格中的东西，自我、内向、警惕、高傲、严苛，我能够理解这些。

七岁或者八岁，有一天晚上吃喝太多，半夜起来拿着手电去上厕所，突然发现不远处一对幽绿又带点儿白的圆光在那儿瞪着我。我之所以用"瞪"这个字眼儿，是因为那光仿佛带着情绪，绝不是普普通通的电灯泡或手电之类的光，说白了这个瞪着我的光是有生命的，是特意望向我并炯炯有神的，它甚至在动，在躲避还是准备发动攻击？当时差点把我吓得魂飞魄散,我"哇哇"叫了几声逃回了我的屋子。

如果说牛的眼睛里什么都没有,那么猫的眼睛乍一看什么都有。

回到床上钻进被窝里,蒙头直到满头大汗也不敢把脑瓜露出来。甚至都不敢睁开眼睛,生怕那双绿油油的眼珠子又突然瞪过来。从没有一双眼睛能将我吓得这么屄。它尖锐又锋利地穿透了二十年,直到现在。

其实第二天我的奶奶就告诉我,那是猫。

猫怎么进到屋子里来的,当然是从狗洞,或者二楼,因为二楼堆放货物,窗户总是开着,沿着木质房檐和窗台它们来去自如。二楼常有鸟类和野猫老鼠,我们早习以为常,但大半夜被那种寒光毕现的眼神瞪着,还是第一次。我有时甚至认为它们会缩骨功,那一团柔软灵巧的躯体能变成任何形状。

我不知世上的猫有多少种。我对猫的了解仅仅限于童年见过的那些野猫,它们像幽灵一样从墙头屋檐下掠过,没人养没人管,无一例外地不与人亲近,孤僻,冷漠,独来独往。人们知道它们高傲,也很尊重它们,尽量不打扰它们。相互间没什么感情,各自相安无事地活着。它们吃老鼠或一些剩饭剩菜,像乞丐一样,走到哪儿算哪儿,到谁家谁施舍。有时会去人家厨房偷吃的,因为它们足够灵巧轻盈,来去无踪又无声,所以猫是饿不死的。只养过宠物猫的人一定不知道野猫有多野。一万只宠物猫大概都差不多一样可爱动人,但一万只野猫至少有九千种野性。

它们远离我们,抱着很大的警惕,哪怕我们从没有想过去伤害它们。它生活在野外,不具有被宠爱的生活,每天面临各种威胁和危险,别的动物的攻击,饥饿,寒冷,打扰,居无定所,到处是不确定。因而在我们那里,大家心照不宣地理解并认同这样一种事实,好好生活,互不相扰。

它像个鬼魂。

老人们也常常将野猫讲得幽灵般神秘、冷漠,在那些阴暗与玄妙的传说中,猫与我们愈来愈疏远。侯孝贤的电影《童年往事》中有一个情节是在阿孝牯父亲葬礼上用客家话讲的关于猫的灵异事件，甚至以为猫身上带电。类似的东西还有很多。

童年时，我常常把猫的形象与黑夜联系起来。与不祥、陌生、不吉利、可怕、晦气，甚至不快乐相联系。因为它总是神出鬼没。

我连它的一根毫毛都挨不着。就算背对着我，它也能在察觉到之后迅疾避开，不是我不去靠近它，是压根没法靠近。这玩意儿就跟弹子球似的，只要你将要挨着它，它马上就弹出去了，说不定还带点儿不满和怒气。

猫走路永远不会有声音，它那有神的双眼在结实的黑暗中飘荡，而猫身融入了黑暗。在乡下，黑夜是真正的黑夜，完全一片漆黑，没有路灯，没有任何别的灯，当所有的电灯全部都关掉，你就像笼罩在太虚或太空中，被巨大的未知包裹着。

在黑暗中，除了手电那点光，就只有猫的眼睛在移动。尤其是在星星、月光之下，它仿佛吸收了天地日月精华的精怪，坐在浩大天幕下沉思，发觉到声音后便将那些灵气和力气一股脑儿聚集到眼睛，并警惕而有力地朝你投来，比两束超强红外线更加强烈骇人。一会儿在这儿，一会儿在那儿，仿佛会变。你看不见猫的身子，它轻巧，灰暗，融入夜色，只有眼珠子诡异地飘移。

它极有可能时不时出来，因为它那么自由，独来独往，还喜欢安静。你永远不能指望它会提醒你，或躲避你，它有时甚至还要用眼神与你一较高下，看看谁气场更足，它眼神里绝对有这样的好胜心和骄傲感。如果它跑动起来，那移动的大眼珠会像什么呢？如果在这种情况下还要来一句恐怖的猫叫，阴森尖细又故意压低嗓音，那是带着挑衅意味的。

野猫叫春的声音阴冷尖细，拐着你没法形容的弯儿，甚于巨大猛兽的咆哮，尤其在那样的时代，那样的乡村，那样完全漆黑的夜里，只要那叫声耸立于黑夜，一股子寒意就打后脊背升起。白天也叫，嗓音饥饿极端，经常像某种惊骇的乐器一样从屋顶、草丛里响起。你想象不到它的心思和路径,说到底乡亲们害怕它、疏远它,是因为它身上不确定的东西。其实它的可爱温顺远比孤僻更多,但那时没有人与一只野猫单独待那么长时间,也就无从建立感情。

后来,我以为再也见不到那样的野猫了,城里不适合野猫,这里是宠物猫的天下——它们的美妙可爱征服了人类柔软的心。但野猫大量存在。它们蜷缩在小区和郊外,瑟缩着,隐蔽着,艰难地讨生活,有的生一群小野猫,继续这样的命运。

野猫就像《铁皮鼓》里头的奥斯卡,倔得要死,如果你非要招惹它或者来硬的,等着你的首先就是那极具反抗意味的怒目而视,然后它会伸出爪子斗争,或迅疾蹦走。将它们的大眼睛放一块,会发现很像,不信任、执拗、多疑、敏感、顽强、顽固、早熟、早慧,甚至有些惊恐、一根筋,警惕性很高。

后来,我单位的院子里突然出现了野猫,野猫生了孩子,有了更多的野猫,从一只,到三只、四只、五只,无一例外地警惕、孤傲、怕人,跟小时候见到的一样,这是我没想到的。它们总在我楼下溜达。一家几口,其乐融融地晒太阳,但拒绝任何人的靠近。你若要走近去看看它们或者握爪子,它们就往后,再往后,然后 起跑。我经常喂它们,给它们买猫粮。很长时间之后,才能摸着它们的毛。

这一度令我十分沮丧,同时也再次确认了野猫身上具有难以磨灭的野性。它们向往自由,不被驯服,拒绝陌生,在已经具有独立能力的情形下不会接纳任何别的灵魂的收养。它们的头脑没法对一个广大野外世界的陌生人产生稳固的感情。这是野猫与室内宠物的区别,它们生活在无尽的天地间,它们见到的全是陌生人和没有边界的大地。

后来,我能够在一米内给它们拍照,但不能摸它们超过五秒。它们仍然独来独往,我们终究没法成为朋友。喂食或每天见几面的缘分若有若无地联系着我们。它们慢慢长大。我知道它们很勇敢。有天早晨我在楼下见到猫叼着一只小老鼠,真是威风八面,像个战士,三只小野猫在那儿玩。还有只小老鼠在它们爪下，走开一点儿又被猫爪扒拉回来。它们真是长大了，已经能机敏地捕食和营生了。从它们的神情中更看出警惕与霸气。猫是遛不了的，野猫更是，它足够有主见，也有个性。它的步伐像空气，思想也是，你没法琢磨透它。

其中一只偶尔会跟着我，走上楼梯，或走到我二楼的门外面，在外面叫着，我开门让它进来。它实在与众不同，带着一只野猫的危险与颠沛流离、贫穷落魄、饥饿挣扎、患得患失，极其单纯又充满故事地在我屋子里走着，躲在床底下，或在桌子下走来走去，就是不靠近我。当我蹲下去望着它，望着它可怜的勇敢的眼睛，它那么小的年纪，纯洁、幼稚又固执，顽固地保护着自己，用爪子防备着我。它的爪很尖锐，像它的眼睛。

我拿出猫粮给它吃，有时是鱼，也许它已经吃饱，不怎么吃。我不知道它在我屋子里走来走去干什么，一旦我靠近，它就跑了。

我们未来的友谊会怎么样，谁也不知道，但绝不会变得更差，这在我的掌握之中。因为我清楚如何对待天真的幻想或野蛮的暴躁，也适当理解某些没法形容的孤僻与复杂。我知道它倔，但绝不会像奥斯卡的父亲那样强行与他作对，这没什么好下场。大不了逼迫它朝我龇牙或吼叫，哪怕嘶吼声不能震碎玻璃，也会震碎点别的什么。

北京的山

◎ 李青松

　　我对北京的天气有一个判断标准——站在办公室窗前眺望西山。如果能清晰地看到青青的山影，外面一准是明朗灿烂。否则，必是忧郁的阴天，或者糟糕的雾霾天，或者是也无风雨也无晴的、说不清楚的天气。

　　办公室在十层楼上，单位在东城区和平里东街十八号，距西山少说也有三十公里吧，或者更远也说不准。

　　对于自然来说，理寓于气，气囿于形。何谓理乎？在我看来，理就是自然法则，是谁也抗拒不了的天道。而理的根本是生态，理不是单独存在的，生态涵养着理。何谓形呢？山峙水流之行也。山之所以峙，水之所以流，气使然也，而其中有理存焉。气成形，理亦赋焉也。

　　山，乃群峰并起之形。山是个象形字，前看，后看，横看，竖看，怎么看都是山。北京三面环山，西面、北面、东北面，群山连绵，如屏如壁。掰着指头数数，至少我能叫出名字的有香山、蟒山、妙峰山、百花山、玉泉山、云峰山、万寿山、八达岭、凤凰岭等。北京的山不蛮霸，不紊乱，走势清晰，归脉明确。一脉曰太行山，一脉曰燕山。两脉相交拥抱处构成一个山弯——北京城就是含在弯里的珠子。不过，这个珠子的个头有点大。

　　北京之南，无山。南面是一马平川的华北大平原。北京之东，衔津冀与渤海相接，太平洋上掀起的滔天巨浪，可以直接影响北京的天气。我言之的山及山的轮廓，晴朗之日出现在视野中的——通常称其为北京西山。

　　西山，乃北京西部群山之总称。

从北京作为金元的都城开始，历经多个朝代，西山便不可避免地与中国的命运紧紧相连。一些重大历史事件里，总是隐隐约约有西山的影子。越是靠近它，越是能感觉到它的气息非同寻常；越是了解它，越是能感悟到它的精神和灵魂的存在。

山生万物，也生云雨。北京有 200 多条河流，有 100 多条源于西山。河在山中，纵横交错，闪巧转身，坚定向前。八方之水，汇聚峡谷底部，两边各起峰峦。干从中出，枝从旁来，过峡穿帐。

如果说山是崇高厚重之所在，那么水就是体现静动虚实之物了。水善而不争，却能容天纳地。但无论怎样，水是有根的，水之根，非它——山也。

然而，永定河的根更远一些。

北京最大的河，当然是永定河了，之前叫治水、浴水、湿水、桑干河。河水看似平静，但有脾气有性格。它以洪灾的形式发作，洪灾泛滥导致冲积扇肆意扩展，无规则无逻辑。这条野性的河，生生把北京的西山切割出了峡谷，切割出了河道，经海河，头也不回地流入大海。康熙三十七年（一八九八），清政府大规模疏浚河道，加固河堤。康熙将其名字改为永定河。永定河的源头不在北京境内，是在山西管涔山。二〇一九年七月间，我曾到过管涔山，探访过源头，那里满山满岭都是油松和落叶松。森林里，有野鸡、褐马鸡、黑琴鸡乱窜，也有狍子、野猪、猞猁、金钱豹出没其间。山顶终年积雪，崖壁冰层夏季不融。岩洞里，寒气刺骨，洞口有冷飕飕的风割面。

其实，管涔山与北京西山同属一脉。

灵山是北京的山的最高峰——海拔 2303 米。山顶云雾缭绕，山腰奇石成堆，山脚草木葳蕤。灵山算不上北京的名山。北京之名山当推香山、玉泉山和万寿山。从空中俯瞰，此三山恰好在一线上。三山皆不奇崛，也不险要，但却有故事有传奇。

说起北京的山，头一个必是香山。此山，如龙之来也，渐次隆起，合气连形。数个支脉聚合陡然升高，聚成一峰；继而，分支劈岭，峰峦叠翠。香山主峰"鬼见愁"南北两面均有侧岭向东延伸,如同两臂环抱着主峰。主峰峰顶有一块巨大的乳峰石,形状像香炉,晨昏之际,云雾缭绕。远望如同香炉里升腾的袅袅烟雾,故名香山。登上"鬼见愁"眺望,大有"万山突而止,两崖南北抱"的感觉。

香山的香,原本为花香之意。"香山,杏花香,香山也。"古时,香山的山杏漫山遍野,每年四月杏花盛开时节,清香四溢。有文字记载:"杏树可有十万株,此香山第一胜处也。"明代诗云:"寺入香山古道斜,琳宫一半绿云遮。回廊小院流春水,万壑千崖种杏花。"就今天来看,香山上树种似乎仍以山杏居多。可是,因之杜牧"霜叶红于二月花"的诗句,红叶的盛名却压过了杏花。

杜牧到过香山吗?未必。一说,杜牧写的是秦岭终南山,一说,杜牧写的是长沙岳麓山,似乎没有确切证据证明写的是香山,不过,这又有什么关系呢?——也正是受这句诗的影响,上大学期间,我与同学登过一次香山去观赏红叶。印象中,我们沿着一条羊肠小道攀爬而上,大汗淋漓,气喘吁吁。书包里揣着面包和香肠,未到山顶就都进到了肚里。分量没减轻,只不过面包和香肠所在空间发生了变化。此时正是香山最美的季节,可谓"万山红遍,层林尽染"。据说,呈现红色的主要是黄栌的树叶,气温越低,叶片越红。我感觉赏红叶需远观,不可近看。若是近前细看,那种美感和意境也就没有了。香山因红叶闻名遐迩,历代文人赞美红叶的诗词歌赋又为香山注入了文化内涵。其实,香山主峰"鬼见愁"海拔不过575米。这对于见惯了高山峻岭的人来说,几乎算不得什么。

香山的高度不是问题。比山高的是山上的木,比木高的是山上的人。

一九四九年三月二十三日,毛泽东离开西柏坡。三月二十五日在西苑机场阅兵后,于夜幕中悄悄来到香山。在香山东麓向阳的山坡上,有一排古朴的红窗白墙的清代风格建筑及一处幽静的院落,这就是双清别墅。

双清别墅有三间平房,是毛泽东工作和生活的地方,中间的是会议室,墙面上悬挂着巨幅作战地图。图上有用红铅笔标出的箭头和圈出的地名位置。会议室东侧是毛泽东的办公室,办公桌上放置着老式电话、砚台、笔筒、铅笔、毛笔、稿纸、报纸、书籍等。西侧是卧室,一张木板床占据了卧室大部分。床边的衣架上,挂着打着补丁的灰色中山装和衬裤,一双粗布拖鞋整齐地摆放在床底。细看就会发现,那双粗布拖鞋前端,每只都磨出了小洞洞。

房前有一座六角亭,就在亭边曾拍摄过一幅知名的历史照片:毛泽东正在专注地读当天的《人民日报》号外,报纸上"南京解放"四个大字赫然醒目。这是当时的摄影家徐肖冰咔嚓一声,拍下了那具有历史意义的瞬间。

毛泽东在双清别墅里运筹帷幄,签署了一道道电令,指挥百万大军横渡长江南下,向全国进军。至一九四九年九月之前的那段时间,双清别墅的灯光常常彻夜不熄。在橘黄色的灯光下,毛泽东写出了《别了,司徒雷登》《论人民民主专政》等名篇。在这里,毛泽东还与张澜、李济深、沈钧儒、黄炎培、陈叔通、何香凝、柳亚子等民主人士,共商大计。其中,当然也包括造林绿化问题。

双清别墅庭院里有一株古树,常有喜鹊光顾,偶尔喳喳叫上几声。处理电文或者写作累了时,毛泽东就走到庭院里,在古树下转上几圈,或三圈或五圈,然后,尽情地深呼吸几下。延安时期,毛泽东就多次强调要大力植树造林。一九四二年十二月,他在陕甘宁边区高级干部会议上所做《经济问题与财政问题》的报告中提道:"发动群众种柳树、沙柳、柠条,其枝叶可供骆驼及羊子吃,亦是解决牧草一法。同时可供燃料,群众是欢迎的。政府的任务是调剂树种,劝令种植。"一九四四年,他对陕甘宁边区政府提出要求:"每户种活一百株树。"一九四四年五月,在延安大学开学典礼上,他讲话说:"要帮助老百姓订一个计划,十年内把历史遗留给我们的秃山都植上树。"此时在香山,毛泽东抬头看了看那株古树聚气巢云的树冠,抚摸着斑斑驳驳的树干,若有所思。那是一株古银杏,树龄已有八百余年了。

　　一九四九年八月二十三日,毛泽东离开香山,搬入中南海菊香书屋。也许,毛泽东得到了香山那株古银杏的启示,新中国成立不久,他发出号召"植树造林,绿化祖国"。虽然,毛泽东住双清别墅仅有五个月,但那些载入史册的日日夜夜,使得香山成为见证历史的名山。

　　翻过一山,又是一山——玉泉山。

　　玉泉山因玉泉而名,位于北京西山东麓,诸多泉水汇聚此地,并腾迸而出,潴为瓮山泊(昆明湖)。名字是怎么来的呢?"土纹隐起,作苍龙鳞,沙痕石隙,随地皆泉,水清而碧,澄洁似玉,故名玉泉。"此水系地质断裂带深层涌出的矿泉水,水量丰沛,四季喷涌,岁岁不歇。玉泉泉眼至瓮山泊落差一米有余。

　　乾隆来玉泉山调研,在玉泉池畔观察良久,见之鉴形万象,莫可拟极,断定此水必是奇水。旁边清内务府的人看出了乾隆的心思,便派人验证水质,并用银斗称重,玉泉水每银斗重一两。春夏秋冬,早晨中午傍晚子夜,各个不同的时辰称重,均无明显差别。

　　清代,评定水好的标准就一个字——轻。轻则清,清则甘,甘则美,美则强身健体,延年益寿。

　　我没有见过银斗是什么样子,但觉得这个量器挺有趣的。中国之大,会不会还有比玉泉水更轻的水呢?我能想到这一点,乾隆能想不到吗?当然他能想到,他早就想到了——他派人遍访华夏名泉,均取水样用银斗称重——济南珍珠泉水重一两二钱;镇江金山中泠泉水重一两三钱;无锡惠山寺石泉水一两四钱;苏州虎丘寺石泉水一两四钱;杭州龙井泉水一两四钱……看看,一比较就清楚了,玉泉水最轻。水轻,意味着不含重金属,意味着水质干净,没有杂质,意味着没有毒物,饮之、食之、用之,安全、可靠、放心。

　　玉泉水被乾隆定为清宫御用。每天天蒙蒙亮,就有一支毛驴车队载着皮囊、载着木桶,从紫禁城出发,去玉泉山运水。紫禁城里,分布着七十二口水井,口口水旺。可乾隆从不饮用,他只喝玉泉水。即便乘船沿运河下江南出巡,也不忘随船带上足够几个月饮用的玉泉水。

水好,灌溉滋养的作物一定是美物。

享有盛名的"京西稻"就是用玉泉水浇灌的。据说,此稻是乾隆下江南时带回的"紫金箍"稻种,在玉泉山脚下的北坞、六郎庄及海淀区上庄镇的翠湖湿地一带试种,面积一万亩,所产稻米专供皇宫里御用,故"京西稻"又被称为"贡米"。"京西稻"粒粒饱满,蒸出的米饭,米粒丰腴,白中泛青,晶莹剔透,黏而不糯,香气独特。有道是,一家煮饭半街香呀!

至今,在京西玉泉山脚下的北坞公园里还存有几片稻田,年年种稻岁岁丰产。这里种的"京西稻"不在于能收获多少,而在于供人们参观旅游,追忆"京西稻"的荣耀与辉煌。可是,今天浇灌"京西稻"的所用之水,还是玉泉水吗?

三山,已翻过两山,最后一山——万寿山,其倒影已映在水中了。

万寿山,就是能远远看到的——颐和园里的那座山。山体魁大,凹似瓮形,早年间被称为瓮山。瓮山前脸儿的湖泊——瓮山泊,被郭守敬进一步开凿,成了昆明湖。之前瓮山泊又称"西湖"。明人游记述之:"见西湖明如半月,又如积雪未消,柳堤一带,不知里数,袅袅濯濯。"瓮山泊东岸有长堤十里,由清淤疏浚挖出的河泥修筑而成。它北起青龙桥,南至麦庄桥,因在京城西面,被称为西堤。西堤中间位置建有一座龙王庙,即今天昆明湖南湖岛上的龙王堂。瓮山泊所蓄之水,既有玉泉山的水,也有白浮泉的水。有水口与高梁河相通,水流入玉渊潭、什刹海、中南海,再流经金水河,咕咕向东便与通惠河连在一起了。

水,使得北京城充溢着灵气,荡漾着活力。

"山泽通气"——从生态学的角度来看,山与水是自然的共同体。水,温润而泽;山,坚刚不屈。山,无水不静;水,无山不动。水为阴,山为阳,一阴一阳谓之道。道，无偏颇，与时间同在。这里的"道"是一种涵养，一种平衡，一种生态吧。然而，当我们的欲望升腾与扩张时，也常常背离了道，焦虑与困惑也如影随形。

新中国成立之前，北京西山除了寺庙、古刹、囿园、皇家行宫等处尚有些古树外，植被均遭到严重破坏，山林已是伤痕累累，残破不堪。海淀区园林绿化局局长王志伟告诉我，西山山脚下的圆明园是在一片湿地上建起来的。那里原来是万泉河流域形成的一片沼泽。当地村民，多数是种水稻和捕鱼的好把式。占地五千亩的圆明园宫殿楼阁怎样在大片的湿地上建起来呢？弄不好，建筑物会晃晃悠悠漂在水面上。工匠们把目光投向了西山的森林——砍伐柏树，制作柏木钉。然后，把柏木钉打入湿地，给建筑物创造一个坚实的基础——大概类似于现代建筑物的水泥钢筋桩基吧。西山柏树，木质坚硬，油性大，可千年不腐。柏木钉直径二至三寸，长度六到八尺，小头削成四棱尖。上百万根柏木钉打入湿地底部，形成密密麻麻的钉阵。上面再铺设筑基，如此，建筑物便稳如泰山了。

然而，历经一百五十年修建的圆明园竣工时，西山的柏树已所剩无多。

西山有个炭厂村，村里人祖祖辈辈以烧炭为生。明清时期，这里是供应京城皇宫取暖的木炭基地。炭厂村四周有四十余口炭窑，每日黑烟弥漫，烧炭不歇。烧炭所需木柴原料均是西山出产的硬木。抗日战争时期，日寇为围剿西山八路军和抗日组织，十三次放火焚烧炭厂村一带山林，使得山体一片灰烬，满目疮痍。加之，门头沟一带煤矿和石灰石矿长期超采，挖断了水脉，导致永定河水量严重减少，甚至出现了断流。地下水也严重下降，西山的地下暗流奄奄一息，玉泉山上的"玉泉垂虹"盛景，已成遥远的记忆了。

林出了问题，山出了问题，水必然出问题。

北京园林绿化局的朋友施海告诉我，新中国成立初期，西山森林覆盖率低得可怜，可怜得不好意思说出口。

经过近七十年的保护与修复，如今，西山森林覆盖率高到什么程度呢？他不无得意地舒了一口气，说："高到无处造林了。打个比方吧，一群猴子从香山到玉泉山再到万寿山，无须地面行走，只需荡着森林里的枝条就可悠悠哉哉过去了。哈！"

北京西山造林始于一九五二年。

西山是石质山地，造林难度相当之大，必须用镐和钢钎凿坑，凿得石片上直冒火星。一个人一天最多凿两个坑。那时树苗都是裸根，种下去成活率非常低。后来有人发明了每棵小苗根部包一个土坨，连土坨一起种下去，再浇水，树的成活率就上来了。

起初，解放军是造林的主力，按师团在西山安营扎寨。工兵创造了爆破造林法（用炸药定点爆破，炸出坑穴），造林的效率就高多了，仅用四年时间就在西山造林七万余亩。当时，中直机关、北京高校、科研院所及社会力量也参与了西山造林。一九六二年，北京西山试验林场成立，有八百余名知青成为林场工人。从此，西山绿化进入一个新的阶段——由义务植树转为专业队造林。

一代接着一代干，造林不止，绿化不休。

几代人硬是用青春和汗水，改变了西山。

年轮是时间的影像，也是岁月的印痕。当年种下去的筷子一般大的小苗，如今都已长成了大树。西山人工森林中，最常见的是油松、柏树、栎树、黄栌和元宝枫，这五种树构成了西山森林群落的主体。黄栌和元宝枫是彩叶树。时令一过霜降，黄栌和元宝枫的叶子红得如同火焰一般。油松，生猛强势，其神态和举止都异常神奇、异常另类。它是森林中当然的王，无可争议地掌控着森林生态系统，掌控着这片竞争激烈的空间。有油松的地方，阳光和水分就难有其他植物的份儿了。北京西山的气候和石缝里的土壤是最适合油松生长，它占据着森林中最显著的位置，在风的鼓动下，制造出一波又一波汹涌澎湃的松涛。从油松树下走过，松脂和菌类合谋生发出的气息，令人想入非非。松果也饱满，个头大。一不小心，被风从树上摇下来，恰好砸在贼头贼脑的松鼠背上，生疼生疼。

柏树，挺拔清秀，树形如塔，叶子极其浓密，优雅细腻。所有的叶子都紧致有序，规规矩矩，远远看去，柏树呈现着一种雕塑般的美。柏树也是常绿树种。它抗性极强，能吸收二氧化碳、氯化氢、氯气等有毒气体，净化空气。至于它的木质特性，圆明园的造园工匠们已经有所认识，建筑下面的柏木钉足以说明一切。但柏树的药用价值，却总被我们忽略——柏根、柏叶、柏皮、柏籽皆可入药，能杀菌、止咳、祛湿、补心、安神。柏树是慢性子，不急不躁，也不游手好闲，无所事事，浪费时间。它的使命，就是努力向上，接近阳光。

枥树，也叫橡子树、柞树。叶子经霜后，呈金黄色。早年间，枥木是制作木车轮的上等木料，也是烧木炭的佳品。炭厂村为皇家烧制的木炭多半用的是枥木。枥的果实被称为橡实或者橡子，生有一个壳，像古时的量器——斗。野猪尤喜欢食用橡实。深秋时节，如果发现枥树下的腐殖层或者土壤，有被野生动物翻拱过的痕迹，不用奇怪，那一定是野猪干的。

忽然想起共和国第一任林业部部长梁希先生说过的名句："无山不绿，有水皆清，四时花香，万壑鸟鸣。把河山装成锦绣，把国土绘成丹青。"是的，在人的努力下，在时间和空间的并置中，西山及其森林重现了生机。

也是在香山东麓，离双清别墅不远，是另一处著名的建筑——香山饭店。若干年前，著名设计师贝聿铭在设计改造香山饭店时，遇到了棘手问题：那棵古树迎客松（油松）该怎么办？为了保全它，贝聿铭几易设计图纸，把四层楼改为两层，并毅然决然从图纸上抹掉了三十个房间。贝聿铭的用意，起初曾使一些人不可理解。这不是巨大的浪费吗？三十个酒店房间，意味着巨额房费每年白白损失掉了。然而，贝聿铭嘴角动了动，只是微笑。待到工程施工完成之后，当人们看到，古色古香的香山饭店，与绿色华盖似的迎客松相拥相抱，建筑与自然形成一个完美的整体时，无不为眼前的奇妙胜景发出由衷的赞叹。

春去春又来。三天前，我看到一则消息，心里生出一股暖意。北京今后几年的森林改造，将重点考虑树种结构问题——加大蜜源类食源类树种营造比例。比如构树呀、火棘呀、荆条呀、槐树呀、核桃呀、板栗呀、悬铃木呀、柿子树呀、文冠果呀，等等。这些开花时间长，蜜源充足，果子结得多，挂树日子久的树种，为鸟类、蜜蜂、松鼠等动物提供更多的食物。

什么是伦理？什么是文明？此时不会有人回答我，山也不会回答，但是，山一定知道——山里的喜鹊一定知道；山里的蜜蜂一定知道；山里的松鼠一定知道。

山，意味着什么？山，代表着某种高度；山，代表着某种思想；山，代表着某种品格和精神。也许，每个人的心中都有一座山，或泰山，或黄山，或华山，或井冈山，或长白山，或武夷山，或喜马拉雅山，或者是故乡的某座无名小山。总之，我们置于山中时，山也置于我们心中了。

山，不以形媚人，却以理释道。

人世的兴亡盛衰，成败荣辱，聚散分合，恩义情仇，或平常，或曲折，或悲壮，或豪迈，最终都将化作尘埃。然而，山还在那里。山，从不言说，只以四时行焉，只以草木荣枯暗喻自然法则的不可抗拒。

北京的山与北京城是怎样的关系？北京的山与北京人的现代生活有着怎样的联系？这些问题——我哪里能说清楚呢？也许，我们应该像山那样思考了。

历史，饱含着人类以往的全部荣耀与苦难。在一定意义上说，北京的山是历史的发生地和见证者。山，是观察历史的坐标。它以万变而不变之法观察世事的变化万端。山，使不可见的历史事件在空间的动感中显现出来。当然，我们还不能说与山的距离有多远，我们离文明的差距就有多大。然而，又怎能说我们对待山的态度和理解，不是度量现代文明的尺子呢？

这一天，恰好是个周日。清晨，屋外的窗台上有两只喜鹊昂首翘尾喳喳喳地叫个不停。喜鹊是从山里飞来的吗？有什么事情提醒我吗？我有多久未置身山中了？之于我，山是不是渐渐生疏了？此时此刻，我做出一个重要决定。

——走，去看看山。

我的黄金时代

◎ 陈琼琼

马路

我是七岁搬离隆德的。

搬迁以前，我家住在街道边，出门跨过一道水渠就是马路。那水渠很宽，水泥打的，腿跨的时候，总要铆足了劲儿跳，啪的一声落地，回头看，脚跟已经过来了。马路更宽，左右边走着行人，中间车辆呼哧呼哧过去，各种车都有，远来的大客车，进城的轿车，拉煤的货车，装农作物去卖的拖拉机，还有大货车装了铁栏杆，牛羊的叫声从远到近呼呼地过去，我们就瞪大了眼睛看。一不留神，就有大人喊，小心车！看时则发现并不认识。马路上的大人都是这样，操着十二分的心，自家孩子似的。

马路上的车昼夜不停，白天呼啸，夜晚也跟着呼啸，永远不休息。村庄的人进城，城里的人去外地，外地的人再进村，来回都在这条马路。一条马路连着村庄和城镇，人活得多闹腾，马路就多闹腾。晚上九十点拉上帘子关了灯躺下，窗外的车灯一闪一闪过去，越过高高的帘子，房间就跟着亮起来。或者，在车灯之前，尖亮的汽笛声就猛地扎进来了，接着才是渐渐清晰的轮胎和地面的摩擦声。住在街道的人听着声音，眼前忽明忽暗，最后混沌成梦。

马路没有装红绿灯，自然是临街而居的这几十户都里里外外操着心。瞅见我们这些小孩独自晃晃悠悠过马路的，水渠边倒水的老妇早就咣当一声丢下盆子，惊得要跳起来，对街抱婴孩的妇女慌忙腾出一只手来招呼,嘴里嚷着"不要跑!不要跑!"或者"快跑!快跑!",十万火急一样,实际上才远远看见车影子。大人带着一起过马路的,跳过了水渠就紧抓着手,我们反而增加了挣脱出手再跑对面的快乐。事后无论怎样争辩自己知道如何过马路,他们却不肯相信,总讲着,不敢,不敢的。实际上这条马路并没有发生过什么大事,最严重不过是某某人的货物从车上滚落,某某人的车在路途中没了油。再多些谈资的,不过是一些虚惊。

马路自己不分四季地横铺着,活了一口气一样。冬天冷得人都收了声,马路也牙关紧咬;二三月我们跑出了汗,马路也消了冰雪,清水汩汩地从裂开的冰缝钻出来,流过的地方沥青乌黑明亮,是洗干净了,人的脚印、车的轮胎印都洗干净了,新铺的似的。

这里晴天非常多,夏天晒久了,我们冒着热汗,马路也烫得要熔化,像有一口锅在地底下炖它们,随时要冒出热气。平常不下雨,一下雨水渠里就跳出很多青蛙,弹珠一样大,蹦跳在水渠的壁上,有好些英勇的,就成群跳出水渠,朝人家门口跳去,朝马路中央跳去,结果免不了被踩死轧死,脏泡泡糖一样黏在地面。

我起初很怕这些小青蛙,见多了就不怕,不仅不怕,还常常抓在手里,它瞪着我,我瞪着它。青蛙自己也是不怕人的,见我伸手也不躲,有些还蹦跳着进了我的手。这时候对面马路人家的小孩儿也会过来,我们就想出各种玩法。有一回他拿来一个废弃的注射器,说要给青蛙治病。

"怎么治?和人一样吗?"

"不,青蛙血管细,要直接扎肚子。"

"也用药吗?"

"不是,看我。"他向上拉动注满空气,"青蛙用空气,和我们不一样。"

"哦……"我瞪大了眼睛。

他把针头对着一只青蛙的肚子扎下去,空气慢慢推进,青蛙的肚皮果然鼓起来了,那青蛙兴奋得腿脚乱蹬。

"它怎么不动了？"

"要休养，这和我们一样。"他说。

这我明白，我抓过注射器说："我也要治病。"

于是这一下雨，我们就给好些青蛙注射了空气，它们左一只右一只躺着休养，半天不见起跳。等不及了，我们就回家写作业。课本的插图上，青蛙就是这样鼓着大肚子，甚至比我们治病后的青蛙肚子还要大。那青蛙因此咧嘴笑得开心。

那篇课文我刚学不久，叫《小蝌蚪找妈妈》。

敬老院

从我家向马路以北走就是敬老院。

敬老院里住的大多是老头，一律藏青色的衣服，油亮亮地贴在身上。他们经常各处走，腰总不见挺直，脚步也摩挲着，像踩了胶水，一步一步拖着，走到矿泉水瓶子的地方，到硬纸盒子的地方，到垃圾桶的地方，就弯下腰去。有时风吹着一个瓶子跑，就只好挺起一点腰再走，再弯下去。这么慢的步子，不过没有人或者事催促他们走得快一点。时间在这里是唯一充裕的东西，愿意怎么走就怎么走，愿意走多久就走多久，甚至为了打发时间，宁可走慢一点，久一点，太阳才能落下去。

管理敬老院的是个年轻阿姨，负责他们的一日三餐。他们活一张嘴，除了吃饭，别无所求。阿姨偶尔出差，托奶奶去做饭，我就跟着进去。敬老院的房间不多，十几间，杂七杂八地排列，阳面的还清亮，阴面的暗沉沉，湿气和霉气沉积在里面，老人们一排排地去阳面晒太阳。厨房倒宽敞明亮很多，太阳照进来，碗是碗，筷子是筷子，看什么都清晰。大锅的饭好了，他们就排队来，一碗一碗地接到手，大拇指浸在碗里，台阶上一蹲，饭就吃完了。

其中有两个聋哑的人，我们不知道名字，就叫他们"大哑巴"和"小哑巴"。他们异常敏锐,知道在叫自己,就显出很激动的神色。其中大哑巴是健朗的,经常走动,时常溜达到我家门口,多加把凳子,看着其他人聊天,饭点回去。

大哑巴是个外向的,苦于不会说话,但是一激动就吱吱呜呜发出声音来,对方听不懂,他就更激动地拉人家胳膊比画。我时常觉得很吓人,我怕他突然冲过来拉我。

据说他原本是不聋哑的,不仅不聋哑,还能说会道,极其能干,年轻时分家后和哥哥住一个院子,养着他哥哥一家四口人的胃。他的手更是灵巧,一截木头到手里,可随着工具刀变成各种形状,四角的矮桌子、能推拉的书柜、憨态的胖娃娃,都油光瓦亮地立起来,他哥哥家的那些小型家具,都是从他手里出来的,用了多年,只磨掉了些油漆。是个有才的人,说的人啧啧叹道。

"那怎么会没人养老落到这里?"有人惊问。

还不都是他那哥哥,那人继续道。大哑巴三十多岁时说到一个媒,女方是离过的,带着俩孩子。他哥哥一看,就不乐意了,横竖不顺眼,左右不让结。哥哥劝了几天,女方毛病被挑了一大堆,说离婚说不定都赖这女的,娶进来也是自己受累。大哑巴实在磨不开,也就说退了。这以后他还是住在哥哥家,他哥又不愁吃喝过了好些年。

"太实诚了呀,难怪。"听的人叹,"这样下去迟早出事情。"

可不是,讲的人说。后来大哑巴拿回来的钱少了,他哥已经冷一顿热一顿地不上心,等一条胳膊搅进发动机,出来领了个残疾证,他哥就直接关了门,连被子都是隔着墙扔出去的。你说他怎么不把桌子椅子扔出来,那也是人家的。大哑巴中间不知道怎么周折一番,最后进养老院,人已经聋哑了。

周围唏嘘一片,都说是个可怜人。我听得惊愕,世界上竟然有这种哥哥,我想。这之后我看见他,都不自觉地瞟一眼他的胳膊,不过我并没有看出什么，又见他脸上笑盈盈，恍惚觉得那事情或许是假的。

大哑巴虽然不能说话，但手脚还是很利索。他走到哪里，眼睛就四处地瞅，看哪里能搭把手。他经常帮我家卸货，箱子一个个搬进去，道谢时烟酒都不要，只把我壮胆冲的红糖茶水喝了个干净，高兴得像喝醉了酒。

大哑巴爱喝啤酒，给他啤酒他却坚决推辞。知道他爱喝啤酒，还是听人讲的。讲故事的是个对街妇女，什么事到她嘴里，就变得妙趣十足、令人捧腹。她说，给你们讲，我旁边商店的小聪，那个小鬼，把一个啤酒瓶子扔在门口，瓶里还晃悠着，结果大哑巴上来一摸，还是温的，高兴坏了，一仰头就见底了，咂巴着啤酒味，觉得好喝得紧，嗨，结果那是小聪装的尿！这个小鬼，哈哈哈哈哈……周围人也笑，笑得难以遏制，半天想起来还要再笑一次。大哑巴并不在场，要是他能听见，估计也要被逗笑。

过了些日子大哑巴渐渐不来了。管事的阿姨来闲聊，说他得了病，胳膊疼。小哑巴呢，怎么也不见出来？前些日子老了。阿姨说。老了是这里的说法，不能说死。

二减一等于一。一减一等于零。我已经学会算术很久了。

铁路生活区的坚硬和柔软

◎ 金 艺

　　向塘西火车站附近的天空从早到晚都很忙碌。北边火车呼啸而过的轰隆隆声刚刚远去，南边车厢车轮铁轨之间的咔咔声又渐次传来。东边进出机务段的各式火车头低调深沉的呜呜声和昂扬高亢的咻咻声起起落落，西边三角线道口的喇叭反复大声嚷嚷：火车来了，请不要抢道，火车来了，请不要抢道！

　　天空对所有的声音都不嫌弃，敞开怀抱任由它们横冲直撞。斑鸠、八哥、乌鸫这么多年也服了气，甘心让那些庞然大物占据原本属于自己的领空，它们细小而清脆的鸣叫声自觉寻找缝隙穿梭规避。

　　铁路家属生活区的左前方是一片清澈的河塘，脚下及右前方是一垄垄不太规整的菜地，河塘与菜地以外是大片田野，两条铁路呈"八"字形将田野分割开，一条以撇的姿势经过村庄弯向远方，那一捺蜿蜒伸展到向塘西火车站水泥站台下，和众多的铁轨会合。

　　这就是我从小生活的地方，南昌县向塘铁路生活区。

　　在我出生的二十世纪七十年代之前，向塘西火车站就已是重要的铁路交通枢纽，后来又逐渐发展成京九、沪昆、向莆三条铁路"黄金"大字架的中心。工业文明和农耕文明在这里交汇碰撞，将坚硬和柔软一同嵌入日常记忆。

　　我高中时一本相册的封面，是两个青年男女在绿树掩映的铁路上散步，男孩站在钢轨上，一手牵着女孩，一手伸直成翅膀状保持平衡。夏日阳光透过树叶的缝隙照在他们欢笑的脸上，整个画面充满柔情蜜意。

我很羡慕，这样的铁路多美啊，可是在向塘不可能拍到这样的照片。那时没谁家里有相机，也没有绿树掩映的铁路。我们这儿铁路的两旁都是菜地或田野。如果是夏天，被烈日暴晒的钢轨会发烫，枕木间不规整的小石子会硌脚。我从没见过情侣在铁轨上浪漫，见得多的是穿着黄色或蓝色工作服的铁路工人，戴着草帽、扛着锄头、提着水桶种菜的大爷大妈，或是附近村庄过路的农民。偶尔有一两个像我这样吃饱了没事干来铁路边多愁善感的，也是像斑鸠那样谨慎地四处张望。

铁路人家的黄毛丫头，对家门口的风景爱恨交织。钢轨勇往直前的气势隐喻着远行和希望，让我们从小就对远方充满期待，但铁路其实也是世界上最坚硬最冷漠的道路。

我爸领教过火车的厉害。他在调车时不小心从车厢接轨处掉了下去，被抬出来的时候，两节车厢已从他身体上方驶过。那时我妈正怀着我姐等待升级为母亲，她挺着大肚子赶到铁路医院，看见我爸的瞬间差点坐到地上。他额头上的皮肤被从中间撕开，一块往上翻一块往下耷，上嘴唇已经看不出形状，左胳膊处掉下一块肉，一根钢筋从虎口处斜穿整个手掌。从那以后，他的左手大拇指始终僵硬地弯向掌心，再也没有伸直过。

我哥刚参加工作不久，有一天在货场作业后坐货车返回，隔着几根轨道看见五个工人在养护铁路，他们的背向，几节货车车厢从高高的驼峰快速溜下来。我哥扯着嗓子拼命呼喊，提醒他们避让，可人声完全被钢铁轰隆隆的嘶吼声淹没。等到养路工人察觉到车厢的逼近，只有三人及时跳离，另外两人一个当场被拦腰撞成两截，一人的右腿飞了出去。

二十世纪八十年代前，铁轨上跑的基本是烧煤的蒸汽机车。到站的火车头喷着白烟喘着粗气，在向塘西停下来，司机打开阀门，把烧剩的煤渣倾倒在轨道上，再洒上水，将通红的火星熄灭。车头下守候的人立刻蜂拥而上，钻进车头底下抢煤渣，他们一只手用自制的小铁耙把没有燃尽的煤块扒出来,另一只手戴着手套将煤渣抛进篮子。

胆子小些的就等火车头开走了再捡。停车场任何一条铁路上都可能有煤渣,男男女女老老少少就这里几个那里几个弯着腰专注地拾取,画面类似世界名画《拾麦穗的女人》,只是拾麦穗的女人沐浴在柔软的阳光里,画面和谐而有诗意,捡煤渣的感觉就没有那么美好了,画风有时很狰狞。

不时有人因为抢煤渣打起来。有人只顾捡煤顾不到火车开动,为此丢了一只手或一只脚也是常事。住在我家不远处的赵家阿姨,总是拎个猪腰子形的大篮子出去,盛满一篮煤才回来。有一天她在车底下忘我地扒,火车开动也浑然不觉,结果车轮直接从脖子上碾过。

我妈清楚地记得她是在一九六九年生下我哥后,捡了一年多的煤渣。那时买煤要用煤票,因煤炭供应紧张,有时即便有煤票也不一定能买到煤,她不得不加入捡煤渣的行列。为避免和别人争抢,她每天凌晨四点半起床,专等五点进站的第 50 次广州方向来的车。

一篮煤渣够用一天,烧水做饭烤婴儿的尿布,这些普普通通又必不可少的日常开销,煎熬着一个二十出头的新妈妈。我妈提起这段经历就皱眉摇头,说想想都后怕。漆黑的天漆黑的铁轨,天晓得那些在轨道上跑来跑去的大家伙有没有长眼睛。

耳濡目染了火车的厉害,我当时的活动范围就仅限于家门口的"八"字形铁路和我爸妈上班的火车站,其他铁路几乎不踏足。离开向塘后我也保持着这样的习惯,只在特别熟悉放心的区域散步,陌生地段一般不会考虑。

铁路运输紧俏的年代,来来回回的货车上什么货物都有,一列货车有几十节车厢,一节车厢最多可以装六十吨货。鸡鸭鹅、猪牛羊、煤炭布匹、洗衣机电冰箱、苹果橘子酥梨,在车厢里堆得密密麻麻,满满当当,从天南海北来又向天南海北去。

当年铁路运输管理有不少漏洞,盗窃行为一度很猖獗。

铁路附近的一个村,据说有几年全村都没有人种田,家家户户靠铁路过上丰衣足食的生活。货车上有什么，他们家里就有什么。

如果遇上运水果和农产品的篷布货车，他们就手脚利索地攀上车顶把绳子割断，掀开篷布，把一箱箱苹果、一袋袋大米往车下扔，一直扔到火车开动，才不慌不忙地跳下车。冰箱、彩电、洗衣机，他们拉开车门就直接往沙坑里推。

车厢只要有破损，就会像盲盒一样引诱着揭秘之手。从盲盒里掏出的有时是一条条烟，有时是一瓶瓶酒，有时是一盒盒茶叶。据说有一列运酒的车，厢体有一处小破损，露出一个纸箱子，村民们把纸箱子扒开，发现是一瓶瓶"女儿红"，酒瓶大破洞小，无法整瓶取出来，就把酒瓶敲破一个小洞，直接拿吸管吸。他们唯独对冰冻的带鱼没有办法，大块大块的冰根本没法撬动，最多只能揪下一只带鱼头。

不只是村民，铁路职工偷盗之事也时有发生。不过也大都付出了代价。

住在我家附近的强子，在工务段工作，我发现他们家里总是有一些新鲜东西。我们还在用肥皂洗头洗澡的时候，他们家就有各种味道的香皂，还有二合一洗发水。后来听说全是火车上偷的，因为价值不大，给剃了个光头警告。有一个年轻的车长，与人合谋从货车上偷了几台洗衣机下来，被判了两年，工作也丢了，后来在向塘镇靠卖馒头为生。

这些坚硬的故事和命运有些是我从小目睹的，也有些是长大后才听说的。铁路生活区的柔软却无时无刻不在我的记忆里波动。

可能是因为我爸喜欢种菜，我从小就对菜园子感到亲切。我们这儿的菜园子大多开在铁轨的两边。有的完全敞开，春天的油菜花和秋天的芝麻花在火车掀起的大风中欢快地招摇，小包菜则怕吵似的集体捂着耳朵。有的菜园用铁丝或树枝围起来。有的菜园用乌黑粗壮又方正的废旧枕木做菜园栅栏。初夏时满园绿色，枝枝蔓蔓从笨重的栅栏里伸出来，带着茸毛的小南瓜小冬瓜紧紧地靠着栅栏，依偎的样子特别有安全感，火车哐当哐当带来的震动也不怕。不管什么样的菜园子，都会在某个角落放着一两个浇水的桶。讲究一点的，还会用枕木、树枝、红砖、石块搭一个杂物间，放锄头铁锹、尿桶水桶这些七七八八的东西。

火车给我们的生活带来了很多福利。

绿皮火车是我们日常出行的交通工具。我常乘坐的是小运转和江边村车。小运转有点类似向塘到南昌的公交班车，半小时左右就能到达，每天来来回回好几趟，将小镇上的人送到省会上班、上学、就医、购物、游玩。

付大伯生病后，每周到南昌铁路医院做血液透析都可以免费乘坐小运转去，做完透析后当天又乘坐小运转回。每次都是付大妈陪着，时不时和付大妈随行的，还有她自己养的鸡种的菜，她用这种方式对医生表达谢意。

乘坐小运转的人以铁路职工家属为主，乘坐江边村车的就多是农民和农产品。我也常乘坐江边村车，因为它会停靠在一个叫"十七公里"的小站，从那里下车后再步行两个多小时就可以到我的外婆家。江边村车厢的座位类似现在的地铁，厢体内两侧各一排长椅，春运繁忙的时候，就变成货车车厢。坐在江边村车上，脚下有时是大包大包的蔬菜，有时是一筐一筐的鸡鸭，还要时不时提防某根扁担打在身上。好在路途不长，车厢通风也好，各种混合气味也还能忍受。

铁路职工可以享受探亲免票，父亲曾用探亲票带领全家回贵阳老家。我清晰地记得七岁那年夏天，我们在半夜登上开往贵阳的火车。车站开了免票，但是没有座位，我爸一节一节车厢问过去，看有没有空座，有空座就三兄妹轮流坐，其他人挤在过道上，在一堆大包小包间东倒西歪地站着。我那次穿的是我妈做的方口布鞋，两天两夜后到达贵阳火车站，脚肿得像馒头，方口布鞋的搭襻都没法扣上。现在说起来这样的旅途似乎很艰辛，但在那个年代，全省很多和我同龄的孩子还没有见过火车。

最近一次去向塘，是在三月中旬的一个午后，路边的泡桐树开出一朵朵淡紫色的花，庞大的树枝朝上往两边伸展，在天空竖起一面花墙。

花草都还是老样子。田野捧出大片大片的紫云英，路边的蚕豆依然坐不到正位,在菜地的边缘或铁路路基下绽放一排排白花,无人采摘的包菜正在黯然老去,叶子发出腐烂的味道。

缀满红锈的铁轨旁和枕木间冒出各种各样的小植物。细碎而繁密的五香草、粟米草,开小黄花的苦苣菜,紫花的野豌豆,密披白色短茸毛的落马衣,还有堇菜、鸭拓草、商陆,它们完全不畏惧车轮的坚硬和死亡的频繁,给点阳光和雨水就活得热烈而执着。

麻雀一树一树,一电线一电线的,数量比过去更加庞大。它们一起飞一起落,落下来扑棱扑棱站满一棵小树,每树都有七八十只,远看会以为是树上的叶子。火车一震,它们又像一个个音符有序地飞扬起来。

在现在的我看来,铁轨、高压电塔、生锈的大油罐、钢铁吊架及来来往往的火车,还有天空的各种声响,也都变得柔软起来。

我越来越喜欢往向塘跑了,不仅是想念那里的菜园子、天空、铁路,更重要的是,我妈和我哥还住在这里,他们是向塘铁路生活区最柔软最温暖的部分。

我们的荒凉

◎ 连 亭

父性的故乡

我惊讶地发现，人们对故乡的回忆，总是母性的；几乎所有对故乡的文字描述，都把故乡比作母亲而非父亲。

我也不例外，想起故乡最先闯入脑海的也是生育我的母亲。

母亲是在一座年代久远的山村小瓦房生下我的。小瓦房是家族大宅中很不起眼的一间。唯有这一间是属于父亲的，其他房屋分属不同的族人。

这间小瓦房里摆着一台黑白电视机。那是那个年代山村唯一一台电视机，作为母亲的嫁妆出现在山村。母亲挺着大肚子整理家务时，电视里频频出现的是邓小平挥手致意的身影。母亲说，电视里的他讲话带四川口音。

这个讲话带四川口音的老人发表南方谈话的那一年，我出生了。那是岁末，南方的湿气加剧了冬天的寒冷。母亲小心翼翼地躺在床上，裹紧的被子上加盖了几件厚衣服，身子仍暖和不起来。

她的脑神经被寒气绷成一根弦，时而清醒，时而迷糊。日出时分，疼痛第一次席卷她，她应对的方式就是静静地躺在床上，等待那必然降临的时刻。我在她疼痛的顶点来到了人世，从此用她给予我的生命，开始学着认识和接受整个村子，以及村子里的每一种痛苦和每一种希望。

在门前的小路上学走路时，我总能看到房屋旁边的一棵树，树上最浓密的几根树枝举着一个鸟窝，几张绒黄色的鸟嘴时不时地从窝边探出来。

外出归来的大鸟，频繁而又细致地往这些黄嘴巴里喂虫子。这个画面深深印入我的脑海，并且在记忆中一次次盲目而又顽强地再现。

印象里，母亲总比父亲亲切。她以坚强的意志和非凡的耐力呵护我们的成长。而回想起来，父亲在孩子的成长岁月中总是缺失的。在我两岁半到十岁期间，他把我寄养在码头。我十岁时，他以哄骗的方式把我从码头带走后，也并没有填上他在我生命中的空缺。

他经常去遥远的地方，有时是西边的矿场，有时是一百多公里以外的建筑工地。我和妹妹总是一连几个月都见不到他。奇怪的是，我们对此并没有太大的感觉，有时他离开很多天了我们才发现他不在家。

没有人对我们说过他为什么不在家，母亲只偶尔念叨他什么时候会回来，通常是过年或者中元节，而我们对此并不十分期盼，我们早已习惯他不在家。

我们并不清楚，父亲到底爱不爱我们。似乎对他而言，家只是一个过年的地方，而我们只是他心烦时所呵斥的对象。

他总是冷不丁地叫住我，粗哑地问道："你又上哪儿野去了？"我被迫低头站在他跟前，紧张和难堪使我一句话也答不上来，只好拼命用手摩挲衣角。紧接着他咕哝着说："大了就该懂事，整天到处野，不像话。"

母亲为了护我，就会在一旁解释，说我上哪儿干活去了（多数情况事实也是如此）。这些解释却并不能使父亲满意，他会加强语气说："你总是惯着她们！"

远嫁北方之前，我再一次回到了小山村。我先是坐火车，接着是大巴，然后是中巴，最后是三轮摩托车。山从眼前不断划过，最后是父亲的身影出现在路口，如同上学期间寒暑假我从学校归来时一样。

这一年他五十岁，头发已经花白，手在干重活儿时会突然麻痹。他骑电动车把我从路口载回家。我坐在他背后，他黑白参差的头发就在我眼前飞动。我们都清楚这一次我回来意味着什么。在家等待婚礼时，我们很少说话,总怕触及某种东西。

我们都记得,高考前夕我们发生了一次激烈的争吵。成绩一向优异的我,分数只比一本线高出二十多分。这些年我的挣扎与努力,都和这一次争吵有关。我不得不认命,又有所不甘,于是开始另辟一条路。前路艰难而孤独,很多年来我都以为自己是独自前行。

我想,如果非要寻找他也关心我们的证据的话,就只有他对我们的成绩单的重视了。由于没能上学的缺憾,他对"学习"几乎是敬畏的。虽然半文盲的他,有时会因为自尊心而故作瞧不起读书人的样子,但心底其实对读书十分向往。他甚至坚信,读书是划破贫穷的一道光。

每当我们带着奖状回家,他都郑重地把它们贴到墙上,在亲友们面前也从不掩饰他的自豪。很长一段时间,我都认为他看重成绩单是为了满足这份虚荣心。穷得发赤的他,也实在没什么别的可骄傲的了。

为此,他总是催促我们坐到书桌前,连除夕夜也不例外。相比之下,母亲很少强迫我们。或许,母亲更希望女孩子能帮家里洗衣做饭、耘田绩麻。

在因缺钱而赊欠学费的年月,父亲的脾气变得很暴躁,总是无端冲我发火。我们之间的矛盾日益激化。我心里已把他称为"暴君"了。

高考那年,码头的外公过世了。那是从小抚养我的外公啊!没有人把消息告诉寄宿在学校的我。事实上,父亲是故意让所有人瞒着我的。然而,在一个不太适合的时机,我从一个小孩嘴里听到了此事。我的泪水流了下来,眼睛哭肿了,脑袋也发涨。

他骂我,强迫我把眼泪收回去。我们吵了起来。我不出意料地考砸了。他的狂怒可想而知,尤其是亲友向他询问我有没有考上北大时,他总是以讽刺我的"谦辞"来掩饰他的难堪:"别说北大了,连最末的都够不上。"

填报志愿当天,我们又吵了一架。我决心不再听他的话,就连填报志愿也带着几分赌气。我只报了一所学校,而且是学费最便宜的师范大学。我不想被录取,我心里已不想上学了。那个一生中最长的暑假里,我跟在父亲身后去了工地。我在那里搬砖,搅拌沙子和水泥。我跟他说:"除非你变得有钱,否则休想管我。"他在水泥的飞尘中沉着脸说:"你记住你说的。"

临近开学,他没在家,也没去工地。最后一天,他托人叫我去公路边的一个林场找他。我见到他时,他的头发和胡子都长长了,打着补丁的迷彩服被汗水和污渍浸得又黑又黄。那天,他没让我干活,而是快速地递给我一张银行卡,叫我回去好好上学,说完就爬上了一辆开往林场深处的拖拉机。

拖拉机扬起路尘,我的心里涌起一股刺痛和酸涩,眼泪不争气地湿了满脸。

我带着他给我的钱坐火车去大学报到,完成了四年学业,然后被保送到一所985高校读研究生,再后来走上了写作之路。

对此,父亲应该是心有遗憾的。我想,他始终对我没能去北京上大学耿耿于怀吧。这几年,无论我取得多大的成就,获得多大的奖,他都没有说过一句肯定的话,也没有在人前显露半分喜气。

我跟他说我要嫁人了。他不置可否。我以为他对男友不满意,只是碍于情面没有明说。婚期接近,母亲替我四处张罗,他像不知道此事般整天在地里瞎忙活。

直到有一天,我看见他在屋里偷偷试衣服,才知道他特地定制了一套西装。他站在镜子前,笨拙地穿上平生第一套西装,仔细地扣上扣子,扯平衣角,然后曲起手臂,认真地练习婚礼仪式上父亲带新娘进场的走路姿势。

他手腕上的疤痕在白色袖口的映衬下十分触目,那是那年在林场砍树时留下的。婚礼当天,他用这只手把我送到新郎面前,然后看着我登上开往北方的火车。

车子渐渐走远,他忽然把手高高地扬起,看上去像是要托举什么东西。他托举什么呢? 那些年,由于他经常不在家或者过于严厉,我从没留意,也不曾看清。

这一刻我突然发现，他这个托举的姿势已经很多年了。他一如既往地在风雨中奋力地伸长手臂，就是为了把我送到比他更高的地方。一如当年站在尘土飞扬的拖拉机上，他把手高高地扬起，叫我回去上学。

他的每一根白发都是我的过去啊。我再一次望见门前的那棵树，它曾经也托举过一窝伴我学走路的雏鸟。雏鸟早已长大飞走，并且不知繁衍了几代。越飞越高的鸟儿，能低下头来看看托举它的大树吗？能在春天唱一支歌献给喂养它的大鸟吗？

无论是树还是鸟，它们都不曾在意吧。越走越远的孩子，知道父亲的爱和不舍吗？知道父亲也会像外公一样老去、不在吗？

当年，父亲把我从码头带走时，外公是舍不得的，但他没有使用他的权利留下我。他只是摸着我的头说："有空就回来看外公。不用太勤，上学要紧。也不要太久，太久恐怕就见不到我喽。"说完他转身沿着土路向瓦屋走去。他佝偻的脊背上，似乎背着我的整个童年。

多年后，父亲也对我说了类似的话："有空就回家看看，不用太勤，工作要紧。也不要太久，太久你妈会想你。"我忍不住久久地抱住父亲，告诉他我会常回家看他。

如今我在北方写下"故乡"两个字时，父亲的形象变得鲜明起来，时而离母亲很远，时而与母亲合成一个影子，共同组成故乡的概念。从此，除了母性的故乡，我多了一个父性的故乡。

我们的荒凉

我并不是在黔江出生，但所有的童年记忆都在黔江畔。在那里，我从两岁半长到十岁，生活由河水、鱼虾、船只、瓦房、稻田组成。

在世人眼中，它贫穷、边缘、封闭，是一块被遗忘的蛮荒之地，充满野草蔓延的荒凉。我年轻的生命，不是对抗这种荒凉，就是和它一起荒凉。有一次，我在码头看到落日跌下山头，没有一条船的水面风急浪高，心头陡然浮起莫名的意绪。我开始盼望长大,急于拓宽生活的边界,心中灌满向前的声音。

而外婆总是一边在灶台忙活,一边念叨身在广东的舅舅。她祈求各种神灵关照她的孩子,灶王爷、关老爷、老天爷、庙娘娘以及其他有名无名的神灵,都无数次地聆听过她简单又乏味的祷告。

相比于躁动的后辈,外婆是静止的。她不知道码头之外的世界是什么样子,若不是舅舅跑到了外面,她也不会关心外面的世界是什么样子。圩日,她拎上一大袋自种的辣椒到码头,找一块临江的空地摊开,等过往的船夫来买。有时一天都没有人来买,天快黑时她就把辣椒装进袋子拎回家,连夜捣碎制成辣椒酱,再用罐子密封好,叫我找人寄给远方的舅舅。有时她刚到码头,就碰到一拨人从船上下来,一口气买完她所有的辣椒。零碎钞票在她的布袋里渐渐多起来,攒够数后她就拿去买盐和止痛药片。

她以为挣钱就是这个样子的,只要拿货候在岸边,等别人拿钱来换就行。所以她感到奇怪,儿孙们为什么跑那么远,而且一去就是一两年不回来?

在漕运码头衰老的遗迹里,我的脑海会闪现出世界的这一角与世界的轮廓。我坚信这一角之外的影像,就是世界的轮廓,尽管我的视野所见还只是这一角。事情或许就糟糕在这一点,我笃定,蠢蠢欲动,又幼稚至极。很显然,自从水运衰落后,曾经声闻海内的码头,已步入被世人遗忘的境地。这种境地和日益变化的外界是不一样的,尤其和城里是不一样的。但我们仍希冀,我们的家园是世界的一部分,而非边缘,不是陪衬。

我们渴望再续时代磅礴的图景,在这个图景里,我们是我们,又不只是我们。然而,尽管河流之水无所不达,山之外的一切却皆为梦境。我们的想象带着我们在混沌中飞扬,我们所借住的形体却始终停泊在山旮旯中。

我们的生息歌哭,生老病死,在世界的一隅静默地持续。宽阔的江面偶尔驶过开往广东的货轮,更多的时候只有摇晃的木船和孤独的渔夫。我记得那些寂寞的货轮,是因为我在河边洗衣服时,它们掀起的大浪经常卷走手边的衣裳。而在另一种时候,它们会吸走没能和我一同长大的小孩。悲伤的农妇自杀,也喜欢选择白浪翻滚的时候,那样她们死后的躯壳就会被冲得很远,再也不用返回码头。在码头的我们,是真实的,也是虚妄的。

我们不愿说服自己去爱别的东西,恐惧与困惑迫使我们只爱我们的码头、河流、船只、粮食与亲人。我们狭隘、固执,多数时候这能使我们免于被诱惑、被左右而陷入危险。我们深深地知道,相信一根柴火比相信陌生人的长篇大论更可靠。

尽管如此,码头还是灾难不断。而且,码头的灾难不是虚幻的,总有实物对应,水对应洪涝,风对应台风,阳光对应旱灾……总之,一切事物都有两副嘴脸,今天是美好的,明天变脸了就是灾难。

被灾难洗礼过的我们,不去谈论似是而非的东西,因为我们的世界不是由别处的事物构造,而是由周遭的事物组成:河流、船只、石岸、沙土、山岭、草木、田地、庄稼……具体的事物总是占据我们的心,有时我们的悲伤因为过于具体,变得轮廓浩大、面目模糊……

我们终究成为这样的人:有着坚忍的好脾气。这好脾气常常给人一种好欺负的错觉,事实上我们是百折不挠、寸土不让的。

我们练就这脾气,只是为了遇到困境时,能够在守住根基和底线的前提下,做出一些退让,以便适应环境和承受生命的重负。

这很像树,当强风吹来,它们顺势弯下身子,减轻风所带来的损失,不管摇撼得多厉害,也不离开脚下的土地半步。而风超越生命的极限时,它们也会慷慨赴死,绝不犹豫半分。然而,我们的脾气并不能阻止码头的衰落与荒凉,犹如岸石不能阻止流水奔向大海。

码头的每一个人,都熟悉那块高耸的岸石,它犹如巨蟒盘踞在水边。对于我们,这块探向深水的岸石,是起点,也是终点。船舶在这里起航,岸上的路却就此中断。于是,它成了人心的据点,码头人的目光在这里延展,也在这里终结。

一些偶尔通过地图缝隙寻到此处的游客，也注意到它对于这片土地的特殊含义。他们站在岸石的最高处眺望，发现延伸十里的峡谷风光醉心迷人，于是他们请求在岸边缝补渔网的外公用木船载他们游江。

他们通常一身名贵的衣服，眼睛罩在墨镜下，脖子上挂着照相机。他们见过无数的美景，到了此处仍不禁赞叹，甚至说起羡慕远离尘世的桃源和渔夫的话来。满目的荒凉，到了他们眼里，也成了一种时间镌刻的情调。外公把船靠在石岸边，在船板上铺好报纸，以免留在上面的鱼鳞血迹弄脏客人的衣服。船缓慢而平稳地前行，游客兴奋极了，一会儿纵情呼喊，一会儿疯狂拍照，有时还把手伸出船外，撩动如梦似幻的河水。外公则提醒他们小心避开水上的旋涡，旋涡过来时千万不要伸出手。

我到河边喊外公回家时，往往看不到他们的身影，只听见外公沧桑浑厚的歌声远远近近地传来。我找一块干净的岸石坐下，对着无尽的流水和苍茫的码头，等待外公泊船。

水手的号子、渔夫的渔歌、沿岸的山歌，外公都会唱，也只有他们那一辈人才会唱了。这是靠水吃水的一代人的记忆。他们后辈的记忆，已转由城里的高楼和流水线填充。

欣赏着醉人的景致和野趣十足的歌谣，游客们时而欢呼，时而鼓掌，有的还打开录音设备录下来，带回城里供日后回味，或者传播给更多的人听。多年后，我走在一条异乡的小巷，听到二手音像店的旧磁带传出苍凉的乡音，总以为是外公在唱歌。

日落西山，游客兴尽而返。外公掉转船头，自顾自地唱起挽歌，悠长深沉的调子，伴着他的船停靠在宁谧的码头。我走上前去，帮他把船缆牢牢拴在木桩上。

我那时总以为，码头的日子会无尽地延续下去，我将在码头无拘无束地帮外婆捡柴火，帮外公拾掇鱼虾。十岁那年，外公一下子老了许多。他在帮邻居修葺房子时，脚被跌落的石块砸伤，此后常年浮肿，连鞋也穿不进。外公再也划不动笨重的船桨了。而后，外婆的灰白头发渐渐雪白。最后，三个人的瓦屋，只剩下外婆一个人。

与此同时，每年都有新的一批年轻人离开码头。他们投身外省的工厂，只在过年时才回来。舅舅是在我三岁时下广东的，和别人不同的是，他从没有寄钱回家。他的钱都花在了酒友和姑娘身上。

我十岁那年的冬天，父亲突然出现把我带走。由于匆忙，除了身上穿的衣物，我什么也没拿，就连学籍、课本、作业本都落在了村子里，更别提与小伙伴们告别了，这些年他们想过我吗？

这一离开，我的生活就剥离了码头。河边的瓦屋越发荒凉了，外婆在岸石上遥望河川时，眼里也多了一份思念。想来真是荒诞，我曾经盼望离开，真正离开后，却又万般怀念。我的思念与日俱增，如同码头在日益荒凉。再后来，外公去世了，独留外婆在河边守着我们共同生活过的瓦屋。日渐苍老的外婆，不愿意离开故土，也不肯要我们的钱，只靠微薄的养老金度日。每念及此，我内心十分苦涩。无论是寒风怒号的冬天，还是洪水滔天的夏季，她一个人站在窗前或门前，望着空阔的码头和大江，长风把她的白发吹得凌乱。

一些清冷的早晨，通往码头的小路，响起脚步声或说话声，睡眠不深的她就会被吵醒。她像往年一样披衣起床，却发现没有一个声音是走向她的。

她的儿孙都到外地去了。而外公的坟头，就在一公里外的林子里，长满野草和蘑菇。

宁都的秋

◎ 江锦灵

二〇一九年十一月十七日晚,风乍起,昭告变天。

经资溪,绕浮梁,从宁都回到余干,动荡的夜色才趋于纯粹且无虞。因此也怅然若失,如安分的路灯落寞在蒙太奇的街市。我是最晚一批返回自己小城的剧组人员,暗合完美收官的意味,夹带宁都暖色,至少可以焐暖一个冬天。

某种程度上,《星火》摄制组是美的概括者、发言人,但不会做终结者。其短视频的拍摄,致力发掘当地最本质最原始的美,与之相融,助其发酵,酿出短短几分钟的醉。秋季片《攀登自己》,仿佛已将整个秋天的气韵和风流都用完。冬天虽已迫不及待地候场,但唯独对我们和宁都耐心备至。

面对镜头,宁都一点也不矫揉造作,坦诚相见:高的翠微峰,绿的茶园,黄脐橙园,悠长的乡道,枯瘦的落叶……

最富有耐心的,莫过于导演和摄像。为了两分多钟的成片,要花费两天多时间东奔西突,要等最好的阳光,选最佳的角度,还要一一招呼演员以最适宜的状态各就各位、各行各道。道具多半就地取材,在对坊乡脐橙园的取景地,没有谁刻意布置,脐橙分布在各个角落,枝头上,草地上,整装待发的卡车上,任性地黄,不求圆满,更不施粉黛,自然赋予什么,就领受什么。有些还裂开了身子,就裂开呗,若是刚掉落的,还可窥见泄露的果肉,莹润可人,似乎能从中拧出液体的糖。阳光如水一样浸入,就消融在里头,它们应该被上帝吻了一下。

果园，可谓大地的糖罐，而且罐口永远是敞开的，经得起光、水、气、夜色和世俗的稀释。一抓一抓的脐橙是蘸了秋阳的糖果，凝固在和煦透明的空气中，像一个个路灯的精魄集结到果园，最先甜润到的，一定是你的目光。其次才是味蕾。最后是别离后的怀恋。

阳光再辉煌灿烂，也遮掩不了脐橙的黄，它们犹如夜空的星光，那般打眼，还撩人心胃。

草未枯尽的园地，有章法却无定法的葱郁低矮的树木，有一茬没一茬的慵懒躺着瓜熟蒂落的脐橙，如同油画中不慎掉落的颜料和色块。如果有一处适宜的视角鸟瞰，整个脐橙园就是一幅立体油画，宁都就是一块偌大的画布。果园之外，汹涌着感性的留白。

时令已入冬，摄制组姗姗来迟，却恰到时机。正好可以随果农的队伍在既定的油画上动一动手脚。他们要把摄影技术嫁接到收获行动的叙事中，为了尽量避免损坏画面的整体风格，导演就以阳光为唯一灯光，只请出两名女主演，以脐橙为重要道具，甚至是不可或缺的群演。

她们一触及装满脐橙的筐就入戏了。剪、摘、抬、倒，学着工作人员的手法分拣出"好果""次果"，等待估价，劳动情节演绎得扎实而完整。她们脸上也镀了橙黄。当看了导演给出的样片，才发现两名女主演分明是配角，铺陈一地的脐橙才是主演。

之前，脐橙自然堆放一块，还达不到镜头下的构图标准，随时候场的男同胞无疑要充当剧务、道具师等角色，去搬，去捡，去铺排，去补充，以便完成摄像想要的画面素材。摄像也亲自上阵，哪里有疏漏，就往哪里扔几个脐橙补白，哪里臃肿了，就去"减肥"，尽量让俯视下的画面均匀且有节奏。

无论悬挂树上还是散落地上的脐橙，皆如一个个太阳细胞。参与剧务工作的导演一边捡拾，一边爆料张艺谋拍摄电影《英雄》时，就是专门聘请大批工人把将要摄入镜头的每一片枫叶清洗干净，只为追求一种臻于完美的画面感。原来所谓的艺术,是技术到达一定量的质变,而技术又是在不厌其烦的模仿与重复之后,蓦然地熟能生巧。拍摄过程中,还要不断修整方案,甚至一次次否定自己,抓狂的姿态只有导演内心了然。这毫无疑问是体力与艺术的相互磨合。

所幸果农们比较淳朴,极大程度地宽容我们的"作",也不无好奇,对我们的拍摄虽不太了解,却很配合。拍摄之余,还有几位农妇直接用手揭开脐橙,示范吃法,提醒我们尽量不要用刀切,免得混入刀味(金属味),而要用手撕与掰,味道才更纯正。这样充满生活化的拍摄现场,艺术效果在悄然生成。

拍摄完毕,充当道具的这一地脐橙被我们部分性地购买,也算对果农生意的支持。其实,即便不摘不购不拍,仅徒步在果园或茶园的小径,也是极美的,不禁与夕阳同步调,步入夜色深处,走向另一番静谧,以篝火燃烧。

篝火,是大地的流星,对于夜空的视角,也系一闪而过。从翠微峰的高度回到现实的宽度,肉身悄然酝酿一次蜕变。在夜黑的底料中,围坐的人借助火光和温热慢慢煨熟冷却的往事,恰如自然熟透而裂开的脐橙,从回忆的窗缝隙,攫出真实的果肉——所谓诉说自己的糗事,彼此分享,其实是训练在众目睽睽之下如何打开自己,与前一晚"原浆散文"的研讨是一脉相承的气息。这是星火驿长村导演有预谋而又用心良苦的"行为文学"。

就在篝火燃起之前,一群文青浩浩荡荡地漫步小布镇的街头,性情豪迈,颇有流浪宇宙的架势。忽而就迈进了花果山茶园,准备上缴往昔的琐碎。忽而就围成了一圈,火苗生起、升腾,冷不丁溅上夜幕,成了星光。无论此处的红色还是绿色,此刻都统一为安宁的夜色。最终我们都要在夜色中洗涤身心,装进梦的匣子,明天又能掏出全新的自己。

花果山茶园,无疑渗透着果香,茶香就更丰盈了。相比而言,茶园整饬得更加层次分明,虽绿得小心翼翼,但能安抚人的视线与心境。阳光洒进来,也会被绿化,留下殷实的暖融。在茶园,可以尽情地抬眸、望远,可以随地卧躺,任自己变成一棵茶树,微漾出一缕缕轻风。如果能把风筝放起来更好,就像我们跃跃欲飞的心绪。高低曲折的木质小径,提示步履,宜缓不宜疾,宜静不宜动。

不想以惬意、闲适来形容彼时的心境,太过小资,事实上根本没有精准的词汇可以贴切地表达。在大自然与人的相互交融下,人造的词句往往捉襟见肘。

且不说徒步,就是单纯地自驾,也是畅快至极的。宁都乡间的许多公路深情呼唤车流如水流的状态,那样,景致可以变成液态的,在视线里铺张浪费,均衡节奏地流溢;路旁无论是收割过的田地,还是成排的枫树、银杏,皆透露出油画的质地,会次第点亮眼眸,从而温热内心潜藏的文艺细胞。

城区就稍逊风情了,毕竟招牌过多;即使景区和乡村,只要有广告牌或宣传栏,就存在审美的漏洞与隔阂。因此,摄像师总是尽可能避开纵横空中的电线,避让写真的广告等拙劣的人为制造。因为它们违背自然的架构与律动。

鲜有人怀疑艺术源于生活而高于生活。窃以为,艺术高不过自然。道法自然,《星火》短片摄制组将此作为基本原理遵循。在自然中掌镜,人的着装要向自然的色调妥协,人的神情更要像脐橙像枫叶像卵石一样自然。为了自然,镜头必须一次次自我折腾,乃至折磨。人生的腾挪,最终不也是为了最终的自然吗?肉体都要回归自然。

后期的修图和剪辑,也只是将自然的血肉与纹理更好地呈现与描绘。

还要处理好预设与生成的关系。必须有丰沛的预设,但最精妙最能彰显艺术含金量的,却是即时的生成,因为大自然是随时变幻的,人再缜密,也永远赶不上大自然不近人情的率性,所以才有因地制宜、就地取材、随机应变等概念,屡试不爽于表述,而向自然致敬。

我第一次喝那么鲜美的现榨果汁,亲口鉴定,是纯正的原浆,比我想象中的要香甜。谁说饭馆里的果汁若不放糖就不甜,那多半是水兑多了,是生意人没有或舍不得掏出自然的诚信。

不好意思再要第二杯,虽然工作人员不断在阳光下现榨。对美的攫取,我一贯秉持固执的分寸感。在果园,因地势而摆放的桌椅,仿佛刚从大地长出的,桌布竟没有违和感,就像从就近的阳光中空气中随手扯出的一块布料,铺垫在桌面犹如草铺陈在地面。采撷了一些果园及附近山野的花草,点缀其上,就能随时举办一个田园风格的沙龙。很多所谓的研讨会,不妨借鉴这个方案。

阳光下,大家即兴发言,自由交谈,无须主持和口才。在自然中,照搬会议厅的氛围是可笑而滑稽的。

攀缘翠微峰的滑稽与可笑,却是被人容忍且心领神会的。按实际数据,翠微峰并不高,只是把攀爬的难度提升,把小径拎成天梯,把攀缘的人藏匿在腹地,把光天化日下的行动变成隐秘之旅。

经春历夏而秋,这是《星火》镜头第一次投向制高点——翠微峰,意味着《星火》也在不断地挑战自己,是对短视频名称最恰如其分的注解。

"天梯"中更有一段山路,非狭窄和陡峭可准确形容,根本不是常规意义的路,而是一个个人为凿斫而出的抓手,或索性揳入钢铁的肋骨,我们才得以不顾形象乃至忘乎人样地像猴子一般,艰险而刺激地腾挪到峰顶。后来观看成片时才后怕,鲜明感受到我们是在翠微峰的肠道蠕行,更像背负着巨石做引体向上运动,空气只能挤进来,阳光根本找不到切入口,要么一线天,要么山石即天。

一切光芒、框架、纹理和情节,都神奇地收纳在镜头里,有一群星火人把宁都仅存的秋意,悉数收割而归,经数日酿制、打包,向宁都也向文青反馈一个文艺之秋。

就此,宁都再也不会有这样的秋天。

"马栏精神"薪火传

◎ 樊国安

由于特殊的地理位置,旬邑马栏历经了土地革命战争时期、抗日战争时期和解放战争时期三个重要历史时期,时间跨度达十八年之久。在伟大的革命斗争中,以刘志丹、习仲勋、汪锋等为代表的中国共产党人带领关中分区军民在长期革命斗争实践中孕育和形成了伟大的"马栏精神"。"马栏精神"是延安精神的源头之一和重要组成部分。在中共咸阳市委关注下,"马栏精神"经过了多次提炼总结,最终以毛泽东主席当年为关中分区两位领导人的题词为依据,集中简练概括为"党的利益放在第一位,为群众谋福利"。"马栏精神"不仅充分反映了老一辈无产阶级革命家的优秀品质,而且集中体现了党和政府、人民军队和关中分区军民的革命精神和优良作风,承载着中国共产党人的红色基因。

"马栏精神"代代传。解放战争时期,中国共产党领导的关中地区各个县政府是国民党反动派追击的重点对象,由于没有武装力量保护,时有遭敌袭击的风险,需要不停顿地转移驻地。据当年曾经在中共新正(旬邑)县委、县政府工作过的张西岷先生回忆,敌情紧张时,一天要转移几处地点。转移多在夜间,并且多是急行军,上坡、下山、过河,累得喘不过气来。近视眼和老弱干部还得别人拖着跑。到了小村庄,找不到房子,就只能住在民家院子或打麦场里。到了冬季或雪天,好几个人背靠背坐在院子里,盖着夹被,天再冷也不许架火,防止暴露目标。秘书科的干部还要在蜡烛下连夜办公,向上级写报告,向下级写通知、批指示等。办公用品很简单:铅笔、毛笔、复写纸、蜡纸、刻蜡纸的钢板、钢笔和油滚子。敌人合围时多在荒山上办公,秘书科的干部不站岗放哨,就这一点来说,优于其他部门人员。

一九四七年正月二十八,胡宗南以七八个旅的重兵向关中地区发动全面的、大规模的猛烈进攻。关中所属各县全部陷入战火中。新正(旬邑)县委、县政府紧急部署,展开了全县范围的备战活动:整训民兵,配合军队坚守边防,传送情报,在各战略要地埋设地雷;后山各据点建立仓库,储备小麦、黄米和面粉,在无人家的山庄安装磨面磨子,设立锅灶;开展群众性的坚壁清野活动,将粮食以及生活物资和用具提前运光或埋藏,不给敌人留下任何生活物资;选择好群众撤退的路线和地点;县委、县政府在唐家山、四十亩台设立了后方,文件档案、大行李、老弱干部及家属等提前送到后方,县级干部轻装化,配发了枪支,准备应战。

国民党反动派对马栏地区进行地面火炮轰击,天空飞机扫射轰炸,方圆五里之内,一片火海。关中地委指挥部队掩护干部群众主动撤退到山区坚持斗争。正月二十九,敌人占领关中地区政治中心、地委所在地马栏。三天后,敌人重兵进入东山和南山,开始搜山清剿。敌人沿用日本鬼子的手段,铁壁合围,一个不漏,占领山头,封锁沟口,用机枪、大炮对着梢林狂轰滥炸,炸得树枝落在地上。敌人一边炮轰,一边放火烧山,干部从阳山转移到有积雪的阴山,饿了吃把粮袋里的干馍豆,渴了吃把雪,许多干部一天只能吃两口干馍。胡宗南军队撤走后,马栏地区的干部群众开始走出深山。凡较大的路旁树上都挂有被杀害的干部的头颅,到处贴满了戡乱布告和反动标语。昔日人欢马叫的村庄,夜里寂静得吓死人,房屋成了一堆堆瓦砾,人烟稀少,饿狗乱跑,好似兽铤亡群的古战场。这是国民党反动派对马栏地区人民群众的一次极其疯狂的血洗和报复。

但是,英雄的马栏人民群众并没有被国民党反动派的嚣张气焰所吓倒。他们掩埋好亲人的尸体,擦干身上的血迹,又斗志昂扬地、积极踊跃地参加到支援人民解放军前线作战的伟大斗争之中,用鲜血和生命谱写了

"马栏精神"的新篇章。

一九四七年八月,中国人民解放军西北野战军南下关中。关中分区专员公署"万万火急"的通知连续发出:保证3万多人的吃、住、带(装粮袋的粮食),不得贻误!马栏地区所在的新正(旬邑)县提前总动员,以较充足的物资迎接部队。县级干部组成十几个工作组,加强各兵站工作。时任县委宣传部部长的张西岷带人到较大的湫坡头兵站,人民群众纷纷行动起来,男女老少,加入磨面、碾米、做军鞋、绑担架、掏井、修泉、修路等支前活动中。湫坡头兵站到第三天上午已收集面粉、小米、小麦一万多斤,军鞋七千多双,担架一百多副。当时老百姓一边给中国人民解放军西北野战军送公粮,一边哼着歌谣:"黄米饭,放金光。小米子,喷鼻香,肩挑毛驴驮,翻沟过山梁,快把公粮送前方。"

一九四八年正月下旬,中国人民解放军西北野战军包围了宜川县城胡宗南的一个旅。国民党刘戡的29军杀气腾腾地急奔宜川解围,至瓦子街被西北野战军的部队包围,运输线被切断,靠空投提供五个旅的食品和弹药。而西北野战军的民众支援大军则从四面八方赶来运送军粮、军鞋,担架队整团、整营地开进部队的阵地,运输队从彭德怀的总部流水线般地运送弹药到各作战部队火线。三甲、北崖头、恒安周咀三处的炮声像闷雷一样地直吼,烟尘土雾,天成黄色,县政府的窗纸被枪炮声震破。新正(旬邑)县、区、乡干部全部加入支前,男女老少,连小脚老太婆都动员去接替战士身背的炮弹、布匹,耕牛全部驮了物资,车辆全部去马家堡彭德怀总部拉运炸药和汽油,这个场景可谓是惊天地、泣鬼神!这就是人民的伟大力量!

一九四八年二月下旬的宜川(瓦子街)战役是西北战场的一次恶战。西北野战军和国民党整编29军,双方兵力都是五个旅,但敌方的武器大大优于我军。战场艰险,全在深沟山林里战斗,双方指挥部的电话线多架在树上。激战四天四夜,战场是越战越凶险,战士们展开残酷的白刃战,双方的伤亡都很严重。在千钧一发之际,西北野战军侦察到刘戡的指挥部设在凤凰山的一座小庙里。西北野战军指挥部即调358旅专破日本炮兵三角战术的老炮兵,只轰了三发炮弹,就摧毁了刘戡的指挥部,刘戡被迫自杀。敌人失去总指挥,群龙无首,阵地乱作一团,士兵纷纷弃枪溃逃,我军乘胜追击。第五天傍晚结束战斗,消灭国民党整编29军两万九千多人和被围在宜川城的国民党军队一个旅,共歼敌三万余人。宜川(瓦子街)战役从根本上改变了西北战场的形势。一个月后,驻守延安的胡宗南部队不战而逃,延安恢复了昔日的光彩。

因为在瓦子街战役中后勤保障工作出色,新正(旬邑)县支前群众、干部一百二十多人受到县委、县政府的奖励。

马栏地区人民群众支援人民解放军前线作战,主要的任务是组织担架队和运输队。担架队、运输队有长期和临时两种,长期支援前线作战时间为半年,临时为三个月以下。担架队、运输队按军事建制为营、连、排,每副担架五个人,运输队一人一头牲口,谁家人牵谁家牲口,担架运输队均派县、区、乡干部带领。长期队员年龄均在三十五岁以下,临时队员四十五岁以下。解放战争初期,担架、运输的服务基本按规定时间轮换。一九四八年战争规模越来越大,多在敌区作战,需要的担架、运输服务也越多,年龄和支前时间突破了原来的规定,长期队员年龄扩大到四十岁,临时队员扩大到五十岁。长期队员无人替换,就常年随军和部队一起发军装,配发武器,偶然也参加作战。陕西耀县城起初攻不下来,城东南角就是担架队后来攻下来的。湫坡头区担架队员好多人是青海解放后才回到家乡的。

马栏民兵营有二百多人,多系神枪手,他们配有机枪,主要任务是保卫地方治安、扰乱敌人、埋地雷、掩护群众撤退和配合正规部队作战。一九四七年在柳林子阻击敌人一个团时间长达一个月。哪里吃紧,哪里就有马栏民兵参战。其中赵德荣武工队的事迹名震遐迩。这个武工队成立于一九四三年,由七人组成,赵德荣任队长。他是电影《红河激浪》主角人物的原型。武工队的七名成员,个个都是孤胆英雄。他们长期活动在外线,有时出没于敌人纵深区域。主要任务是侦察敌情,捉拿国民党特务,打击顽固反共的乡镇长和保长,消灭小股敌人,迷惑敌人。国民党职田镇镇长文某带伪民团扰乱边区,武工队追踪侦察,将其捕获,一九四七年五月其被新正(旬邑)县政府判处枪决。

一九四七年八月,关中军区司令部命令赵德荣武工队查清胡宗南123旅团以上军官名单。他们分成三个小组,深入彬县、淳化、旬邑,潜入敌人内部当挑夫、干苦工。活动时间长达七八天,基本弄清了敌军官代号和名字。新正(旬邑)县职田镇以南的万寿咀是我外线工作人员的主要交通线,敌人察觉后,即在该处设立一哨所,筑一高大的哨楼,驻一美械班的正规部队,对我外线人员造成障碍。新正(旬邑)县委命令武工队拔掉万寿咀的钉子,打通交通线。他们接受任务后,以半个月时间侦察了敌人的内部情况、装备及哨楼周围地形。一天半夜,他们每人背一块长木板,从一里以外爬行到哨楼外壕边,以闪电般的速度轻声架好通过外壕的木板,轻步摸上哨楼。队员高五一手捏住敌哨兵的咽喉将其扼死,查哨的敌班长又迎上高五,高五把未拉火线的手榴弹打进敌人的脑壳。七人全部拥进敌人的卧室,七把手电对着正在酣睡的敌兵。赵德荣抢持敌人的轻机枪,朝着墙壁扫射,敌兵全跪倒在炕上喊饶命,屋里十一个敌兵全部做了俘虏。第二天下午,赵德荣武工队全部穿着敌人的黄军装,押着俘虏兵穿越人群进入县政府大院。关中军区司令部专门派人来新正(旬邑)开了干部、群众大会,表扬了赵德荣武工队奇袭万寿咀敌军美械班的功绩。

张西岷先生说:"要说苦,妇女在解放战争中是最苦的人。当兵的、支前的、当民兵的净是男人,农村的常住人口多是妇女,个别村子不是军属就是烈属。妇女担负起做军鞋、碾米磨面、提供军粮的任务,还要种田收庄稼及家务劳动。白天下地种田、碾米磨面,晚上做军鞋、军袜,任务繁重,还要保时间、保质量,一次接一次地完成下达的任务。在暗淡的油灯下熬多半夜,休息很短的时间,又接上第二天的例行任务。解放战争中妇女确实是半边天,她们的功绩不可磨灭。"